KB172129

선과 아방가르드

푸른사상 학술총서 23

선과 아방-가르드

Zen and Avant-garde

이승훈

푸른사상
PRUNSASANG

책머리에

이 책의 목표는 불교, 특히 선종을 중심으로 현대시의 새로운 방향을 모색하는 데 있다. 그동안 나는 기호학의 시각에서 선사들의 공안을 해석한 『선과 기호학』, 선의 시각에서 아방가르드 예술을 해석한 『아방가르드는 없다』, 선시를 중심으로 하이데거 철학을 해석한 『선과 하이데거』를 펴낸 바 있고, 선의 시학을 모색한 책으로 『영도의 시쓰기』가 있다.

따라서 이번에 시도하는 『선과 아방가르드』는 그동안 펴낸 작업들의 연장선에 있다. 『영도의 시쓰기』를 제외한 앞선 작업들이 기호학, 미학, 철학에 대한 선적 접근이라면 이번에 내는 책은 『영도의 시쓰기』의 연장선에 있고, 나로서는 시학에 대한 새로운 선적 접근, 특히 선학을 중심으로 현대시의 새로운 가능성을 모색한다는 데 의미가 있다. 그러니까 그동안 선에 대한 나의 사유는 기호학-미학-철학-시학으로 발전한 셈이다. 『영도의 시쓰기』는 선의 중심사상을 중도로 잡고, 중도의 시각에서 현대시의 이론을 구성한다. 시쓰기를 구성하는 자아, 대상, 언어, 쓰기에 대한 선적 접근이 그렇다.

이런 사유를 전제로 이 책에서 내가 강조하는 것은 선과 시의 관계, 특히 선종의 유형에 따른 시학이고, 이런 시학과 현대시의 관계이다. 그런 점에서 앞의 책이 선의 시학에 대한 공시적 접근이라면 이 책은 통시적 접근에 해당한다. 아무튼 내 전공 분야인 시학을 다루게 되어 나로서는 의미가 있는 작업이다. 그러나 시학만이 소유하는 별도의 자율적인 영역이 있는 건 아니고 시학이 기호학이고 미학이고 철학이라는 생각이다. 그렇지 않은가? 시학은 언어학, 미학, 철학과 동떨어진 영역이 아니다. 시는 언어를 수단으로 미적 가치를 실현하고 시인의 세계관을 반영하기 때문이다. 그러므로 이번에 모색하는 시학은 앞선 연구들을 전제로 선의 시각에서 시의 문제를 집중적으로 살피는 일이 된다.

따라서 이 책은 선을 중심으로 언어 문제를 고찰하고 미학적 내용을 추출하고 선의 세계관을 강조하면서 현대시의 새로운 가능성을 모색한다. 그런 점에서 나는 선시를 연구하는 게 아니라 선사상과 시학의 관계를 새롭게 살피면서 선의 시학을 구성하고 이런 시학을 토대로 우리 현대시의 새로운 방향을 모색한다.

선종의 6조 혜능 이후 선이 강조한 것은 격외성이고, 이런 격외성은 전통적이고 인습적인 사유체계를 부정하고 해체한다는 점에서 사유의 전위, 전위의 사유이고, 한마디로 사유의 혁명이다. 내가 책 이름을 『선과 아방가르드』로 한 것은 이런 전위적 사유가 아방가르드 예술정신, 시정신과 통하기 때문이다. 임제는 말한다. 부처를 만나면 부처를 죽이고 조사를 만나면 조사를 죽여라. 죽이라는 말은 말 그대로 죽이라는 것이 아니고 일체의 인습, 구속에서 벗어나라는 뜻이다. 아방가르드 시가 노리는 것도 같다. 시를 만나면 시를 죽여라. 특히 선종의 혁명이라고 할 수 있는 마조, 임제 시학에서 내가 읽는 것이 그렇다.

끝으로 책을 쓸 수 있도록 힘을 주신 설악 무산 큰스님, 그리고 책을 내주시는 한봉숙 사장님에게 감사드린다.

2014년 서초동에서

이승훈 합장

차례

■ 책머리에 5

제 1 장 선과 현대시 11

1. 선학과 시학 13
2. 불립문자와 불리문자 15
3. 선과 미학 19
4. 근대 예술의 종말 22
5. 우리 시의 방향 25
6. 근대 미학 비판 30
7. 비대상이론의 확장 33

제 2 장 선과 시의 만남 39

1. 선의 시학 41
2. 선과 시의 만남 44
3. 새로운 언어 인식 50
4. 선시와 선적 어법 56

제 3 장 여래선과 조사선 63
1. 선의 유형 65
2. 여래선의 정의 70
3. 여래선과 능가선 75
4. 여래선과 우두선 79
5. 여래선과 조사선 95

제 4 장 돈오와 점수 99
1. 신수와 혜능 101
2. 북종과 남종 106
3. 선과 마음 109
4. 돈오냐 점수냐 117

제 5 장 여래선 시학 131
1. 선과 시학 133
2. 여래선과 시 139
3. 여래선과 동시 144
4. 이념거정 147
5. 청정심과 반야 155
6. 유상과 무상 160
7. 무위의 시쓰기 164
8. 마음도 방편이다 169

제 6 장 조사선 시학 173
1. 무념식정 175
2. 조사선과 동시 178
3. 일상이 선이다 183
4. 무주의 시학 189
5. 즉리양변 197
6. 공도 없다 201
7. 선적 아이러니 205

제 7 장 마조선 시학 209
1. 평상심이 도다 211
2. 나옹 혜근 216
3. 현대시의 경우 221
4. 임운자연 226
5. 시골뜨기선 230
6. 선의 일상화 235

제 8 장 임제선 시학 243
1. 조사선과 분등선 245
2. 언어와 미학 251
3. 임제종 시학 255
4. 시를 만나면 시를 죽여라 260
5. 무위진인 264
6. 김수영 269
7. 수처작주 입처개진 273
8. 임제선의 정신 277
9. 선적 아방가르드 283

제 9 장 선과 조오현 291
1. 절간 이야기 293
2. 예술은 축구가 아니다 296
3. 설봉 스님의 선화 300
4. 청개구리와 선 305
5. 전위와 화엄 삼매 308

제 10 장 선과 아방가르드 313
1. 선과 아방가르드 315
2. 공안과 아방가르드 318
3. 언어 놀이 322
4. 파리병에서 나오는 길 326
5. 파격적 현대시 329
6. 우물이 말을 한다 331

제 11 장 선이냐 아방가르드냐 337
1. 모더니즘과 아방가르드 339
2. 문학이라는 이름의 제도 343
3. 우리 시와 아방가르드 345
4. 선이냐 아방가르드냐 348

■ 찾아보기 354

제 1 장

선과 현대시

1. 선학과 시학

선학과 시학의 결합은 말처럼 쉬운 게 아니고, 쉽지 않기 때문에 한번 시도할 가치가 있다. 그렇다면 방법은 무엇인가? 선학과 시학의 결합이라고 하지만 두 영역을 단순히 결합하는 것은 두 영역을 같은 위치에 두는 것이고, 따라서 이때는 '선의 시학'이 아니라 '선과 시학'이 된다. '선의 시학'이 선종사상, 특히 중도사상을 중심으로 시의 이론을 모색한다면 '선과 현대시'는 선과 시학의 관계를 모색한다. 그러나 두 영역의 비교는 문제가 많고, 비교가 노리는 목표도 분명치 않다. 더구나 선과 시는 유사한 세계도 아니다. 선은 종교이고 시는 미학이기 때문이다. 우리가 무엇과 무엇을 비교하는 것은 비교하는 목적이 있고 두 항목은 유사한 관계에 있다. 예컨대 시와 소설을 비교하는 건 문학의 본질로서의 장르를 해명하기 위해서이고, 시와 소설은 문학이라는 점에서 유사하고 같은 위치에 있다.

그러나 선과 시를 비교하는 목적은 분명치 않고 선과 시는 유사한 범주에 드는 것도 아니다. 물론 두 영역을 대립적인 관계로 보면 종교와 예술의 변증법적 종합에 대한 사유가 가능하겠지만 내가 관심을 두는 것은 이런 철학적 사유가 아니다. 한편 선과 시의 결합은 이른바 학제(interdisciplinary) 연구에 포함될 수 있다. 그러나 학제 연구는 알뛰세르도 비판하듯이 경험주의적 실용주의적 이데올로기에 빠진다. 더구나 인문학은 실용주의와는 거리가 멀고, 이렇게 먼 거리가 인문학의 장점이고 동시에 한계이다.

그렇다면 어떻게 해야 할 것인가? 세 가지 방법을 생각할 수 있다. 첫째는 선학을 일반이론, 그러니까 모체로 간주하면서 시학을 구성하는 방법이 있고, 둘째는 선학을 시학에 직접 수용하고 적용하는 방법이 있고, 셋째는 선학을 비판적으로 수용하면서 시학을 구성하는 방법이 있다. 첫째 방법에 의하면 시학은 선학에 종속되고, 둘째 방법에 의하면 시학은 선학을 모방하고, 셋째 방법에 의하면 시학은 선학을 비판적으로 활용한다는 점에서 선종의 기본사상을 무시할 가능성이 크고, 특히 선학에 대한 비판은 선종 내부의 문제로 나의 능력을 벗어난다.

남는 건 첫째 방법과 둘째 방법이다. 그러나 둘째 방법, 곧 선학을 모방하고 적용하는 방법의 경우 시학의 경계가 모호하고, 시학의 자율성이 소멸하여 시학은 선학의 단순한 반영, 그림자, 거울에 지나지 않게 된다. 물론 시학의 자율성이 별도로 존재하는 건 아니지만, 앞에서 말했듯이 최소한 시와 종교는 다르고, 시는 예술, 미학의 범주에 들기 때문이다. 시학이 추구하는 것은 언어를 매개로 하는 미학의 구성이고, 이런 미학은 시인의 세계관을 반영한다.

그러므로 결국 남는 건 첫째 방법이고, 나는 이런 방법을 선택한다. 선학을 일반이론으로 한다는 것은 선학의 기본사상, 곧 선사상을 모태로 시학을 구성한다는 말이다. 따라서 이런 시학은 선학을 토대로, 선학과 함께, 선학 속에서, 선학을 초월하는 미학적 근거를 추구하고 그것을 시의 이론으로 구성한다. 요컨대 내가 생각하는 시학은 선학을 중심으로 시의 언어학, 미학, 세계관을 구성하는 일이다. 이런 시학은 선학의 단순한 반영도 아니고, 노예도 아니고, 단순한 메아리도 아니다. 그러니까 내가 생각하는 '선의 시학'은 선학이 소유하는 시학이 아니고, 선학의 반복도 아니다.

그런 점에서 '선의 시학'이란 말에 나오는 소유격 '-의'는 일상적 의미를 벗어난다. 내가 말하는 시학은 '선의 시학'이지만 이때 소유격 '-의'는 이중적 의미로 사용된다. 먼저 '선의 시학'은 선학으로부터 구성되기 때문에 선학에 속하고, 선학이 주어가 된다. 그러나 '선의 시학'은 시학이 선학에 귀를 기울이기 때문에 선학은 목적어가 된다. 요컨대 이런 시학은 선학이 생산한다는 점에서 선학이 주어가 되고 동시에 선학에 대해 사유한다는 점에서 선학이 목적어가 된다. 주어적 소유격과 목적어적 소유격이 강조하는 것은 주어/목적어의 경계 해체이고, 이런 해체가 선이 강조하는 중도(中道), 불이(不二), 공(空) 사상과 통한다. '선의 시학'은 선학에 의한 시학이고, 선학을 위한 참여이다.

'선의 시학'과 '선과 현대시'는 모두 선종의 기본사상을 토대로 시학을 구성한다. 그러나 전자가 공시적 입장에서 중도사상을 중심으로 선의 시학을 구성한다면 이번에 내는 책은 통시적 입장에서 시학을 모색하고, 한 권의 책으로서 완벽한 시학적 체계나 구조를 갖춘 것이 아니라, 선과 현대시의 관계를 새롭게 읽고, 현대시의 새로운 방향을 찾는 데 목표를 둔다.

2. 불립문자와 불리문자

그렇다면 선학에 의한 시학, 선학을 위한 시학은 어떻게 가능한가? 선의 사상, 원리, 실천, 이른바 견성성불의 법을 이론적으로 추구하는 선학은 미학을 내포하고 있는가? 선을 기본 원리로 하는 선종은 예술, 문학, 시에 대해 어떤 태도를 보이는가? 선종은 선을 으뜸(宗)으로 삼기 때문에 선종이고, 선학은 선종을 대상으로 하는 학문이다. 그러므로 엄격하게 말하면 선이 다르고 선종이 다르고 선학이 다르다. 선은 범어(Dhyana)의 역어로 선나(禪那), 정려(靜慮)를 뜻하며 부처님은 깊은 선정에 들어가 연기의 법칙을 관찰하고 우주와 모든 현상을 올바르게 볼 수 있는 지혜를 얻는다. 그런 점에서 선은 선정(지), 관찰(관), 지혜(반야)를 중심으로 하지만 선에 대한 태도는 소승불교가 다르고 대승불교가 다르고 보리달마를 초조로 하는 중국 불교가 다르다. 이른바 선종은 초조 달마에 의해 시작되는 중국 불교를 뜻한다. 그러니까 인도 불교, 특히 대승불교가 중국에 건너오면서 중국 문화와 결합된 독특한 불교이고, 선종은 그후 여러 갈래로 발전한다. 예컨대 여래선, 조사선, 남종선, 북종선, 분등선 등이 그렇다.

선학은 이렇게 다양한 선종의 원리, 수행 방법 등을 이론적으로 해명하고 가르치는 수단으로서의 학문을 뜻한다. 쉽게 말하면 선학은 부처님이 설법하신 여러 경전을 연구하는 학문으로 교(敎)를 강조하고 출가 스님들뿐만 아니라 재가불자, 학자들도 연구에 참여한다. 그러나 문제는 선학이 언어, 문자를 수단으로 한다는 점이고 따라서 선학의 강조는 선과 교의 분리로 발전할 가능성이 크다. 이른바 선종과 교종의 분리다. 선종은 원래 불립문자를 강조하고 도를 깨달은 선사들은 문자와 언어를 버려야 하기 때문에 선학이 의존하는 문자가 계속 문제다. 왜냐하면 선종이 강조하는 것은 불립문자 교외별전 직지인심 견성성불이기 때문이다.

부처님이 영산(靈山) 모임에서 꽃을 들고 대중에게 보였을 때 가섭(迦葉)만이 그 뜻을 알고 미소를 짓는다. 이른바 염화미소. 그때 부처님은 실상무상(實相無相)의 묘한 법문을 문자를 세우지 않고 교외의 별전으로 가섭에게 부촉한다. 그런 점에서 언어와 문자를 수단으로 하는 선학은 선종의 기본원리와 모순되고 계속 시빗거리가 된다. 오늘 이 시대에도 나처럼 선에 대해 이러니저러니 분석하고 해석하는 건 사량 분별에 지나지 않고 더구나 무슨 이론을 모색하는 학자들은 비판의 대상이 되기 일쑤다.

그러나 선종을 본격적으로 확립한 6조 혜능은 불립문자를 긍정하지도 않고 부정하지도 않는다. 왜냐하면 긍정도 부정도 그가 주장하는 즉리양변(卽離兩邊)에 위배되기 때문이다. 즉리양변은 이항 대립적 사유를 벗어나는 것으로 선종이 강조하는 무심, 무분별, 불이(不二) 사상을 반영한다. 그는 불립문자 대신 불리문자(不離文字)를 강조하고 그가 말하는 불리는 문자에 즉(卽)한다는 것. 무슨 말인가? 문자를 벗어남은 말 그대로 문자를 버리는 게 아니라 버림이 바로 만남이 되는 경지, 혹은 버리면서 버리지 않는 경지, 그러니까 언어를 사용하되 언어에 집착하지 않는 것을 뜻한다.

특히 송대에 오면 그동안 전해온 조사들의 법문, 깨달음의 기연, 선승들의 생애, 선사와 학승의 대화 등이 문자로 기록되고 이른바 문자선이 등장한다. 문자를 참고하고 공부하면서 깨달음의 세계로 나가는 독특한 선종이 나타난 셈이다. 그동안 전해온 조사들의 법을 기록한 전등록, 조사들의 어록, 생애를 기록한 고승전 등이 그렇다. 그런 점에서 선종의 문자화는 선종이 본격적으로 불립문자에서 불리문자로 이행한 것을 뜻하고, 한편 문자선은 불립문자의 폐해, 모순, 곤경을 벗어나기 위한 새로운 수행 방법이 된다. 문자선은 이런 텍스트, 그러니까 문자를 매개로 참선하고 불법을 공부하는 것. 물론 이런 문자선이 송대에 등장하게 된 것은 당시 선종의 분위기 때문이다. 다음은 문자선의 형성과 그 의미에 대한 명법의 견해.(명법, 『선종과 송대사대부의 예술정신』, 씨아이알, 2009, 91~92쪽)

선종이 불립문자 직지인심을 강조한 것은 당대의 번쇄한 교학체계에 대항하여 실천적인 수행을 강조하기 위해서다. 그러나 5대와 북송 초기 불교는 초기 선종이 강조한 이심전심이라는 직접적이고 개인적인 가르침을 수용할 수 없는 국면에 이른다. 그럼에도 불구하고 선승들 사이에선 여전히 불립문자를 고집하고, 불교의 기본이론도 모르면서 부처를 비난하고 조사를 꾸짖고, 경전을 무시하는 풍조가 만연한다. 이런 풍토는 선종의 생존을 위협할 정도여서 그에 대한 우려가 승가 내부뿐만 아니라 승가 외부에서도 흘러나올 지경이었다. 당시 이런 풍조에 대해 소식은 다음처럼 말한다.

> 불자들 또한 그러하다. 재계하고 계율을 지키며 불서를 읽고 외우고 탑묘를 숭상하고 꾸미는 것은 부처님이 늘 가르치신 바다. 그러나 그 무리들 중 재계하고 계를 지키는 것이 무위만 못하고, 불서를 읽고 외우는 것은 말하지 않는 것만 못하며, 탑묘를 숭상하고 꾸미는 것은 무위만 못하다고 여기는 자들이 있다. 그의 마음은 무심하고 입으로는 아무 말도 하지 않고 몸으로는 아무것도 행하지 않으면서 배불리 먹고 놀 뿐이다. 이것은 크게 불도를 기만하는 것이다.
>
> — 명법, 『선종과 송대사대부의 예술정신』, 92쪽 재인용

더구나 선(禪)과 교(敎)가 분열되는 상황도 벌어진다. 송대에 문자선이 나타난 것은 이런 상황과 관계가 있다. 문자를 강조한 것은 단순히 문자에 의지한 것이 아니라 명법에 의하면 문자에 새로운 내용과 형식을 부여해 기존 불교 형식을 타파하고 새로운 형식의 불교를 창안한 힘이고 선종의 생존을 지켜낸 힘이 된다. 문자선과 시학의 관계는 뒤에 다시 살피기로 하고, 문제는 이렇게 문자선이 등장하면서 선종이 송대 사대부들의 예술에 영향을 끼친다는 점이다.

3. 선과 미학

원래 불립문자를 주장하는 선종이 예술에 무심하고 관심이 없는 것은 종교와 예술이 다른 세계이기 때문이다. 그런 점에서 선학과 미학, 선학과 시학은 거리가 멀다. 앞에서도 말했듯이 예술과 종교는 다른 영역에 속한다. 예술이 상상력과 감각을 매개로 미적 공간을 추구한다면 종교는 신앙에 의한 현실 초월을 추구한다. 상상력이 주관적 표현 능력을 강조한다면 신앙은 이런 주관성을 포기하고 절대적인 신에게 귀의한다. 이런 사정은 불교의 경우도 예외가 아니다. 선학이 별도로 예술, 미학에 대해 언급하지 않는 것은 이런 사정 때문이다.

더구나 불립문자를 주장한 선종은 예술에 관심이 없고, 불교예술 역시 예술의 미적 가치보다는 종교적 가치를 강조한다. 그러나 송대 선종은 문자를 새롭게 수용하면서 당대의 세계관, 예술관에 기여한다. 명법에 의하면 불교의 미적 수용의 원류는 노장사상과 위진 시대 현학에 내재된 미적 세계관이고, 선종이 수립되면서 일상적 삶 자체에서 깨달음을 추구하는 철저한 주관화, 자기화를 확립하고, 그런 점에서 선종은 불교의 혁명이다. 한편 송대에 오면서 선종은 사대부들과 관계를 맺으며 이른바 문도론(文道論)을 제기한다. 문도론은 문학과 예술의 초월적 근거 및 그 의미를 확립하려는 노력이고, 따라서 명법은 선종과 송대 예술의 영향관계에 대한 사실적 확인보다 선종의 미학적 근거를 규명하고, 그것이 송대 사대부들의 세계관과 예술관에 끼친 영향을 규명하는 데 관심을 둔다. 그러므로 그는 '의경'이나 '시서화 일률론' 등에 대한 연구보다 선종의 인식론과 자연관을 근거로 하는 미학적 특성을 우선한다.(명법, 위의 책, 11~13쪽)

명법이 이런 방법을 선택한 것은 두 가지 이유 때문이다. 하나는 불교미학을 구성하기 위해서는 불교 교리에서 미학적 내용을 추출하고, 그것을 토대로 미학체계를 구성할 수 있지만 불교 교리에는 불교미학이 부재하기 때문이다. 특히 불교의 관심은 추상적 이론체계의 구축이 아니라 해탈을 위한 수행에 있고, 수행은 이른바 서양 철학이 강조하는 진 · 선 · 미의 개념을 부정하고, 더구나 돈오사상엔 문학 예술적 가치나 미적 인식이 부재하기 때문이다. 다른 하나는 서양 미학을 억지로 끌어와 불교와 관련시키는 방법이 있지만 서양 미학은 불교사상과 실천의 관심 대상이 아니기 때문이다.

그러나 송대 시학이 발전하면서 '시 배우기를 선 하듯 하라'는 시와 선의 일치를 주장하는 시선일치론이 등장하고, 선시가 발생하는바 이런 현상은 불립문자를 주장하는 선종사상과 모순된다. 명법에 의하면 이런 현상은 불립문자의 강력한 의지에도 불구하고 선사상과 수행의 저변에 문자를 빌릴 수밖에 없다는 징표이고, 따라서 선종의 미학적 근거에 대한 연구가 필요하다. 요컨대 명법의 연구 대상은 선종이 중국인의 세계관, 예술관에 기여한 점, 그리고 중국인들의 선종 수용과 미적 형상화이다.

그런 점에서 송대는 선종이 불립문자에서 불리문자로 이행하고, 종교와 예술이 겹치는 특이한 시대가 된다. 헤겔은 일찍이 예술의 종말을 선언한 바 있다. 그에 의하면 예술은 종교, 철학과 함께 절대정신이 자신을 실현하는 양식이다. 그러나 예술은 정신의 가장 높은 단계의 지식이 못되고 더구나 예술은 가장 풍부한 관념을 표현한 다음 스스로 넘쳐 종교나 철학이 된다. 예술의 능력은 역사적으로 소진되어 마침내 정신은 자유에 접근한다. 무슨 말인가? 그에 의하면 예술은 상징적 예술—고전적 예술—낭만적 예술의 단계를 거쳐 마침내 종말에 이른다는 것. 어떻게 종말에 이르는가?

상징적 예술은 초기 문화 및 동양 문화의 특성으로 관념이 수단을 능가하고, 따라서 수단은 관념을 공허하게 표현한다. 그러나 고전적 예술의 경우엔 관념과 수단이 균형을 이루고, 낭만적 예술의 경우엔 관념이 수단을 지배하면서 정신화가 완성된다. 이런 미학은 물론 헤겔의 절대적 관념론에 토대를 두고, 그의 변증법적 논리에 따르면 정신의 자기발전 단계에서 정신(주체)은 자연(객체)과 만나면서 소외되고, 그런 점에서 자연은 정신의 소외, 혹은 외화(外化) 현상이다. 그러나 이렇게 외화된 정신은 보다 높은 단계인 자의식 속에서 정신 자체로 회귀한다. 요컨대 정신의 자기실현은 주관적 정신(명제)—객관적 정신(반명제)—절대적 정신(종합)의 변증법적 단계로 발전하며, 이 절대정신이 궁극적 진리이고 철학적 지식의 대상이다.

요컨대 진리는 절대적 정신이고, 이런 절대관념 속에서 개념과 현실은 변증법적으로 종합 지양되어 하나가 된다. 예술이 필요한 것은 예술 속에서 정신(관념)과 수단(물질)이 변증법적으로 종합되기 때문이다. 예술은 감각(물질)의 정신화(관념화)이고, 따라서 예술은 감각적 물질적 구성 양식에 의해 진리(절대적 정신)를 드러내고, 그러므로 예술은 자연보다 높은 단계에 있다. 요컨대 예술은 종교, 철학과 함께 절대정신의 실현을 목표로 한다.

한편 헤겔에 의하면 위에서 말한 세 가지 예술은 세 가지 예술 양식에 상응하고 예술의 위계가 존재한다. 건축은 상징적 예술, 조각은 고전적 예술, 회화, 음악, 시는 낭만적 예술의 범주에 든다. 그러나 낭만적 예술 충동은 회화—음악-시의 단계로 발전한다. 회화는 조각보다 감각적 재료에 덜 의존하고, 감각적 수단(물질)으로부터 차츰 자유로워지면서 마침내 순수사유(관념)에 접근한다. 회화가 소유하는 두 차원(공간과 관념)은 음악과 시로 분화한다. 곧 음악은 공간을 버리고, 시는 거의 모두가 관념이다.(이상 헤겔의 미학은 M. C. Beardsley, *Aesthetics-A Short History*, Univ. of Alabama Press, New York, 1966, pp. 234~239 참고)

결국 그가 말하는 예술의 종말은 낭만주의 예술을 모델로 한다. 낭만주의 예술은 관념(정신)이 수단(물질)을 지배하고, 정신이 넘치면서, 절대정신이 아니라 자유 자체가 되어 종교나 철학으로 넘어간다. 장르로는 회화, 음악, 시가 그렇다. 예컨대 낭만주의 시가 보여주는 관념의 넘침, 과잉은 더 이상 절대정신으로서의 진리를 실현할 수 없게 되고 따라서 정신은 자유 자체가 되어 예술은 종말을 고한다.

4. 근대 예술의 종말

나는 다른 글에서 '예술의 종말'이라는 헤겔의 주장을 중심으로 하이데거 예술론과 단토의 예술론을 비교하면서 선의 미학적 토대를 모색한 적이 있다. 하이데거는 예술의 역사가 종말을 고했다는 헤겔의 주장에 대해 비판적인 입장이다. 그에 의하면 예술은 이 시대에도 진리, 헤겔이 말하는 진리와는 다른, 이른바 존재자의 진리인 존재를 드러내고, 드러내야 하기 때문이다. 그가 헤겔의 주장을 비판하는 것은 헤겔이 말하는 진리, 절대정신이 어디까지나 그리스 이래의 서구적 사유를 토대로 하기 때문이다. 말하자면 헤겔이 말하는 진리, 곧 절대정신은 정신을 토대로 하고 이런 정신은 이성, 곧 주체와 객체를 분리하면서 주체를 중심으로 하는 진리에 지나지 않기 때문이다. 그러므로 하이데거는 이런 주체/객체의 분리를 초월하는 진리, 곧 존재자의 진리가 아니라 존재 자체의 실현을 강조한다. 그가 말하는 존재의 예술은 이른바 깨달음의 시를 지향한다.

한편 현대 미국 미술이론가 단토는 헤겔이 말하는 예술의 종말론을 수용하면서 종말 이후의 예술을 새롭게 해석한다. 헤겔에 의하면 근대 낭만적 예술에 오면서 관념이 수단을 지배하고 예술의 능력은 소진되어 정신은 자유로워진다. 단토가 강조하는 것은 이 자유이다. 말하자면 헤겔의 예술 개념은 진보적 · 역사적 개념으로 미국의 경우 1960년대부터 예술의 역사는 끝나고, 따라서 예술은 역사로부터 해방되고 자유로워진다는 것. 그리고 이런 자유는 일체의 미적 규범의 소멸을 동반하기 때문에 이제 예술은 '무엇이 예술인가' 하는 미적 자의식, 혹은 예술에 대한 철학적 질문이 된다.

그런 점에서 단토는 예술의 역사가 끝나고, 정신이 자유롭게 되어 예술이 철학이 된다는 헤겔의 주장을 비판적으로 수용한다. 한편 하이데거는 헤겔이 주장하는 그리스 이래의 이성중심주의적 사유를 비판하면서 그런 이성, 이른바 근대 이성을 초월하는 진리, 곧 존재자의 진리가 아니라 존재자의 근거로서의 존재의 진리를 강조한다. 그가 말하는 존재는 언어를 초월하는 것으로 이른바 비은폐성으로 요약된다. 이런 진리, 곧 비은폐성은 존재자의 존재를 밝히는 진리이고, 그것은 존재자를 세우면서 동시에 존재자가 소유하는 진리이다. 나는 이런 비은폐성이 선종사상이 강조하는 공(空), 중도, 불이(不二)와 통한다는 입장이고, 이런 세계는 주체/객체, 존재/사유, 존재자/존재의 대립이 없는 세계로 화엄사상에 의하면 법성(法性)이 원융한 무이상(無二相)의 세계, 은현동시, 상즉상입, 이사무애의 세계로 해석한 바 있다.(이상 이승훈, 「시(1)」, 『선과 하이데거』, 황금알, 2010 참고)

문제는 선학과 미학의 관계다. 나는 지금 선학과 미학의 관계, 그러니까 선학과 미학의 결합 혹은 선학을 중심으로 하는 미학의 근거 찾기에 대해 글을 쓰고 있다. 헤겔 미학에 대한 하이데거와 단토의 입장을 다시 생각한 것은 이런 문제와 관련이 있다. 『선과 하이데거』에서 주장한 것은 하이데거의 사상을 선사상으로 해석하는 일이었다. 그러나 지금은 선의 미학이 문제이고, 특히 우리 현대시의 새로운 방향을 이런 미학에서 살피는 게 문제이다. 그런 점에서 헤겔 미학에 대한 하이데거와 단토의 입장을 다시 생각할 필요가 있다. 결론부터 말하면 나는 예술의 역사가 끝났다는 헤겔의 주장에 동의하면서 그의 주장을 비판적으로 수용하는 입장이다. 그런 점에서 하이데거와 단토의 대립이 아니라 둘을 종합하는 입장이고, 그것은 선과 아방가르드의 회통과 통한다.

예술의 역사는 끝났다. 그러나 예술의 종말은 헤겔이 말하는 근대 예술의 종말이고, 이제 예술은 무슨 절대정신의 실현이 아니라 그런 정신으로부터 자유로워지는 예술을 지향한다. 얼마나 좋은가? 이제 예술은 예술의 역사, 규범, 법칙으로부터 자유로워진다. 우리 현대시를 놓고 말하면 우리 근대시의 역사는 끝나고 종말 이후의 시는 역사적 규범, 전통, 형식으로부터 자유로워진다. 그러므로 이제 시인은 시를 쓰는 자가 아니라 시에 대해 질문하는 자이고, 시는 철학이 되고 사유가 된다. 그런 점에서 나는 단토의 견해에 동의한다. 그러나 그가 대상으로 하는 것은 서양 미술, 특히 미국 현대미술이고 그가 말하는 자유, 자유에 대한 사유는 비판적으로 수용하는 입장이고, 따라서 포스트모더니즘 미학/반미학을 극복하는, 혹은 아방가르드와 선을 결합하자는 입장이다.

헤겔은 예술의 역사가 끝나면 예술은 철학 혹은 종교로 넘어간다고 말한다. 단토가 철학, 사유를 강조한다면 하이데거 역시 철학, 사유를 강조한다. 그러나 하이데거의 철학은 선사상과 유사하고, 그런 점에서 종말 이후의 예술은 근대 합리성, 이성중심주의를 극복하는 예술이고 이런 예술은 종교와 만난다. 요컨대 나는 종말 이후의 예술은 예술의 역사에서 자유롭고 한편 예술에 대한 철학적 사유는 종교, 특히 선종을 지향해야 한다는 입장이다. 아방가르드와 선의 회통은 이런 뜻이다. 선종을 지향한다는 말은 예술이 선종, 그러니까 종교가 된다는 말이 아니고, 예술과 선종의 만남을 뜻한다. 한편 불교는 역사적 시간을 부정하고 초월한다는 점에서 이런 만남은 바람직하다. 종말 이후의 예술이 누리는 자유는 제멋대로의 자유가 아니라 절대정신도 부정하는 미학, 근대 합리성을 극복하는 미학과 만나야 하고, 이런 자유가 선(禪)과 통한다.

그러므로 이 시대 선의 시학은 명법의 견해를 발전적으로 수용할 필요가 있다. 그가 관심을 둔 것은 선종의 미학적 근거를 찾고, 선종이 중국인의 세계관과 예술관에 기여한 점, 중국인들의 선종 수용과 미적 형상화의 관계이다. 특히 문자를 강조하는 송대 선종과 예술의 관계를 강조한다. 송대 선종은 불립문자에서 불리문자로 이행하고, 종교와 예술이 겹치는 시대가 된다.

5. 우리 시의 방향

송대 시학이 발전하면서 선승뿐만 아니라 사대부들의 선시가 활발하게 창작되고 선과 시의 경계가 해체되면서 선종과 예술, 선종과 미학, 선종과 시학은 아름답게 만난다. 아니 선시는 이에 앞서 당나라 시대의 왕유, 백거이 등 많은 시인들이 창작하고, 금나라 시인 원호문은 '시는 선객이 수놓은 비단/선은 시인이 옥을 다듬는 칼(詩爲禪客添花錦 禪是詩家切玉刀)'이라고 노래할 정도이다. 이런 현상은 선종이 강조하던 불립문자가 불리문자로 이행하면서 부처님의 진리를 예술로 승화시킨 보기이다. 예술적 승화라는 말은 예술이 불교 교리를 담고 중생들을 가르치기 위한 수단의 단계를 넘어 불교와 예술, 선종과 미학, 선학과 미학이 서로 넘나드는 영역에 있음을 뜻한다. 내가 생각하는 선의 시학이 그렇다. 앞에서도 말했듯이 내가 생각하는 선의 시학은 선이 소유하는 시학이 아니고 선학의 반복도 아니다.

그러나 당대 및 송대와 이 시대 우리 현실은 다르고, 이 차이가 중요하다. 나는 이 책을 우리 현대시의 새로운 방향과 가능성을 선과 관련시켜 모색하기 위해 쓰고 있다. 그러므로 이 시대는 송나라 시대가 아니고, 따라서 당대나 송대 시학은 이론적 모델 혹은 중요한 참고 이론이고 이런 이론들의 비판적 수용이 필요하다. 한마디로 우리 현대시의 방향과 관련되는 선의 시학이 필요하다. 어떻게 구성하고 목표는 무엇인가?

먼저 우리 근대시의 역사와 현재의 상황이 문제다. 나는 우리 근대시가 근대시-현대시-후기 현대시로 발전하고, 21세기에 접어들면서 이렇다 할 방향을 못 찾고 표류한다는 입장이다. 서양의 경우엔 근대와 현대를 가르지 않고 하나의 용어 모던(modern)으로 부른다. 그러니까 근대성은 현대성과 같은 의미이고 모두가 모더니티를 지시한다. 그러나 우리 문학의 경우엔 서구를 모델로 할 때 19세기 문학과 20세기 문학이 혼재한다. 전자는 낭만주의, 자연주의적 요소, 후자는 이른바 주지파로 알려지는 모더니즘을 뜻한다. 물론 학자들마다 우리 문학의 근대성에 대한 견해나 주장은 다르지만 우리 현대시의 특성을 해명하는 데는 근대/현대로 나누고, 다시 후기 현대로 나누는 게 도움이 된다.

나는 이런 문제를 다른 글에서 살핀 바 있기 때문에 이 자리에서는 그 글에서 주장한 내용을 다시 손질하면서 간단히 요약한다. 서양의 경우 모더니즘 혹은 미적 현대성은 1850년부터 1950년까지 나타나는 예술 형식들을 지칭하고, 미적 모더니티는 당대의 사회적 모더니티를 미적으로 비판한다. 이 시기의 사회적 모더니티는 이른바 독점자본주의와 관련된다. 만델에 의하면 서구 자본주의는 시장자본주의(1750~1850), 독점자본주의(1850~1950), 다국적 자본주의(1950~), 혹은 초기 자본주의, 중기 자본주의, 후기 자본주의로 발전하고, 제임슨은 이런 발전 모델을 미학과 관련시킨다. 곧 시장자본주의는 리얼리즘, 독점자본주의는 모더니즘, 다국적 자본주의는 후기 모더니즘에 상응한다. 요컨대 리얼리즘은 시장자본주의를 반영하면서 미적으로 비판하고, 모더니즘은 독점자본주의를 미적으로 반영하면서 비판하고, 후기 모더니즘은 다국적 자본주의를 반영한다.(이승훈, 「근대성, 현대성, 후기 현대성」, 『한국현대시의 이해』, 집문당, 1999)

시장자본주의에 의해 도시가 생활의 중심이 되면서 작가들은 리얼리즘 미학으로 도시적 삶의 모순, 부조리, 병폐를 비판하고, 시인들은 낭만주의 미학으로 산업화 이전의 세계인 자연을 동경한다. 요컨대 이 시대의 시는 낭만주의가 지배하고 소설은 리얼리즘이 지배한다. 제임슨은 시가 아니라 소설을 강조하고, 나는 이 시대 시의 특성으로 낭만주의적 요소를 강조한다. 크게 보면 낭만주의적인 시들 역시 당대 도시생활에 대한 미적 비판으로 읽을 수도 있다.

그러나 우리 시의 경우 이런 모델은 그대로 적용되지 않는다. 우리 현대시는 식민지 시대인 1920년대에 김소월, 한용운 등의 시가 발표되지만 김소월의 시를 지배하는 것은 미적 모더니티가 아니라 낭만주의 미학이다. 서구의 경우 낭만주의가 초기 자본주의가 지향하던 합리성, 혹은 근대성에 대한 저항적 의미가 크다면 우리의 경우엔 초기 자본주의가 아니라 중기 자본주의, 곧 독점자본주의, 특히 독점자본주의의 논리에 희생되는 식민지 시대이다. 내가 이 시기 우리 시를 근대시로 부르는 것은 이 시기의 시들이 이른바 미적 현대성을 획득하지 못했고, 시기적으로는 20세기지만 그 미학은 미적 현대성을 획득하지 못했기 때문이다. 그런 점에서 서구 낭만주의 미학이 그대로 적용되는 것도 아니고, 그렇다고 적용되지 않는 것도 아니다. 이런 현상은 식민지 시대 우리 문학이 보여주는 특수성이고, 이런 특수성은 해방 이후 자본주의 시기에도 계속된다.

우리 시의 미적 현대성, 말하자면 모더니즘의 경우에도 사정은 비슷하다. 우리 시의 경우 모더니즘 미학은 1930년대 이상, 김기림, 정지용 등에 의해 등장한다. 서구의 경우 모더니즘 혹은 아방가르드 예술은 독점자본주의 사회를 반영하면서 동시에 비판한다. 이 시기 자본주의는 자본 축적을 국내 시장이 아니라 세계 시장에 두지만 실제로는 제국의 독점자본주의가 등장한다. 리얼리즘 미학이 도시라는 하부 구조를 반영하면서 동시에 비판한다면 모더니즘 미학은 이런 하부 구조가 탈락하고 이른바 예술의 자율성이 강조되고 현실은 추상화된다.

우리 시의 경우 이상의「오감도」나「거울」에서 읽을 수 있은 것은 이렇게 현실이 추상화된 내면 공간이고, 자아 찾기이다. 이상의 시는 자연과 단절되고, 도시와도 단절되고, 마침내 자아와도 단절되는 특수한 공간이다. 그러나 이런 미학이 식민지 시대의 산물이라는 점에서 우리 모더니즘 미학의 아이러니가 된다. 이상의 시가 보여주는 아방가르드 미학 역시 비슷하다. 아방가르드 예술은 모더니즘 미학이 강조하는 미적 자율성, 제도성, 그러니까 인생 따로 예술 따로 노는 예술가들의 이중성을 비판한다. 나는 30년대 우리 시의 모더니즘을 식민지 모더니즘으로 부르고, 그것은 독점자본주의가 아니라 식민지 현실을 하부 구조로 하는 특수한 모더니즘이다.

이런 특수성은 우리 시의 후기 현대성을 말할 때도 나타난다. 서구의 경우 후기 모더니즘은 20세기 중엽부터 등장한다. 전자매체에 의한 정보화 시대의 산물로, 전자매체는 생산 수단에 결정적인 역할을 할 뿐만 아니라 이런 매체의 변화에 의해 상부 구조/하부 구조, 현실/환상, 현실/예술의 경계가 해체된다. 언어의 경우 소리/의미, 기표/기의의 대립이 해체되고, 욕망을 표상하는 기표들의 연쇄가 강조된다. 1980년대 김춘수의 시집『처용단장』3부', 『들림, 도스토예프스키』에 나타나는 상호텍스성의 시, 1990년대에 필지기 시집『밝은 방』, 『니는 시랑한디』에서 시도힌 메다시, 장르 해체 등이 그렇다.

나는 이런 현상, 그러니까 우리시의 미적 모더니즘의 역사를 책으로 정리한 바 있다.(이승훈, 『한국 모더니즘시사』, 문예출판사, 2000) 그리고 다른 글, 어떤 글인지 지금 생각나지 않지만, 아무튼 어떤 글에서 우리 시의 경우 이런 현대성, 말하자면 현대시의 역사는 끝났다고 주장한 바 있다. 물론 현대시의 종말은 한 시대를 지배한 시의 역사가 끝났다는 것. 그러므로 현대시의 종말은 시의 죽음이 아니고 현대시의 목표(end)는 현대시의 종말(end)이기 때문에 이제 우리 현대시도 목표에 도달하고 역사를 완성하고 이젠 퇴장해야 한다는 것. 사실 똑같은 시들이 백 년이고 천 년이고 노래된다면 얼마나 골치가 아프겠는가?

그런 점에서 우리 현대시가 끝난 것은 잘된 일이다. 최근의 우리 시는 역사적 방향을 상실하고 제멋대로 표류한다. 크게 보면 전통서정시(근대시), 모더니즘(현대시), 후기 모더니즘(후기 현대시)이 혼재하지만 전통서정시는 근대 낭만주의 미학의 잔재이고, 모더니즘은 한물간 미학이고, 문제는 후기 모더니즘이다. 후기 모더니즘은 전자매체를 매개로 하는 다국적 자본주의 미학이지만 미학이 없다는 것이 특성이고, 그런 점에서 단토가 말하는 예술의 종말 이후의 예술을 뜻한다. 종말 이후의 예술은 예술의 역사로부터 자유롭기 때문에 일정한 미적 규범, 가치, 세계관에 구속되지 않는다. 그러나 시의 경우 후기 현대성의 미학, 철학, 세계관에 대해서는 주장들이 분분하고 이것이 우리 시의 한계이고 문제점이다.

나는 우리 시의 후기 현대성을 선의 시학으로 극복할 수 있고, 극복해야 한다는 입장에서 그동안 몇 편의 글을 쓰면서 우리 시의 후기 현대성의 방향을 선의 문맥에서 읽고 그 철학적 사상적 토대를 거기서 찾을 수 있다고 주장한 바 있다. 이런 시도는 그러니까 그동안 서양의 문맥에서만 읽어온 포스트모더니즘의 미학/반미학을 동양적 문맥, 특히 선종의 문맥에서 새롭게 읽고 우리대로의 새로운 21세기 미학/반미학을 세우려는 노력과 통한다. 공부하기에 따라서는 이런 노력은 21세기 예술과 시의 방향을 제시하고 동양과 서양의 대화, 넘나들기, 경계 해체를 통해 서구 지배적이었던 현대시의 흐름을 주체적으로 해석하고 새로운 논리를 부여한다는 점에서 서구 종속적인 문학이론을 극복한다는 의미도 띤다.(이승훈, 「언어여 침을 뱉어라」, 『현대시의 종말과 미학』, 집문당, 2007)

6. 근대 미학 비판

미적 후기 현대성이 이성이 아니라 반이성, 자아가 아니라 욕망, 기의가 아니라 기표를 강조하고, 혹은 둘 사이의 차이가 소멸하는 이른바 해체를 지향한다고는 하지만 이런 주장 역시 다시 생각하면 자아, 주체, 이성을 강조하는 그리스 이래의 서구 근대 합리성에 토대를 둔 주장이다. 그런 점에서 근대 낭만주의 미학, 현대 모더니즘 미학, 후기 모더니즘 미학은 모두 주체와 객체를 분리하고 주체의 주관성을 강조하는 사고를 반영한다. 낭만주의 미학이 주관적 정서나 상상력을, 모더니즘 미학이 자아의 내면을, 포스트모더니즘 미학이 욕망을 강조하기 때문이다.

그러므로 후기 현대성 극복은 후기 현대성에 대한 비판적 사유가 아니라 근본적으로는 서양 미학의 뿌리에 해당하는 주관성 미학에 대한 성찰과 비판을 요구한다. 그런 점에서 나는 종말 이후의 예술의 자유를 하이데거 철학이 암시하는 선적 사유로 대체하자는 입장이다. 하이데거가 강조한 것은 서양 근대 합리성에 대한 비판이고 미학의 경우 깨달음을 강조하기 때문이다. 나는 다른 글에서 근대 미학에 대한 하이데거의 비판과 그가 대안으로 제시하는 존재의 예술을 선적 사유, 선의 시학으로 해석한 바 있다. 이 자리에서는 이 글을 참고하면서 후기 현대성 극복 문제까지 간단히 살피기로 한다.(이승훈, 「시(1)」, 『선과 하이데거』, 황금알, 2011)

근대는 중세를 지배한 신의 구속에서 인간이 해방된 시기이다. 따라서 주관주의와 개인주의가 도래하고, 예술 역시 주관적 표현을 중시한다. 인간이 주체가 됨으로써 존재자, 사물, 세계는 객체로 표상되고 하이데거는 이런 세계를 세계상(像)이라고 부른다. 이제 세계는 있는 그대로의 세계가 아니라 표상이 되고 이런 표상은 쇼펜하우어의 용어에 의하면 의지의 산물이다.

이미지를 뜻하는 한자 상(像)을 중심으로 이런 표상의 세계를 생각하자. 상(像)은 사람(人)과 코끼리(象)가 결합된 형상이다. 인간이 코끼리를 바라보고, 인간과 코끼리는 대립되고, 이런 그림은 코끼리에 인간의 주관성이 개입되어 코끼리(사물)를 지배한다는 뜻도 된다. 그러므로 사물은 사물 자체가 아니라 인간이 중심이 되어, 인간의 관념을 매개로, 인간이 해석하는 사물에 지나지 않는다. 우리가 아는 코끼리는 상상계(사진, 그림, 이미지)나 상징계(언어)에 지나지 않는다. 누가 코끼리를 보았는가?(이승훈, 「누가 코끼리를 보았는가?」, 시집 『이것은 시가 아니다』 시론, 세계사, 2007)

세계가 아니라 세계상을 본다는 것은 이렇게 인간이 주체가 되어 존재자, 사물, 세계를 객체로 간주하는 주체/객체의 대립을 강조하고, 세계는 주체의 의지의 표상이 된다. 하이데거에 의하면 이런 세계인식은 그리스 정신이 강조했으나 근대 인간들은 사유와 존재의 동일시를 모른다. 곧 '현존하는 것으로서의 존재자를 받아들이며 동시에 현존하는 것에게 자신을 열어놓는 것'에서 멀리 벗어난다. 근대 미학이 강조하는 것 역시 그렇다. 근대 미학이 강조하는 주관적 표현 행위는 존재자, 사물, 세계의 존재가 아니라 인간 주체의 권력과 의지의 표상을 강조한다. 도대체 사물을 재현하는 것이나 사물을 정서나 상상력을 매개로 표현하는 것이나 궁극적으로는 인간 중심, 주체 중심의 표상에 지나지 않는다.

그렇다면 대안은 무엇인가? 근대 미학이 주체를 강조한다는 점에서 주체의 가난, 주체의 소멸이 필요하고, 이런 가난이 선(禪)과 통한다. 아니 선종이 강조하는 것은 단순한 주체 소멸이 아니라 주체가 헛것이고 인연의 화합이고 공(空)이고, 사물 역시 공이고, 한편 공이 색이고 색이 공이라는 인식이다. 우리가 아는 세계는 인간 주체의 의지, 욕망, 조작의 세계이다. 그러나 당나라 때 선승 마조(馬祖)는 '평상심이 도'라고 했다. 쉽게 말하면 무엇을 의지하고 욕망하고 조작하고 표상하는 게 아니라 있는 그대로의 삶, 어떤 조작도 분별도 없는 평상심을 회복하고, 이런 평상심이 도와 통하고, 근대 이후의 시는 이런 평상심의 세계를 보여줘야 한다.(좀 더 자세한 것은 이승훈, 「평범한 언어가 시다」, 『유심』, 2009년 1~2월 참고 바람)

근대 예술에 대한 하이데거의 대안은 존재자의 진리를 드러내는 시이고 그것은 헤겔이 강조하는 절대정신을 실현하는 예술이 아니다. 절대정신 역시 주체의 정신, 이성을 근거로 하고 따라서 주체/객체의 대립을 전제로 한다. 하이데거가 말하는 존재는 이런 대립이 있기 전, 그러니까 주체가 주체로, 존재자가 존재자로, 사물이 사물로 드러나기 전, 모든 존재자의 근원으로서의 존재를 뜻하고, 그에 의하면 존재는 비은폐성, 숲 속의 빈터, 터-있음으로 정의된다. 나는 이런 존재 개념을 화엄사상이 강조하는 은현동시, 상즉상입, 이사무애로 해석한 바 있다.

그런 점에서 서양의 후기 현대성 미학/반미학이 강조하는 주체 소멸, 욕망, 이항 대립 해체 등도 선종이 말하는 공, 중도, 불이 사상으로 비판적으로 극복할 수 있다는 입장이고, 이런 입장은 단순한 입장이나 시각의 문제가 아니라 세계관의 문제이다. 요컨대 예술가나 시인은 이성중심주의, 나쁜 의미로서의 휴머니즘을 극복하고 불교적 세계관, 특히 선종의 세계관을 지향해야 하고, 이런 세계관의 미적 실천이 중요하다.

7. 비대상이론의 확장

이상에서 나는 종말 이후의 우리 현대시가 나갈 방향을 선종에서 찾는 이유에 대해 말했다. 그것은 첫째로 우리 현대시의 역사와 현재의 상황을 전제로 하고, 둘째로 근대 미학에 대한 비판을 전제로 한다. 셋째로 개인적으로는 그동안 시를 쓰며 발전한 시에 대한 나의 사유와 관계된다. 나는 그동안 여러 편의 시론을 발표하고 책으로 펴냈지만 나 개인의 미학, 문학관, 세계관, 방법론에 대해 쓴 대표적인 시론으로는 「비대상」(시집 『당신의 초상』 시론, 문학사상사, 1981), 「시적인 것은 없고 시도 없다」(『문학사상』, 1996년 11월), 「비빔밥 시론」(『현대시사상』, 1997년 봄, 시집 『나는 사랑한다』, 세계사, 1997 재수록), 「비대상에서 선까지」(『작가세계』, 2005년 봄), 「누가 코끼리를 보았는가」(시집 『이것은 시가 아니다』 시론, 세계사, 2007), 「영도의 시쓰기」(『라캉 거꾸로 읽기-해방시학을 위하여』, 월인, 2009) 등이 있다.

내가 문단에 등단한 것이 1963년이고 올해는 2010년이다. 그러니까 시를 쓰고 시에 대해 생각하며 살아온 세월이 45년이 넘는다. 과연 그동안 나는 왜 시를 썼고 무엇을 썼고 어떻게 썼는가? 최근에 내가 생각하는 것은 이른바 영도의 사유이고 사유의 영도이다. 영도의 사유는 아무것도 사유하지 않는 사유이고 사유에 대한 자의식이 소멸한 사유이고 극단적으로 말하면 사유가 사유하는 사유이다. 내가 이런 생각에 도달한 것은 그동안 추구한 자아 찾기와 관계된다. 그동안 나는 시를 쓴 게 아니라 자아를 찾아 헤맨 셈이고 그것은 초기의 자아 찾기, 중기의 자아 소멸, 후기의 자아 불이(不二)의 개념으로 발전한다.

초기를 대표하는 '비대상 시론'이 강조한 것은 시쓰기를 구성하는 세 요소 자아-대상-언어 가운데 대상을 괄호 친 상태에서 언어를 매개로 자아를 찾는 과정이고, 그것은 자아의 심층에 있는 억압된 무의식을 터뜨리는 작업으로 요약된다. 그러나 이런 자아 찾기는 그후 후기 구조주의 철학과 만나면서 자아가 언어에 지나지 않고, 따라서 자아는 없다는 사유로 발전하고, 그 무렵 나는 언어가 시를 쓴다는 이상한(?) 주장을 한다. 중기를 대표하는 「시적인 것은 없고 시도 없다」, 「비빔밥 시론」에서 강조한 것이 그렇다. 자아가 언어라는 점에서 자아는 소멸하고 언어만 남는다. 그러나 그후 우연한 기회에 나는 『금강경』과 만나고 그동안 내가 찾아 헤맨 자아가 결국은 허상이고 환상이고 꿈이고 허깨비라는 사유, 색즉시공 공즉시색 사상에 도달한다. 후기를 대표하는 「비대상에서 선까지」, 「누가 코끼리를 보았는가」, 「영도의 시쓰기」에서 주장한 것이 그렇다.

그러니까 자아는 없는 게 아니라 있는 것도 아니고(不一) 없는 것도 아니다(不異). 자아가 그렇다면 대상도 그렇다. 이른바 아공(我空) 법공(法空)이다. 시집 『인생』이 전자를 강조한다면 시집 『비누』는 후자를 강조한다. 그렇다면 언어는? 언어 역시 무슨 본질, 자성, 토대가 있는 게 아니라 불이 개념을 토대로 한다. 언어를 구성하는 기표와 기의, 혹은 언어와 대상은 불이의 관계에 있고, 따라서 언어를 매개로 하는 시 역시 그렇다. 시(언어)와 일상(대상)의 관계도 불이의 관계에 있고, 시집 『이것은 시가 아니다』에서 강조한 것이 그렇다. 결국 무엇이 남았는가?

자아도 사라지고 대상도 사라지고 언어도 사라지고 남은 것은 영도의 사유이고 사유의 영도이다. 선종의 시각에서 영도의 사유는 아공, 법공 다음 단계인 구공(俱空), 곧 아무것도 원하는 게 없는 무원(無願)의 세계이고 무주(無住) 무상(無相) 무념(無念)의 시쓰기이고, 올해 펴내는 시집 『화두』가 노래하는 게 그렇다. 그동안의 시쓰기를 전제로 하면 자아-대상-언어가 차례로 소멸한 다음의 시쓰기다. 그러나 자아, 대상, 언어가 소멸한 상태에서 시쓰기는 과연 가능한가? 최근의 화두이다. 결론부터 말하면 이런 시쓰기는 영도의 시쓰기이고 그것은 쓰는 행위만 있는 시쓰기다. 그러므로 최근에 나는 내 시쓰기의 구조를 자아–대상–언어의 삼각형 구조에 쓰는 행위가 첨가된 다이아몬드 구조로 변형시키고 시론 '영도의 시쓰기'가 강조한 것이 그렇다. 도표로 나타내면 다음과 같다.

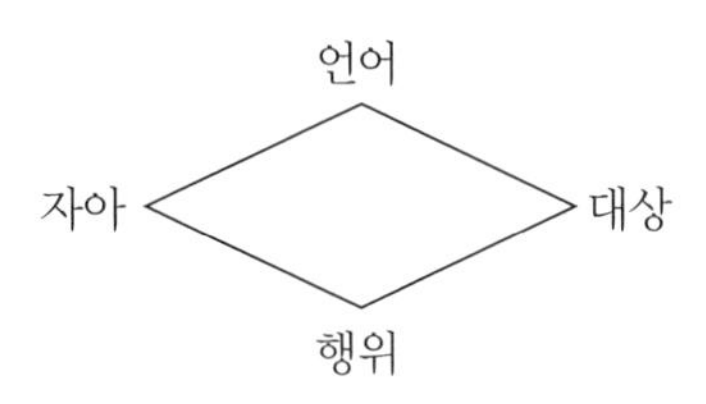

쓰는 행위를 첨가했다고 하지만 첨가가 아니라 이런 요소가 개입하면서 이제까지 내가 관심을 둔 자아, 대상, 언어는 사라지고 쓰는 행위만 남는다. 그렇다면 자아, 대상, 언어에 머물지 않고, 집착을 버리고, 그저 쓴다는 것은 무엇인가? 내가 선의 시학을 나대로 구성하는 것은 이런 사정을 매개로 한다. 쓰는 행위만 남은 시쓰기는 선종이 강조하는 수행에 해당하고, 따라서 선의 시학은 부처님의 진리, 곧 공(空)의 미적 실천이 되고 되어야 한다. 『영도의 시쓰기』(푸른사상, 2012)는 쓰는 행위만 남은 시쓰기가 선과 만나는 과정을 다루고, '중도시학'(中道詩學)은 본격적으로 선의 시각에서 영도시학을 발전시킨다.

그렇다면 개인의 시에 대한 사유가 우리 시의 새로운 방향과 가능성이란 말인가? 그럴 수도 있고 그렇지 않을 수도 있다. 문제는 모든 이론이 개인의 체험과 사유와 논리를 토대로 한다는 점이고, 그런 점에서 특수성과 보편성은 대립되는 게 아니고 모든 이론은 특수성과 보편성 사이에 있다. 아니 모든 특수한 국지이론은 일반이론을 전제로 한다.

알튀세르에 의하면 모든 이론은 두 가지 국지이론 사이에서 작업하거나 둘 중 하나를 일반이론으로 채택해야 한다. 예컨대 프로이트는 자신의 꿈을 분석하면서 당대의 심리학과 물리학(일반이론)을 전제로 정선분석(국지이론)을 확립한다. 한편 비록 알튀세르는 비판적인 입장이지만, 라캉 역시 자신의 임상 경험을 강조하면서 프로이트의 정신분석(일반이론)을 전제로 자신의 정신분석(국지이론)을 확립한다. 그런 점에서 '비대상시론'만 해도 나 혼자 무슨 독창적인 이론을 개발한 게 아니라 시를 쓰면서 체험하고 사유한 내용들을 인식론과 언어학(일반이론)을 전제로 구성한 이론(국지이론)에 지나지 않는다. 그러므로 이 책에서 시도하는 선의 시학은 그동안 발전한 시에 대한 사유를 선학(일반이론)에 의해 새롭게 해석하고 구성하는 이론(국지이론)이 될 것이다. 더구나 미학의 경우엔 자연과학이나 사회과학과 다르게 창작 주체의 창작 경험과 그런 경험에 대한 사유가 중요하다. 북송 시대 대표적인 이론가 곽희는 동시에 대표적인 화가이다. 말년을 홍콩에서 쓸쓸히 보낸 서복관(徐復觀) 교수는 곽희 화론의 특징을 다음처럼 말한다.

> 곽희 화론의 첫 번째 특징은 형호와 마찬가지로 그가 작품의 감상과 구성, 그림 그릴 때 일어나는 것에만 의지하지 않고, 실제 작품을 창작하는 가운데 경험에서 나온 것을 중요시한 점이다. 두 번째 특징 역시 형호와 같다고 할 수 있는데 완전히 인물화와 도가적 그림, 불가적 그림의 전통에서 벗어나 단지 산수화의 한 측면만 계승하여 더욱 발전시킨 점이다. 그러나 곽희의 세 번째 특징은 형호와 다르다. 형호가 임목산수(林木山水)를 중요시한 것은 무의식중에 종병, 왕미의 은일심정을 직접 계승하여 임목산수로써 은일자들의 모든 정신 해방의 실천을 그린 것이라 하겠다. 그런데 곽희의 산수화에 대한 가치 평가는 그의 아래 한 단락을 통해서 볼 때 곽희가 은일자의 각도에서 벗어나 전환하여 일반 사대부의 입장에서 논정한 것임을 이해할 수 있다.
>
> — 서복관, 『중국예술정신』, 권덕주 외 역, 동문선, 2000, 371쪽

화가이며 화론가인 곽희의 이론적 특성은 첫째로 실제 창작 경험을 중시한 점, 둘째로 전통에서 벗어나 산수화 한 측면만 계승 발전시킨 점, 셋째로 은일자의 시각이 아니라 사대부의 입장에서 논한 점이다. 종병과 왕미는 송대 사람으로 위진 현학의 정신으로 중국 최초의 산수화론을 주장한다. 형호는 오대(五代) 사람으로 종병과 왕미를 직접 계승한 화론가이다. 내가 곽희의 화론을 문제 삼는 것은 송대 산수화의 이론을 살피기 위해서가 아니라 지금 이 글, 그러니까 한국 현대시의 새로운 방향을 선학에서 찾고, 한편 이런 모색이 그동안 시를 쓰면서 체험한 창작의 실제와 관련되기 때문이다.

견강부회 같지만 곽희를 모델로 하면서 내가 선의 시학에서 강조하는 것은 첫째로 실제 창작 경험을 중시하고, 둘째로 우리 현대시의 전통에서 벗어나 미적 현대성 혹은 후기 현대성 한 측면만 계승 발전시키고, 셋째로 서양 미학의 시각이 아니라 동양 미학, 특히 아직 개발되지 않은 선종 미학의 시각에서 논한다는 점이다.

끝으로 현대시의 종말 이후 우리 현대시가 나갈 방향을 선종에서 찾는 시도는 전통적인 선시, 최근에도 발표되는 전통적인 선시를 비판적인 시각에서 해석하면서 이른바 현대선시를 모색한다. 말하자면 현대성 혹은 후기 현대성과 결합된 선시이고, 선의 정신, 사상이 육화된 현대시이다. 그런 점에서 전통적인 선시의 미학보다 현대선시의 미학을 추구한다. 물론 선종은 미학 자체를 부정하지만 명법이 시도했듯이 선학을 토대로 시학체계를 구성할 수 있다는 입장이고, 그것은 자아 해방, 깨달음, 해탈을 목표로 하고, 따라서 시쓰기 역시 수행의 한 과정이 되어야 한다. 요컨대 부처님의 진리, 곧 공사상을 토대로 서양 시학을 비판하면서 선종의 시학적 토대를 마련하는 것이 목표다. 그런 점에서 그동안 내가 펴낸 대표적인 이론서인 『시론』(고려원, 1979, 개정판 태학사, 2005), 『모더니즘 시론』

(문예출판사, 1995), 『포스트모더니즘 시론』(세계사, 1991) 등도 비판적으로 해석할 필요가 있다.

중요한 것은 우리 현대시의 새로운 방향과 구체적인 방법으로서의 선의 시학이고, 그러므로 선의 시학은 한국 선시 연구가 아니라 선학과 시학, 선사상과 시학, 선사상과 시쓰기의 만남을 노린다. 내가 모색하는 선종시학의 방향과 방법론은 다음과 같다. 첫째로 비대상시론에 대한 단계적 비판과 선종의 수용으로, 그것은 현대시와 대상, 현대시와 자아, 현대시와 언어, 현대시와 시쓰기의 문제로 발전한다. 이 문제는 이미 '영도의 시쓰기'에서 다루었기 때문에 이 책에서는 생략한다. 둘째로 선과 시의 관계, 선의 시쓰기를 살피고, 여래선, 조사선, 분등선 등을 중심으로 새롭게 해석하고 시학으로 구성한다. 그런 점에서 이 책은 '중도시학'의 연장선에서 선종에 의해 서양 시학의 극복하는 새로운 시학을 모색한다.

결국 시는 언어를 수단으로 미적 가치를 실현하고, 이런 실현은 시인의 세계관을 반영한다. 그런 점에서 시학은 언어학, 미학, 철학과 관련되고, 이 책에서 선은 철학에 해당한다. 물론 선은 철학이 아니고 논리를 부정한다. 그러나 앞에서 말했듯이 내가 강조하는 것은 선종이 아니라 선학이고, 선의 철학이다. 아니 선의 세계관이고 선의 미학이고 선의 언어학이다. 그리고 이것이 선의 시학이 나갈 방향이다.

제 2 장

선과 시의 만남

1. 선의 시학

이제까지 나는 선의 시쓰기에 대해 말했다. 그러나 내가 말하는 선의 시쓰기는 선시에 대한 연구가 아니고, 어디까지나 선사상, 혹은 선의 정신을 지향하는 시쓰기를 말한다. 그런 점에서 현대선시라는 용어가 좋을지 모른다. 굳이 선시가 아니라 현대선시라는 말을 하는 것은 크게 두 가지 사정을 거느린다. 하나는 선시가 우리 현대시, 나아가 서구의 현대시가 보여주는 난경, 아포리아를 극복하고 새로운 시학의 가능성을 암시한다는 점이고, 다른 하나는 개인적인 것으로 이른바 '비대상시론'을 선의 시각에서 해석한다는 점이다. 우리도 그렇고 서구도 그렇고 현대시는 이른바 모더니즘을 거쳐 포스트모더니즘의 세계로 진입하면서 근대 미학이 강조한 미적 기준을 상실하고 자유를 만끽하지만 이 자유가 혼란과 통하고 새로운 미적 출구를 못 찾고 있는 실정이다. 그런 점에서 선에 대한 사유는 새로운 미적 출구를 마련할 수 있다는 생각이고, 그것은 선이 근대 미학이 강조하는 자아 중심의 미학을 극복하기 때문이다.

결국 내가 '선의 시학'에서 비대상시론을 선의 시각에서 새롭게 해석하고 선시의 이론을 구성한 것은 근대 미학의 극복과 통하고 포스트모더니즘 이후 시의 새로운 방향을 모색하기 위해서다. 비대상시론은 처음 대상을 괄호 친 상태에서 자아를 찾는 시로 출발한다. 그러나 그후 자아가 언어에 지나지 않는다는 자아 소멸의 단계를 맞고, 따라서 남은 건 언어뿐이고, 나는 이 단계에서 안어가 시를 쓴다는 이상한(?) 주장을 한다. 그러나 그후 우연히 『금강경』을 만나면서 자아도, 대상도, 언어도 모두 상(相)이라는 부처님 말씀을 듣고 언어도 버린다. 그러므로 비대상시는 자아 찾기-자아 소멸-자아(不二)의 단계로 발전하고, 자아-대상-언어가 소멸하면서 남은 건 쓰는 행위뿐이라는 이른바 '영도의 시쓰기'를 주장한다.

그리고 이 단계에서 나는 선과 만나고, 선의 시각에선 자아는 소멸하는 것이 아니라 자성이 없는 연기, 공이고 이 공이 중도이고 불이이다. 자아공 혹은 자아중도는 이런 의미이다. 대상 역시 그렇기 때문에 대상공, 대상중도이고, 언어도 언어공, 언어중도이고, 쓰는 행위 역시 행위공, 행위중도이다. 요컨대 영도의 시쓰기는 공의 시쓰기, 중도의 시쓰기로 나간다. 내가 시도한 중도시학은 공의 시학이고 불이의 시학이고, 중도시학이 선의 시학이다. 그러나 중도시학은 다시 내적 중도와 외적 중도로 나눌 수 있다. 다시 회상하자.

첫째로 자아공의 경우 내적 중도시학은 자아가 공과 색의 중도로 드러나고, 이때 중도는 두 항목이 같은 것도 아니고 다른 것도 아닌 연기의 관계, 상호의존적 관계에 있음을 뜻한다. 내적 중도시학이 자아 자체만 강조한다면 외적 중도시학은 자아-대상-언어의 중도, 곧 상의성(相依性)을 강조하고, 자아공의 경우 그것은 자아공-대상공이 중도로 드러나는 경우와 자아공-언어공이 중도로 드러나는 경우가 있다.

둘째로 대상공의 경우도 내적 중도시학은 대상이 공과 색의 중도로 드러난다. 그러나 외적 중도 시학은 대상공-자아공의 중도와 대상공-언어

공의 중도로 드러난다.

셋째로 언어공의 경우도 내적 중도시학은 언어가 공과 색의 중도로 드러난다. 그러나 외적 중도시학은 언어공-자아공의 중도와 언어공-대상공의 중도로 드러난다.

넷째로 행위공의 시쓰기는 이상 세 가지 중도시학을 포함하고, 특히 외적 중도시학은 세 항목, 곧 자아공-대상공-언어공이 순화적 관계에 있다. 먼저 내적 중도시학은 공과 색의 중도로 드러난다. 선은 궁극적으로 불립문자의 세계이므로 쓰는 행위도 없지만(공) 우리가 시를 쓰는 건 이런 무, 공, 없음이 임시언어를 빌려 있게 되는 것(색). 따라서 공과 색은 중도의 관계에 있게 된다. 이른바 행위공의 세계이다. 한편 외적 중도시학은 행위공(나는 여기서 쓰는 행위를 그냥 행위라고 부른다)과 자아공의 중도, 행위공과 대상공의 중도, 행위공과 언어공의 중도로 드러나지만 크게 보면 내적 중도시학이 자아공-대상공-언어공의 중도를 내포하며 동시에 초월한다.

물론 이런 중도시학은 시를 자아-대상-언어-행위로 나누고 분별하고 헤아리고 다시 내적 중도와 외적 중도로 나눈다는 점에서 선이 강조하는 중도 사상과 모순된다. 이 문제가 계속 문제이고, 내가 이 책을 쓰면서 고민한 부분이 이 문제다. 그러나 나는 이 책을 시작하면서 이른바 불리문자(不離文字)라는 말을 사용한 바 있다. 부처님이 강조하는 깨달음은 언어, 분별, 사량을 벗어나는 불립문자(不立文字) 직지인심(直指人心)의 세계이다. 내가 왜 모르겠는가? 그러므로 언어문자는 방편이고, 언어문자를 사용하는 것은 언어문자를 버리기 위해 사용하는 것, 곧 불리문자를 강조한다. 이런 방편이 필요 없다면 팔만대장경은 왜 있고, 선승들의 어록은 왜 있고, 게송은 왜 있고, 선시는 왜 있어야 하는가? 내가 선이라는 말보다 선종이라는 말을 쓴 것은 선종이 깨달음의 세계, 불립문자의 세계를 언어로 분별하고 성찰하고 정리하고 체계화하기 때문이다. 그러므로 내가 이 책에서 시도하는 것은 선이 아니라 선의 시학이다.

그렇다면 문제는 선과 시의 관계다. 나는 이제까지 선과 시의 관계를 살핀 것이 아니라 선의 시각에서 현대시의 방향을 살핀 셈이고 따라서 이 자리에서는 선과 시의 관계, 나아가 이른바 선시라는 용어에 대해 간단히 살피기로 한다.

2. 선과 시의 만남

나는 이 책을 시작하면서 시와 선은 다르다고 주장한 바 있다. 쉽게 말하면 시는 예술이고 선은 불교, 특히 선불교 혹은 대승불교에 속하는 종교이다. 예술과 종교는 종교예술을 예외로 하면 대립적인 관계에 있다. 아니 헤겔에 의하면 예술이 끝나면 그것은 종교나 철학으로 넘어간다. 그에 의하면 예술, 종교, 철학은 모두 절대정신의 실현을 목표로 한다. 그러나 목표는 같지만 예술은 감각(물질)의 정신화(관념화), 그러니까 정신을 감각으로 실현한다. 그러나 이런 실현은 역사적으로 관념이 물질을 능가하고(초기 상징주의), 관념과 물질이 균형을 이루고(고전주의), 관념이 물질을 지배하면서(낭만주의) 예술의 종말을 맞이하며 종교나 철학으로 넘어간다. 이런 주장에 대해서는 미학자들마다 견해가 다르지만 예술과 종교의 차이에 대해 암시하는 바가 크다. 요컨대 예술이 감각에 의한 절대정신 실현을 노린다면, 종교는 감각의 소멸 혹은 표상에 의해 신을 매개로 하는 절대정신의 실현을 노리고, 철학은 정신 자체, 관념 자체에 의한 절대정신의 실현을 지향한다.

그런 점에서 시와 선은 다른 세계이다. 시가 언어를 매개로 하는 형상화의 세계이고, 특히 현대시는 언어를 절대화한다면 선은 언어와 형상을 버리는 세계이고, 이렇게 언어와 형상을 버릴 때 깨달음을 체험한다. 부처님이 강조한 것은 연기, 무자성, 공, 중도이고 이런 세계는 무명무상절일체(無名無相絕一切)의 세계이기 때문이다. 무명은 언어(이름)가 없는 세계, 곧 언어 초월의 세계이고, 무상은 형상이 없는 세계, 형상을 초월하는 세계이다. 그리고 언어를 망각할 때 형상도 사라진다. 이런 세계가 절일체, 곧 일체 현상과 단절되는 공의 세계다. 언어는 분별의 세계이고 선은 무분별의 세계이다.

한편 플라톤을 회상하자. 그에 의하면 현상계는 절대관념의 세계인 이데아를 모방하고, 시는 이데아를 모방한 현상계를 다시 모방한다. 우리가 살고 있는 현상계가 이데아를 복사한다면 시는 현상계를 다시 복사하기 때문에 그가 진리로 생각하는 이데아로부터 세 단계나 떨어진 세계이다. 시와 종교와 철학의 관계를 이런 관념론에 대입하면 종교와 철학은 이데아를 지향하고, 시는 현상계를 지향한다. 그러나 종교와 철학의 차이는 전자가 신을 매개로 한다는 점이고 후자는 관념(이성)을 매개로 한다는 점이다. 그러므로 시와 종교는 다른 세계에 속한다.

그러나 플라톤의 관념 철학이나 플라톤의 철학을 완성한 헤겔의 변증법 철학이나 모두 절대적인 것은 아니고 어디까지나 특수한 시대, 특수한 공간의 산물이고, 시와 종교의 관계는 그렇게 단순하지 않다. 예컨대 공자에 의하면 시는 사무사(思無邪)의 세계, 곧 삿됨이 없는 마음을 표현하고, 이때 삿됨이 없는 마음은 순수한 마음이고 이런 마음은 도덕, 수양과 관련된다. 그러니까 시는 단순히 현상을 복사하고 재현하고 모방하는 세계가 아니라 현상을 순화하는 세계로 따라서 표현적 관점과 도덕적 관점이 결합된다. 특히 이런 주장은 6세기 경의 중국 비평가 유협의 『문심조룡(文心雕龍)』에 드러나며, 그는 전설적인 순(舜) 임금이 말한 '시는 마음에 바라는 바를 말로 표현한 것이며 노래는 말을 가락에 맞춘 것(詩言志

歌永言)'이라는 말을 부연하면서 '시는 마음속에 있는 뜻을 표현한 것이고 그것은 정과 성이다(詩者持也 持人情性)'라고 해석한다.

물론 그가 강조하는 것은 정서적 표현이지만 이런 주장은 시가 현상을 단순히 모방하지 않고 현상 속에서 정서와 함께 현상의 진리를 찾는다는 것을 암시한다. 흔히 시(詩)라는 낱말을 言(말씀)과 寺(절)의 결합으로 해석해서 시는 말씀의 사원, 언어의 사원이라고 그럴듯하게 말하는 분들이 있지만 이건 잘못된 해석이고 무식의 소치이다. 순 임금은 분명히 시는 언지(言志)라고 말한다. 시는 언어의 사원이 아니라 뜻을 언어로 말하는 것이고, 시인은 이 뜻을 마음에 지닌(持) 자이다. 나는 중국 문학 전공이 아니기 때문에 어째서 사(寺)가 지(志)이고 다시 지(指)로 발전하는지 모르겠지만 중요한 건 이 마음의 뜻이고 정(情)과 성(性)의 관계이다. 성과 정은 이(理)와 기(氣)로 읽을 수 있고, 이와 기의 문제는 성리학의 주제이다.(좀 더 자세한 것은 이승훈, 『시론』, 태학사, 2005, 46쪽 참고 바람)

문제는 다시 시와 선의 관계. 시가 뜻을 언어로 표현한다는 이런 중국 고전시학은 송대에 오면서 새로운 양상을 맞이한다. 특히 송대 이후 도학자는 도덕적 설교를 강조하고, 소식은 문학의 비공리적 성격이 인격 함양의 매체가 된다고 주장하고, 황정견은 더 나아가 시가 깨달음을 준다고 주장한다. 이런 주장들은 북송 시대 선종의 문자화가 영향을 주었기 때문이다. 의경(意境)을 강조한 중국 시학은 이 시대 오면서 깨달음과 결합된다. 의경이란 시인의 정의(情意)와 물경(物境), 곧 주관적 세계와 객관적 세계가 하나로 융합된 세계이다. 송대에 오면 이런 의경이 깨달음, 곧 선과 결합되면서 깨달음은 자기 마음을 깨닫는 것, 이제까지의 자아가 아닌 새로운 자아와 만나는 것을 의미한다. 그런 점에서 시는 깨달음이 되고 깨달음은 시가 된다. 불립문자가 아니라 문자(시)에 의해 깨닫는다는 송대 시학은 깨달음의 이중성을 보여준다. 곧 주관/객관의 융합(의경)이 주관/객관의 대립을 떠나 선과 만나는 계기가 된다. 명법은 이런 깨달음의 이중성을 '계몽인 동시에 실천'이라고 주장하면서 다음처럼 말한다.

> 깨달음의 이중적 성격은 의경의 성격에 그대로 반영되어 있다. 송대 시학에서 의경은 주관적 정신성으로서 작품의 내용으로 표현되는 동시에 깨달음을 촉발하는 계기이다. 그러므로 시작(詩作)은 단순한 취미가 아니라 구도의 과정에 필적하는 것으로 이해되었으며 그런 이유로 문학가들은 도학자들의 획일적인 도덕론에 반대하여 자유로운 성정의 계발이 오히려 인간의 자기완성에 더 중요하다고 주장할 수 있었다.
>
> — 명법, 『선종과 송대사대부의 예술정신』, 씨아이알, 2009, 230쪽

시쓰기가 단순한 의경 일치의 단계에서 깨달음의 계기가 된 것은 명법도 지적하듯이 당시 선종의 영향, 특히 문자선(文字禪)의 영향 때문이다. 문자선은 이 책을 시작하며 말했듯이 문자를 참고하고 공부하면서 깨달음의 세계로 나가는 독특한 선이다. 문자선은 참선보다는 선시나 게송 등을 통해 선의 세계를 표현하고 경전이나 논서만 연구한다는 점에 특성이 있다.

문자선(文字禪)

문자선은 북송 시대에 나타난다. 그것은 주로 공안과 화두에 대한 게송, 공안과 화두를 산문으로 해설하는 염고(拈古), 운문으로 설명하는 송고(頌古), 대신 말하는 대어(代語), 별도로 말하는 별어(別語), 선의 핵심을 뽑아 운문으로 노래하는 염송(拈頌), 평을 동반하는 평창(評唱), 짧은 촌평인 착어(着語) 등의 유형이 있다. 우리나라의 경우엔 고려 시대 진각국사 혜심이 지은 『선문염송』이 유명하고, 혜심의 제자 각운이 지은 『염송설화』가 있다. 『선문염송』 서문에는 다음과 같은 말이 나온다.

세존과 가섭 이후에 대대로 이어받아 등불과 등불이 다함없이 차례차례 비밀히 전함으로써 바른 전법(傳法)을 삼으니, 바르게 전하고 비밀히 준 자리는 말로써 표현치 못할 바는 아니나, 말로는 미치지 못하는 바가 있기 때문에 비록 가리켜 보이는 일이 있어도 문자를 세우지 않고 마음으로써 마음을 전할 뿐이었다.

그렇거늘 일을 좋아하는 이들이 그 행적을 억지로 기억하여 책에 실어서 지금까지 전하니, 그 거칠은 자취야 소중히 여길 바가 아니나, 흐름을 더듬어 근원을 찾고 끝에 의거하여 근본을 아는 것도 무방하리니, 근원을 얻은 이는 비록 만 갈래의 다른 말이라도 맞지 않는 일이 없고, 이를 얻지 못한 이는 비록 말을 떠나서 간직한다 해도 미혹하지 않는 일이 없으리라.

—『선문염송 1』, 월운 역, 동국역경원, 2002, 21쪽

선은 문자를 초월하는 불립문자 이심전심의 세계다. 그러므로 문자를 세우지 않고 마음으로 마음에 전할 뿐이다. 부처님은 많은 설법을 했지만 한 마디도 한 적이 없다. 『금강경』「무득무설분」에는 여래는 아뇩다라삼먁삼보리를 얻은 바가 없고, 설한 바가 없다는 말이 나온다. 일정한 법이 없는 것(無有定法)을 그렇게 부를 뿐이므로 여래는 무유정법을 설했을 뿐이고 이 말은 설할 만한 법이 없다는 뜻이다. 왜냐하면 여래가 말한 법은 모두 취할 수 없고 말할 수 없고 비법이고 비법도 아니기 때문이다.

그러나 불립문자 이심전심은 원시불교 시대부터 있었던 것은 아니고 이 말은 당나라 선의 역사서 『보림전』에 처음 등장한 것으로 알려진다. 그러니까 당나라 시대 선종이 문자를 강조하던 화엄종 등 교학을 비판하기 위해 사용된 혐의가 짙다. 깨달음은 불립문자의 세계다. 그러므로 문자에 의존해선 안 되지만 한편 문자를 통한 공부를 부정한 것은 문제가 많다. 달마대사가 이입(二入) 사행(四行)을 주장한 것처럼 이(理)와 행(行)은 대립되는 것이 아니라 상즉상입의 관계에 있고, 그런 점에서 선(禪)과

교(敎) 역시 그렇다.

서산대사 청허 스님은『선가귀감』에서 '선은 부처의 마음이고 교는 부처의 말씀이다'라고 규정한다. 스님에 의하면 '말 없음으로 말 없음에 이르는 것이 선이고, 말로써 말 없음에 이르는 것이 교다. 따라서 마음은 선법이고 말은 교법이다.' 그러나 중요한 것은 선과 교의 차이, 대립이 아니다. 선과 교는 체(體)와 용(用), 이(理)와 사(事)처럼 상호 의존적이고 이런 관계로 서로를 생성하는 상즉상입의 관계에 있다. 체용일여(體用一如)다. 그러나 서산대사가 사교입선(捨敎入禪)을 주장한 것은 수행자가 헤매지 않고 올바른 길로 가게 하기 위해서다. 교에 의해 이치를 터득하고 수행에 임해야 헤매지 않기 때문이다. 선의 이치를 모르고 참선만 하는 것은 목적지도 모르고 길을 떠나는 것과 같다.

진각국사가 강조하는 것 역시 그렇다. 선은 문자를 세우지 않는 이심전심의 세계다. 그러나 '흐름을 더듬어 근원을 찾고 끝에 의거하여 근본을 아는 것', 곧 문자에 의해 근본을 깨닫는 것도 무방하다. 근본, 이치를 모르는 이는 말을 떠나도 미혹하기 때문이다. 요컨대 근본, 이치가 문제다. 문자를 사용하지만 목표는 언어문자를 초월하는 깨달음이다. 앞에서 불리문자라는 말을 했거니와 이 말은 단순히 문자를 떠나지 않는다는 뜻이 아니라 문자에 의존하되 문자에 매이지 않는 것, 말하되 말하지 않는 것을 뜻한다. 달(불성)을 가리키는 손가락(문자)만 보는 게 아니라 손가락이 가리키는 달을 본다. 이때 손가락은 손가락이며 동시에 손가락이 아니고 문자는 문자이며 동시에 문자를 초월한다. 언어이며 동시에 언어도단이다.

그런 점에서 문자를 매개로 선과 만나는 문자선은 하등 비난의 대상이 아니다. 그러나 문자선은 그후 선보다 문자에 구속되고, 언어유희, 시적 기교, 수사학에 경도되면서 불리문자의 진정한 뜻을 망각하고, 따라서 비판의 대상이 된다. 대혜종고의 간화선이 등장한 이유이다. 그렇다면 송대 사대부와 문인들이 선과 만나면서 보여준 선시도 비판의 대상인가? 송대 선시나 문인화는 선을 토대로 형성된 새로운 예술 장르라는 점에서 선과 시, 선과 예술이 만나는 모델이 된다. 문제는 말장난이 아니라 선이고 선과 시의 만남이고, 선시에 대한 새로운 인식이다.

선시가 아니라 선시에 대한 새로운 인식이 요구되는 것은 이 시대 우리 시, 나아가 세계 시의 방향을 선에서 찾기 위해서다. 사실 이 시대에 생산되는 선시는 모두 그런 것은 아니지만 대체로 옛 선시의 모방이거나 상투적인 것들이 많고, 시적인 수사학만 그럴 듯한 것들이 많다. 말하자면 가짜 선시가 많다. 근본은 모르고 말에만 치우치는 이상한 선시들이 많다. 중요한 것은 말, 언어, 시적 기교, 수사학이 아니라 선의 정신이고 수행이다. 마음을 맑게 하지 못하고, 깨달음에 대한 암시도 없는 그 많은 난해한 선시들이 과연 무슨 가치가 있는가? 특히 이 시대에 생산되는 선시들이 그렇다. 선시에 대한 새로운 인식이 요구되는 이유이다. 이 시대에도 가짜 문자선, 가짜 선시들이 너무 많기 때문이다.

요컨대 선의 문자화는 선종이 본격적으로 불립문자에서 불리문자로 이행한 것을 뜻하고, 이런 변화는 당시 선종의 분위기 때문이다. 당시 선승들 사이에선 여전히 불립문자를 고집하고, 불교의 기본이론도 모르면서 부처를 비난하고 조사를 꾸짖고, 경전을 무시하는 풍조가 만연했고, 이런 풍조가 선종의 생존을 위협할 정도였기 때문이다.

3. 새로운 언어 인식

명법에 의하면 선의 문자화, 곧 선이 문자로 표현되는 이런 변화는 시어에 대한 새로운 인식과 관련되고, 그것은 문자선의 언어 인식을 수용한

결과이다. 그것은 손가락과 달, 부호와 의의, 능지와 소지, 언어와 존재의 동일성 인식으로 요약된다. 말하자면 언어 기호를 구성하는 기표(말소리, 능기)와 기의(뜻, 소기)가 하나가 되는 언어이며, 나는 그것을 기호의 투명성이라고 명명한 바 있다.('선의 시쓰기' 참고 바람) 다시 생각하자. 과연 기호의 투명성은 무엇인가? 조주 선사의 다음 공안에서 읽을 수 있는 것이 그렇다.

> 학승: 무엇이 조사가 서쪽에서 오신 뜻입니까?
> 조주: 뜰 앞의 잣나무다.
> 학승: 스님은 경계를 가지고 학인을 가르치지 마십시오.
> 조주: 나는 경계를 가지고 학인을 가르치지 않는다.
> 학승: 무엇이 조사가 서쪽에서 오신 뜻입니까?
> 조주: 뜰 앞의 잣나무다.

여기서 '뜰 앞의 잣나무'라는 선사의 말은 뜰 앞의 잣나무를 지시하는 말이면서 동시에 뜰 앞의 잣나무가 된다. 무슨 뜻인가? 일반적으로 말(기호)은 지시물을 지시하고 그때 의미가 발생한다. 그러나 선사의 말은 뜰 앞의 잣나무를 지시하면서 동시에 지시하지 않는다. 지시한다는 것은 당시 뜰 앞에 잣나무가 있었기 때문이다. 그러므로 학승은 '스님은 경계를 가지고 학인을 가르치지 마십시오'라고 말한다. 경계는 식(識)의 대상, 쉽게 말하면 주관이 인식하는 객체, 대상, 사물이다. 지시하지 않는다는 것은 선사가 '나는 경계를 가지고 학인을 가르치지 않는다'고 말하기 때문이다. 내가 하는 말은 대상을 지시하지 않는다는 뜻.

그러나 학승이 다시 '무엇이 조사가 서쪽에서 오신 뜻입니까?' 물을 때 선사는 다시 '뜰 앞의 잣나무다.'라고 대답한다. 이 말은 뜰 앞의 잣나무를 지시하지 않는다. 그렇다면 무엇을 의미하는가? 언어는 대상을 지시할 때 의미를 생산한다. '뜰 앞의 잣나무'는 '뜰 앞의 잣나무'를 지시하지 않기 때문에 의미가 없다. 그러나 선사는 다시 조사의 뜻, 불교의 근본을 묻는 학승의 물음에 '뜰 앞의 잣나무'라고 말한다. 이 말은 '뜰 앞의 잣나무'가 아니며 동시에 '뜰 앞의 잣나무'다. 말하자면 의미를 초월해서 존재하는 잣나무이고, 이런 말은 지시물(대상)이 없기 때문에 말이 그대로 지시물이 되는 그런 말이다. 기호와 지시물의 거리가 소멸하고, 기호가 지시물이 된다. 손가락(기호)과 달(지시물) 사이의 거리가 소멸하고 손가락이 바로 달이 된다.

요컨대 기호의 투명성, 이른바 투명한 기호는 기호와 지시물, 언어와 대상의 거리가 소멸하고, 기호가 지시물을 지시하지 않고, 따라서 기호는 아무 의미가 없고, 그러므로 기호가 바로 지시물이 되는 언어현상을 뜻한다.

앞에서 명법은 문자선의 경우 손가락과 달이 하나가 된다고 했는데 조주의 말이 그런 경우에 해당한다. 불교에선 흔히 달을 가리키는 손가락(말, 문자)을 보지 말고 곧장 달(불성, 깨달음)을 보라고 한다. 부처님은 많은 설법을 했지만 설법을 한 적이 없다고 말씀하신다. 또한 부처님은 『능가경』에 이르기를 '나는 깨달음을 얻은 후 열반에 이르기까지 일자(一字)도 설하지 않았다.'고 말씀하신다. 이른바 불설일자(不說一字). 이런 말씀은 깨달음이 문자에 의해 이루어지거나 전해지는 것이 아니라 마음으로 전하는 이심전심의 세계라는 것을 강조한다. 그러나 달마 대사는 교(敎)에 의해 종지를 깨닫는 자교오종(藉敎悟宗)에 대해 말한다. 자교란 교, 가르침, 공부에 의한다는 뜻이고, 오종은 종지, 본래 뜻, 불성을 깨닫는다는 뜻이다. 그러니까 달마는 불립문자를 새롭게 해석한다. 불립문자나 불설일자가 있는 그대로 문자나 설법을 배제하는 것이 아니라 문자나 설법을 매개로 한다는 점이 새롭다. 그후 불립문자는 혜능에 의해 불리문자,

곧 문자를 떠나되 떠나지 않는 것으로 해석된다. 그러나 자교오종이든 불리문자든 중요한 것은 불립문자의 정신이고, 따라서 자교오종의 경우 자교, 곧 문자, 가르침에 집착하면 안 되고, 이른바 직지인심(直指人心)이 강조된다.

직지인심은 곧장 마음으로 들어가라는 것. 그러니까 달(불성, 깨달음)을 가리키는 손가락(문자, 언어, 가르침)을 보지 말고 곧장 달을 보라는 뜻이다. 마조 도일 이후 조사선에 오면 이런 개념은 이른바 즉심즉불(卽心卽佛)로 발전한다. 마음이 곧 부처라는 것. 따라서 일상적 평상심이 바로 깨달음이 된다.

손가락과 달

문제는 손가락(指)과 달(月)이 하나가 되는 경우 손가락과 달의 거리가 소멸하고, 따라서 손가락(指)과 마음(心)의 거리도 소멸한다는 점에 있다. 지월(指月)은 손가락이 아니라 달을 곧장 보라는 것, 직지인심(直指人心) 역시 손가락이 아니라 마음을 곧장 보라는 것. 그러나 이런 단계가 심화되면 손가락이 달이고 손가락이 마음이 된다. 당나라 구지(俱胝) 선사는 학승이 진리에 대해 물으면 언제나 손가락 하나를 쳐들었다. 이른바 구지일지(俱胝一指) 역시 손가락이 그대로 마음이라는 것을 암시한다. 다음은 구지 공안.

> 구지가 암자에 있을 때 실제(實際)라는 비구니가 삿갓을 쓰고 지팡이를 짚고 찾아와 구지 주위를 세 번 돌고 "말씀해 보시오. 바르게 말하면 삿갓을 벗겠소." 이렇게 세 번 묻지만 구지는 대답을 못한다. 비구니가 떠나려 하자 구지가 "날이 저물었으니 쉬었다 가시오." 말하자 비구니는 "한 말씀 하신다면 머물겠소." 말한다. 그러나 구지는 역시 대답을

못 하고 비구니는 떠난다. 그후 구지는 탄식하며 말한다. "내 비록 장부의 탈을 썼으나 장부의 기상이 없으니 이곳을 떠나 제방의 선지식을 찾아야겠다." 그날 밤 산신이 꿈에 나타나 "이곳을 떠나지 마시오. 장차 육신보살이 와서 화상을 위해 설법할 것이오." 말한다. 열흘이 지나 과연 천룡(天龍) 화상이 온다. 구지가 절하고 전에 있었던 일을 말하자 화상은 한 손가락을 세워 보이고 그 자리에서 구지가 크게 깨닫는다. 그 후 학승이 진리에 대해 물으면 오직 한 손가락을 세울 뿐 아무 말을 하지 않았다.

구지 선사가 손가락 하나를 든 이유는 무엇인가? 이것 역시 화두가 되지만 나는 지금 손가락과 달, 손가락과 마음의 관계에 대해 말하는 중이다. 구지의 손가락 하나는 그의 몸일 수도 있고, 몸이 일체 현상, 곧 제법이고 우주일 수 있다. 그러니까 손가락 하나가 우주이고 나와 우주는 다른 게 아니다. 그러나 손가락과 달, 손가락과 마음의 관계를 중심으로 하면 손가락이 달이고 손가락이 마음이 된다.

나는 앞에서 선의 시쓰기에 대해 말하면서 가리키기(指)의 방법, 곧장 가리키기(直指)의 방법, 그리고 선종에서 말하는 지사이문(指事以問)의 방법에 대해 말한 바 있다. 이런 방법들은 보여주기, 특히 곧장 보여주기(直示)의 방법을 극복한다. 곧장 보여주기(직시)는 일본 하이쿠처럼 설명, 정의, 설명적 묘사, 비유 등을 배제하고 사물이나 상황을 곧장 보여주는 방법이다. 그러나 가리키기(指)는 사물이나 사건을 보여주지 않고 손으로 가리키기만 한다. 이런 방법의 극단이 이른바 곧장 가리키기(直指)의 방법으로 이것은 '이거!'라는 말도 없이 손으로 대상을 가리키기만 하고 이 단계에 오면 시가 아니라 깨달음의 문제로 나간다.

초기 선종 조사들은 제자들을 깨닫게 하기 위해 주변의 사물을 가리키며 '이게 무언가?'라고 곧장 질문하는 이른바 지사이문의 방법을 사용하고, 내가 말하는 직지의 방법도 크게 보면 비슷하다. 지사이문이 강조하는 것은 사물에 대한 분별을 버리고 사물의 당처에 증입하는 것. 곧 제자들의 깨달음을 시험하는 것으로 머리가 아니라 몸으로 체험한 것을 증명하는 방법이다.(좀 더 자세한 것은 '선의 시쓰기' 참고 바람)

손가락과 달, 손가락과 마음이 하나가 될 때 둘 사이의 거리는 소멸한다. 손으로 가리키기만 할 뿐 대상을 보여주지 않는 방법(直指), '이게 무언가?' 물으며 제자들의 깨달음을 시험하는 방법(指事以問)도 그렇다. 앞에서 해석했듯이 조주 선사가 '뜰 앞의 잣나무다'라고 하는 말도 그렇다. 이때 '뜰 앞의 잣나무'는 지시물(대상)이 없기 때문에 말이 그대로 지시물이 되는 그런 말이다. 기호와 지시물의 거리가 소멸하고, 기호가 지시물이 된다.

그런 점에서 선사가 말하는 '뜰 앞의 잣나무'는 직지의 방법, 곧 곧장 가리키기만 할 뿐 언어를 떠난 경지이다. 언어(분별)를 떠났기 때문에 잣나무를 보여주지 않고, 사물에 대한 분별을 버리고 사물의 당처에 증입케 하는 '이게 무언가?'라고 묻는 지사이문(指事以問)의 방법과 유사하다. 조주 선사의 말씀은 언어를 떠난 경지에서 사물을 지시하는 방법이고, 언어를 떠났기 때문에 자아와 대상의 거리가 소멸한다. 따라서 조주 선사의 말(기호)과 대상(지시물)은 하나이고, 기호는 대상이 된다.

잣나무를 가리키는 손가락(말)은 잣나무(대상)가 되고, 잣나무는 달이 되고, 결국 손가락은 달이 된다. 그러니까 잣나무는 무슨 의미가 있는 게 아니라 그냥 잣나무, 일체의 의미, 분별, 차별을 떠난 잣나무이고, 이런 잣나무가 마음, 도, 깨달음과 통한다. 시에 비유하면 주관(의)과 객관(경)이 하나가 되면서 깨달음의 계기가 된다. 그런 점에서 학승은 선사의 말을 듣고 깨달아야 한다.

4. 선시와 선적 어법

송대 시학이 선종과 만나면서 새롭게 인식하는 언어, 시어의 특성을 명법은 손가락과 달, 부호와 의미, 능지와 소지, 언어와 존재가 하나가 되는 것으로 정의한다. 내가 조주와 구지의 공안을 살핀 것은 이런 어법 혹은 인식이 손가락과 달, 손가락과 사물, 손가락과 마음, 손가락과 우주가 하나가 되는 보기이고, 특히 깨달음과 관계되기 때문이다. 물론 공안은 선시가 아니다. 이 점을 강조할 필요가 있다. 나는 앞에서 시적 어법, 선적 어법(공안), 선시, 선의 시쓰기의 차이를 밝힌 바 있다.('시적 어법과 선적 어법' 참고)

명법이 말하는 송대 시학의 새로운 언어 인식을 나는 기호의 투명성이라고 말한 바 있고, 그것은 언어 기호를 구성하는 기호와 지시물, 혹은 기표(말소리)와 기의(의미)의 거리가 소멸하면서 기호 자체가 전경화되는 것을 말한다. 말하자면 기호와 의미, 능지(주체)와 소지(객체), 언어와 존재의 거리가 소멸한다. 여기서 다시 문제가 되는 것은 선적 어법과 시적 어법의 관계이다. 내가 말하는 선적 어법은 선사들의 공안에 나타나는 선사들의 어법이므로 선시의 어법이 아니다. 나는 시적 어법과 선적 어법(공안)의 차이를 크게 일상적 어법, 시적 어법, 선적 어법으로 나누어 살핀 바 있고, 그것은 실천적 기능과 미적 기능을 기준으로 한다. 간단히 시적 어법과 선적 어법의 차이만 요약하면 다음과 같다.

첫째로 시적 어법과 선적 어법은 모두 기호의 투명성을 지향하는 시적 기능, 야콥슨이 말하는 발언 행위, '무엇'이 아니라 '어떻게'를 지향하는 시적 기능을 소유한다. 그러나 시적 어법은 미학을 강조하고(1차적 기능), 선적 어법은 선적 실천을 강조한다.(1차적 기능). 둘째로 시적 어법은 청자를 움직이게 하는 이른바 언표 내적 기능(실천)이 상실되고 선적 어법에선 이런 기능이 강조된다. 셋째로 시적 어법은 비실천적이고 유희적이고 자율적인 세계(아이러니, 역설)이고, 선적 어법 역시 자율성을 소유하나 실천, 특히 선적 실천(깨달음)을 강조하고 유희적 창조성은 소멸한다. 그러므로 선적 어법의 자율성은 자율성을 부정하고 해체하기 위한 자율성이다.(이승훈, 『선과 기호학』, 한양대 출판부, 2005, 84쪽)

원래는 일상적 어법, 시적 어법, 선적 어법의 차이와 공통점을 해명한 글이지만 여기서는 시적 어법과 선적 어법의 차이만 다시 요약했다. 문제는 여기서 내가 말하는 시적 어법은 현대시의 어법을 모델로 한다는 것. 현대시는 대상과 단절된 특수한 미적 자율성을 강조한다. 요컨대 자율성 미학, 언어의 경우 기호의 투명성을 강조하는 미학이고, 그런 점에서 근대시나 전통시를 배제한다. 한편 선적 어법은 선시의 어법이 아니라 공안에 나오는 선사들의 어법을 말한다. 그러나 이재복은 내가 말한 이런 선적 어법의 특성이 선시에는 그대로 드러나지 않는다고 비판한다. 다음은 그의 말.

> 선적 어법의 이러한 특성은 혜심 이후 하나의 양식으로 이어져온 선시의 경우에도 그것이 오롯이 드러나지 않고 있다. 고려나 조선 시대의 선시뿐만 아니라 현대의 경우에도 선적인 세계를 드러내고 있는 시에서도 미적 기능이나 언어 내적 효력의 상실 그리고 자율적이고 자기 지시적인 어법이 드러나고 있기 때문이다. 이런 점에서 보면 선시에서는 선적 어법과 시적 어법이 동시에 드러난다고 할 수 있다.
>
> — 이재복, 「선의 원리를 통해 본 한국현대시의 리좀적 상상력」, 『현대시』, 2010년 7월

내가 말한 선적 어법은 공안에 나오는 선사들의 어법이고, 따라서 이런 어법이 선시에 그대로 드러나느냐, 드러나지 않느냐 하는 문제는 나의

주장과는 무관하다. 아니 나는 선적 어법의 특성이 선시에 고스란히 드러난다고 말한 적이 없다. 이 책에서 내가 선적 어법과 선시의 어법에 대해 해명한 것은 선적 어법이 선시의 어법과 다른 점을 강조하기 위해서다.('선의 시쓰기' 참고) 그러나 이재복은 내가 말하는 선적 어법과 선시의 어법을 동일시하면서 고려, 조선 시대, 현대의 경우 모두 선적인 시에는 미적 기능이나 언어 내적 효력의 상실 그리고 자율적 자기 지시적 어법이 드러난다는 말한다.

첫째로 나는 선시의 어법에 대해 말한 적이 없고, 공안에 나오는 선사들의 어법을 선적 어법으로 불렀다. 그러므로 나는 선시 혹은 선적 시의 미학에 대해 말한 적이 없고, 이 책을 쓰면서 이 문제를 나대로 해명한다. 다시 간단히 도표로 나타내면 다음과 같다.

유형	1차적 기능	2차적 기능
일상적 어법	실천	미학
시적 어법	미학	실천
선적 어법(공안)	선적 실천	미학
선시	실천–미학	
선의 시쓰기	수행–미학	

시적 어법은 미학이 1차적 기능이고 실천이 2차적 기능이다. 그러나 선적 어법은 선적 실천이 1차적 기능이고 미학이 2차적 기능이다. 한편 선시는 이런 선적 실천과 미학이 동시에 1차적 기능이 된다. 그리고 선의 시쓰기는 선시가 아니라 시쓰기가 수행이 되는 시인들의 경우에 해당된다. 선시가 돈오(頓悟)시학의 범주에 든다면 선의 시쓰기는 점수(漸修)시학의 범주에 든다.

그러니까 나는 선적 어법과 시의 어법을 다르다고 주장하고, 이때 선적 어법은 선시의 어법이 아니다. 그러나 그는 선시에는 내가 말한 선적 어법의 특성(선적 실천)이 오롯이 드러나지 않고, 미학이 강조된다고 말한다. 선적 어법의 1차적 기능은 선적 실천이고 2차적 기능은 미학이다. 그러나 선시의 경우엔 이런 실천과 미학이 동시에 함께 1차적 기능이 된다. 문제는 그가 내가 말하는 선적 어법을 선시의 어법과 혼동하고 동일시한 점이다. 앞에서도 말했듯이 내가 주장한 것은 어디까지나 선적 어법(공안)과 시적 어법의 공통점과 차이이지, 이런 특성이 선시에 드러나느냐 드러나지 않느냐 하는 문제는 아니다. 그런 점에서 그는 나의 주장을 비약해서 해석하고 있다.

둘째로 그는 선시에는 시적 어법과 선적 어법이 동시에 드러난다고 주장한다. 이유는 선시에도 미적 기능이 드러나고 언어 내적 효력이 상실되고, 자율적 자기 지시적 기능이 드러나기 때문이다. 이런 주장 역시 내가 말하는 선적 어법이 선시의 어법이지만 선시의 어법으로 옳지 않다는 비판이다. 나는 선적 어법을 선시의 어법이라고 말한 적이 없다. 한편 선시에 시적 어법과 선적 어법이 동시에 드러난다는 그의 주장은 시와 선, 선과 시의 만남, 회통을 강조한 것이지만 나의 이론, 논리, 개념에 의하면 문제가 있다. 내가 말하는 선적 어법은 선이 아니기 때문이다. 또한 선적 어법을 선시의 어법과 동일시한다면 선시에 시적 어법과 선적 어법(선시의 어법)이 동시에 드러난다는 말은 논리적으로 오류이다. 왜냐하면 선적 어법(선의 어법)이 이미 시적 어법을 내포하는 것이지 두 어법이 동시에 드러나는 것이 아니기 때문이다. 선시는 시와 선, 혹은 미학과 선적 실천의 만남이지 두 어법의 동시적 드러남이 아니다.

셋째로 이런 오독은 '언어 내적 효력'이라는 말에도 드러난다. 나는 '언어 내적 효력'이라는 말을 한 적이 없고 '언표 내적 효력'이라고 했다. 언표 내적 효력은 화행론(speech act)에서 사용하는 용어로 특히 오스틴(Austin)이 사용하는 언표 내적 행위(illocutionary act), 곧 화자가 말하면서 수행하는 효력을 뜻한다. 쉽게 말하면 실천이다. 시적 어법은 이런 효력의 상실이다. 시에서 '바다를 보라!'고 말한다고 우리가 바다를 보는 것은 아니기 때문이다. 요컨대 언표는 언어가 아니다. 언표는 언어와 행위가 결합된 용어이다. 그러므로 언어 내적 효력은 말이 안 된다. 왜냐하면 언어(language)는 말(speech)이 아니고 더욱 언표가 아니기 때문이다. 언어는 내적 효력이 없고, 언어는 어디까지나 추상적 체계이다. 말과 언어를 비슷한 개념으로 사용한다고 해도 언표와는 다른 개념이다. 이런 오독은 문맥을 모호하게 한다. 제자가 이렇게 오독하는 것은 선생인 나의 책임도 크다.

넷째로 다시 말하지만 나는 시적 어법과 선적 어법(공안)이 전혀 다르다고 주장한 적이 없다. 내가 주장한 건 시적 어법과 선적 어법 모두 미적 기능을 지향하지만, 전자는 미학을 강조하고 후자는 미학을 부정한다는 것. 시적 어법은 미학을 강조하고 선적 어법은 선적 실천을 강조한다. 시의 경우 미학이 1차적 기능이라면 공안의 경우 미학은 2차적 기능이고 실천, 특히 선적 실천이 1차적 기능이라는 뜻이다. 그러므로 선적 어법은 언표 내적 효력(실천)을 강조하고 시에는 이런 효력이 소멸한다. 그러나 그는 선시에도 언표 내적 효력이 상실된다고 말한다. 그러니까 선시는 선적 실천이 상실된다. 과연 그런가? 선시가 강조하는 것은 미학보다 선적 실천(언표 내적 효력)이고, 이때 실천은 깨달음의 실천이고 깨닫게 하는 시적 실천이다. 요컨대 선적 실천이 시적 실천이다. 선시는 깨달음의 시 쓰기, 곧 깨달음과 미학이 동시에 존재하는 특수한 문학 장르이다. 그러므로 선시에도 자율적이고 자기 지시적 어법(미학)이 드러난다는 말은 그렇게 중요한 게 아니다. 문제는 이런 미학이 드러나는 방식이고, 나는 그것을 선적 실천과 함께 드러난다고 생각한다.

내가 그의 글을 비판하는 것은 그의 글을 읽는 독자들이 나의 주장을 오해할 것 같기 때문이다. 나는 원래 이러니저러니 따지는 걸 생리적으로 싫어하는 위인이다. 그러나 학문이나 이론의 경우는 사정이 좀 다르다. 최소한 내가 한 말, 나의 주장에 대해서는 책임을 질 필요가 있지 않은가? 최근에 나는 건강이 안 좋아 우울한 상태이므로 이런 글을 쓰면 더 우울해진다. 그러니까 지금 나는 약을 먹고 더 우울한 상태에서 이 글을 쓰고 있다. 우울, 번뇌, 망상을 극복하기 위해 선이 있고 선시가 있지만 선시에 대해 글을 쓰면서 더 우울한 것은 말이 안 된다. 번뇌, 망상이 선이라지만 아직 나는 그런 경지를 모른다.

어젯밤엔 내가 고문으로 있는 계간『시와 세계』가 마련한 제3회 이상 시문학상 수상식 기념식에 참석하고 뒤풀이까지 따라가 과음을 해서 지금 심신이 말이 아니다. 수상자는 시를 잘 쓰는 송찬호 시인. 나는 문학상 위원장이다. 올 겨울 나는 거실에 앉아 호프를 마시다 말고 갑자기 무슨 생각이 들었는지 화장실로 뛰어가 거울 앞에서 가위로 머리를 잘라버렸다. 그러나 솜씨가 서툴러 제대로 자른 부분도 있고 자르지 못한 부분도 있어서 다음 날 아파트 앞 남성 전용 이용소에 가서 스님처럼 머리를 박박 밀어달라고 했다. 그러나 젊은 총각은 1cm를 남기라고 해서 그렇게 머리를 깎고 지낸다. 그러니까 스님 머리가 아닌 이상한 머리가 되었다.

그런 머리에 부분 가발을 쓰고 아파트를 나갈 때 아내가 또 싫은 소리를 한다. '머리가 그게 뭐야요? 모자를 쓰고 나가지.' 다른 때 같으면 못 들은 척 하고 나갔겠지만 '그만해요! 꼭 어디 갈 때 왜 그래?' 한마디 했다. 그렇지 않아도 머리 때문에 심사가 편치 않은데 아내까지 뭐라고 하니까 갑자기 화가 난 모양이다. 아파트 계단을 내려간다. 오후 다섯 시. 희끗희끗 눈발이 친다. 다시 계단을 올라가 우산을 찾는다. 평소에 들고 다니던 우산은 없고, 낯선 우산이 있다. 낯선 우산을 들고 계단을 내려간다. 현관에서 우산을 펴지만 제대로 펴지지 않는다. 아니 우산 펴는 방법을 모르겠다. 눈은 오고 어색하게 편 우산을 들고 강남역으로 간다. 지하계단 앞에서 우산을 접지만 이번엔 접는 방법을 몰라 펴진 우산을 그대로 들고 계단을 내려간다.

종합운동장에서 전철을 내린다. 어둠 속에 비와 섞여 눈이 내린다. 아시아공원을 조심조심 걷는다. 허리에 플라스틱 보조기를 했기 때문이다. 힘들게 식장인 송파문화원까지 갔고 아무튼 오랜만의 외출이 너무 좋아 식이 끝나고 2차 뒤풀이까지 따라가 과음을 해서 오늘은 너무 피곤하다. 아내는 새벽에 오대산 상원사에 부처님 만나러 가고 나는 늦잠 자고 일어나 밥 하고 국 끓이고 빈 아파트 창 너머 흐린 겨울 하늘을 본다. 이런 날 산다는 건 무엇이고 선은 무엇이고 시는 무엇인가?

이제까지 나는 선의 시학, 선과 시의 관계, 특히 송대 선시의 언어 인식을 중심으로 선시가 나오게 된 계기, 선시의 언어 인식에 대해 살피고, 선적 어법과 선시의 어법에 대해 해명했다. 이런 사유가 토대가 되어 현대선시의 이론 혹은 우리 시의 새로운 방향을 모색하고 싶지만 과연 제대로 될지 모르겠다. 왜냐하면 나도 모르기 때문이다. 생각나면 한 줄 쓰고 생각나지 않으면 덮어두고 그렇게 산다.

제 3 장

여래선과 조사선

1. 선의 유형

나는 앞에서 선과 시의 관계를 중도로 해석하면서 선시를 크게 게송류, 선시, 수행적 선시, 전위적 선시로 나눌 수 있다고 말했다. 게송류는 게송, 오도송, 염송 등을 말하고, 이들을 선시와 구분한 것은 작자의 문제 때문이다. 게송류는 작자가 선사들로 한정되지만 선시는 선사와 일반 시인들이 포함된다. 수행적 선시는 깨달음 자체를 노래하는 것이 아니라 수행을 강조한다. 문제는 전위적 선시다. 공안과 화두는 엄격하게 말하면 선시가 아니다. 선시의 경우 선적 실천(깨달음)과 미학이 동시에 1차적 기능이 되지만 공안과 화두는 선적 실천이 1차적 기능이고 미학은 2차적 기능으로 드러나기 때문이다. 그러나 공안과 화두를 전위적 선시에 포함시키는 것은 이들이 보여주는 파격 때문이다. 이런 파격은 선을 지향하는 전위적 현대시의 출구를 암시하고, 그런 점에서 선과 아방가르드의 회통이 가능하다.

게송류와 선시는 깨달음과 미학이 중도의 관계에 있고, 수행적 선시는 수행과 미학이 중도의 관계에 있고, 전위적 선시는 공안이나 화두를 수용하면서 언어를 버리고 사유를 버리는 현대시를 포함한다. 이상 네 가지 유형은 모두 선과 시의 중도를 지향하고 실현하고 형상화한다는 점에서 우리 현대시의 새로운 방향, 곧 동양 사상, 특히 선불교를 매개로 서구의 모더니즘과 포스트모더니즘을 극복하는 새로운 방향을 암시한다.

그러나 다시 생각하면 현대선시는 선시도 아니고 현대시도 아니고, 선시와 현대시의 관계 역시 중도의 관계에 있다. 따라서 현대선시는 전통적 선시를 모방하는 것도 아니고 전통적 선시를 부정하는 것도 아니다. 과연 현대선시가 나갈 방향은 어디인가? 나는 그 방향을 전통적 선시의 비판과 극복에서 찾자는 입장이다. 말하자면 현대가 탈락된, 이 시대가 탈락된, 이 시대의 고뇌나 갈등을 동기로 하지 않는 무색무취한 고색이 창연한 고풍스런 선시, 서정시가 선의 옷만 걸치고 있는 시들, 혹은 소승적인 어조로 일관된 시들을 극복해야 한다. 그러기 위해서는 아방가르드 정신이 요구되고, 이 아방가르드 정신을 선과 결합시켜야 한다. 요컨대 내가 생각하는 현대선시는 전위적 선시이고, 이런 선시는 선승들의 공안이나 화두 혹은 어록을 공부하면서 깨달음을 지향하는 시이고, 조사선이 격외선이듯이 격외시, 곧 일정한 규범과 형식과 틀을 파괴하는 그런 시가 되어야 한다.

그러나 말이 쉽지 그 많은 공안, 화두, 어록을 언제 공부할 것이며, 인도 선과 중국 선 역시 시대적으로 다양한 모습을 띠기 때문에 우리 현대시의 방향을 선에서, 선과 함께, 선에 의해, 선을 수용하면서 시로 발전시킨다는 것은 쉬운 일이 아니다. 물론 인도 불교는 선종이 아니고, 선은 6바라밀, 곧 보시, 인욕, 지계, 정진, 선정, 반야 가운데 하나이다. 6바라밀은 보살의 여섯 가지실천 수행 항목이다. 선종은 인도 불교가 중국에 수용되면서 유학 혹은 노장사상과 결합되어 발전하는 독특한 불교이기 때문에 나는 이 책에서 중국 선종을 중심으로 선의 몇 가지 유형으로 간추리면서 시쓰기를 구성하는 자아, 대상, 언어, 쓰기라는 네 요소를 살피기로 한다.

일반적으로 선은 크게 조사선 이전과 이후로 나눈다. 조사선 이전은 달마–혜가–승찬–도신–홍인의 여래선과 홍인에서 분화하는 여래선(북종)으로 부르고, 조사선은 6조 혜능에 의해 정립되고 흔히 남종으로 부른다. 그러나 조사선은 다시 오가(五家)로 분등되기 이전인 초불(超佛)조사선과 5가로 분등된 월조(越祖)조사선으로 양분된다. 분등(分燈)이란 부처님의 진리(등불)가 나누어진다는 뜻으로 5가란 당나라 때 선종의 발전 과정에서 형성된 5개의 종파, 곧 위앙종, 임제종, 조동종, 운문종, 법안종을 말한다.

이들은 모두 6조 혜능의 남종을 계승하지만 각각 독특한 문파와 지도 방법의 종풍을 형성한다. 초불조사선은 혜능의 제자들인 남악회양과 청원행사를 근거로 하는 남악계와 청원계로 나누어진다. 이 두 종파 가운데 다시 5가 선문(禪門)이 가지를 뻗고 이들을 월조조사선이라고 한다. 요컨대 초불조사선은 6조 혜능부터 5가 이전까지이고, 5가부터 월조조사선이라고 부른다.(이상 董群, 『조사선』, 김진무 · 노선환 역, 운주사, 2000 참고)

이상의 계보를 간단히 도표로 나타내면 다음과 같다.

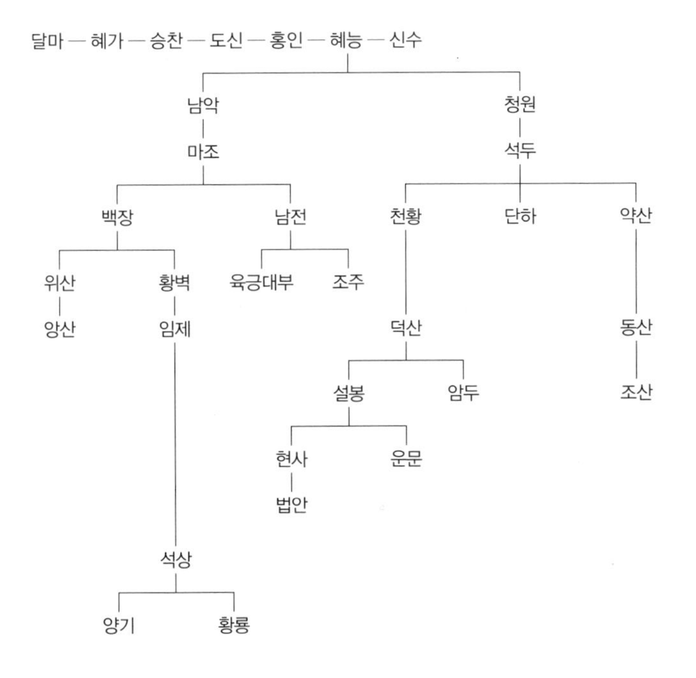

앞에서 말했듯이 중국 선, 곧 선종에서 말하는 선은 조사선 이전과 조사선 이후로 양분된다. 여래선은 조사선 이전을 말하고 조사선은 6조 혜능에 의해 정립된다. 따라서 여래선은 달마로부터 5조 홍인까지 나타나는 선풍을 말하고 조사선은 다시 5가로 분등되기 이전의 초불조사선과 5가로 분등된 이후의 월조조사선으로 양분된다.

초불조사선은 위의 도표에서 알 수 있듯이 남악회양과 청원행사를 두 근원으로 하며 초불(超佛)이란 즉심즉불(卽心卽佛), 곧 마음이 부처이기 때문에 부처에 의지하지 않고, 부처를 뛰어 넘어, 밖에서 부처를 구하지 말고 스스로 자성, 본성을 보고, 자성을 깨달으면 부처가 된다는 뜻이다. 마조에 의하면 평상심이 도다. 그러나 5가로 분등된 시기에는 예컨대 임제종의 무위진인(無位眞人)이 암시하듯이 이런 초불조사 개념도 부정하고 상하, 범성, 귀천 등 일체의 차별을 초탈하는 참 사람을 강조한다. 그런 점에서 초불조사선도 극복하고, 조사 개념도 초월하는 월조(越祖)라는 말이 나타난다. 월조조사선은 인간중심주의다.

그러나 초불조사선, 월조조사선은 태허법사의 주장이고 사실 두 단계의 선은 그렇게 엄격하게 구별되는 건 아니다. 모두 초불월조를 기본으로 하되 앞 단계는 종(宗)을 이루지 못하고 뒤의 단계, 곧 5가 분등에 의해 독특한 종풍을 더욱 강화한다는 견해도 있다.

그런가 하면 인순(印順)은 조사선 대신 조계선이라는 용어를 사용한다. 조계선 혹은 조계의 선이라는 말이 사용되는 것은 6조 혜능이 소주의 성 동쪽 35리에 있는 조계산에 살았기 때문이다. 한편 그는 초불조사선, 월조조사선이라는 용어를 사용하지 않고, 특히 도신, 홍인(동산 법문)의 동산종과 법융의 우두종의 대립과 융합을 강조하면서 조계선을 설명한다. 그는 다음처럼 말한다.

> 조계 문하의 석두 계통은 우두종과 특히 관계가 깊어서 최초에는 ('모든 것을 부정하고, 기댈 언저리(邊)조차 없다(泯絕無寄)' 고 한다) 같은 종풍으로 간주될 정도였다. 조계선은 강남에서(회창 이후 강남은 거의 모두 석두의 법계로 점유되었다) 우두종을 병탄(倂呑)했기 때문에 우두선은 소멸하였다. 조계선이 우두선을 병탄했다고 하는 것은 바꿔 말하면, 노장(老莊)을 병탄하여 분별지를 철저하게 부정하고 어떠한 작위도 인정하려고 하지 않는, 즉 자리(自利)만을 중요시하여 이타행을 뒤돌아보지 않는 '중국선' 이 성립한 것을 의미한다.
>
> — 인순, 이부키 아츠시(伊吹 敦) 일역, 정유진 한역, 운주사 2012, 22쪽

인순에 의하면 우두선과 강동의 현학(玄學)은 밀접한 관계에 있었고, 우두종은 '마음이 그대로 부처다(卽心是佛)', '마음이 청정하면 부처다(心淨是佛)'라고 주장하며 인도 전래의 (달마계의) 동산종과 대립된다. 이런 주장이 조계 혜능의 문하에도 영향을 미쳐 '마음이 그대로 부처다', '무심이 도다'라는 절충적인 주장이 나타난다. 그런 점에서 인순은 여래선(달마선)과 조사선의 차이, 곧 조사선이 보여주는 초불월조 사상보다 이 사상의 토대를 강조하고, 그것은 동산종(도신, 홍인)과 우두종(법융)의 대립과 융합, 특히 우두종과 현학(노장사상)의 관계이다.

이 글에서는 조계선을 조사선으로 부르고, 조사선 이전과 이후, 그러니까 여래선과 조사선의 차이, 그리고 5가 분등선에 대해 간단히 살핀다. 월조조사선에 해당하는 5가 분등선 가운데 제일 먼저 형성된 종파는 위앙종이다. 위앙종은 남악계에 속하는 남악-마조-백장의 계보에 속하는 위산과 앙산이 주도하며, 영우 선사가 위산에서, 혜적 선사가 앙산에서 종풍을 주도했기 때문에 위앙종이라고 부른다. 임제종은 남악-마조-백장-황벽의 계보에 속하는 임제가 주도하고, 조동종은 청원계인 청원-석두-약산의 계보에 속하는 조산과 양산이 주도하며, 양개가 동산에서

그의 제자 본적이 조산에서 계승하기 때문에 조동종이라고 부른다. 운문종은 청원계인 청원-석두-천황-덕산-설봉의 계보에 속하는 운문이 주도하고, 법안종은 청원계인 청원-석두-천황-덕산-설봉-현사의 계보에 속하는 법안이 주도한다. 도표에서 알 수 있듯이 법안종은 5가 가운데 가장 늦게 나타난다.

그러나 5가 종풍 가운데 임제종은 가장 오랫동안 전승되다가 양기와 황룡의 두 파로 나뉘게 되어 이른바 양기파와 황룡파가 나타난다.(이상 5가에 대해서는 왕지약(王志躍), 『분등선』, 김진무 · 최재수 역, 운주사, 2002 참고)

2. 여래선의 정의

여래선은 여래, 곧 부처님의 말씀에 의해 깨닫는 선으로 '여래청정선', '여래장선', '의리선'으로도 부른다. 초조 달마는 『능가경』의 가르침을 강조하고, 그런 점에서 달마의 선을 '달마선', '능가선'으로도 부르지만, 여래의 말씀을 강조한다는 점에서 이 글에서는 '여래선'이라는 명칭을 사용한다. 달마가 강조한 것은 자교오종(藉教悟宗)과 두타행이다. 자교오종은 교, 가르침에 의해 종지(진리)를 깨닫는 것을 뜻하지만, 궁극적으로 노린 것은 교를 초월하는 깨달음, 곧 말에 의존하지 않는 깨달음이다. 두타행은 의식주에 대한 집착을 버리고 심신을 수련하는 것. 남루한 옷을 입고 걸식하는 것이 그렇다.

그러나 달마가 전한 여래선, 혹은 달마선은 두 번에 걸쳐 새롭게 발전한다. 달마선은 북조 시대 선의 하나의 흐름, 분파에 지나지 않았지만, 당나라 초기에 도신, 홍인(동산법문)에 의해 새로운 시대를 맞는다. 다음은 인순의 말.

> 여기에 이르러 달마선은 두 번에 걸친 발전을 이루게 된다. 즉 달마가 전한 여래선은 수학하는 자는 소수에 한정되고, '종지를 이해하여 그 본질을 파악한' 자는 많지 않았다. 그런데 도신과 홍인은 '일행삼매'를 거두어들이고, 염불이나 좌선을 실행하여 一門을 확대함과 동시에 사상의 깊은 곳으로 지도했던 것이다. 그러나 널리 받아들여진 동산법문에서는 자칫하면 '마음을 관한다', '청정하다고 관한다', '움직이지 않는다', '생기시키지 않는다'고 하는 방법만 중시되게 되었다. 그런데 혜능에 이르러 『능가경』의 '여래장선'의 근본사상을 일반화하면서도 수단에 얽매이는 일 없이 직절적(直截的)이고, 또한 간결하고 분명하게 밝혀내었다. 이것이 '단경'이 설하는 '대승돈오의 가르침'이다.
>
> — 인순, 『능가경』, 717~718쪽

결국 여래선은 초기 달마선과 그후 도신, 홍인의 여래선을 포함하고, 조사선은 『능가경』에서 말하는 여래장선을 더욱 일반화하고, 노장사상을 수용하면서 중국화하고, 염불, 관심(觀心) 같은 수단에서 해방된 단순하고 직절적인 정의와 방법을 강조한다.

여래선이란 말은 처음 『능가경』에 나온다. 여기선 네 가지 선에 대해 말한다. 『능가경』은 대승의 기본 경전 가운데 하나로 부처님이 역사적으로 알려진 바 없는 능가산에서 대혜 보살에게 설한 경이다. 이 경은 반야, 법화, 화엄 등을 종합 융화해 독자적인 경지를 이룬 것으로 선종의 초조 달마가 2조 혜가에게 전한다. 이 경의 특성은 불성을 여래장 아뢰야식과 관련시킨 점, 중생을 깨닫게 함에는 여러 가지 교법이 있지만 모든 것은 일불승(一佛乘)뿐이라는 법화경 사상을 강조한 점, 어리석음의 근원은 과거의 습기에 의해 제법이 마음의 소산임을 알지 못하기 때문에 이런 집착에서 벗어나면 무분별의 해탈을 이룰 수 있다는 점이다. 『능가경』에서 말하는 네 가지 선은 우부소행선, 관찰의선, 반연여선, 여래선이다.

첫째로 우부소행선(愚夫所行禪)은 가장 낮은 단계의 선으로 성문(聲聞), 연각(緣覺)이 닦는 선이다. 성문은 소리를 듣는 사람이라는 뜻으로 부처님의 말씀을 듣고 깨닫는 수행자로 자기 혼자만의 해탈을 목적으로 하기 때문에 소승이다. 연각은 독각(獨覺)이라고도 하며 부처님의 가르침에 의지하지 않고 스스로 도를 깨닫는 수행자로, 이들은 인무아(人無我), 곧 아공의 이치를 깨닫고 닦지만 역시 자리(自利)의 행만 있고 이타(利他)의 행이 없기 때문에 소승에 속한다. 성문과 연각을 이른바 이승(二乘)이라고 부른다.

둘째로 관찰의선(觀察義禪)은 이런 이승의 단계를 극복한 다음 단계의 선이다. 성문과 연각은 인무아(人無我), 곧 자아에 실체가 없다는 아공(我空), 말하자면 자아는 색수상행식의 5온이 인연을 모여 이루어진 것임을 깨닫고 선을 닦는다. 그러나 관찰의선은 이런 인무아에서 한 단계 더 나가 법무아(法無我)를 깨닫고 닦는 단계이다. 법무아란 법, 일체 현상에도 실체가 없다는 법공(法空)을 말한다. 자아뿐만 아니라 일체 현상도 연기(緣起)로 나타나기 때문에 법공이다. 관찰의선은 이승의 단계를 극복하고 아공 법공을 깨닫고 선을 닦는다는 점에서 대승에 속한다.

셋째로 반연여선(攀緣如禪)에서 반연은 마음이 대상에 따라 작용을 일으키는 것을 뜻하고, 여는 진여, 곧 우주의 실상, 참된 본질을 뜻한다. 우주의 실상은 자성이 없는 연기의 세계이므로 공하고, 공성(空性)이 영원한 진리이다. 공성은 모든 현상은 차별이 없고 유/무가 둘이 아니라는 진리를 말한다. 따라서 반연여선은 아공 법공, 이른바 이무아(二無我)를 관하면서 두 개의 무아라는 생각도 하지 않는다. 왜냐하면 아공도 분별이고 법공도 분별이기 때문이다. 그린 점에서 반연은 진여(공성)를 지향하고, 유/무에 대한 분별이 없고, 언어를 초월하는 무명(無名), 형상을 초월하는 무상(無相)의 진여와 결합되고, 따라서 상승선이 된다.

넷째로 여래선(如來禪)은 수행의 가장 높은 경지로 여래가 얻은 선, 여실하게 여래지에 들어가는 선을 뜻한다. 따라서 부처님이 깨달은 경지로 들어가는 선으로 최상승선에 속한다. 여래선을 여래청정선으로 부르는 것은 『능가경』과 관계된다. 『능가경』이 강조하는 것은 일체가 공이라는 반야사상과 일체 중생이 성불할 수 있다는 불성론인 여래장사상의 결합이다. 여래장은 중생의 번뇌 망상으로 본래 청정한 여래법신이 덮여 있음을 말한다. 따라서 여래장은 본래부터 청정하여 번뇌 속에 있어도 존재하는, 본래부터 청정하여 변함이 없는 깨달음의 본성이다. 더러움/맑음 같은 모든 현상이 여래장에서 연기하다는 것이 이른바 여래장연기이다. 그러므로 여래청정선은 이런 여래장의 본성을 몸으로 깨달아 여래법신을 증득하는 선이라는 뜻이다.(이상 『능가경』에 나오는 네 가지 선은 홍수평(洪修平) · 손역평(孫亦平), 『여래선』, 노선환 · 이승모 역, 운주사, 2002, 59~63쪽 참고)

한편 당나라 때 규봉 종밀은 『선원제전집도서(禪源諸詮集都序)』에서 선을 다섯 가지로 분류한다. 다음은 종밀의 말.

> 선은 얕고 깊음이 있어 단계가 같지 않다. 다른 생각(異計)를 가지고 위를 좋아하고 아래를 싫어하며 닦는 것은 외도선(外道禪)이고, 인과를 믿고 또한 좋아하며 싫어하며 닦는 것은 범부선(凡夫禪)이다. 아공(我空)이라는 편협한 이치를 깨닫고 닦는 것은 소승선(小乘禪)이고, 아법이공(我法二空)의 진리를 깨닫고 닦는 것은 대승선(大乘禪)이다. 만약 자심이 본래 청정하고 번뇌가 없으며 무루지성(無漏智性)이 스스로 갖추어져 있음을 단번에 깨닫는다면, 이 마음이 부처로 나아가 결국 부처와 다르지 않게 된다. 이러한 내용에 의지하여 닦는 것이 이른바 최상승선(最上乘禪)이다. 또한 이를 여래청정선이라고도 한다. 또 다른 이름으로 일행삼매 진여삼매라고도 한다.
>
> — 종밀, 『선원제전집도서』 45쪽 재인용

첫째로 외도선에서 외도라는 말은 불교 이외의 가르침, 나아가 삿된 법을 뜻한다. 불교를 내도라고 할 때 외도는 불교 외의 교를 뜻하니까 외도선은 다른 생각, 예컨대 위를 좋아하며 아래를 싫어하는 중생의 마음을 유지한 채 닦는 선이다. 둘째로 범부선은 외도선 다음 단계로 외도선처럼 일상적 분별은 유지하되 인과를 믿고 닦는 선이다. 셋째로 소승선은 아공의 이치를 깨닫고 닦지만 아직 법공을 모르는 단계이고, 넷째로 대승선은 아공 법공의 이치를 깨닫고 닦는 선으로 높은 단계이다. 다섯째로 최상승선은 『능가경』에서 말하는 여래선에 해당되고, 자성이 본래 청정하다는 것을 단번에 깨닫고 부처님의 경지에 드는 선이다.

이상에서 『능가경』에 나오는 선의 유형과 종밀이 말하는 선의 유형을 간단히 살펴보았다. 차이점은 무엇이고 공통점은 무엇인가? 먼저 『능가경』은 선을 소승, 대승, 상승, 최상승의 단계로 나누고 종밀은 외도, 범부, 소승, 대승, 최상승의 단계로 나눈다. 『능가경』은 선을 내도에 한정하고, 종밀은 외도와 내도로 범위를 넓힌다. 그러나 선은 어디까지나 불교, 곧 내도이고, 비록 외도나 범부라 해도 불교에 입문한 사람들, 예컨대 재가불자들이기 때문에 종밀이 말하는 외도선과 범부선은 그렇게 중요한 건 아니다.

따라서 종밀이 말하는 소승, 대승, 최상승의 단계는 『능가경』과 비슷하지만 『능가경』에는 소승, 대승, 상승, 최상승의 단계이고, 문제는 상승의 단계다. 종밀의 분류에는 대승 다음에 바로 최상승의 단계가 나오지만 『능가경』에선 대승 다음에 상승의 단계가 있고 다음 최상승의 단계가 나온다. 상승의 단계, 곧 상승선은 반연여선의 단계로 대승선이 아법 이공(二空)의 이치를 깨닫고 수행하는 단계라면 상승선은 아법 이공에 대한 생각도 없이 수행하는 단계이고, 따라서 이 단계는 대승선과 최상승선의 매개 역할을 한다.

사실 수행의 단계는 아법 이공을 깨닫고 곧장 여래청정심인 최상승 단계로 증입할 수도 있지만 이렇게 반연여의 단계를 매개로 할 수도 있다. 왜냐하면 아법 이공을 깨닫는다고 반연진여, 곧 아공 법공에 대한 생각을 버리는 것은 아니기 때문이다. 그런 점에서 나는 대승선-상승선-최상승선의 단계도 필요하다는 입장이다. 하기야 상근기인 수행자는 소승이니 대승이니 하는 여러 단계를 걸치지 않고 곧장 단번에 여래청정심을 깨닫는다.

3. 여래선과 능가선

달마선은『능가경』을 강조한다는 점에서 능가선이라고도 한다. 크게 보면 능가선이나 여래선이나 능가사상을 근본으로 하고, 그것은 일체가 공하다는 반야사상과 일체 중생이 성불할 수 있다는 여래장사상이다. 중생도 본래 청정한 법신을 지녔지만 번뇌 망상에 가려 깨닫지 못할 뿐이다. 그러나 여래선은 능가선을 그대로 계승한 것도 아니고, 5조 홍인의 수제자로 북종을 창시한 신수의 선도 여래선으로 부르고(이건 신회의 주장이지만), 능가선 역시 달마의 자교오종에서 교가 아니라 실천 수행만 강조하는 이른바 능가사들이 나타난다. 이 글에서는 홍수평과 손역평의 견해를 중심으로 능가선과 여래선의 관계를 살피기로 한다.

달마, 혜가계의 능가사는 4권본『능가경』을 기본으로 하여 실질적인 수행을 강조하고, 교를 중시하지 않는 능가선사를 형성한다. 2조 혜가에서 시작된 능가선사는 교보다 오종(悟宗)을 중시하고, 대표적인 능가사인 법충은 '오직 혜를 생각할 뿐 언설에 있지 않다'고 주장한다. 특히『능가경』이 강조하는 불성청정심, 망상을 타파하여 진여실상을 깨닫는다는 주장은 능가선에 큰 영향을 주는바 그 특성을 몇 가지로 요약하면 다음과 같다.

첫째로 능가선은 달마가 주장한 자교오종의 전통을 계승한다. 달마가 강조한 것은 교에 의존하지 말고 종지를 깨닫는 것. 능가선은 문자를 중시하지 않고 몸으로 깨닫는 체오심증(體悟心證)과 밀의전수(密意傳授)를 강조한다. 『능가경』도 문자에 의한 교는 방편이고 불법의 진리는 불설일자(不說一字)에 있기 때문에 불설(不說)이 불설(佛說)이라고 말하고, 달마는 이런 점에 근거해 자교오종을 주장한다.

둘째로 능가선은 『능가경』에 나오는 좌선에 의한 수심(修心)을 견지하며 사유의 훈련에 의한 해탈을 강조한다. 달마는 벽관과 안심을 더욱 강조하고, 이입(理入)과 행입(行入)에 의해 마음이 벽과 같아져 나도 없고 너도 없는 도의 경지에 들 것을 주장한다.

달마의 「이입사행론(理入四行論)」에 의하면 깨달음에 이르는 방법은 첫째로 이입이고 둘째로 행입이다. 이입은 경정 공부를 통해 불성을 배우는 것. 행입은 네 가지 실천 방식, 곧 보원행, 수원행, 무소구행, 칭법행을 뜻한다. 보원행(報怨行)은 현세의 고통과 번뇌는 전세의 업이 원인이기 때문에 받아들이며 원망하지 않는 것, 수연행(隨緣行)은 자아에 자성이 없기 때문에 인연에 따라 사는 것. 무소구행(無所求行)은 모든 존재에 자성이 없기 때문에 아무것도 구하지 말고 집착을 버리는 것, 칭법행(稱法行)은 법(현상)의 본성이 청정하기 때문에 법의 본성에 일치하는 것.

셋째로 능가선은 『능가경』의 여래청정심을 공(空)과 유(有)의 융합, 곧 공성(空性)으로 해석하는바, 이것은 『능가경』에 반야사상을 수용한 결과이다. 능가사상과 반야사상의 융합은 달마의 경우에도 드러난다. 달마도 인간의 본성을 여래청정심으로 보아 티끌과 먼지가 일지 않게 함을 주장하면서 나도 없고 너도 없는 공의 세계를 강조한다. 능가선은 이런 달마의 전통을 계승한다. 반야사상이 강조하는 것은 무/유 혹은 공/무의 대립을 초월하는 공, 곧 언어를 초월하는 무 혹은 공이고, 능가선은 여래청정심을 이런 무 혹은 공으로 인식한다.

넷째로 능가선은 순차적이고 점진적인 수행을 주장하며, 점수돈오적인 측면이 있다. 『능가경』에는 네 가지 선이 나오지만 점(漸)에 의지해 수행하면 깨달을 수 있다고 말한다. 이런 수행은 마치 거울을 닦는 것과 같아서 번뇌 망상을 깨끗이 제거할 때 무상(無相) 유상(無有)의 청정경계(맑은 거울)가 문득 나타난다. 점차 마음을 닦아 문득 깨닫는 점수돈오는 능가선의 중요한 특징 가운데 하나다. 북종 신수 역시 점수돈오를 주장한다.

능가선은 중국 선종의 선구이지만 달마에서 신수에 이르는 여래선과 능가선의 차이는 다음과 같다.

첫째로 『능가경』을 중심으로 하는 능가사의 성분은 복잡하다. 능가선사는 능가사의 일부로 주류이고, 여래선은 달마에서 신수에 이르는 선으로 능가선의 한 줄기이다. 능가선의 한 줄기라는 것은 능가선이 달마–혜가계로 『능가경』을 중시하며 교(敎)보다 오종(悟宗)을 중시하는 능가사 중심의 흐름이고, 여래선은 달마–혜가–승찬–도신–홍인–신수로 발전하기 때문이다. 한편 도신의 제자 법융에 의해 우두선이 전개되고, 우두선은 동산법문과 대립되고, 그후 동산법문에 흡수되면서 조사선 형성에 크게 기여한다. 인도 불교가 중국에 들어오면서 전개된 선의 유형을 간단히 요약하면 다음과 같다.

능가선: 달마–혜가–능가사–8대
여래선: 달마–혜가–승찬–도신–홍인–신수–북종
우두선: 달마–혜가–승찬–도신–법융–지암–혜방
조사선: 달마–혜가–승찬–도신–홍인–혜능–남종

능가선은 8대 이후 계보가 분명치 않고, 여래선은 도신–홍인–신수로 발전하며, 조사선은 혜능에 의해 시작된다. 결국 능사선, 여래선, 조사선의 뿌리는 달마이다. 그런 점에서 여래선은 능가선의 한 줄기가 된다. 조사선 역시 뿌리는 달마지만 6조 혜능은 여래선, 말하자면 점수가 아니라 돈오를 강조하고 여래선을 중국화한다는 점에서 여래선과 다르다.

둘째로 위의 도식이 말하듯 여래선과 능가선의 계보도 다르다. 여래선은 달마에서 신수에 이르고, 능가선은 달마-혜가-능가사 계보이다. 그러나 능가사의 전승은 8대 이후 분명치 않고, 여래선과 능가선의 전법 계보는 모두 선종 이후에 확립된다.

셋째로 여래선과 능가선의 경론에 대한 태도는 완전히 같지 않다. 여래선은 달마의 자교오종에서 불립문자와 교외별전으로 발전하고, 능가선은 언어문자로 불교의 진리를 표현하는 것은 충분치 않다고 생각하여 망언망념(忘言忘念) 무득정관(無得正觀)에 의한 깨달음을 종지로 한다. 여래선 역시 이런 전통을 계승하나 자교오종에서 종을 중시하여 선종의 불립문자 교외별전의 토대를 마련한다.

넷째로 여래선과 능가선의 경계도 완전히 일치하지 않는다. 능가선은 『능가경』의 심성론, 곧 청정한 본심으로 돌아가는 것을 중시하여 심주일경(心注一境)의 선법을 따라 관(觀)하는 경계와 들어가는 경계는 마음 밖에 있다. 그러나 여래선은 관심(觀心), 증심(證心), 간심(看心), 섭심(攝心), 수심(守心), 무심(無心)을 중시하고, 따라서 오종(悟宗)에서 오심(悟心)으로 발전하고, 그 경계도 밖에서 안으로 변한다. 능가선은 밖을 경계로 하고 여래선은 안을 경계로 한다. 그러나 조사선의 창시자 혜능에 오면 마음과 경계가 다하는 무념(無念)의 선법이 제기된다.

다섯째로 여래선과 능가선은 추구하는 경지는 같지만 수행 방식이 다르다. 능가선이 수연이행(隨緣而行)을 강조하면서 좌선을 동반함에 비해 여래선은 거꾸로 좌선을 강조하면서 수연이행을 동반한다. 따라서 능가선이 고행(苦行), 두타행(頭陀行)을 강조한다면 여래선은 대중과 함께 수행한다. 예컨대 능가선사인 나(那) 선사는 오직 가사 한 벌을 입고 발우 하나를 지니고 일식을 행하고 두타행을 깊이 행했기 때문에 한 번 갔던 곳은 다시 찾지 않았다. 그런 점에서 능가선사는 대부분 사회 중하층에 속하고, 정처 없이 떠돌아다니며 걸식을 하는 두타행을 수행한다. 그라나 여래선사 도신은 쌍봉산에 30년 머물며 선법을 전한다. 5조 홍인은 이런 전통을 계승하고 이른바 동산법문을 형성한다.(이상 여래선과 능가선의 관계는 홍수평 · 손역평, 위의 책, 272~283쪽 참고)

4. 여래선과 우두선

앞에서 여래선은 반야사상과 능가사상이 결합된 선이라고 말했다. 『능가경』이 강조하는 것은 자성청정심, 곧 여래, 불성이 중생의 마음 깊이 숨어 있다는 여래장사상이다. 그러므로 누구나 깨달을 수 있지만 번뇌 망상에 가려 불성, 여래를 볼 수 없다. 『능가경』에는 다음과 같은 부처님의 말씀이 나온다.

> 대혜여! 이 여래장 장식(藏識)의 본성은 청정한데, 객진(客塵)으로 오염되어서 부정(不淨)하게 된 것임을, 모든 2승(3승과 2승)과 모든 외도는 분별 생각으로 지견을 일으켜 현증(現證)하지 못하나, 여래는 이를 분명히 바로 앞에 두고 보는 것이 마치 손바닥에서 암마라 열매를 보는 것과 같다.
>
> (大慧! 此如來藏 藏識本性淸淨 客塵所染 而爲不淨 一切二乘及諸外道 臆度起見 不能現證 如來於此 分明現見 如觀掌中菴摩勒果)
>
> — 7권본 『능가경』, 박건주 역주, 운주사, 2010, 417쪽

달마-혜가계의 능가사들은 4권본 『능가경』을 기본으로 했지만 4권본

『능가경』을 구하지 못해 7권본을 참고한다. 장식은 제8식(아뢰야식)을 말한다. 이 8식은 본래 청정하지만 번뇌 망상으로 오염된 것임을 이승(二乘), 곧 2승과 3승 및 외도는 분별 사량 때문에 알지 못한다. 이 장식은 청정하기 때문에 형상도 없고 이름도 없다. 또한 8식이 멸해야 일곱 가지 식(전오식-6식-7식)도 멸하고 모든 현상이 자성이 없는 제법무아를 깨닫는다.

능가선이나 여래선이나 모두 『능가경』이 말하는 자성청정심과 여래장 사상을 강조한다. 그러나 경에 대한 태도와 수행 방식, 계보 등이 다르고, 이 차이를 제대로 이해할 때 여래선의 특성이 드러난다. 여래선은 능가선의 한 줄기이지만 그후 선종으로 발전할 수 있었던 것 역시 능가와 반야를 유기적으로 결합했기 때문이다.

그러나 중국 선종에는 반야사상을 강조한 종파로 이른바 우두종이 있고, 이들을 흔히 우두선(牛頭禪) 혹은 반야선이라고 부른다. 앞에서 중국 선종은 우두종과 동산법문의 병탄에 의해 성립한다는 인순의 견해를 살폈고, 그때는 주로 우두종과 현학, 곧 노장사상과의 관계를 강조했다.

우두선 혹은 반야선은 4조 도신의 제자 법융을 종조(宗祖)로 하고, 그가 강남 우두산에 있었기 때문에 이름이 우두종이다. 이들의 선법은 일체개공(一切皆空)이라는 반야사상을 종지(宗旨)로 하기 때문에 반야선으로도 부르지만 당나라 초기에 소멸한다. 소멸이 아니라 동산법문에 흡수된다. 여래선 역시 이런 반야사상을 수용하지만 앞에서 말했듯이 여래선은 반야사상을 불성론(여래청정심)과 결합하여 그후 선종의 길을 연다. 여래선과 반야선의 관계 역시 홍수평과 손역평의 견해를 중심으로 간단히 살피기로 한다.

여래선은 달마로부터 5조 홍인까지 전해지고, 그후 신수에 의해 북종으로 발전한다. 앞에서 말했듯이 여래선은 반야사상과 능가사상(여래청정심)이 결합된 선이다. 반야사상은 예컨대 달마와 혜가의 대화에도 드러난다.

> 혜가는 달마의 제자가 된 후 "제 마음이 편치 않습니다. 스님께서 편하게 해 주십시오."라고 말한다. 그때 달마는 "마음을 가져오너라. 그러면 편하게 해주겠다."고 말한다. 혜가는 오랜 시간이 흐른 후 "아무리 마음을 찾으려 해도 찾을 수 없습니다." 말하고 그때 달마는 "내가 이미 너의 마음을 편하게 하였다"고 말한다.

마음이 편치 않은 건 마음 때문이다. 그러므로 달마는 '마음을 가져오너라. 그러면 편하게 해주겠다.'고 말한다. 그러나 마음은 형체가 없고 눈에 보이지 않는다. 그렇다면 마음은 없는 것인가? 눈에 보이지는 않지만 움직인다. 그러므로 없는 것도 아니고 그렇다고 있는 것도 아니다. 이 대화가 강조하는 것은 반야공사상이고 무아사상이다. 무아는 자아가 없다는 말이 아니라 자아라는 실체, 자성, 본질이 없고 모두 인연의 화합에 지나지 않는 자아의 공성(空性)을 뜻한다. 인연 화합, 무자성, 공이 있지만 이 공은 언어와 형상을 초월하고, 이 공이 인간의 본성이고 우주의 실상이다. 아공(我空) 법공(法空)이다. 자아도 공하고 모든 현상(법)도 공하다.

자아를 구성하는 것은 몸(색)과 마음(수상행식)이고, 몸은 4대, 곧 지수화풍의 인연의 화합이고, 마음은 수상행식의 인연의 화합이다. 그러므로 몸도 공하고 마음도 공하다. 수상행식의 식은 보고(受) 생각하고(想) 움직이는 것(行)을 안다(識)는 의미의 식이다. 마음이 있는 것이 아니라 수상행식의 인연 화합이 있을 뿐이다. 그러므로 마음을 가져올 수 없다.

과연 마음은 어디 있는가? 마음은 형체가 없지만 움직인다. 밥 먹는 것, 움직이는 것, 웃는 것, 거리를 보는 것 모두 마음의 움직임이다. 그러나 마음은 보이지 않는다. 잡을 수 없다. 마음이 불안한 건 마음 때문이다. 그러나 마음은 어디 있는가? 그럼 없는 것인가? 마음이 움직여 불안하지만 마음을 가져올 수 없다. 왜냐하면 마음은 보이지 않고 형체가 없고 이름이 없고, 있는 것도 아니고 없는 것도 아니다. 마음은 유/무를 초월하는 무자성, 인연, 공이다.

그러나 마음이 불안한 것은 이런 마음에 먼지와 티끌이 낀 것. 이른바 번뇌 망상에 속한다. 일반적으로 번뇌 망상은 유/무를 초월하는 청정한 마음, 텅빈 마음, 공한 마음이 자아와 대상을 분리하고, 대립적으로 보는 주체/객체, 자아/대상의 이원론적 사유와 관련된다. 불안과 공포 역시 자아와 대상의 관계를 동기로 한다. 불안은 무를 대상으로 하고 공포는 유를 대상으로 하는 것이 다를 뿐이다.

그렇다면 이런 번뇌 망상에서 벗어나는 방법은 무엇인가? 반야사상을 강조하면 이항 대립적 사유, 혜능이 말하듯 양변(兩邊)을 여위면 된다. 한편 『능가경』에서 부처님은 여래장 장식(8식)은 본래 청정한데 객진, 곧 번뇌 망상으로 오염되어 있다고 말씀하신다. 이 장식은 청정하기 때문에 형상도 이름도 없다. 따라서 분별 사량을 버리면 여래청정심, 곧 여래장을 볼 수 있고, 8식이 멸해야 일곱 가지 식(전5식-6식-7식)도 멸하고 모든 현상이 자성이 없는 제법무아를 깨닫는다. 반야사상이나 여래장사상이나 강조하는 것은 자성청정심이다. 다만 청정심에 이르기 위해 반야가 양변 떠나기를 강조한다면 능가는 장식, 곧 8식의 소멸을 강조한다. 한편 여래선은 반야사상과 능가사상(여래장사상)이 결합된 선이다. 어떻게 결합되는가? 유식사상을 중심으로 간단히 살피면 다음과 같다.

반야에 의하면 세계는 6근, 6경, 6식이 인연으로 만나는 18계이다. 보는 내가 있고(根), 보이는 사물이 있고(境), 아는 내가 있고(識), 이 셋이 인연으로 만나는 것이 세계다. 보는 감각만 있고 보이는 사물만 있다면 우린 무엇을 보는지 모른다. 예컨대 나는 나무가 나무라는 것을 알기 때문에 나무를 보는 것이지 나무를 모르면 나무를 보는 것이 아니다. 쉽게 말하면 아는 만큼 보인다. 책을 펼치고 낱말을 볼 때도 낱말의 뜻을 모를 때는 제대로 보는 것이 아니고 이상한 물체를 보는 셈이다. 그러므로 식이 중요하다.

유식사상

앞에서 말한 식, 곧 보는 것을 아는 식은 안식(眼識)에 해당하고, 이런 식은 안이비설신 5식이 있다. 보는 것, 듣는 것, 냄새 맡는 것, 맛보는 것, 만져보는 것 모두 식이 개입한다. 그리고 마지막 식이 의식(意識)이고, 의식은 앞의 5식, 이른바 전5식을 총괄하는 식이다. 유식사상의 경우 의식은 6식에 해당하고, 우리의 삶은 6식의 한계를 초월하는 식들이 있으므로 다른 식들이 있다. 의식을 마음이라고 하면 우리의 마음은 이런 일상적 마음을 초월하는 마음의 세계가 있다. 정신분석에 의하면 마음은 의식-전의식-무의식이 있다. 유식사상에 의하면 전5식-6식(의식)-7식(말라식)-8식(아뢰야식)이 있다.

여래장사상이 강조하는 것은 8식의 소멸이고, 형체도 이름도 없는 여래청정심이다. 7식의 특성은 분별 사량이고, 자아의식의 근거이고, 8식을 자아라고 여긴다. 요컨대 7식에 의해 번뇌가 생긴다.

분별하고 생각한다는 점에서 6식과 7식은 유사하다. 그러나 6식은 전5식과의 관계보다 자체를 강조하면 마치 안식이 안근(眼根, 시각)에 의지하는 것처럼 의식은 의근(意根)에 의존한다. 그러나 이 의근이 문제다. 전5식의 토대, 근거로서의 전5근은 감각작용, 곧 물질적 요소를 뜻한다. 근(根)은 힘이 있어 강한 작용을 가지는 것을 뜻하고, 혹은 근기, 근성처럼 공부하는 사람의 성질, 자질(利根, 鈍根)을 뜻한다. 안근은 볼 수 있는 힘과 작용이 있다. 그러나 의근은 감각작용도 아니고 물질적 요소도 아니다. 그렇다면 무엇인가?

의근은 감각작용인가, 정신작용인가? 몸인가, 마음인가? 의식현상학 혹은 시간의 수준에서 의식은 전념(前念)과 후념(後念)의 상속관계로 드러난다. 전념과 후념은 단절되지 않고 전념은 후념을 예기하고, 후념은 전념을 보유한다. 전후의 논리만 강조하면 전념은 후념의 토대, 근거가 된다. 이런 시각에서 의근은 전념이 후념으로 상속될 때 후념의 근거가 된다는 의미로 읽을 수 있다. 의식은 전념-후념-전념-후념의 상속이 계속되는 흐름이고, 따라서 의근은 의식의 흐름의 근거가 된다.

후설은『내재적 시간의식의 현상학』에서 원시인상과 파지변용에 대해 말한다. 가령 지금 땡 하고 한 음이 울렸다고 하는 경우 그 순간의 감각을 토대로 만들어진 음 지각이 원-인상(Urimpression) 혹은 근원인상(Urempfindung)이다. 원-인상이란 점적인 현재가 지금으로 나타날 때의 의식, 또는 과거로 침전되기 이전의 지금의 의식으로서, '순수한 지금'을 구성하는 의식을 말한다. 이것은 의식의 모든 변양이 시작되는 원점의 역할을 한다. 이런 지금을 '방금'으로 변양하여 보유하는 의식이 파지(Retention)다. 파지는 원인상에 이어 나타나는 꼬리와 같아서 방금 지나간 지금을 구성하며, 기억과 반성의 근원이 된다. 이에 반해 도래할 것을 구성하는 것이 예지(Protention)다. 예지는 미래 지평으로 앞서가는 것으로, 기대와 욕구의 근원이 된다. 이처럼 원-인상을 축으로 하여 파지와 예지를 꼬리로 하는 구조가 현재장이다. 이 현재장을 후설은 흐르는 지각 현재 혹은 살아있는 현재라고 부른다.(고형곤,『선의 세계』, 동국대출판부, 2005, 131쪽)

후설이 말하는 원-인상은 의식의 모든 변양이 시작되는 근거, 원점이고, 순수한 지금을 구성한다. 그리고 원-인상은 파지와 예지로 구성된다. 파지는 방금 지나간 지금, 예지는 미래로 앞서가는 것, 요컨대 원-인상은 과거 지평과 미래 지평을 내포하고, 의식의 흐름은 이런 원-인상의 상속이다. 순수한 지금, 곧 원-인상을 B라고 하고, 의식의 흐름을 간단히 도식으로 나타내면 다음과 같다.

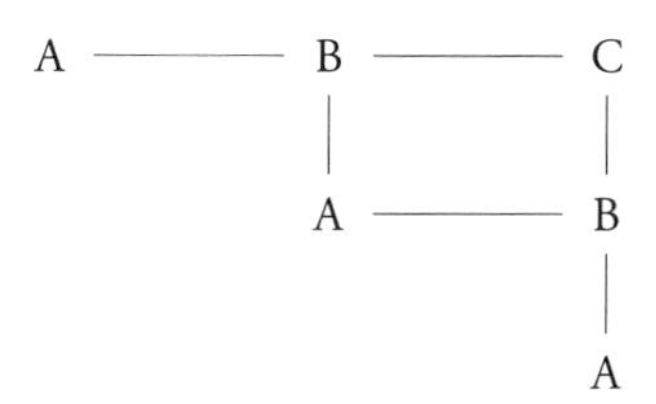

원-인상, 곧 순수한 지금 B는 과거와 별도로 독립되어 존재하는 게 아니라 현재의 한 점으로 나타나면서 그 속에 과거(방금 지나간 지금) A를 구성하고, 미래 지평 C를 구성한다. 도식에서 수평 구조 ABC는 과거, 현재, 미래가 단절되면서 발전하는 객관적 시간의 흐름을 암시한다면 의식의 시간성 혹은 시간성으로서의 의식의 흐름은 수직 구조, 곧 순수한 지금 B가 방금 지나간 것 A를 구성하고, 미래 지평 C를 구성하되, C가 다시 순수한 지금, 곧 원-인상이 되면 C 역시 과거 지평 B와 A를 구성하며 미래 지평 D를 구성한다. 수직 구조에서 B 아래 A가 있고, C 아래 B와 A가 있는 것은 이런 의미다.

앞에서 의식이 의존하는 의근은 감각작용도 아니고 물질적 요소도 아니라고 말했다. 6식(의식)은 7식에 의존한다는 점에서 7식이 의근에 해당한다. 6식(후념)은 7식(전념)에 의존하지만 둘은 인과관계도 병치관계도 아니다. 전념과 후념은 상속의 관계에 있다. 상속은 계승도 아니고 발전도 아니다. 의식을 순수한 지금으로 보면 의식, 곧 6식은 도식의 B가 그렇듯이 7식(전념)을 파지하며 동시에 다른 의식의 순간으로 예지한다. 전념이 후념에 의존한다는 말은 이런 뜻이다. 의식의 흐름은 전념-후념의 상속이고, 의식의 흐름을 가능케 하는 것이 원-인상의 구조, 곧 파지와 예지라면 이런 구조가 의식의 토대, 뿌리, 근거이고, 의근(7식)은 의식(6식)의 흐름의 근거가 된다.

물론 이런 해석은 어디까지나 하나의 시도이다. 6식도 분별 사량이고, 7식도 분별 사량이다. 그러나 6식은 감각을 매개로 하지 않고, 7식 다음에 온다는 점에서 전5식과 7식 사이에 있고, 이 사이를 강조하고 나대로 해석한 셈이다. 전5식은 6식에 의존하고, 6식은 7식에 의존하고, 7식은 8식에 의존한다. 그런 점에서 6식은 의근에 의존하고, 의근은 7식이다. 전념(7식)이 후념(6식)의 근거이다. 그리고 둘의 관계를 의식 현상학의 시각에서 해석했다.

그렇다면 7식에 의해 자아의식이 생기고, 8식을 자아(대상)로 여긴다는 말은 무슨 뜻인가? 요코야마 고이치는 『성유식론』 제1권에 나오는 유식사상의 자아의식을 다음처럼 정리한다.

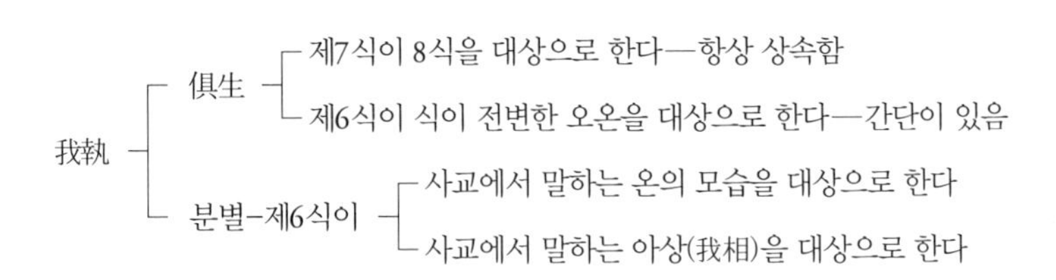

자아의식(我執)은 먼저 선천적인 것(俱生起)과 후천적인 것(分別起)으로 양분된다. 선천적인 것 가운데 7식이 8식을 대상으로 자아처럼 집착하는 근원적 자아의식이 나타나고 이것은 항상 상속된다. 6식은 오온을 자아로 인식한다. 곧 몸(색)과 마음(수상행식)을 자아로 의식하지만 오온은 식이 전변한 것이므로 유식사상 이전의 자아의식이다. 6식의 자아의식에 비해 7식의 자아의식은 한층 근원적이고, 따라서 그 대상이 구체적으로 지각되지 않는다. 앞에서 의식(6식)의 근원으로서 7식에 대해 말했지만, 의식의 수준에서도 6식이 의식이라면 7식은 근원적 의식이라고 할 수 있다. 6식의 자아의식이 간단이 있다는 것은 7식의 자아의식에 비해 표층적이기 때문이다.

다음 후천적 자아의식은 6식의 분별을 토대로 한다. 그렇다면 구생의 경우 나타나는 6식의 자아의식과 분별의 경우 나타나는 6식의 자아의식은 어떻게 다른가? 구생의 경우는 선천적이고 분별의 경우는 후천적이다. 누가 가르쳐준 것도 아닌데 우리는 몸과 마음을 통괄하는 자아라는 실체를 설정한다.(선천적) 이런 자아의식은 영원한 과거에서 현재까지 자기 내부에 존재하는 선천적인 자아의식이다. 그런 점에서 이런 자아의식은 논리 이전의 본능에 속한다. 예컨대 비가 오면 비를 맞지 않으려고 몸을 피하고, 돌이 날아오면 돌을 피한다. 이유는 무엇인가? 본능적으로 자아와 타자를 설정하고, 자아를 지키려는 집착이다.

그러나 후천적인 자아의식은 본능이 아니라 분별을 토대로 한다. 우리는 이성적으로 자아와 타자를 구별하고, 내가 나라고 생각하고, 이런 자아를 지키고 보호한다. 이성 분별은 이항대립적 사유를 기본으로 하고, 이런 분별은 후천적인 인식에 통한다. 쉽게 말하면 과학적 태도이다. 이런 자아의식은 크게 두 가지로 나타난다. 하나는 6식이 온의 모습을 자아로 인식하는 경우, 다른 하나는 아상(我相)을 자아로 인식하는 경우다. 전자는 오온(색수상행식)을 인연의 화합이 아니라 고정된 실체로 인식하는 경우이고, 후자는 자아에 실체가 있다고 보는 경우이다. 자아에는 실체가 없으므로 이때 자아는 상, 곧 이상에 지나지 않는다. 오온 역시 실체가 있다고 보면 온의 실상(인연)이 아니라 상을 본다. 이런 자아의식을 사교(邪敎)로 간주하는 것은 이런 주장이 불교의 진리가 아니라 그릇된 가르침, 외도이기 때문이다.

요컨대 자아의식은 6식의 본능적 의식과 분별적 의식으로 양분되고, 7식의 경우에는 8식을 자아로 인신한다는 점에서 근원적 자아의식이다. 7

식(말나식)의 말나는 '생각한다'(사량)로 번역된다. 그러나 6식(의식) 역시 '생각한다'는 뜻이다. 그러므로 일반적으로 6식은 의식, 7식은 의(意)라고 번역한다. 7식이 다른 식들과 구별되는 특징은 다음과 같다.

⑴ 항상 살피고 헤아린다.

⑵ 8식(아뢰야식)을 대상으로 한다.

⑶ 항상 아치, 아견, 아만, 아애의 네 가지 번뇌와 함께 일어난다.

항상 살피고 헤아린다는 것은 영원한 과거로부터 이런 식이 지속된다는 뜻이다. 7식도 8식처럼 심층심리에 속한다. 그러나 8식(아뢰야식)의 인식활동은 미세하고 분별이 없고 저절로 행해지고, 7식(말나식)은 8식을 대상으로 해서 깊고 강하게 인식한다. 아치(我癡)는 자아에 집착해 무아를 모르는 무명(無明)을 뜻하고, 아견(我見)은 자아가 존재한다고 보고, 아만(我慢)은 자아를 높이고, 아애(我愛)는 자아에 애착심을 갖는 아탐(我貪)이다. 7식은 이런 네 가지 번뇌를 동반한다.(이상 자아의식에 대해서는 요코야마 고이치, 『유식사상』, 묘주 옮김, 경서원, 1997, 175~186쪽 참고)

우두선

달마와 혜가의 대화에 나타난 반야사상에 대한 설명이 너무 길어졌다. 달마는 말한다. '마음을 가져오너라. 그러면 마음을 편하게 해주겠다.' 그러나 혜가는 오랜 시간이 흐른 후 '아무리 마음을 찾으려 해도 찾을 수 없습니다.'라고 말하고, 그때 달마는 '내가 이미 너의 마음을 편하게 하였다.'고 말한다. 마음은 찾으려 해도 찾을 수 없다는 것을 알 때 마음이 편해진다. 마음을 찾을 수 없다는 것은 마음이 유/무를 초월하는 무자성,

인연, 공이기 때문이고, 이런 공성을 여래청정심과 통하고 공성을 아는 것이 반야지혜다.

여래선은 반야사상과 능가사상(여래청정심)이 결합된 선이다. 내가 유식사상에 대해 말한 것은 이 결합 양상을 나대로 살피기 위해서였다.

유식사상이 말하는 8식(아뢰야식)에 대해서 제대로 살피지 못한 것은 8식 개념이 너무 복잡하기 때문이다. 요컨대 8식이나 『능가경』에서 말하는 여래장의 장식이나 크게 보면 같다는 입장이다. 모든 마음의 종자에 해당되는 장식은 본래 청정하다. 그러나 객진에 의해 오염되었고, 6식, 7식 모두 오염된 마음이다. 마음의 본성은 청정하고, 청정심은 유/무를 초월하고, 이름도 초월한다. 그러므로 『능가경』에서 부처님은 '장식이라는 이름도 버려라!'고 말씀하신다. 그러므로 8식도 버릴 때 진정한 8식이 된다.

몸도 마음도 공이라는 말은 이런 청정심을 지향하고, 따라서 공성(空性)은 허무가 아니다. '가져올 수 없는 마음'은 유/무를 초월하는 마음이다. 결국 수행은 여래청정심을 가린 객진들은 닦아내는 일이다. 이상에서 나는 반야사상(공)이 능가사상(여래장)과 만나는 과정을 나대로 설명했다.

문제는 다시 반야사상이다. 3조 승찬 역시 여래선 초기 작품인 「신심명」에서 '도에 이르려면 오직 분별하는 마음을 그치면 된다(至道無難 但嫌揀擇)'는 반야사상을 강조한다. 선택하고 분간하는 분별심은 자아에 집착하고 언어와 생각과 형상에 집착하는 망상이다. 이런 망상이 일어나는 것은 아공(我空) 법공(法空)을 모르기 때문이다. 그러므로 마땅히 추구하는 바도 없어야 한다. 승찬의 주장 역시 반야공과 여래청정심의 결합을 근거로 한다. 그러나 그는 이런 사상을 토대로 달마가 말하는 수연행(隨緣行)을 더욱 발전시켜 임성소요(任性逍遙)의 수행생활을 제창하는바 임성은 본성에 맡겨 자유로운 상태로 소요하는 삶, 임운자재(任運自在)의 삶을 뜻한다. 모든 일에 사로잡히지 않고 불도에 정진하는 삶을 강조함으로써 그는 반야의 현묘한 뜻과 노장의 자연주의를 융합한다. 도(道)라는 말이 나오는 것도 이런 사정을 암시한다.(이상 여래선과 반야선의 관계는 홍수평 · 손역평, 위의 책, 284~302쪽 참고)

그후 4조 도신은 동산법문을 열어 반야와 능가의 회통을 더욱 발전시키지만 능가보다 반야를 더욱 강조한다. 우두선 혹은 반야선은 4조 도신의 제자 법융을 종조로 하고 우두종은 일체개공이라는 반야사상을 종지로 노장사상을 흡수한다. 여래선이 반야사상을 불성론(여래청정심)과 결합한다면 우두선은 반야사상을 노장사상과 결합한다. 인순의 견해를 중심으로 우두선의 특성을 간단히 살피기로 한다.

'공이 도의 본이다(空爲道本)', '무심하면 도에 합쳐진다(無心合道)'라는 명제는 우두선의 슬로건이고 법융의 중심사상이다. 도(道)는 노장사상의 중심으로 노장사상의 경우 도는 본(체)이고 도가 만물의 근원이고, 도에 의해 현상계의 원리와 삶의 방법을 논한다. 불교가 강조한 것은 보리, 곧 깨달음이고, 중국어로 번역되면서 도가 된다. 그러므로 지도무난이나 공위본도의 도는 깨달음이라는 의미와 노장사상의 의미가 결합된 것으로 읽을 수 있다. 도라는 용어는 또한 말가(末伽, 수행방법과 과정)의 번역어가 된다. 8정도, 수도(修道) 등이 그렇다. 깨달은 선사를 도사, 도인 등으로 부르고 비구를 빈도(貧道)라고 부르는 것 역시 중국 문화의 전통을 반영한다. 반야사상과 노장사상이 결합하는 우두선의 특성을 몇 가지 측면에서 살피면 다음과 같다.

첫째로 법융은 『절관론』에서 '대도는 텅 비어 고요하다(大道沖虛)', 혹은 '공은 도의 본이다(空爲道本)', '공이 부처님이다(空是佛)'라고 말한다. 대도는 고요하고 텅 빈 허공에 비유되고, 허공이 도의 본(체)이기 때문에 허공이 부처님이다. 노자가 말하는 도는 텅 비어 고요한 세계로 허공과 같다. 따라서 허공은 도의 본이 된다. 선종이 강조하는 공성(空性), 곧 자성청정심은 흔히 허공에 비유되는바, 이는 우두선과 현학이 밀접한 관계에 있음을 암시하고, 그후 우두선이 조사선에 흡수되면서 선종에 일반화된다. 현학은 위진 시대에 성행한 학파로 유교와 도교, 공자와 노장의 결합을 시도했다. 그런 점에서 우두선이 현학과 만나면서 노장의 도가사상, 유가사상, 불교사상이 최초로 통합된다.

달마선은 '안심(安心)'을 강조하고 마음이 그대로 부처라는 즉심시불(卽心是佛)을 강조한다. 그러나 우두선은 '허공이 도의 본'이고, 마음의 존재를 인정할 필요가 없고, 따라서 마음을 억지로 내거나 안정시킬 필요도 없다고 본다는 점에서 반유심론의 계보를 계승한다.

둘째로 '허공이 도의 본이다'에서 허공은 성공(性空), 공성(空性), 공적, 적멸에 해당한다. 경전에도 '여래의 법신은 완전한 정적(靜寂)이고 허공과 같다'는 말이 나온다. 도는 현학의 중심 주제로 개념과 사유를 벗어나고, 따라서 상대적 가치가 아니다. 도는 모든 것을 초월하는 불가사의한 것. 현학에서 말하는 '무(無)가 본이다'라는 말을 불교적으로 바꾸면 '허공이 도의 근본이다'가 된다. 그런 점에서 법융은 현학의 도를 불교에 수용한다. 무와 도가 문제다. 도가사상의 대표자는 노자이고, 그가 말하는 도는 우주자연의 본원에 해당한다. 그러나 노자철학의 경우 무 역시 도와 비슷한 뜻을 지닌다. '천하만물은 유에서 생기고 유는 무에서 생긴다'는 말이 그렇다.

그러나 위진 현학은 노자사상과 유교사상의 합일을 시도하기 때문에 초기 노장사상을 그대로 계승하지 않는다. 예컨대 초기 현학을 대표하는 왕필의 경우 만물의 본체를 탐구하면서 무에 대한 새로운 개념에 도달한다. 그는 노자가 말하는 '도는 하나를 낳고, 하나는 둘을 낳고, 둘은 셋을 만물을 낳는다(道生一 一生二 二生三 三生萬物)'(42장)라는 우주생성론을 따르지 않고 일다(一多) 본말(本末) 체용(體用) 동정(動靜) 등의 범주를 설정하고 이론적 체계를 구축함으로써 우주생성론적 인식을 우주본체론적 수준으로 향상시켰다. 예컨대 그는 일(一)과 다(多)의 관계로 본체와 만물의 관계를 설명한다. 일은 본체이며 태극이며 무와 동일한 의미가 된다.(이상 왕필의 견해는 홍수평, 『선학과 현학』, 김진무 역, 운주사, 1991, 79~80쪽 참고)

셋째로 법융이 말하는 도는 모든 규정이나 분별을 초월한다. 다음과 같은 말이 있다. '도는 만약 한 사람이 얻으면 보편적인 것이 못 되고, 만약 많은 사람들이 얻으면 분할될 수 있게 되고, 만약 각각 가지면 하나, 둘 세어지는 것이 되고, 모두가 공유하면 방평이 되어 의미가 없게 되고, 수행하여 얻는다면 조작으로 가짜가 될 것이고, 본래부터 얻는다면 수행은 의미가 없게 된다. 왜냐하면 도는 모든 규정과 분별을 벗어나기 때문이다.' 도의 본, 본질, 본원은 그저 공적하고 불이(不二)이다.

노자가 말하는 도는 우주의 근본이고 법융이 말하는 도는 공성(空性)이다. 한편 도는 존재하지 않는 곳이 없기 때문에 동물이 아니라도 성불할 수 있다는 무정성불(無情成佛)이 주장된다. 식물도 성불할 수 있다는 주장은 삼론종의 영향으로 가상길장은 다음처럼 말한다. '진리 이외에 중생 따위는 없고, 불성도 없다. 만약 중생이 성불하면 식물도 성불한다. 그러므로 경전에는 모든 존재는 진여라고 말한다.'

넷째로 동산종은 '부처님이 말씀하신 마음을 종으로 한다(佛語心爲宗)', '마음이 그대로 부처다(卽心是佛)'를 강조하고, 이런 주장은 중생의 측에서 출발하여 심성을 근본으로 하는 인간주의적 입장이다. 그러나 우두종은 도의 본을 주장하며 만물의 근원에서 이론을 전개하기 때문에 우주론적 입장이다. 동산종과 우두종의 큰 차이와 대립이 이 점에 있다.

도의 본은 허공과 같아서 말이나 사유를 초월한다. 그렇다면 이런 도는 과연 어떻게 깨달을 수 있는가? 종밀은 '모든 것을 부정하여 의지할 것이 없다(泯絕無寄)'고 말하고, 우두종은 '최초부터 아무것도 하지 않고 감정을 잊는다(本無事而忘情)'에 의해 도를 체득할 수 있다고 말한다.

다섯째로 우두선이 강조하는 것은 '무심하면 도에 합쳐진다'는 무심사상이다. 법융에 의하면 '거울에 비친 영상은 무심하기 때문에 그 영상이 무심하다고 말하는 것은 무심 가운데 무심이라고 말하는 것'이다. 사람은 마음이 있기 때문에 유심 가운데 무심을 말한다. 이런 무심은 쇄말적 관법이고 무심 가운데 무심을 말하는 것이 진짜 관법(本觀)이고, 법융이 말하는 무심이 그렇다.

일반적으로 불교에서 마음은 거울에 비유된다. 거울은 고요하고 만물을 비치고 만물이 오고 감에 구애되지 않기 때문에 자성청청심, 무심, 공성(空性)을 비유하기 때문이다. 따라서 거울을 보는 것은 오염된 마음, 곧 번뇌 망상을 닦는 관법이 된다. 법융에 의하면 거울은 사량 분별이 없기 때문에 거울에 비친 영상도 무심이고, 이 거울에 비친 영상(무심)을 보는 또 하나의 마음(유심)이 있으므로 이런 관법은 유심 가운데 무심이다. 그러나 법융이 강조하는 것은 거울에 비친 영상이 무심이므로 영상을 보는 마음도 무심이다. 왜냐하면 거울에 비친 영상이 자아이기 때문이다.

라캉은 거울을 볼 때 자아를 안다고 했다. 그러니까 거울 이미지가 나다. 거울이 없다면 어떻게 나를 만날 수 있겠는가? 그러나 거울 이미지는 가짜이기 때문에 우리가 아는 자아는 오인된 자아다. 법융도 비슷하게 거울 이미지가 자아라고 말한다. 그러나 그는 거울 이미지가 무심이기 때문에 자아도 무심이라고 주장한다. 그러므로 무심 중에 무심이고, 이런 무심을 보는 것이 진짜 관법이다. 다시 법융의 말.

> 만약 거울의 영상이 공한 것을 알면 신체나 마음도 또한 공이 된다. 그러나 공이라는 것도 임시로 명명했을 뿐이고, 실은 그런 것 따위는 없다. 만약 신체나 마음이 무(無)이면 불도(佛道)도 무이고, 모든 존재

도 무이고, 그 무조차 무이다. 만약 무 자체가 임시로 이름 지은 것에 불과하다는 것을 알면 그 경지를 임시로 불도라고 부른다. 불도는 천공(天空)으로부터 내려온 것도 아니고 대지로부터 솟아난 것도 아니다. 그것은 공한 심성에 틀림없고, 그것이 세계를 태양과 같이 비추는 것이다.

—『종경록』, 권45

얼마나 과격한 주장인가? 나는 이렇게 과격한 주장이 좋고, 극단적인 주장이 좋다. 선은 원래 과격하고 극단적인 세계가 아닌가? 인순은 '이해하기 쉬운 공(易解空)'의 비유로서 '이해하기 어려운 공(難解空)'을 설명하는 뛰어난 무심의 해설이라고 말한다. 거울의 영상은 마음이 없고, 언어를 모르고, 따라서 유/무를 초월하는 공의 세계다. 거울에 비치는 영상이 공하다면 거울을 보는 나의 몸도 마음도 공하다. 왜냐하면 거울 영상이 나이기 때문이다.

그러나 공도 임시로 명명했을 뿐, 공도 없다. 몸과 마음이 없으므로 불도도 없고, 무이고, 모든 존재도 무이고, 그 무조차 무이다. 그러므로 무 자체가 임시로 부르는 이름, 언어라는 것을 아는 경지도 임시로 불도라고 부른다. 불도는 하늘에서 내려온 것도 아니고 대지에서 솟아오른 것도 아니다. 하늘과 땅이 생기기 전, 그러니까 하늘/땅의 분별 이전의 세계다. 노자에 의하면 무명(無名)은 천지지시(天地之始)요 유명(有名)은 만물지모(萬物之母)다. 무명과 유명은 다 같이 도(道)에서 나왔지만 이름이 다를 뿐이다. 결국 무명/유명도 도에서 나오기 때문에 하늘에서 내려온 것도 아니고 땅에서 솟아오른 것도 아닌 불도는 도와 통한다. 그러나 노자의 도는 우주의 근원이고, 불도는 심성(心性)이다. 심성이란 무엇인가? 인간의 변치 않는 타고난 참된 본성, 여래장 청정심이 심성이다. 이 맑은 마음이 온 세계를 밝게 비춘다.

여섯째로 우두선이 주장하는 '무심하면 도에 합쳐진다(無心合道)', '그 성과를 구하려고 해서는 안 된다(無心功用)'라는 명제는 '도'의 측에서 말해진다. 도는 마음과 물질을 초월하므로 분별 이전의 세계이고, 따라서 분별에 집착하지 않는 무심과 도는 하나가 된다. 장자는 도를 얻으려면 인식을 초월해야 한다고 말한다. 법융은『절관론』에서 아무것도 하지 않는 것이 수행이고, 아무것도 보지 않는 것이 견도(見道)이고, 아무것도 모르는 것이 수도(修道)라고 말한다. 왜냐하면 몸과 마음이 무(無)이면 불도도 무이고, 모든 존재도 무이고, 그 무조차 무이기 때문이다. 도 역시 무이고 다만 이름이 무이기 때문에 아무것도 하지 않는 것이 수행이다.

요컨대 인순에 의하면 우두선이야 말로 중국 선의 원류이고, 법융은 '중국의 달마'이다. 그는 일체개공(一切皆空) 반야사상을 주장하면서 반야사상을 노장사상과 결합시키고, 그런 점에서 중국 선의 원류가 된다.(이상 인순,「우두선의 근본사상」, 위의 책, 241~260쪽 참고)

5. 여래선과 조사선

문제는 다시 여래선이다. 선에 대한 분류는 이상에서 살펴본『능가경』과 종밀의 견해만 있는 것은 아니다. 이 책의 목표는 선의 분류에 대한 고찰이 아니기 때문에 이런 문제는 생략하고 이제 여래선과 조사선에 대해 살피기로 한다. 여래선은 이상에서 알 수 있듯이 최상승선에 해당하고, 그것은 여래장의 본성인 청정심을 몸으로 깨달아 여래법신을 증득하는 선이다.

그러나 6조 혜능에 의해 이른바 조사선이 성립하면서 여래선은 비판된다. 조사선은 여래선과 대립되는 용어로 불립문자 교외별전 이심전심을 강조하는 선이다. 특히 여래선이 교에 집착하므로 깨달음과 멀다며 불립문자를 강조하다는 점에서 조사선은 교(敎) 밖의 선이다. 조사선은 종밀이 선교(禪敎)일치의 입장에서 달마선을 최상승선 여래청정선으로 정의한 점을 비판하면서 달마선을 여래선으로 보는 것은 타당치 않다는 입장이다.

조사선은 중당(中唐) 이후 조사로부터 조사로 전해진다는 점에서 조사선 혹은 일미선(一味禪)으로 부른다. 일미선이란 잡것이 하나도 없는 순수한 최상승의 선, 돈오증입의 선을 뜻한다. 일미란 절대의 입장에서 모든 것은 동일하고 평등하고 차별이 없다는 것. 그러므로 일미는 불법을 뜻한다.

최초로 여래선과 조사선이 구별된 것은 위앙종의 앙산 혜적에 의해서이다. 위산 영우 선사는 어느 날 제자 향엄지한에게 부모로부터 태어나기 전의 본래 면목이 무엇인가 묻는다. 그러나 향엄은 대답을 못하고 돌아와 경서를 살피지만 역시 알 수 없어 다시 위산에게 답변을 부탁한다. 그러나 위산은 '내가 설명해준다면 너는 이후 나를 욕하게 될 것이다.'라고 말한다. 향엄은 실망하여 경서를 모두 불태우고 위산을 떠나 남양 혜충 국사가 머물던 사원에서 지낸다. 그러던 어느 날 그는 잡초를 제거할 때 우연히 기와 조각을 던졌는데 기와 조각이 대나무에 맞아 맑은 소리를 낼 때 깨닫는다.

위산이 향엄의 깨달음을 알고 앙산에게 알린다. 그러나 앙산은 믿지 못하고 향엄을 직접 만난다. 앙산이 향엄에게 '깨달았다는 소식을 들려주십시오.' 말하자 향엄은 그때 지은 게송을 들려준다. 그러나 앙산은 '이 게송은 이미 전에 있었던 것입니다. 다른 것을 보여주십시오.' 말하고 향엄은 다시 게송을 짓는다.

작년 가난은 가난이 아니었고
금년 가난이 비로소 가난이다

작년 가난은 송곳 세울 땅이 있었으나
금년 가난은 송곳조차 없다

去年貧未是貧
今年貧始是貧
去年貧 猶有立錐之地
今年貧 錐也無

이 게송을 보고 앙산은 '스님은 다만 여래선은 얻었으나 조사선은 얻지 못했습니다.' 말한다. 그러자 향엄은 다시 게송을 짓는다.

나에게 하나의 기틀이 있는데
눈 깜박여 그대를 보네
만약 모르면
사미를 불러 물으리라

我有一機
瞬目視伊
若還不識
問取沙彌

이 게송을 보고 앙산이 위산에게 전하자 위산은 '향엄이 조사선을 깨달았으니 또한 기쁘다' 말한다. 그렇다면 과연 무엇이 여래선이고 무엇이 조사선인가? 향엄이 지은 두 게송의 차이는 무엇인가?

첫 번째 게송에서 가난은 마음이 빈 상태, 무아, 곧 진여에 대한 깨달음을 비유한다. 그러나 이 게송에서 가난은 작년 가난, 금년 가난으로 점차적으로 드러난다. 작년 가난은 송곳 세울 땅이 있었다는 점에서 완벽한 가난이 아니고, 금년 가난은 송곳조차 없다는 점에서 비로소 완벽한 깨달음에 도달한 것을 말한다. 따라서 이 게송은 돈오가 아니라 점수, 곧 독경, 선정(禪定) 등을 거쳐 도달하는 깨달음을 암시한다.

그러나 두 번째 게송에서 '하나의 기틀'은 인연을 만나서 부처의 가르침을 입을 수 있는 소질과 능력으로 근기라고도 한다. 이 게송에서 이 기틀은 순목시이(瞬目視伊), 곧 눈 깜박여 그대를 본다는 구가 암시한다. '이(伊)'는 그대, 너를 뜻하지만 이 게송에서 '그대'는 진아(眞我)의 본체를 뜻하고, 따라서 순목시이는 눈을 깜박이는 찰나에 진아의 본체를 본다는 것. 그러므로 두 번째 게송은 점수가 아니라 돈오를 뜻한다.

앙산이 첫째 게송이 여래선의 세계이고, 둘째 게송이 조사선의 세계라고 말한 것은 결국 여래선은 점수요 조사선은 돈오의 세계임을 뜻한다. 여래선과 조사선은 깨달음의 두 단계 혹은 방법이고, 앙산에 의하면 조사선은 높은 단계이고 여래선은 낮은 단계이다. 그러나 중요한 것은 위산과 앙산에 의해 확립된 위앙종은 돈오를 중시하지만 점수를 버리지 않았다는 점이다.(이상 여래선과 조사선에 대해서는 왕지약(王志躍), 앞의 책, 66~70쪽 참고)

그러나 앞에서 말했듯이 크게 보면 여래선과 조사선 역시 달마선이 역사적으로 발전한 두 양상에 지나지 않는다. 인순에 의하면 달마가 전한 여래선은 두 단계에 걸쳐 발전한다. 달마가 전한 여래선은 수학하는 자가 소수이고, 종지를 이해하여 그 본질을 파악한 자는 많지 않았다. 도신과 홍인은 일행삼매를 거두어들이고, 염불과 좌선을 강조하면서 달마선을 발전시킨다. 이른바 여래선은 '마음을 관한다', '청정하다고 관한다', '움직이지 않는다'고 하는 방법만을 중시하게 된다. 그러나 조사선에 이르러 혜능은『능가경』의 여래장선의 근본사상을 일반화하면서 단순한 수단에 얽매이지 않는 직절적이고 간결하고 분명하게 밝힌다. 달마선의 두 번째 발전 단계다. 혜능의『단경』이 주장하는 대승돈오의 가르침이 그렇다.(인순, 위의 책, 717~718쪽)

제4장

돈오와 점수

1. 신수와 혜능

도신과 홍인에 의해 확립된 법문을 동산법문이라고 부른다. 동산은 5조 홍인이 있던 산의 이름이고, 동산법문은 홍인의 선법을 말하는바 그것은 홍인이 동산에서 선풍을 일으켰기 때문이다. 홍인의 문하에 신수와 혜능이 있고, 신수는 이른바 북종을 창시하고, 혜능은 남종을 창시한다. 그러나 북종선에선 스스로 북종선이라고 한 바 없고, 북종과 남종의 종파적 입장을 대립적인 시각에서 주장한 것은 혜능의 제자 하택신회의 남종독립선언과 혜능의 현창운동을 계기로 한다.(동산법문의 형성과 사상에 대해서는 정성본, 『중국선종의 성립사연구』, 민족사, 2000 참고 바람)

신수의 선사상을 여래선, 혹은 북종으로 인식하는 것은 『육조단경』에 나오는 신수의 게송과, 신회가 활대(현재의 하남성 활현) 대운사에서 행한 무차대회에서 북종의 점법(漸法)과 남종의 돈법(頓法)을 논하고, 돈법의 계승 정통이 신수가 아니라 혜능에 있다고 주장함으로써 남종의 기치를 세웠기 때문이다. 활대 대운사에서 그는 북종의 고승 숭원법사와 논쟁을 벌이고, 그 대화록은 『보리달마남종정시비론』 첫 단락에 나온다.(좀 더 자세

한 것은『하택신회선사어록』, 박건주 역주, 씨아이알, 2009 참고 바람)

한편『육조단경』에 나오는 신수의 게송에서도 신수의 선사상을 읽을 수 있다. '단경'의 성립 문제에 대해서는 많은 견해들이 있지만 '단경'에는 혜능과 신수가 깨달음의 노래, 곧 게송으로 경쟁하여 마침내 혜능이 홍인의 블법을 계승하는 것으로 되어 있다. 다음은 신수의 게송.

몸은 보리수요
마음은 명경대와 같다
때때로 부지런히 털고 닦아서
티끌과 먼지를 없게 하라

身是菩提樹
心如明鏡臺
時時勤拂拭
莫使有塵埃

몸이 보리수라는 말에서 보리수는 부처가 보리수 아래서 깨달음을 얻었다는 것을 전제로 한다. 따라서 보리수는 '보리의 나무', 곧 '깨달음의 나무'를 뜻하고, 몸을 깨달음의 나무에 비유한다. 몸이 깨달음의 열매를 맺는 나무인 것은 선에서 깨달음은 머리가 아니라 몸으로 깨닫는 것, 곧 신증(身證)이기 때문이다. 그러나 이런 신증은 신수의 경우 마음 수행을 요구한다. 따라서 마음이 문제이다. 마음은 명경대 같다는 말에서 명경은 맑은 마음을 비유하고, 명경대는 맑은 거울의 받침대, 따라서 마음을 맑은 거울의 받침대에 비유한다. 불교에선 마음을 맑은 거울에 비유하는 경우가 많다.

선이 상조하는 것은 유/무의 분별을 떠닌 청정심, 무심, 공성(空性)이고, 이런 마음은 맑은 거울과 같기 때문이다. 맑은 거울, 텅빈 거울은 사물들을 비추지만 사물들에 영향을 받지 않고, 사물들을 있는 그대로 비추고, 어떤 사물이나 차별하지 않는다. 거울은 언제나 비어 있다는 점에서 불심(佛心), 곧 청정심을 비유한다. 그러나 신수의 경우 마음은 이런 거울이 아니라 거울의 토대, 맑은 거울의 토대이고, 따라서 맑은 거울을 지키고 닦아야 한다. 그러니까 그가 노래하는 마음은 청정심, 맑은 거울이 아니라 그런 청정심, 맑은 거울을 지키고 지향하는 마음이다.

몸은 깨달음의 나무이고, 마음은 맑은 거울의 받침대, 토대이다. 따라서 몸과 마음을 부지런히 털고 닦아서 티끌과 먼지, 곧 번뇌 망상이 일어나지 않게 하라는 것. 이른바 이념(離念)이다. 일부에서는 막사유진애(莫使有塵埃)가 물사야진애(勿使惹塵埃)로 되어 있지만 그 뜻은 비슷하다. 중요한 것은 시시근불식, 곧 때때로 부지런히 씻고 닦는다는 말이고, 이것은 단번에 깨닫는 돈오가 아니라 오랜 수행, 곧 점수를 강조한다. 심란한 마음을 멀리하고 고요 속에서 몸과 마음을 고르게 하는 간심간정(看心看淨)의 법이다.

그러나 홍인은 이 게송을 보고 신수에게 말한다. '이 게송의 견해는 단지 깨달음의 문전에 이르렀을 뿐 문 안으로 들어오진 못했다. 범부는 이 게송에 의지해 수행하면 타락하지는 않는다. 돌아가서 다시 게송을 지어오라.' 그러나 신수는 게송을 못 짓는다. 그가 게송을 짓지 못한 이유는 분명치 않고, 그후 그는 홍인을 떠나 환속한다. 이유는 무엇인가? 그는 법을 구할 뿐 조사의 자리에는 관심이 없었다는 견해도 있고, 홍인이 법을 부촉하려 하자 울면서 사양하고 물러나 몸을 숨겼다는 견해도 있다. 아무튼 환속한 후 그의 행적은 분명치 않고, 옥천사에 머물던 무렵 당시 황제였던 측천의 칙명을 받고 수도로 가서 법을 편다.

한편 행자의 신분으로 방앗간에서 방아를 찧던 혜능은 한 동자가 이 게송을 외는 소리를 듣고 그에게 '나는 이 방앗간에서 8개월이 넘도록 방아를 찧고 지냈지만 조사당 앞에 간 적이 없소. 나를 그 게송이 붙어 있는 남쪽 복도로 데리고 가서 보게 해주시오.' 말하고, 동자는 혜능을 데리고 남쪽 복도로 간다. 혜능은 글자를 아는 사람에게 '난 글자를 모르니까 이 게송을 읽어주시오.' 말하고 그가 읽자 즉시 대의를 알고 글을 아는 사람에게 부탁해서 자신도 게송을 지어 북쪽 벽에 적게 한다. 그의 게송은 다음과 같다.

보리는 본래 나무가 없고
맑은 거울 또한 받침대 없네
부처의 성품은 언제나 청정하니
어느 곳에 티끌과 먼지가 있으리오

菩提本無樹
明鏡亦無臺
佛性常淸淨
何處有塵埃

혜능은 이 게송을 짓고 다시 하나의 게송을 짓는다.

마음은 보리수요
몸은 명경대다
맑은 거울은 본래 청정하니
어느 곳이 먼지와 티끌에 물들리요

心是菩提樹
身爲明鏡臺
明鏡本淸淨
何處染塵埃

홍인은 이 게송을 보고 그 큰 뜻은 알았지만 여러 사람들이 알까 두려워 대중에게 '이 또한 아니로다!' 말한다. 신수는 '몸은 보리수'라고 했고,

보리수는 보리의 나무, 곧 깨달음의 나무를 뜻한다. 그러나 혜능은 '보리에는 본래 나무가 없다'고 말한다. 그러니까 몸은 깨달음의 열매를 맺는 나무가 아니다. 또한 신수는 '마음은 맑은 거울의 받침대'라고 했지만 혜능은 '맑은 거울 역시 받침대가 없다'고 말한다. 그러니까 맑은 마음, 청정심만 있지 그런 마음을 지탱하는 받침대, 토대는 없다. 왜냐하면 부처의 성품, 불성은 언제나 청정하고 본래무일물(本來無一物)이기 때문에 불성을 지키고 닦을 필요가 없기 때문이다.

맑은 거울, 청정한 마음에는 티끌과 먼지가 일지 않는다. 마음이 깨달아 무심, 청정심이 되는 것이 아니라 단박에 깨달아 무심, 청정심이 되면 마음도 무심이 되기 때문이다. 신수가 두 개의 마음, 곧 마음(번뇌 망상)과 맑은 마음(청정심)을 말한다면 혜능의 경우엔 두 개의 마음도 분별이고, 깨달으면 이런 분별도 없는 맑은 마음, 청정심, 맑은 거울만 있게 된다. 신수가 점수돈오라면 혜능은 돈오돈수다. 깨달으면 닦을 것이 없다. 선사들은 깨달은 다음 수행을 하지만 수행한다는 마음 없이 하기 때문에 돈수다.

둘째 게송에선 신수가 노래한 몸(보리수)과 마음(명경대)의 위치가 혜능의 게송에선 바뀐다. 신수는 '몸은 보리수요 마음은 명경대와 같다'고 했지만 혜능은 '마음은 보리수요 몸은 명경대'라고 한다. 이유는 무엇인가? 신수에 의하면 몸은 깨달음을 맺는 나무이고 마음은 명경의 받침대, 곧 티끌과 먼지, 곧 번뇌 망상을 닦아 맑게 해야 할 토대이다. 그러나 혜능에 의하면 마음은 본래 청정하기 때문에 이미 깨달은 상태(보리수)이고, 따라서 몸 역시 맑은 거울이 된다. 마음과 몸은 모두 청정한 상태에 있다. 요컨대 혜능의 게송은 몸과 마음이 따로 있는 게 아니라 중도의 관계에 있음을 암시하며 신수가 말하는 점수를 비판하고 돈오를 강조한다. 마음이 본래 청정하기 때문에 이 자성청정심을 단번에 깨달으면 된다.

2. 북종과 남종

물론 신수도 돈오를 무시한 건 아니다. 그는『관심론(觀心論)』에서 다음처럼 말한다.

> 범(凡)을 초월하고 성(聖)을 증득함은 눈앞에 있고, 그렇게 요원한 것이 아니다. 깨달음은 잠깐 사이에 있으니, 어떤 번뇌가 머리를 희게 하겠는가? 말세 중생은 어리석은 둔근기(鈍根機)여서 여래의 삼종(三種) 아승지의 비밀한 말을 이해하지 못하니 모름지기 말로써 역겁(歷劫)을 이룬다.
>
> — 동군, 위의 책, 88쪽 재인용

이 글에서 신수가 강조하는 것은 깨달음은 잠깐 사이에 있지만 어리석은 둔근기는 부처님의 말씀을 이해하지 못하기 때문에 역겁, 곧 무한한 시간의 점수를 요구한다는 것. 따라서 신수 역시 돈오에 대해 말하지만 그가 강조하는 것은 점수이다. 그는 돈오를 부정한 게 아니고 방편으로서 수행을 강조한다. 신수는 점수에 의한 돈오를 강조하고 혜능은 찰나의 돈오, 곧 수행(점수) 없는 돈오를 강조한다. 그러므로 신수는 점수이고 혜능은 돈오라는 식으로 단순하게 구분할 것이 아니라 둘 모두, 그러니까 북종 여래선과 남종 조사선 모두 돈오를 지향하되 그 도달하는 길이 다를 뿐이다.

홍수평은 북종과 남종의 차이에 대해 다음처럼 말한다. 북종의 선법은 앞에서 말했듯이 간심간정(看心看淨)의 법이다. 간심은 마음이 사념을 여의는 것으로 간정의 좌선에 의해 가능하다. 그러나 이렇게 사념을 여의는 이념(離念)은 이념을 바라는 그 자체도 또한 념(念)이기 때문에 남종의 비판을 받는다. 마음은 이미 보리, 깨달음, 청정심이기 때문에 마음을 보고 사념을 버린다는 것은 말이 안 된다. 북종이 강조하는 것은 이념이고 남종이 강조하는 것은 무념(無念)이다. 무념은 사념을 일으키지 않고 조작하지 않는 불기념(不起念) 불작의(不作意)로서 성불하겠다는 념조차 일으키지 않는 것을 뜻한다. 이 무념에 의해 정을 일으키지 않고 정이 소멸한다. 그러므로 정의 소멸, 곧 식정(息情)에 의해 진정한 무념이 가능하다.

북종이 이념에 의해 정을 제거하는 거정(去情)을 강조한다면 남종은 무념에 의한 식정을 강조한다. 요컨대 신수 북종은 이념거정, 혜능 남종은 무념식정을 강조한다. 그러나 북종과 남종 모두 자성청정심으로 돌아가는 것이 해탈이라는 사유와 수행관을 지닌다. 그러므로 크게 다른 것은 아니다. 다만 그 차이를 좀 더 부연하면 다음과 같다.

첫째로 북종의 이념거정은 망념과 정욕이 청정심을 오염시키기 때문에 부지런히 오염을 제거한다면 청정심을 회복하여 간심간정할 수 있다는 주장이다. 그러나 남종의 무념식정은 반대로 청정심과 현재 마음을 결합시켜 불기념 불기정을 강조한다. 어디에도 존재하지 않는 마음이 무념이고 공이고 청정심이므로 오염된 것도 없고, 따라서 제거할 오염도 없다. 다만 깨닫기만 하면 된다. 중생도 깨달으면 부처이다.

둘째로 북종의 이념거정에 의하면 간심간정과 수행(修)을 통해 청정심을 증득(證)한다. 그러나 남종의 무념식정은 무수무증(無修無證)을 강조한다. 왜냐하면 마음이 일어나면 망념이고, 마음을 일으켜 수증하는 것도 망념이고, 함이 있는 것은 청정심을 잃는 것이고, 따라서 수증을 구하지 않는 무념무착 가운데 본래 청정심이 스스로 운용되어 해탈하기 때문이다.

셋째로 북종의 이념거정이 망념과 정욕이 생긴 후에 다스리는 소극적이고 수동적인 대응이라면 남종의 무념식정은 망념과 정욕을 맹아 상태에서 소멸시키고, 근본으로부터 멸하는 적극적이고 능동적인 예방이다. (이상 홍수평, 『선학과 현학』, 김진무 역, 운주사, 1999, 178~180쪽)

여래선과 조사선, 혹은 북종과 남종의 이런 차이는 결국 마음을 어떻게 보느냐의 문제로 귀착된다. 신수에 의하면 마음은 명경대와 같고, 혜능에 의하면 마음은 보리수다. 무엇이 다른가? 신수에 의하면 마음은 맑은 거울의 받침대이기 때문에 우리는 마음을 잘 받쳐주어야 하고, 그건 맑은 거울에 티끌과 먼지가 일지 않게 때때로 부지런히 털고 닦아야 함을 뜻한다. 곧 수행에 의해 맑은 마음, 청정심을 깨달아야 한다. 그러나 혜능에 의하면 마음은 이런 맑은 거울의 받침대가 아니라 이미 보리수다. 이미 깨달음, 청정심이기 때문에 수행 같은 건 필요 없고, 자신의 마음의 본성, 청정심만 깨달으면 된다. 이 보리수는 깨달음, 청정심을 비유하고 청정심은 공이고 무이기 때문에 구체적으로 이 현실 속에 존재하지 않는다. 본래무일물(本來無一物)이다.

요컨대 신수는 마음, 청정심이 있다는 입장이다. 왜냐하면 부지런히 수행하면 만날 수 있기 때문이다. 그러나 혜능은 우리가 현실(형상과 언어의 세계)에서 만날 수 있는 그런 청정심은 없다는 입장이다. 이때 없다는 것, 무(無)는 언어, 사고, 분별을 초월한다. 그런 점에서 혜능은 불립문자 견성성불을 그대로 수용한다. 깨달음, 청정심은 문자나 말로 표현할 수 없고, 그러므로 현실적으로 존재하는 것이 아니고, 현실적 분별을 초월한다.

그러므로 중요한 것은 마음이 있느냐, 없느냐의 문제이다. 이런 문제는 별도로 한 권의 책을 써야 할 정도로 방대하고 나는 이런 문제를 다룰 능력도 없고 시간도 없기 때문에 이 글에서는 홍수평의 견해를 중심으로 간단히 살피기로 한다. 또한 이런 살핌에 의해 여래선의 특성도 드러날 것이다.

선종이 강조하는 것은 우주 만물의 근거가 마음에 있다는 만법유심(萬法唯心)이다. 그렇다면 이런 마음은 도대체 어떤 마음이고 그 정체는 무엇인가? 이 글에서는 홍수평의 견해를 중심으로 살피고자 한다. 그에 의하면 달마 이래 혜능까지 마음의 문제는 다음과 같다.

3. 선과 마음

보리달마의 선법은 망념과 잡념을 버리고 벽면을 보고 앉아 분별이 없는 적연무위(寂然無爲)의 선경(禪境)에 들 것을 요구한다. 그러므로 그는 망념을 제거할 때 진정한 마음, 자성청정심에 도달한다는 입장이다. 2조 혜가의 선법은 수행하고자 하는 마음은 자연스런 마음, 곧 자연지심(自然之心)이고, 인간은 자신의 자연지심을 통하여 해탈할 수 있다고 본다. 달마가 말하는 적연 무위의 마음이 혜가에 오면 자연스런 마음, 곧 꾸밈이 없고 분별이 없는 마음이 되고, 이 마음에 도달하는 것이 해탈이다. 혜가에 오면 자성청정심이 자연스런 마음이 된다.

달마의 경우 망념을 제거할 때 진정한 마음, 곧 자성청정심에 도달하고, 혜가의 경우엔 자연스런 마음이 되는 것이 해탈이다. 망념의 제거나 자연스런 마음이나 크게 보면 비슷하다. 진정한 마음이 진심(眞心)이고 진심은 꾸밈이 없고 분별, 망념이 없는 마음이다. 그런 점에서 마음을 진심과 자심(自心)으로 나누면 분별이 있는 자심이 대상을 매개로 진심에 도달하는 것이 해탈이다. 자심은 자아에 상응하고 진심은 진아(眞我), 곧 참된 자아에 상응한다. 간단히 도식으로 나타내면 다음과 같다.

그런 점에서 달마의 벽면 수행은 『능가경』이 말하는 심주일경(心注一境)의 선법, 곧 선경은 마음 밖에 있고, 자심과 진심 두 개의 마음을 전제로 하고, 대상은 자아와 하나가 되기 위한 매개물이다. 자심이 대상과 하나가 될 때 이른바 진심, 자성청정심에 도달한다. 달마의 면벽 9년이 암시하는 것이 그렇다. 따라서 중요한 것은 진심을 보는 관심(觀心)이고, 이 마음을 증득하는 증심(證心)이다.

4조 도신은 무득무착의 반야사상을 선양하고, 반야를 일행삼매를 통해 염불하는 마음과 연결한다. 그의 선학사상은 반야(공)를 강조하나 능가(자성청정심)를 배척하지 않고, 수행에 있어서 마땅히 마음을 따라 자재하는 수심자재(隨心自在)를 강조하고 간심간정(看心看靜)과 섭심수심(攝心守心) 등의 방편법문의 겸용을 강조한다. 도신에 의해 마음은 달마, 혜가의 마음을 보고 마음을 증득하는 관심, 증심에서 간심(看心), 섭심(攝心), 수심(守心)으로 변한다. 진심을 보고 증득하는 것에서 나아가 진심을 보고 모으고 지킨다.

대상을 매개로 진심(자성청정심)을 증득하던 선법이 이제는 일행삼매를 통한 염불이 강조되고, 염불을 매개로 간심, 섭심, 수심이 가능하다. 일행삼매는 마음을 하나의 행(行)에 정하고 닦는 삼매. 따라서 일행은 일체유위법에도 적용된다. 그러나 도신은 염불삼매에 의해 망념을 가라앉히고 진심에 도달하는 것을 강조한다. 그러므로 이제 자심은 대상이 아니라 염불(부처)을 매개로 진심에 도달하고, 이 진심을 보고 모으고 지킨다. 간단히 도식으로 나타내면 다음과 같다.

한편 홍수평에 의하면 도신은 축도생(竺道生)이 시도한 선과 돈오사상의 회통을 이론적으로 종결한다. 축도생은 중국의 승려로 구미라집 문하에서 공부했고, 선과 돈오사상 혹은 선과 돈오성불론의 회통을 주장한다.

달마는 『능가경』을 혜가에게 전하고, 이 경은 여래선의 독자적인 세계로 발전한다. 『능가경』이 강조한 것은 '진실은 문자를 이탈한다', 따라서 문자에 의존치 말고 뜻에 의거해 깨달아야 한다는 이른바 일자불설(一字不說)이다. 불법의 진리는 스스로 깨닫는 것이고, 문자와 말을 여읜 자각성지(自覺聖智)의 경계이다. 한 글자도 말하지 않는다는 것은 이런 자각성지의 경지를 뜻한다. 그러므로 언어나 문자로 표현된 것은 '달을 가리키는 손가락'에 불과하고, 일자불설의 의미는 달을 가리키는 손가락이 아니라 달을 보라는 말과 통한다. 말하자면 진리는 문자나 언어를 초월하고, 따라서 달을 가리키는 손가락(문자)이 아니라 달(불성)을 보아야 한다. 달마의 자교오종(藉教悟宗)이 강조한 것이 그렇다. 교(문자)에 의존하되 문자를 떠나 진리를 깨달아야 한다.

축도생이 주장한 것은 '뜻을 얻으면 형상을 버리라'는 득의즉상망(得意則象忘)이고, 이런 주장은 '달을 가리키는 손가락' 비유와 통한다. 형상은 손가락에 해당되고 뜻은 달에 해당된다. 요컨대 문자를 읽되 문자를 떠나라는 것. 축도생이 말하는 득의즉상망은 위진 시대 현학(玄學)사상가 왕필이 『주역약전(周易略傳)』「명상편(明象篇)」에서 말하는 '뜻을 얻고 나서 상을 잊는다'는 득의이상망(得意而象忘)과 같은 뜻이다. 왕필에 의하면 말은 상을 밝히는 것이니 상을 얻고 나서 말을 잊고, 상은 뜻을 두는 것이니 뜻을 얻고 나서 상을 잊는다. 또한 득의이상망은 『장자』에 나오는 통발은 물고기가 있기 때문이니 물고기를 얻고 나면 통발을 잊는다는 득어이망전(得魚而忘筌)과 통한다.(왕필의 언어관에 대해서는 「비대상의 논리」, 「선의 시학」, 미발표 논문 참고 바람)

그러나 '뜻을 얻으면 형상을 버리라'는 말과 자교오종은 같은 의미가 아니다. 자교오종은 언어(교)에 의지하되 언어를 떠나 진리를 보라는 뜻, 곧 교에 의해 이치를 깨닫고 실천에 들라는 뜻이므로 언어(교)를 버리는 것이 아니다. 그러나 득의즉상망은 진리를 얻으면 형상(언어)을 버리라는 뜻이고, 이 말은 반야(공)를 강조하는 『금강경』에 나오는 부처님 말씀과 유사하다.

> 마땅히 취할 법도 없고 비법도 없으니 여래가 늘 말하기를 '너희 비구들아 나의 설법이 뗏목의 비유와 같음을 아는 자는 법까지도 마땅히 버려야 하거늘 하물며 법이 아닌 것은 말해서 무엇하랴.
>
> 不應取法 不應取非法 以是義故 如來常說 汝等比久 知我說法 如筏喩者 法尙應捨 何況非法

여래의 설법은 뗏목과 같다. 피안에 도달하면, 깨달으면, 해탈하면 버려야 한다. 그러나 뗏목이 비유에 지나지 않는다는 것을 아는 자는 법도 비법도 버려야 한다. 요컨대 방편도 버리고 법도 비법도 버려야 한다. 왜냐하면 마음에 상(相)을 취해도 집착이고, 법에 상을 취해도 집착이기 때문이다.

그런 점에서 도신이 언어(교)의 문제를 좌선과 염불에 의한 극복의 대상으로 간주하고, 언어 문자를 초월하는 불성을 강조한 것은 반야사상을 지향하고, 그가 축도생이 시도한 선과 돈오의 회통을 완성한다는 것은 이런 뜻이다. 선이 강조한 것은 불립문자 교외별전 이심전심이고 돈오의 세계가 그렇다. 요컨대 달마의 경우 자심이 언어를 매개로 진심에 도달한다면 도신의 경우 진심은 언어를 초월한다. 간단히 도식으로 나타내면 다음과 같다.

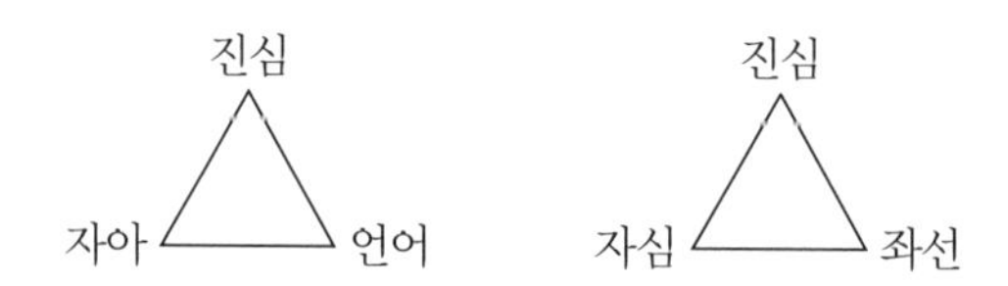

달마가 주장한 자교오종은 교(언어 문자)에 의해 종(불성)을 깨닫는 것. 그러나 중요한 것은 언어에 의존하되 언어를 떠나야 하지만 언어를 떠나기 위해서는 언어에 의존해야 한다. 달을 가리키는 손가락(언어)을 보지 말고 달(진심, 불성)을 보아야 한다. 그러나 도신의 경우 언어는 염불, 좌선에 의해 극복되고 불립문자 교외별전이 강조되고, 그런 점에서 선과 돈오의 회통이 드러난다. 축도생에 의하면 교에 의지하지 말고 직접 종을 깨달아야 하고, 도신에 의하면 교의 문제, 곧 언어 문제는 좌선과 염불에 의한 극복의 대상이 되고 불성은 언어 문자를 초월한다. 쉽게 말하면 손가락 없이 달을 직접 보아야 한다. 견성성불과 유사하지만 도신은 돈오 견성성불이 아니라 좌선과 염불에 의한 진심 보기, 모으기, 지키기를 강조한다.

아무튼 도신의 이런 주장은 그후 선종이 주장하는 불립문자 교외별전 이심전심의 사상적 근거가 되고, 달마가 강조한 자교오종을 새롭게 해석하고, 초기 중국 불교는 이렇게 현학을 수용하면서 발전한다. 위진 시대에 성행한 현학은 제자백가의 사상을 융합하고, 이론상으로는 최초로 유(儒)와 도(道), 곧 유교와 노장의 결합을 시도한다. 도신은 『입도안심요방편법문(入道安心要方便法門)』에서 초학자들에게 불성을 깨닫는 방편을 강조하면서 이른바 '수일불이(守一不移)'의 실천 행법에 의해 뜻을 얻으면 말을 잊는다는 득의즉망언(得意卽忘言)과 일언역불용(一言亦不用)을 주장한다.(축도생과 도신의 관계는 정성본, 『중국선종의 성립사연구』, 민족사, 2000, 112~115, 222~223쪽 참고)

요컨대 도신에 의해 불립문자 교외별전에 대한 새로운 해석과 달마가 말한 자교오종, 곧 교에 의해 불성을 깨닫는다는 명제에 대한 새로운 해석이 드러난다. 그런 점에서 도신에 의해 초기 중국 불교는 깨달으면 말을 잊는다는 돈오사상을 수용한다. 문자나 말은 입도(入道)의 방편으로

도에 들어가면 문자나 말을 잊고 한 마디도 사용할 필요가 없다는 것. 그는 반야사상을 일행삼매에 의한 염불과 연결하고, 방편으로 좌선을 강조한다. 염불과 좌선은 대상을 매개로 하지 않고 도에 드는 방편이다. 그가 입도안심의 실천방법으로 강조하는 이른바 수일불이(守一不移)는 공정(空淨)의 눈을 가지고 주의하여 일물(一物)을 관하며, 낮과 밤의 구별 없이 오로지 모든 정력을 쏟아 항상 동하지 않게 하는 것으로 여래가 강조한 육근(六根)의 공적(空寂)에서 눈의 공적을 강조한다. 그러므로 사물을 보는 것이 아니다.(정성본, 앞의 책, 237~238쪽 참고)

자심(自心)이 진심(眞心)이다

결국 달마로부터 도신까지 마음은 그 자체가 청정한 자성, 곧 혜능이 말하는 보리수가 아니라 닦아야 할 대상, 곧 신수가 말하는 명경대에 비유된다.

문제는 5조 홍인의 경우다. 홍수평에 의하면 홍인에 의해 인간의 본심이 명확하고 완전하게 정의된다. 홍인은 『최상승론』에서 섭심선법(攝心禪法)을 수본진심(守本眞心)으로 개괄하고, 내 마음(我心)이 바로 진심이며, 진심의 특성을 불생불멸하는 진여법성으로 본다. 이제까지 마음은 자심과 진심 두 마음으로 나뉘고 자심은 대상과 언어(교)를 매개로 진심에 도달하고(달마), 혹은 자심은 좌선과 염불에 의해 진심에 도달했다(도신). 그러나 홍인에 오면 두 마음이 하나로 귀일한다. 곧 자심(아심)이 진심이다.

따라서 '이 마음을 지키는 것이 바로 열반의 근본이고, 입도(入道)의 요문(要門)이며 12부 경전의 종(宗)이며, 삼세제불의 조(祖)이다'라고 말한다. 그러므로 이제 진심은 닦아야 할 대상이 아니라 지켜야 할 것이고, 어디 먼 곳에 있는 게 아니라 바로 내 마음이다. 왜냐하면 마음은 본래 청정하고, 우리는 이 자성청정심을 지키면 되지 닦아야 할 필요가 없기 때문이다. 간단히 도식으로 나타내면 다음과 같다.

그렇다면 어떻게 내 마음이 본래 청정하다는 것, 곧 자심이 진심이라는 것을 아는가? 중생의 몸에는 원래 금강불성이 있고, 다만 오음(五陰)의 구름이 덮고 있기 때문에 의연하게 청정한 마음을 지킬 수 있다면 망념, 번뇌는 사라지고 열반에 들 수 있기 때문이다. 자아는 오음, 곧 색수상행식이 인연으로 모인 것으로 자성이 없음을 알면 청정심이 드러난다. 말하자면 자아를 구성하는 몸(색)과 마음(수상행식)이 모두 실체가 없고, 인연의 산물이고, 공이라는 것을 알면 청정심이 드러난다. 능가사상(여래청정심)과 반야사상(공)의 회통이다. 홍인에 의해 비로소 진여법성인 불성과 인심(人心)이 하나로 합해지고 깨달음도 불성의 깨달음에서 자심자성(自心自性)의 깨달음으로 변한다. 말하자면 즉심즉불(卽心卽佛) 명심견성(明心見性)이 강조된다.

부처는 내 밖의 어딘가에 있는 게 아니라 바로 내 마음이 부처이고, 나와 부처는 둘이 아니라 내가 부처다. 깨달으면 부처이고 미혹하면 중생이다. 중생도 명심(明心), 곧 제법의 실상이 공이라는 반야 지혜를 깨달으면 불성을 본다. 홍인은 마음으로 종(宗)의 바탕을 확립하고 이심전심 교외별전의 길을 연다. 따라서 오직 마음이 형상이 없음을 스스로 아는 것이 중요하다. 이런 본성을 깨닫는 방법으로 부처님은 직지인심(直指人心)을 강조했지만 홍인은 직지에 대해 명확하게 밝힌 건 없고, 다만 이런 청정심을 근본으로 이런 마음을 지키고, 이런 마음을 지향하는 깨달음을 강조한다.

자성청정심을 지키라는 홍인의 수심(守心) 혹은 수진심(守眞心)은 도신이 말한 수일불이(守一不移)를 더욱 발전시킨 것으로 도신의 수일불이가 공적의 눈으로 외부의 사물을 관한다면 홍인의 수심은 그 대상을 내부의 마음으로 돌린다.

홍인 문하에서 6조 혜능과 신수가 나오고, 신수에 의해 북종 여래선이 시작되고 혜능에 의해 남종 조사선이 시작된다. 이들의 게송은 앞에서 자세히 분석했기 때문에 이 자리에서는 핵심만 간추린다.

신수는 게송에서 몸은 보리수이고 마음은 명경대와 같기 때문에 부지런히 닦아 티끌과 먼지가 일지 않도록 하라고 주장한다. 그에 의하면 인간의 마음은 본래 청정하지만 수행에 의해 이런 마음에 도달한다. 따라서 그의 직지인심은 수행을 매개로 한다는 점에서 '직지'가 아니고, 그는 여래선의 전통을 계승한다. 마음 역시 자심이 수행을 통해 진심에 도달하기 때문에 거칠게 말하면 두 개의 마음이 존재한다. 도식으로 나타내면 다음과 같다.

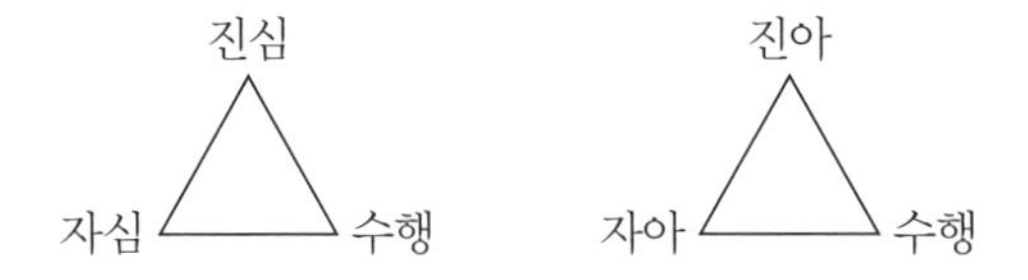

한편 혜능은 게송에서 보리에는 본래 나무가 없고, 명경 역시 받침대가 없다고 주장한다. 그렇다면 직지인심은 어떻게 성립하는가? 그에 의하면 본래 어떤 사물도 존재하지 않는다. 따라서 그는 본래 청정한 마음에 대한 긍정을 통한 해탈이 아니라 일체 밖의 사물들(유위법)에 대한 부정을 통한 해탈을 강조한다. 본래무일물(本來無一物)이 중요하다. 원래 아무것도 없다. 몸도 없고 마음도 없기 때문에 바깥 사물도 없고, 따라서 닦을 마음도 없다. 그러므로 바깥 사물에 대한 집착을 버리고 자신의 청정심을 곧장 보는 직지인심에 의해 해탈이 가능하다. 혜능의 선이 혁명적인 것은 밖에 존재하는 부처도 부정하고 즉심즉불, 곧 기연에 의해 곧장 깨닫는 돈오를 강조했기 때문이다. 그런 점에서 혜능은 홍인의 견해를 계승하면서 더욱 발전시킨다. 간단히 도식으로 나타내면 다음과 같다. (이상 달마 이래 마음의 문제는 홍수평, 앞의 책, 95~98쪽 참고)

홍인의 경우도 자심이 진심이다. 진심은 닦아야 할 대상이 아니라 지켜야 할 것이다. 지키면 된다. 혜능의 경우도 자심이 진심이다. 그러나 그의 경우엔 본래무일물이므로 지켜야 할 것도 없고, 마음이 바로 부처라는 즉심즉불을 깨달으면 되고, 내 마음 밖 어디에 부처가 있는 것이 아니므로 부처도 부정된다. 이른바 초불(超佛)사상이다.

4. 돈오냐 점수냐

이제까지 달마에서 혜능까지 전개된 마음의 문제를 살폈지만 다시 요약하면 크게 두 유형으로 정리된다. 하나는 달마, 혜가, 도신, 홍인, 신수를 중심으로 하는 여래선 계열과 다른 하나는 홍인, 혜능을 중심으로 하는 조사선 계열이다. 두 계열에 홍인이 포함되는 것은 그가 여래선과 조사선의 중간 역할을 하고, 마음에 대해서도 내 마음이 바로 불성이라고 하면서 동시에 수심(守心)을 강조하기 때문이다.

여래선이 강조하는 것은 수행(점수)에 의한 깨달음이고 조사선이 강조하는 것은 내 마음이 부처라는 것을 곧장 깨닫는 것(돈오)이다. 그러니까 여래선이나 조사선이나 인간의 본성이 청정하다는 인식을 공유하고, 이런 본성을 깨달아야 한다는 점에서는 일치한다. 그러나 여래선의 경우엔 마음과 청정심, 자심과 진심, 인심과 불성이라는 두 개의 마음이 있고, 조사선의 경우엔 오직 청정심, 진심, 불성만 있고, 이때 자심이 진심이고, 인심이 불성이고, 자아가 진아다.

문제는 여래선을 계승하는 신수에 의해 정립되는 북종 점수와 조사선을 정립하는 혜능의 남종 돈오다. 북종이나 남종이나 목표는 같고 가는 길이 다를 뿐이다. 점수냐 돈오냐? 이 문제는 우리 선종에서도 계속 시빗거리이고, 나의 능력을 벗어나기 때문에 이 글에서는 북종 점수와 남종 돈오라는 주장만 간단히 살피기로 한다. 점수는 점차로 닦아 깨닫는 수행법이고 돈오는 단번에 뛰어 깨닫는 것. 돈오와 점수는 처음 부처님의 경전을 판단하고 해석하는 과정에서 나타난다.

예컨대 화엄종의 징관(청량)은 부처님의 가르침을 판석하면서 『화엄경』을 돈교(頓教), 『법화경』을 점돈교(漸頓教)로 읽는다. 전자는 대번에 발심수행하는 보살에게 대승을 설한 것이고, 후자는 소승을 거쳐 대승을 배우는 보살에게 설한 것. 전자는 수행하는 근기도 돈이고 부처님이 말씀하신 법도 돈이지만 후자는 근기는 점이고 법은 돈이다. 물론 교판(教判)은 이론가들마다 다르다. 내가 징관의 견해에 대해 말하는 것은 점수와 돈오는 북종과 남종의 종파를 구별하기 위한 용어이기 전에 이미 부처님의 경전에도 드러나고, 또한 두 수행법이 별도로 존재하는 것이 아니라 근기에 따라 적용되기 때문에 대립적인 수행법이 아니라는 점을 강조하기 위해서다. 큰 시각에서 보면 돈교와 점교는 서로를 보충하는 중도의 관계에 있다.

이런 사정은 선(禪)과 교(教)의 관계에도 해당된다. 선과 교는 대립되는 것이 아니라 둘 모두 깨달음을 지향하고, 서로 의존하는 중도의 관계에 있다. 앞에서 달(불성)을 가리키는 손가락(언어)에 대해 말하며 손가락이 아니라 달을 보라고 했지만, 손가락이 있으므로 달을 보는 것이고, 달을 본 다음에는 손가락을 잊어야 하고, 극단적으로 이런 상태는 손가락이 달이고 달이 손가락이 되고, 한편 손가락은 달이 아니고 달도 손가락이 아닌 중도를 지향한다. 그러므로 선의 시쓰기는 말(교)로써 말 없음(선)의 세계에 도달하는 것이고, 이때 말과 말 없음의 관계는 중도이고, 많은 공안도 그렇다.

하택신회가 신수의 북종은 점수요 혜능의 남종은 돈오라고 말하면서 점수보다 돈오를 높이 평가한 것은 어디까지나 북종을 비판하고 남종을 선양하기 위해서이다. 사실 신수는 돈오를 무시한 게 아니다. 신수는『관심론』에서 깨달음은 잠깐 사이에 있지만(돈오) 어리석은 둔기는 부처님의 말씀을 이해하지 못하기 때문에 오랜 시간의 수행을 요구한다(점수)고 주장한다. 그러니까 그는 방편으로서의 점수를 강조한다.

그런 점에서 신회가 신수의 선법을 점법으로 간주한 것은 비약이다. 인순은 남돈북점 교의 자체가 문제라고 말하면서 돈(頓)과 점(漸)의 문제에 요구되는 두 가지 조건을 말한다. 하나는 이론에 있어서의 돈오(頓悟)와 점오(漸悟)이고, 다른 하나는 수행에 있어서의 돈입(頓入)과 점입(漸入)이다. 달마가 강조한 것은 이(理)와 행(行)이고 인순 역시 이론(理)과 수행(行)의 차원에서 돈과 점에 접근한다.

먼저 이론상의 돈오와 점오. 대승 경전의 경우 원리(理)를 깨닫는 것이 돈이고 이것이 이론상의 돈오이다. 그러나 깨달은 후 더한층 깨달음을 계속 심화시켜 나가고 이것이 이론상의 점오이다. 대승에서 점오가 요구되는 것은 깨닫게 되는 대상은 하나이지만 그것을 깨닫는 지혜의 측에서는 계층이 인정되기 때문이다. 다음은 수행상의 돈입과 점입. 초발심으로부터 깨달음, 성불에 이르기까지 오랜 세월을 거쳐 점차로 수행의 계위를 거치는 것이 점입이고, 곧바로 깨달아 성불하는 것이 돈입이다.

사실 신수는 앞에서 말했듯이 돈오를 부정한 게 아니라 스스로 돈오를 주장한다. 그는 대표적 저작인『대승무생방편문』에서 불도에 드는 훌륭한 방법에 대해 '마음을 그저 한 순간에 청정하게 할 뿐이기 때문에 즉석에서 부처의 지위로 초입(初入)할 수 있다.'고 말한다. 그렇다면 신회가 문제다. 그는 돈과 점을 다음처럼 말한다.

> 도를 배우는 자는 곧바로(돈) 불성을 보지 않으면 안 된다. 그리고 서서히(점) 수행을 하여 금생 중에 해탈을 얻는 것이다. 그것은 비유하면 모친이 아이를 낳는 것은 한 순간이지만 그 후에 우유를 주어 서서히 양육하는 것으로 그 아이의 지성을 자연히 계속하여 발달해 가는 것과 같은 것이다. 돈오하여 불성을 보는(깨닫는) 것도 그것과 완전히 같은 것이며, 지혜가 자연히 차차(접점) 계속해서 증가해 가는 것이다.
>
> —『신회화상유집』, 287, 인순,『중국선종사』, 이부키 아츠시 일역, 정유진 한역, 운주사, 2012, 581쪽 재인용

신회 역시 돈오만 강조하는 것은 아니고 돈오와 점오를 모두 인정한다. 도를 배우는 자는 곧바로 불성을 보아야 하고, 서서히 수행을 행하여 해탈을 얻는다. 그는 이 글에서 돈오는 순간적이고, 이 순간적인 깨달음은 그 후의 수행에 의해 완성된다는 입장이다. 그것은 아이가 한순간에 태어나지만 그 후 우유를 주어 양육하는 것과 같다. 돈오하여 깨닫는 것도 이것과 완전히 같다.

그가 말하는 수행은 점수돈오에서 말하는 점수가 아니라 이론상의 점오에 해당하고, 이런 점오는 돈오에 이르는 수단이 아니라 돈오의 완성이라는 것을 뜻한다. 그렇다면 그가 말하는 남돈북점은 무엇인가? 북종의 신수는 앞에서 말했듯이 돈오를 주장하고, 다만 어리석은 둔기에게는 점

수가 요구된다고 말한다. 그러므로 그가 말하는 점수는 어디까지나 둔기를 가르치기 위한 방편일 뿐이다. 이론상의 돈점과 수행상의 돈점을 명확히 하면 돈오는 점오로 완성되고, 돈입과 점입은 구별된다.

남종의 창시자 혜능 역시 『단경』에서 '법 자체에는 돈과 점이 없지만 사람의 소질에는 이둔(利鈍)의 차이가 있어 미혹한 사람(둔기)은 단계를 밟아 진리에 도달하지만 깨달은 사람(이근)은 곧바로 실행에 옮긴다.'고 말한다. 신수는 돈오(이근)와 점수(둔근)를 주장하고, 혜능 역시 돈오(이근)와 점수(둔근)을 주장한다. 그러나 신수는 방편으로서의 점수를 강조하고, 혜능은 돈오를 강조하기 때문에 '깨달은 사람은 곧바로 실행에 옮긴다'는 말은 깨달은 다음(돈오)에는 수행(점수)도 필요 없게 된다. 성철스님이 주장하는 동조돈수는 이런 문맥을 거느리는 것 같다. 깨달은 다음의 수행은 깨닫기 위한 수행(점수)가 아니고 수행 자체가 이미 깨달음이기 때문에 돈수라는 용어를 사용한 것 같다.

신회가 혜능의 적자임을 주장하면서 남돈북종을 주장한 것은 어디까지나 남종을 선양하고 북종을 부정하기 위해서다. 신회 자신이 강조한 것은 돈오점오이다. 그러나 동산문하는 점오를 강조한 것은 아니다.(이상 돈과 점에 대해서는 인순, 앞의 책, 574~584쪽 참고)

목표는 깨달음이다

점수든 돈오든 목표는 깨달음이고, 점수는 이런 깨달음에 이르는 하나의 방편일 뿐이다. 따라서 여래선이 주장하는 좌선과 염불 역시 방편이지 그 자체가 목표가 아니다. 한편 돈오 역시 상근기 수행자들에 해당된다지만 불교 식으로 해석하면 이렇게 뛰어난 근기는 전생의 선업과 관계되고, 전생의 수행을 전제로 한다. 말하자면 돈오도 크게 보면 의식적 무의식적으로 오랜 수행을 닦은 결과이다.

그러므로 북종 여래선은 점수, 남종 조사선은 돈오로 나누는 것은 어디까지나 신회와 그의 주장을 계승하는 규봉의 전략적 주장이고, 크게 보면 여래선과 조사선도 큰 차이는 없다. 왜냐하면 달마선이 여래선-조사선의 단계로 발전하기 때문이다. 다만 다음과 같은 문제들이 있다. 먼저 여래청정선이라는 용어가 아니라 조사선이라는 용어가 나오는 이유이다. 그 이유는 다음과 같다.

(1) 조사선은 즉심즉불을 주장한다. 마음이 바로 부처이기 때문에 밖에서 부처를 구하지 않고, 부처를 뛰어넘는 초불(超佛)을 강조한다.

(2) 5가 선종, 곧 분등선에 이르면 조사도 뛰어넘는 월조(越祖)를 강조한다.

(3) 조사들에 의해 이심전심으로 불법이 전해진다.

(4) 수행자가 조사와의 대화에 의해 언어분별을 초월하는 불법을 몸으로 깨닫는다.

(5) 돈오돈수와 무수지수(無修之修)를 강조한다.

(좀 더 자세한 것은 앞의 '여래선과 능가선' 참고 바람)

그러나 조사선 역시 『능가경』에서 말하는 최상승선인 여래선과 크게 다른 것은 아니다. 『능가경』이 강조하는 것은 일체가 공이라는 반야사상과 일체 중생이 성불할 수 있다는 불성론인 여래장사상의 결합이다. 여래선은 초기 달마선(능가선)과 그 후 도신, 홍인의 여래선을 포함하고, 조사선은 『능가경』에서 말하는 여래장선을 더욱 일반화하고, 노장사상을 수용하면서 중국화하고, 염불, 관심(觀心) 같은 수단에서 해방된 단순하고 직절적인 정의와 방법을 강조한다. 그러나 여래선과 조사선은 일체가 공이라는 반야사상과 일체 중생이 성불할 수 있다는 여래장사상을 공유한다는 점에서 크게 다른 것이 아니다.

여래장은 본래부터 청정하여 번뇌 속에도 존재하는, 변함없는 깨달음의 본성이다. 따라서 여래선 혹은 여래청정선은 이 본성을 깨달아 여래법신을 증득하는 선이다. 조사선이 강조하는 것 역시 그렇다. 다만 방법이 다를 뿐이다. 특히 돈오와 점수 문제가 그렇다. 다음은 조사선 남악-마조-남전 계열에 드는 조주 스님의 공안이다.

> 물음: 화상께서는 '도는 수행에 속하지 않는다. 다만 오염시키지 말라.' 고 말씀하셨습니다. 오염되지 않는다는 것은 무엇입니까?
> 조주: 안과 밖을 점검해 보라.
> 학승: 스님께서는 점점하십니까?
> 조주: 점검한다.
> 학승: 스님께서는 무슨 허물이 있기에 스스로 점검하십니까?
> 조주: 그대에겐 어떤 것이 있는가?
>
> 問 承和尙有言 道不屬修 但莫染汚 如何是不染汚 師云 檢校內外 云 還自檢校也無 師云 檢校云 自已有什麽過自校檢 師云 你有什麽事

'도는 수행에 속하지 않는다'는 것은 깨달음은 수행을 필요로 하지 않는다는 뜻이다. 이른바 돈오를 강조한다. 그러나 이 깨달음, 곧 자성청정심을 오염시키면 안 되기 때문에 조주는 '안과 밖을 점검해보라'고 말한다. 여래선에선 수행에 의해 도에 이르러야 하지만, 조사선은 수행을 부정한다. 수행과 깨달음을 구름과 달에 비유하면 여래선의 경우엔 구름이 먼저 있고 이 구름을 제거할 때 달이 나타난다. 그러나 조사선의 경우엔 달이 먼저 있고 그 후 이 달에 구름이 끼지 않게 점검한다. 신수는 마음이 명경대이므로 부지런히 티끌과 먼지를 털고 닦아야 밝은 거울(깨달음)이 드러난다고 말하고, 혜능은 마음은 이미 보리수(깨달음)라고 말한다.

점수에 의하면 망상과 번뇌를 수행에 의해 닦아야 청정심이 되고, 돈오에 의하면 마음은 본래 청정심이므로 수행은 필요 없다. 다만 망상 번뇌가 일지 않도록 점검해보아야 한다. 그렇다면 처음부터 맑은 마음인데 무슨 허물이 있기에 점검해야 하는가? 마음은 형태가 없으므로 다시 닦을 필요가 없는 게 아닌가? 학승이 '스님은 무슨 허물이 있기에 스스로 점검하십니까?' 묻는 이유이다. 이에 대해 조주는 '그대에겐 어떤 것이 있는가?' 말한다.

'그대에겐 나와 다른 무슨 특별한 것이 있느냐?' '나도 그대와 같다'는 뜻. 나는 깨달았지만 너와 다른 건 아니라는 말이다. 깨달았다고 하지만 일반 중생과 다른 건 아니고 과오를 범할 수도 있다는 것. 그러나 다시 생각하면 이 말은 오해의 여지가 많다. 깨달으면 다시는 과오를 범할 수 없고 따라서 수행이나 점검이 필요 없기 때문이다. 그러나 조주는 깨달았다고 해도 자신을 점검해야 한다고 말한다. 이유는 무엇인가?

수행과 비슷한 말로 보임(保任)이라는 말이 있다. 깨달은 다음 스님들이 마음을 보호하고 맡긴다는 보호임지(保護任持)의 준말. 그러나 도대체 무엇을 보호하고 맡긴다는 것인가? 왜냐하면 마음은 형태가 없고 뿌리가 없기 때문이다. 다음도 조주의 공안.

> 물음: 어떤 것이 학인이 보임할 물건입니까?
> 조주: 그것은 미래가 다하도록 찾아도 나오지 않아.
>
> 問 如何是學人保任底物 師云 盡未來際揀不出

깨달은 다음 보임할 물건은 아무리 찾아도 찾을 수 없다. 왜냐하면 마음, 자성청정심. 일심(一心), 불성, 진심은 모양도 없고 이름도 없기 때문이다. 그것은 미래가 다하도록 찾아도 나오지 않는다. 이런 무명 무상의 마음을 보호하고 모든 걸 이 마음에 맡겨야 한다. 그런 점에서 보임은 수행과 다르다. 수행이 깨닫기 위한 방편이라면 보임은 깨달은 다음 이 마음을 보호하고 실천하는 것. '깨달은 사람은 곧바로 실행에 옮긴다'는 혜능의 말이 그렇다. 찾아도 나오지 않는 물건, 본래무일물(本來無一物)이 보임할 물건이다.

돈오돈수

그렇다면 돈오점수와 돈오보임은 어떻게 다른 것인가? 아니 돈오돈수와는 또 어떻게 다른가? 이 문제 역시 이 글에서는 다룰 수 없는 주제이고 나의 역량을 넘어서는 문제이기 때문에 돈오돈수를 주장한 성철 스님의 견해를 중심으로 간단히 살피기로 한다.

성철에 의하면 보조 스님이 처음 돈오점수를 주장한다. 보조의 불교사상은 세 시기로 변하는바 첫째는 『수심결』과 「정혜결사문」 시기, 둘째는 돌아가시기 6개월 전에 펴낸 『절요(節要)』 시기, 셋째는 돌아가신 뒤의 유고인 『간화결의론』과 『원돈성불론』 시기이다.

첫째 시기에 보조는 돈오점수, 곧 먼저 깨치고 뒤에 닦는다는 선오후수(先悟後修)를 주장한다. 이때 돈오는 얼음이 본래 물이라는 것을 분명히 알았지만 얼음이 그대로 있는 상태. 중생이 본래 부처라는 것을 깨달았지만 중생, 곧 번뇌 망상이 그대로 있는 상태다. 이런 깨달음은 증오(證悟)가 아니라 해오(解悟)이다. 몸이 아니라 이론으로 깨닫는 것. 따라서 중생상을 벗어나기 위해 깨달은 다음에도 수행이 요구된다. 선오후수는 돈오점수이다. 그가 말하는 선오후수는 이론상의 돈오점오와 유사하지만 후수는 깨닫기 위한 방편(점수)이고, 점오는 깨달음의 완성이라는 점에서 다르다. 그러나 성철이 강조하는 것은 돈오돈수이기 때문에 후수도 점오도 필요 없다.

둘째 시기엔 보조의 사상적 전환이 나타난다. 그에 의하면 돈오점수는 교종(敎宗)에 해당하고 선종(禪宗)에는 해당되지 않는다. 교종은 교, 곧 언어에 의한 알음알이(知解)를 강조하고, 따라서 알음알이에 얽매어 참으로 깨치지 못함으로 '단박에 지해를 잊어버리는' 돈오가 강조된다.

셋째 시기, 특히 『간화결의론』에서는 화두에 의해 깨친 증오를 강조하고 돈오점수는 사구(死句)가 되고 증오문은 활구(活句)가 된다. 그가 이 시기에 강조한 것은 간화선이다.

성철이 주장하는 돈오돈수는 보조의 셋째 시기 사상을 계승하고, 선(禪)은 중도의 체험 법문이고 교(敎)는 중도의 이론으로 정의된다. 선이 중도의 체험이기 때문에 중도를 깨친 것이 견성이고 성불이다. 그러나 성철에 의하면 중도를 바로 깨치면 우리 심리가 제8아뢰야식을 확철히 깨어난 대무심지가 되며, 이 무심지에 들기 위해서는 오매일여라는 관문을 통과해야 한다. 말하자면 꿈속에서도 일여가 되어야 깨닫는다.(이상 『성철 백일법문』 하, 장경각, 2545, 315~367쪽 참고)

성철은 닦음도 마치기 때문에 돈오돈수라는 용어를 사용한다. 깨달으면 수행도 필요 없다. 그렇다면 보임은 무엇이고, '깨달은 다음 곧바로 실행에 옮긴다'는 혜능이 말은 무엇인가? 사실 나는 이 돈수라는 말이 무슨 뜻인지 이해되지 않아 고생이 심했다. 그러다 우연히 나대로 이해한 건 얼마 전이다. 깨달으면 닦을 것이 없다. 닦을 것이 없으므로 깨달음도 없다. 무증무수(無證無修)다. 어렵게 생각하지 말자. 깨달으면 아무것도 없고, 무심이고, 깨달은 다음 일체 행위는 무심의 실천이다. 수행을 한다고 해도 무심의 수행이고 무심의 보임이다. 돈수는 단박에 닦는다는 뜻이 아니라 닦는다는 마음도 없이 닦는 행위를 뜻한다.

성철은 닦음도 마치기 때문에 돈오돈수라는 용어를 사용한다. 깨달았기 때문에 닦음도 필요 없다는 말씀이다. 깨달았기 때문에 수행이 필요 없고 일체 행위가 때달음의 실천이다. 그러나 석우에 의하면 성철이 강조하는 삼시일여(三時一如) 오매일여는 망상분별을 완전히 제거한 경지이고, 이런 목표를 설정하고 죽을 고비를 넘어 수행하며 최후에 완성을 보기 때문에 점수돈오에 해당한다. 그러나 언어에 의존하지 않고 화두에 의존한다는 점에서 지해(知解)가 아니라 증오(證悟)이다.

선종이 강조하는 것은 돈오, 곧 단박에 깨닫는 것. 그러나 아무 노력도 안 하고 수행도 없이 단박에 깨닫는 것은 아니다. 구지 스님은 천룡 화상이 손가락 하나를 세울 때 홀연히 깨닫는다. 그러나 이런 깨달음은 번민과 고뇌의 결과이다. 그가 암자에 있을 때 실제라는 비구니가 찾아와 '한 말씀 하면 삿갓을 벗겠소.' 해도 아무 대답도 못하고, 스스로 한탄하고 암자를 떠나려고 한 것도 깨닫기 위한 그의 고뇌를 반영한다. 그런가 하면 구지를 시봉하던 동자는 구지의 흉내만 내다가 구지가 손가락을 자를 때 깨닫는다. 비명을 지르며 도망가는 동자를 구지가 부르고 동자가 고개를 돌릴 때 구지는 손가락 하나를 세우고, 그 순간 동자가 깨닫는다. 동자 역시 손가락이 잘리는 고통의 순간에 깨닫는다. 고통, 번민, 고뇌 없이 어느 말 갑자기 깨닫는 것이 아니다, 피 나는 수행의 어느 순간에 깨닫기 때문에 돈오만 있는 게 아니라 점수돈오다. 나는 석두 스님의 말에 동의하는 입장이다.

돈오돈수는 깨달음만 있을 뿐 수행은 없다는 것이고, 돈오돈수라는 용어는 징관 청량과 규봉 종밀이 사용한다. 석우 스님은 이들의 견해를 중심으로 돈오돈수에 대한 오해를 지적한다. 창량과 규봉에 의하면 돈오돈수에는 세 가지가 있다.

(1) 먼저 깨닫고 뒤에 닦는 해오(解悟), 곧 선오후수(先悟後修).

(2) 먼저 닦다가 후에 깨닫는 증오(證悟), 곧 선수후오(先修後悟).

(3) 닦음과 깨달음이 동시에 일어나는, 곧 수오일시(修悟一時).

그러므로 돈오돈수라는 말은 이 세 가지 가운데 어느 것을 뜻하느냐가 중요하다. 일반적으로 돈오돈수는 셋째 유형을 뜻한다. 선오후수는 돈오점수와 비슷하고, 선수후오는 점수돈오와 비슷하고, 수오일시는 돈오돈수와 비슷하다. 문제는 청량과 규봉이 이 세 가지 유형을 모두 돈오돈수에 포함시킨 점이다. 따라서 돈오돈수에는 선오후수도 있고, 선수후오도 있고, 수오일시도 있다.

그렇다면 어째서 이렇게 돈오돈수가 복잡하게 되었는가? 그것은 석우도 지적하듯이 이들이 교종에 속하고, 따라서 언하에 곧장 깨닫는 선종의 돈오를 인정하지 않고, 반드시 닦아야 깨닫는다는 교종의 돈오로 잘못 해석했기 때문이다. 그러므로 이들이 돈오를 해오, 곧 이해로 깨닫는 것으로 본 것은 잘못이고, 혜능 이후 선종이 강조한 것은 증오다. 따라서 돈오점수는 원래 돈오하여 부처가 된 다음 보임하는 불행수행(佛行修行)의 뜻이 정확하고, 해오와 증오의 해석도 선종과 다르다. 점수돈오는 지관법이나 화두 수행에 의해 깨닫는 것이고, 점수점오는 우둔한 사람들이 깨닫는 유형이다.

문제는 다시 성철 스님의 돈오돈수다. 성철이 강조한 것은 삼시일여 오매일여를 통한 깨달음이다. 그러므로 석우도 지적하듯이 오매일여가 성취되지 못한 사람은 깨달음이란 말을 쓸 수 없게 되고, 그런 점에서 이 선언은 파장을 불러온다. 성철이 강조하는 돈오돈수는 결국 청량 규봉이 말하는 선오후수, 곧 먼저 닦고 후에 깨닫는 첫째 유형에 해당한다. 오매일여라는 수행을 통해 완전한 무심 상태가 이루어진 다음에 깨달아야 진정한 깨달음이 된다. 이런 돈오돈수는 수행을 하든 하지 않든 기연에 의해 수행과 증오를 동시에 이룰 수 있다는 돈오돈수와는 다르다. 성철이 수행과 증오를 동시에 이룬 경허를 인정하지 않는 것은 이런 사정 때문이다. 요컨대 한국 근대 선지식들은 돈오돈수와 돈오점수 모두를 사용하기 때문에 이런 혼란과 오해가 있게 된다는 게 석우 스님의 주장이다. (이상석우, 「돈오돈수」, 『법성게강의』, 여래, 2008, 79~90쪽 참고)

돈오냐 점수냐 하는 문제는 결국 교종, 북종, 여래선이냐, 선종, 남종, 조사선이냐 하는 차이의 문제이고, 그것은 마음을 어떻게 보느냐 하는 문제로 귀착된다. 여래선은 마음을 자심과 진심, 번뇌와 청정심으로 나누는 이원론적 입장이고, 조사선은 자심이 바로 진심이고, 번뇌가 바로 청정심이라는 일원론적 입장이다. 그러나 이런 말 역시 분별이기 때문에 크게 보면 여래선도 두 마음을 중도로 보고, 조사선도 중도로 본다는 견해가 옳다. 왜냐하면 교종에서 강조하는 돈오돈수는 돈오점수, 점수돈오, 돈점동시를 강조하고, 선종에서 강조하는 돈오돈수 역시 수행과 증오를 동시에 이루고, 조주 공안에서 보았듯이 돈오 자체만 강조하는 게 아니라 돈오수행, 곧 돈오보임을 강조하기 때문이다. 물론 보임은 깨달음을 목표로 하는 수행이 아니라 깨달은 다음 마음을 보호하고 이 마음에 따라 실천하는 것을 뜻한다. 그러나 크게 보면 보임도 수행이고, 성철이 강조한 오매일여도 수행이다.

과연 어디까지가 수행이고 어디까지가 깨달음인가? 어디까지가 교이고 어디까지가 선인가? 그런 점에서 나는 청허가 강조한 선교일치가 아니라 선교중도를 강조하고, 따라서 교와 선, 점수와 돈오, 여래선과 조사선, 북종과 남종, 언어와 깨달음, 말과 말 없음, 이론과 실천, 요컨대 어떤 문제든 이항대립, 양변을 부정하고 중도의 시각에서 해석하고 실천하자는 입장이고, 이런 중도가 부처님의 뜻이고, 혜능이 강조한 선의 뜻일 것이다.

제5장

여래선 시학

1. 선과 시학

앞에서 선의 유형에 대해 살핀 것은 선종을 연구하기 위해서가 아니라 우리 시의 새로운 방향을 선적 사유와 방법에서 찾으려는 이 책의 목적 때문이다. 물론 나는 점수와 돈오, 혹은 여래선과 조사선 역시 중도의 관계로 수용하자는 입장이다. 그러나 다시 생각하면 여래선은 수행을 통해 깨달음에 도달하는 점수돈오 혹은 점수성불을 지향하고, 조사선은 돈오돈수, 곧 단박에 깨닫고 이때 수행도 마친다는 입장이다. 왜냐하면 처음부터 자성은 청정하기 때문에 닦고 뭐고 할 필요가 없기 때문이다. 자성이 본래 청정하다는 것, 자심이 그대로 부처라는 것, 따라서 중생도 깨달으면 부처가 된다는 것을 강조한다. 조주 스님도 무수(無修)를 강조한다.

> 물음: 하루 종일 어떻게 쓸데없는 마음을 버려야 합니까?
> 조주: 나하의 물은 흐리고 서쪽 물은 급히 흐른다.
> 학승: 문수보살을 만나볼 수 있겠습니까?

조주: 이 눈 뜬 장님아! 어디로 왔다 갔다 하는 거야?

問 十二時中如何淘汰 師云 柰河水濁西水急流 云還得見文殊也無 師云 者朦 瞳漢 什麽處去來

도태는 쓸데없는 것을 버리고 좋은 것을 취한다는 뜻이다. 이 공안에서는 쓸데없는 망상 번뇌를 버리는 마음의 수행을 뜻한다. 학승이 묻는 것은 수행의 방법이다. 조주 스님은 '나하(柰河)의 물은 흐리고 서수(西水)는 급히 흐른다.'고 대답한다. 나하의 물은 지옥의 물이고 서수는 죽음으로 흐르는 물을 뜻한다. 서쪽은 불교에서 흔히 죽음을 상징하기 때문이다. 그러므로 이 말이 강조하는 것은 지옥의 물은 탁하고, 죽음은 빠르게 다가온다는 것. 너처럼 수행에 집착하는 것은 지옥의 물과 같고, 그렇게 수행만 찾다가는 곧장 죽음을 맞이한다는 내용이다.

그러나 학승은 말뜻을 모르고 다시 '문수보살을 만날 수 있겠습니까?' 묻는다. 문수는 대승 보살 가운데 지혜가 뛰어난 보살이고, 지혜는 반야지혜, 곧 일체가 공이고, 따라서 자성은 본래 청정하다는 것을 아는 지혜다. 이런 학승의 물음을 조주는 다시 꾸짖는다. 바로 앞에 문수보살이 있다. 바로 네 앞에 본래 청정함이 있고, 너의 본성도 본래 청정한데 무슨 수행이고 문수보살이냐? 쓸데없이 오락가락하지 말라.

요컨대 이 공안이 강조하는 것은 자성이 본래 청정하기 때문에 수행은 필요 없고 단번에 자성청정심을 깨달으라는 조사선의 선법이다. 그러나 앞에서도 말했듯이 조사선에선 깨달은 다음 마음을 보호하고 실천하는 이른바 보임이 있고, 보임은 깨닫기 위한 수행은 아니지만 크게 보면 조사선도 수행을 요구한다. 조사선의 시쓰기는 깨달은 순간을 노래하는 오도송, 불성을 노래하는 게송, 깨달은 다음 이 마음을 지키고 실천하는 보임의 시쓰기가 있다. 이른바 돈오의 시쓰기는 자심이 진심이고, 자심이 청정심이라는 걸 깨닫는 돈오를 강조하지만 돈오후수(頓悟後修)의 후수, 곧 보임으로서의 시쓰기도 요구된다. 그러나 따지고 보면 돈오의 경지는 언어와 형상을 초월하기 때문에 시쓰기도 부정한다. 그러므로 돈오 이후의 수행, 보임, 실천으로서의 시쓰기가 중요하다. 이런 시쓰기는 무수(無修)의 수(修)가 암시하듯 무위(無爲)의 위(爲), 곧 시를 쓴다는 생각도 버리고 쓰는 시가 된다.

자심이 진심이고 자아가 진아인 경지, 곧 깨달음의 경지는 언어 분별을 초월한다. 따라서 시쓰기는 깨달음의 보임, 곧 실천이고 수행이 된다. 이런 실천은 마음이 부처이고 부처가 중생이기 때문에 초불월조(超佛越祖)의 평상심을 강조한다. 내가 다른 글에서 '평범한 언어가 시다.' 혹은 '일상이 시다'라고 주장한 것은 이런 문맥을 거느린다. 이때는 일상세계가 도량이고, 걷고 머물고 앉고 눕는 행주좌와 일체가 수행이고 시가 된다. 『금강경』의 주제는 무상(無相)이고, 조사선을 정립한 육조 혜능의 『육조단경』이 강조하는 것은 무념(宗), 무상(體), 무주(本)이다.

무념은 생각하되 생각이 없는 것, 무상은 형상을 보되 형상을 떠나는 것, 무주는 한 생각 한 생각이 경계에 머물지 않는 것. 곧 앞의 생각, 지금 생각, 뒤의 생각이 단절되지 않는 것. 왜냐하면 생각이 단절되는 것은 생각이 대상(망상의 경계)에 머무는 것, 분별하는 것을 뜻하기 때문이다. 그런 점에서 나는 무주를 무언어 무분별 무사유로 해석하는 입장이다. 사유는 언어이고, 언어는 대상을 분별한다. 언어가 대상을 분별한다는 것은 언어가 대상에 머무는 것을 뜻한다. 따라서 무주는 언어 분별이 없고 사유가 어디에도 머물지 않는 무언어 무분별 무사유의 세계이다. 사유가 단절되지 않는 무주는 언어를 부정하고, 언어 부정은 분별 부정이고, 분별 부정은 사유 부정과 통하기 때문이다.

현대시의 새로운 방향을 선에서 찾기 위해서는 시쓰기를 구성하는 네 요소, 곧 자아-대상-언어-쓰기의 문제를 다시 생각해야 하고, 이상 네 요소를 전제로 조사선의 시쓰기 혹은 조사선 시학의 모델을 간단히 도식으로 나타내면 다음과 같다.

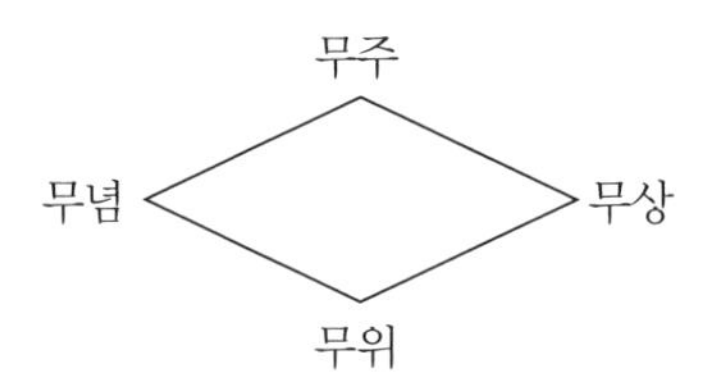

이 모델은 혜능의 『육조단경』을 중심으로 시쓰기의 네 요소 자아-대상-언어-쓰기의 관계를 암시한다. 자아는 무념, 대상은 무상, 언어는 무주, 쓰기는 무위로 나타난다. 『금강경』을 전제로 하면 무념은 무아, 무상은 무상, 무주는 무명(無名), 무위는 그대로 무위에 대응한다. 그러나 네 요소는 도식이 암시하듯 개별적으로 독립하는 게 아니라 서로 중도의 관계에 있고, 영도의 시쓰기를 전제로 하면 영도가 무위에 해당하고, 무위 속에 무념, 무상, 무주가 있고 무위가 무념, 무상, 무주이다. 일중다(一中多) 다중일(多中一) 일즉다(一卽多) 다즉일(多卽一)이다.

내가 이런 도식을 강조하는 것은 너무 이론적일 수 있고, 그런 점에서 나는 선가(禪家)보다 교가(敎家) 쪽인지 모른다. 그런 건 당신들 마음대로 생각하면 되고, 이런 도식도 필요 없지만 선학은 이론이기 때문에 이런 도식을 만든다.

화엄사상이 강조하는 것은 이사무애 사사무애지만 이사무애의 경지에 앞서 이무애(理無碍) 사무애(事無碍)의 단계가 있다. 이무애는 이론에 걸림이 없다는 뜻이고 사무애는 일에 걸림이 없다는 뜻이다. 선의 시학 역시 궁극적으로는 이론(이)과 시쓰기(사)가 이사무애의 경지를 목표로 하지만 그에 앞서 이무애, 곧 이론에 걸림이 없어야 하고 시쓰기에 걸림이 없어야 한다. 이사무애는 삼매의 경지이고, 사사무애는 이가 사이고 사가 이인 단계로 더 이상 무엇을 분별하고 사유하고 공부할 것이 없는 경지, 모든 것을 놓은 경지이다.

조주 선사가 이 경지라면 이 경지에 들기 위해서는 선정 삼매인 이사무애 단계도 필요하고 그에 앞서 이무애 사무애의 단계도 필요하다. 그러므로 내가 생각하는 선시 혹은 선의 시쓰기 역시 이무애 사무애의 경지를 지향하고 지향해야 하고, 이무애에 이르기 위해서는 이(理), 곧 이론을 알아야 한다. 그러므로 시쓰기의 이론을 강조하는 것은 하등 잘못이 아니다. 아무튼 이 도식은 조사선 시학, 돈오시학의 기본 모델이고, 특히 깨달음 이후의 수행, 혹은 보임을 강조한다.

한편 여래선의 시쓰기는 말 그대로 수행의 시쓰기, 곧 깨달음에 도달하기 위한 수행으로서의 시쓰기다. 이런 시쓰기가 노리는 것은 점수돈오다. 그러니까 시쓰기가 수행이 되어야 하고, 문인화나 서예가 그렇듯이 시쓰기도 마침내 깨달음의 경지로 나가야 하고, 그러기 위해서는 두 개의 나, 두 개의 마음에서 출발해야 한다. 자심에서 진심으로, 자아에서 진아로, 망상에서 청정심으로, 분별에서 무분별로, 대립에서 공으로 나가기 위한 수행이 시쓰기가 된다. 간단히 도식으로 나타내면 다음과 같다.

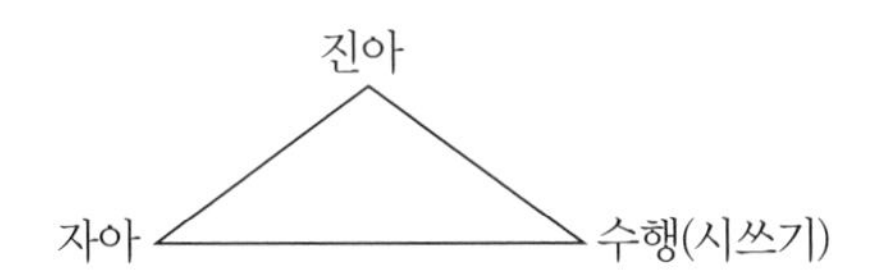

조사선이 자심이 본래 진심, 청정심이고, 자아가 진아, 깨달음이라는 입장이라면 여래선은 자심이 수행을 매개로 진심, 청정심에 이르고, 자아가 수행을 매개로 진아, 깨달음에 이른다는 입장이다. 따라서 깨닫기 위한 수행이 요구된다. 이 삼각형 도식이 강조하는 것이 그렇다. 그러나 여기서 나는 좌선이나 염불 같은 수행이 아니라 시쓰기를 수행으로 간주하고, 따라서 시쓰기는 일종의 염불이고 좌선이고 마음 공부이고 마음 닦기이다.

따라서 이것을 모델로 여래선의 시쓰기, 곧 수행에 해당하는 시쓰기의 양상은 여러 가지로 드러난다. 예컨대 달마의 면벽과 혜가의 자연지심을 강조하는 간심간정(看心看靜), 도신의 섭심수심(攝心守心), 홍인의 수본진심(守本眞心) 등에 상응하는 시쓰기를 생각할 수 있다. 물론 이런 시쓰기는 조사선이 비판하듯 마음이 마음을 찾고, 부처가 부처를 찾고, 소를 타고 소를 찾는 꼴이 될 수 있다. 그러나 부처님도 말씀하셨듯이 깨달음에는 둔한 근기도 있고 탁월한 근기도 있고, 특히 시인들은 원래 깨달음과는 거리가 먼 한량들이 많고, 나처럼 3류 선객, 떠돌이 시인은 삭발하고 선원에 가서 참선하며 깨닫기 전에는 일단 여래선의 시쓰기, 수행으로서의 시쓰기가 필요하다는 입장이다.

그러나 조사선 역시 부처와 조사를 뛰어넘는 불조사선, 월조조사선, 곧 즉심즉불, 평상심을 강조하는 단계에 오면 깨달음 역시 그렇게 어려운 건 아니다. 간화선처럼 피 나는 노력과 수행을 거치는 어려운 선이 아니라 단순하고 쉬운 선도 선이다. 일상생활이 도라는 입장에서 자성청정심을 지키고 실천하면 되고, 시쓰기 역시 이런 선, 곧 일상이 선이 되는 그런 선을 지향하면 된다. 결국 어린아이들처럼 순수하고 천진한 마음, 청정심이 깨달음이 아닌가? 사실 우리는 불교, 특히 선불교를 너무 현실 너머에 있는 것으로 생각하는 버릇이 있다. 현실을 떠난 불교, 현실을 떠난 선이 무슨 소용이 있는가? 조사선과 여래선은 모두 깨달음을 지향하되 그 방법이 다르고, 수행 양식이 다를 뿐이다. 그러므로 내가 여래선의 시쓰기와 조사선의 시쓰기를 나누는 것은 어디까지나 방편이다.

2. 여래선과 시

사실 오도송이나 게송을 빼고 많은 선시, 혹은 스님들이 쓴 시들을 보면 어디까지가 여래선이고, 어디까지가 조사선인지 제대로 구별이 안 된다. 최근에 나는 『현대불교신문』에 나온 육지당사 회주 지원 스님이 쓴 시 「만월(滿月)」을 좋게 읽었다. 스님의 시를 옮기면 다음과 같다.

> 행여 이 산중에
> 당신이
> 올까 해서
> 석등에 불 밝히어
> 어둠을 쓸어내고
>
> 막 돋은
> 보름달 하나
> 솔가지에 걸어뒀소.
>
> — 지원 스님, 「만월」 전문

시의 전문이다. 많은 스님들, 특히 이름이 난 스님들의 연보에는 언제 어디서 득도했다, 깨달았다는 사실이 기재된다. 그러나 지원 스님의 짧은 연보에는 그런 내용이 없고, 스님이 강조하는 것은 기도, 참선, 사경(寫經)이다. 그는 천일장 기도를 세 번이나 올리고 만일지장 기도를 봉행 중이고, 시를 쓴다는 점에서 시승(詩僧)에 속한다.

이 시는 어두운 밤 산사를 찾아오는 '당신'을 위해 석등을 밝히고, 막 돋은 보름달(만월)을 솔가지에 걸어둔다는 내용이다. '당신'이 누구냐에 따라, 마치 만해의 '님'이 그렇듯이, 여러 가지 해석이 가능하다.

(1) 당신이 산사를 찾아오는 중생이라면 이 시는 중생을 위한 기도이고 보살핌이고 깨달음으로 인도하는 자비심을 노래한다.

(2) 한편 당신이 중생이라면 '보름달'은 부처가 된다.

(3) 당신이 부처라면 이 시는 부처를 맞이하는 마음을 노래하고, 석등을 밝히고 달을 솔가지에 거는 것은 도량을 청정하게 만드는 청정심을 상징한다. 물론 스님이 막 돋은 달을 솔가지에 건 것은 아니고, 시에서 달을 솔가지에 건다는 것은 스님의 내면을 반영한다.

(4) 당신이 그리운 사람이라면 이 시는 속세에 두고 온 사람을 그리는 마음을 노래한다.

(5) 당신이 이상세계를 상징한다면 이 시는 스님이 그리는 이상세계에 대한 그리움과 기대를 노래한다.

여래선과 조사선의 시쓰기에 한정하면 이 시는 중생을 위한 자비심, 곧 조사선의 보림에 속하고, 한편 부처님, 공, 자성청정심을 맞이하는 기도, 곧 여래선의 점수에 속한다. 그러므로 선시 혹은 선을 지향하는 시를 조사선이냐 여래선이냐 판단하는 건 어디까지나 시를 읽는 사람의 시각의 문제이다. 그러나 시쓰기는, 특히 선시의 경우에는, 오도송이나 게송을 제외하면, 선에 대한 태도와 입장이 중요하고, 그것은 점수, 보림, 평상심 등으로 거칠게 요약된다. 입장이라고 했지만 여래선, 조사선의 입장 말고도 화엄의 입장, 예컨대 징관 청량에 의하면 본성은 본래 깨끗하나 현재 때가 묻어 있으므로 닦는다는 입장에서 돈오돈수라는 용어를 사용한다. 그리고 돈오돈수에는 다시 선수후오(先修後悟), 선오후수(先悟後修), 수오일시(修悟一時)가 포함된다.(좀 더 자세한 것은 석우, 「돈오돈수」, 『법성게강의』, 여래, 2008, 80~84쪽 참고 바람)

물론 이런 주장은 화엄사상이 강조하는 일중다 다중일 일즉다 다즉일 사상을 반영하고, 화엄종은 원래 『화엄경』을 근본 경전으로 세운 중국 불교의 한 종파다. 따라서 엄격하게 말하면 선종이 아니다. 그러나 중국도 그렇고 선종은 화엄사상을 수용하며 이론적으로 발전하고, 우리나라의 경우엔 신라 시대 원효와 당나라에 가서 화엄종 2조 지엄의 사상을 받아온 의상의 영향으로 초기 한국 선종에 큰 영향을 준다.

내가 강조하는 것은 여래선의 시학과 조사선의 시학은, 특히 시쓰기의 경우 분명하게 구분되는 건 아니지만 현대시의 방향을 선에서 찾기 위해서는 최소한 선의 두 유형인 여래선과 조사선에 대한 이해가 필요하다는 점이다. 그러니까 선에 대한 태도가 문제다. 예컨대 무산 오현 스님이 쓰신 다음 시는 조사선의 입장이 분명히 드러난다.

> 중은 끝내 부처도 깨달음까지도
> 내동댕이쳐야 하거늘
> 대명천지 밝은 날에
> 시집이 뭐냐.
>
> 건져도 건져 내어도
> 그물은 비어 있고
> 무수한 중생들이
> 빠져 죽은 藏經 바다
> 돛 내린 그 뱃머리에
> 졸고 앉은 사공아.
>
> — 무산 오현 스님, 「시인의 말」 전문, 『아득한 성자』

무산 오현 스님의 시집『아득한 성자』첫 머리에 나오는「시인의 말」전문이다. 도대체 서문으로 나오는「시인의 말」을 시라고 인용하는 내가 좀 미친 것 같지만 사실 이 글은 '시인의 말'이라는 제목의 시로 읽으면 시이고, 그것도 2류 선시와는 비교도 안 되는 좋은 시이고, 시집 머리말로 읽으면 머리말이 된다. 시는 어디 있고 머리말은 어디 있는가? 선이 강조하는 건 일체 만물엔 본질이 없다는 무자성이고 자성이 없으므로 공이고 연기이고 무분별, 평등심, 청정심이다. 그렇다면 내가 머리말을 시로 읽는 것도 그동안 공부한 선사상의 영향인가? 그럴 수도 있고 그렇지 않을 수도 있다.

아무튼 나는 시에도 무슨 본질이 없다는 입장이고 인연 따라 시도 되고 산문도 된다는 입장이다. 그러므로 내가 스님의 머리말을 시로 읽는 건 공사상의 문학적 실천이다. 스님이 이 시에서 강조하는 건 조사선, 특히 부처도 버리고 조사도 버리는 초불월조(超佛越祖)의 선이고, 그 핵심은 공사상이다. 이 시에는 깨달음을 위한 수행, 예컨대 기도, 참선, 염불도 없고, 그러니까 여래선의 흔적이 없고, 모든 걸 버리라는 부처님 말씀만 있다. 불교는 원래 무엇을 얻으려는 것이 아니라 일체를 버리려는 종교이다. 그러니까 나도 없고 너도 없고 마음도 없고 부처도 없고 조사도 없고 마침내 선도 없다. 그렇다면 이 세상엔 무엇이 있는가? 있음도 없음도 차별이므로 그런 차별을 초월하는 공이 있고 공도 이름일 뿐이다.

그러므로 '중은 끝내 부처도 깨달음까지도/내동댕이쳐야' 한다. 임제종을 창시한 임제 선사는 '부처를 만나면 부처를 죽이고 조사를 만나면 조사를 죽이고 나한을 만나면 나한을 죽여라.'고 말한다. 부처를 죽이라는 말은 말 그대로 죽이라는 게 아니라 부처라는 이름, 형상에 구속되지 않는 대자유인이 되라는 뜻이다. 조사를 죽이는 것은 선은 종파가 아니기 때문이고, 나한을 죽이는 것은 깨달음도 없기 때문이다. 나한은 소승불교에서 최고의 깨달음을 얻은 스님을 말하자만 흔히 소승 대승을 통틀어 최고의 깨달음을 얻은 스님을 말한다.

결국 선이 강조하는 것은 상(相)에 집착하지 말라는 것. 그러므로 석두 선사의 제자 단하 천연 스님은 행각을 하다가 추운 날 어떤 절에서 묵을 때 너무 추워 법당에 있던 나무불상을 들고 나와 마당에서 도끼로 쪼갰다. 이것을 본 원주가 꾸짖는다. 그때 단하는 '불에 태워 사리를 얻으려 한다.'고 말하자, 원주는 '나무부처에서 어찌 사리가 나오겠는가?' 말한다. 그러자 단하는 '사리가 없다면 다른 부처마저 가져다 때야겠소.' 말한다. 그때 원주의 눈썹이 떨어졌다는 이야기. 이 공안이 강조하는 것 역시 나무불상도 허상이고 상이라는 것.

그런 점에서 이 시는 초불조사선 사상을 노래하고, 따라서 '대명천지 밝은 날에/시집이 뭐냐'고 노래한다. 부처도 버리고 깨달음도 버려야 하거늘 시집을 낸다는 건 말도 안 된다. 시집을 내는 건 언어에 집착하는 것이고 선불교가 강조하는 건 불립문자이기 때문이다.

2연에서는 중생 제도라는 보살 행위가 노래된다. 그러나 그물은 비어 있다. 무수한 중생들이 물고기다. 아무리 그물을 던져 구해도 그물은 비어 있다. 이유는 무엇인가? 『금강경』에는 보살이 중생을 제도해도 제도받은 중생이 없다는 부처님 말씀이 나온다. 왜냐하면 중생을 제도했다는 생각이 있다면 그건 아상(我相)을 버리지 못했기 때문이다. 그러므로 '장경 바다에 무수한 중생들이 빠져 죽었다'는 시행은 이중적 의미를 나타낸다. 하나는 앞에서 말했듯이 중생을 제도했지만 제도한 적이 없다는 뜻이고 다른 하나는 이 바다가 고해(苦海)가 아니라 '장경 바다'라는 점에서 팔만대장경, 곧 경전의 바다이고, 따라서 경전 때문에 무수한 중생이 고통을 받고 구제되지 못한다는 뜻이다.

경전은 부처님 말씀이고, 부처님 말씀은 진리이다. 그러나 부처님은 무수한 설법을 하고도 '난 한 마디 말도 한 적이 없다'고 말씀하신다. 설법은 그저 방편이고, 방편에 매달리지 말라는 말씀이다. 문자를 읽되 문자에 구속되지 마라. '경전 바다'에 빠져 죽은 중생은 문자에만 매달리고 문자 너머 있는 진리를 모르는 중생을 뜻한다. 따라서 '빈 그물'은 이중적 의미를 거느린다. 하나는 중생을 제도해도 제도했다는 생각이 없다는 것. 다른 하나는 팔만대장경 역시 이름이고 언어이기 때문에 장경에 집착하는 건 죽음이라는 것.

결국 스님은 '돛 내린 뱃머리/졸고 앉은 사공'이 된다. '돛을 내린 뱃머리'는 아무것도 얻을 게 없다는 무소구(無所求) 정신을 상징하고, 이 뱃머리에 '졸고 앉은 사공'은 할 일 없는 도인, 곧 무위 정신을 상징한다. 그러나 이런 무위는 말 그대로 아무것도 함이 없는 것이 아니라 이런 무위가 공의 진리를 암시한다는 점에서 함(위)이 된다.

이상 지원 스님과 무산 스님의 시 두 편을 통해 내가 강조한 것은 현대 선시를 여래선이나 조사선으로 표면적으로 정의하기는 어렵다는 점이다. 중요한 건 마음이고 체험이다.

3. 여래선과 동시

여래선의 시쓰기는 크게 보면 점수돈오의 입장에 있고, 따라서 시쓰기는 수행이고, 시쓰기에 의해 깨달음에 도달할 것을 목표로 한다. 물론 아무리 시를 써도, 그러니까 수행을 해도 깨닫지 못하는 수도 있다. 그건 근기의 문제지만 최소한 마음을 제대로 보고 맑은 마음을 증득하려는 노력, 그러니까 정진이 중요하다. 달마가 강조한 것은 면벽을 통해 진심, 곧 청정한 마음을 보고 이 마음을 증득하는 일이다. 이른바 관심(觀心)과 증심(證心)이다. 그런 점에서 여래선 시학은 자심-수행-진심의 도식으로 나타나고, 달마의 경우 수행은 대상(벽)을 수단으로 하고, 시인의 경우 수행은 시쓰기를 수단으로 한다.

앞에서 말했듯이 북종 여래선이 강조하는 것은 간심간정(看心看淨)이다. 간심(看心)은 망상을 떠나 망념을 제거하는 이념거정(離念去情)을 뜻하고 간정(看淨)은 좌선을 통해 맑은 마음을 보는 것. 흔히 정(情)은 느낌, 혼탁한 망념, 욕망을 뜻한다. 그러나 남종 조사선이 강조하는 것은 무념식정(無念息情), 무념은 마음을 일으키지 않고 마음을 조작하지 않는 불기념(不起念) 불작의(不作意)이고, 이런 무념에 의해 욕망이 소멸한다.

달마가 말하는 관심증심은 간심간정과 통하고, 달마의 면벽 좌선이 강조한 것은 이런 수행에 의해 진심, 자성청정심을 보고 이런 마음을 깨닫는 것. 그러므로 여래선 시학의 출발은 수행에 의해 자심에서 망상 번뇌를 제거하고 진심, 자성청정심을 보려는 노력이다.

내가 최근에 우리 시를 거의 읽지 못하는 것은, 모두 그런 것은 아니지만, 대체로 최근에 발표되는 시들이 너무 말들이 많고, 시인들의 욕망과 환상과 잡스런 욕설들이 범람하기 때문이다. 환상이 욕망의 스크린이고 욕설이 욕망의 배설이라는 점에서 최근의 우리 시는 욕망 덩어리다. 최소한의 욕망의 승화도 없고, 소통도 안 되고, 말들이 너무 많다. 과연 이런 시들은 누구를 위해 있는가? 한편 전통 서정시 역시 빈곤한 상상력과 상투적 정서, 말하자면 희로애락을 인습적으로 노래할 뿐이다.

내가 근대 서정시에 대해 비판적인 것은 이런 시들이 모두 근대 주체의 산물이기 때문이다. 근대는 인간 중심의 휴머니즘을 강조하지만, 왜 이 세계의 중심이 인간이 되어야 하는지 모르겠고, 따지고 보면 근대는 인간이 주체가 되어 자연이나 대상들을 도구로 인식하고, 따라서 주체/객체의 이항 대립적 사유가 나타나면서 주체가 객체를 착취하는 것은 이름 좋은 휴머니즘, 나쁜 휴머니즘이다. 근대 서정시 역시 시인이 주체가 되어 자신의 상상력과 정서를 매개로 자연과 대상들을 착취하는 것에 지나지 않는다. 근대 서정시가 객체를 주관화한다는 것이 그렇다.

우리 시의 새로운 방향을 선에서 찾는 건 이런 주체들, 시인들의 폭력을 극복하고 좀 더 순결한 마음, 불교 식으로 말하면 자성청정심을 찾고 나아가 진정한 나를 깨달아야 한다고 판단했기 때문이다. 그런 점에서 최근에 나는 이런 시들보다 동시가 좋다. 모두 그런 것은 아니지만 최소한 동시는 동심을 노래하고, 동심은 순수하고 천진하다는 점에서 선이 지향하는 자성청정심에 접근한다.

하도 맑아서
가재가 나와서
하늘 구경합니다.

하도 맑아서
햇빛도 들어가
모래알 헵니다.

— 문삼석, 「산골물」 전문

최근에 읽은 문삼석의 「산골물」 전문이다. 맑은 산골물. 가재가 나와 하늘 구경하고, 햇빛이 들어가 모래알을 헨다. 이렇게 투명한 물은 유(有)가 아니라 무(無)의 세계, 청정한 마음을 상징한다. 이런 마음의 세계는 비어 있기 때문에 일체 만물을 낳는다. 가재가 나와 하늘을 구경하는 것이 그렇고, 햇빛이 들어가 모래알을 헤는 게 그렇다. 너무 투명하고 청정하기 때문에 가재가 나오고 햇빛이 들어간다. 시인은 산골물이라는 대상을 보면서 청정심과 만난다. 달마 식으로 말하면 자심(自心)이 대상(산골물)을 매개로 진심(眞心)을 깨닫는다. 한편 다음 동시에선 이런 청정심의 실천이 노래된다.

고맙습니다
고맙습니다

조그만
도토리도

두 손으로
받쳐 들고 먹지요.

— 박두순, 「다람쥐」 전문

박두순의 「다람쥐」 전문이다. 얼마나 맑고 순수하고 천진한 마음인가? 다람쥐는 깨달음도 청정심도 모른다. 그러나 조그만 도토리를 주면 '고맙습니다 고맙습니다' 인사하며 두 손으로 받쳐 들고 먹는다. 청정심은 아무것도 모르는 마음이다. 그러나 이런 마음은 겸손하고, 자신을 주장하지 않는다. 왜냐하면 자아가 없기 때문이다. 『금강경』은 부처님이 식사 때가 되어 사위성에 가서 걸식하는 장면으로 시작된다. 걸식은 자아를 버리는 행위이다. 왜냐하면 나라는 상(相)이 있다면 걸식을 할 수가 없기 때문이다. 한편 부처님은 마을 사람들이 주는 음식을 공손히 받아 발우에 넣는다. 아마 '고맙습니다 고맙습니다' 하며 두 손으로 받쳐 들었을 것이다. 부처님이 된다는 것은 이런 다람쥐가 된다는 것. 옛날 불도를 행하는 스님들이 두타행, 곧 걸식을 한 것은 무아, 무소유, 겸손을 배우고 실천하는 행위였다.

4. 이념거정

여래선은 크게 보면 간심간정(看心看淨)을 강조한다. 간심은 망상을 떠나 감정과 욕망을 제거하는 이념거정(離念去情)이고, 간정은 좌선에 의해 맑은 마음을 보는 것. 여래선의 시쓰기가 지향하는 것도 크게 보면 같다. 그러나 좌선을 하라는 건 아니고, 좌선을 하는 마음으로 시를 써야 한다. 그런 점에서 여래선의 시쓰기는 이념거정을 강조한다. 일상적이고 세속적인 마음(자심)을 떠나 감정과 욕망을 제거하고 맑고 청정한 마음(진심)을 보는 노력이 필요하다. 그러나 이런 선법은 시대에 따라 다양한 수행법을 동반한다.

예컨대 초조 달마가 강조한 것은 관심증심(觀心證心)이고, 이것은 면벽좌선에 의해 망념을 떠나 맑은 마음을 보고 이 마음을 증득하는 방법이다. 시쓰기의 경우 이런 선법은 하나의 알레고리가 된다. 그러니까 벽을 마주하고 좌선을 하라는 게 아니라 그런 마음으로 시를 쓰자는 것. 관법(觀法)은 마음으로 법을 관하는 것이고 관심(觀心)은 주관적인 마음을 관하는 것. 그러나 관법과 관심은 크게 보면 같다. 왜냐하면 관법은 객관적 대상을 관하지만 이때 주관과 객관이 상즉 융합하기 때문에 관법은 관심과 같다.

선방에서 스님들이 벽을 향해 앉아 참선에 드는 것은 소림사에 달마가 수행한 면벽 9년의 전통을 계승한다. 그러나 시쓰기는 언어문자를 매개로 하고 좌선은 불립문자를 강조한다. 따라서 좌선까지는 못해도 어떤 대상을 보면서 망상을 떠나(이념) 감정과 욕망을 제거하고(거정) 맑은 마음을 보는 수준만 실천해도 된다. 물론 시쓰기가 수행이기 때문에 이런 관심(이념거정)의 수행이 증심의 단계, 곧 좌선에 의한 깨달음의 단계로 비약하면 얼마나 좋겠는가?

그러므로 수행으로서의 시쓰기는 간심간정에서 간심의 단계를 실천하는 셈이고, 간정 곧 좌선에 의해 자성청정심, 여래청정심을 증득하는 단계는 희망 사항이다. 이념거정의 시 몇 편을 살펴본다. 먼저 신라 시대 스님 충담(忠談)의 향가 「찬기파랑가(讚耆婆郎歌)」.

> 열치매
> 나타난 달이

흰 구름 좇아 떠간 것 아닌가.
새파란 냇물에
기랑의 얼굴이 있도다.
은하수의 많은 물자갈에
낭이 지니시던
마음의 끝까지 좇고자
아 잣나무 가지 높아
서리 모르는 화랑이여.

— 충담, 「찬기파랑가」 전문

「찬기파랑가」 전문이다. 「찬기파랑가」는 신라 화랑 기파랑을 찬미하는 노래라는 뜻. 일반적으로 이 시는 신라인들이 생각한 이상적인 남성상, 곧 문무(文武)가 조화를 이룬 화랑 기파랑을 찬미한다. 이 시에서 기파랑의 모습은 천상(달과 구름)과 지상(새파란 냇물)의 조화로 나타나고, 따라서 우주의 조화에 상응한다. 힘차게 하늘을 열어젖히고 나타난 달이 기파랑을 상징하고 달(그의 얼굴)이 새파란 냇물에 비치기 때문이다.

그러나 이 시를 지은 충담은 스님이고, 특히 미륵세존께 차 공양을 드린 것으로 당시 미륵신앙을 대표한 스님으로 알려진다. 미륵불은 석존의 교화를 받고 미래에 성불한다는 수기를 받고 도솔천에서 지내다 5천억 년의 세월이 지나면 사바세계로 내려와 민중을 구한다는 구원의 보살이고 희망의 보살이다. 고통 받는 민중들의 메시아다. 미륵신앙은 우리나라 초기 불교를 지배하지만 고려 시대 선종이 세력을 떨치며 점차 세력이 약해진다. 지금도 전라남도 화순에 있는 운주사의 돌부처들은 당시 백제 시대에 유행하던 미륵신앙의 전통을 보여준다.

문제는 다시 충담이다. 과연 충담은 누구인가? 충담에 대해 알려진 건 별로 없다. 그는 왕에게 충성스런 이야기를 해서 이름이 충담이고, 경덕

왕은 그가 지은 「찬기파랑가」를 칭찬하고 다시 「안민가(安民歌)」를 부탁한다. 그가 경덕왕을 만난 것도 어느 날 미륵불에게 차 공양을 마친 후 누더기를 걸치고 벚나무 통에 다구를 넣고 돌아오던 길이었다.

그렇다면 이 시를 선의 시각, 특히 여래선의 시각에서 읽는 것은 무리가 따른다. 그러나 이념거정은 반드시 달마 계통의 여래선에서만 강조하는 건 아니고 일반 불교에서도 기본 수행이 된다. 이 시에서 충담이 노래하는 것은 미륵신앙이 아니라 이념거정, 곧 세속적인 마음을 떠나고 감정과 욕망을 제거하고 나타나는 청정심이다.

'열치매 나타난 달'은 하늘을 뚫고 나온 달이다. 달은 불교에서 맑은 마음, 불성, 곧 부처의 본성인 여래청정심을 상징한다. 달(불성)이 천 개의 강에 비친다는 말도 있고, 해인(海印)삼매라는 말도 있다. 하늘을 뚫고 나온 달은 망상과 번뇌를 뚫고(이념거정) 나온 부처의 본성을 상징한다.

그리고 충담은 새파란 냇물에 비치는 기파랑의 얼굴을 본다. 위에는 달이 있고, 아래는 냇물이 있다. 새파란 냇물, 투명한 냇물이다. 그렇다면 어떻게 갑자기 냇물에 기파랑의 얼굴이 나타나는가? 어두운 하늘을 뚫고 나타난 달이 냇물에 비치고, 이 달과 기파랑의 얼굴이 동일시된다. 그러므로 달, 불성, 기파랑은 동일시되고, 충담은 기파랑을 통해 불성, 곧 여래청정심을 본다. 하늘에도 맑은 마음이 있고, 냇물에도 맑은 마음이 있고, 두 마음은 하나가 된다.

충담이 좇는 것은 '은하수의 많은 물자갈'에 어리던 '기랑의 마음의 끝'이다. 은하수는 하늘의 별들을 강에 비유한 것. 따라서 은하수에는 많은 물자갈들이 있고, 충담은 이 물자갈들에서 기파랑의 마음을 보고, 그 마음의 끝까지 따르고자 한다. 그러니까 처음 달을 보고, 다음 냇물에 비치는 기파랑의 얼굴을 보고, 지금은 은하수 물자갈을 보면서 낭이 지니시던 마음을 따르려고 한다.

낭에 대한 이런 그리움은 마침내 '아 잣나무 가지 높아/서리 모르는 화랑이여'라는 찬미로 완성된다. 기파랑은 높은 잣나무에 비유되고, 이 나무는 가지가 높기 때문에 서리(현실적 고난)를 모른다. 요컨대 이 시에서 기파랑은 달-은하수-잣나무에 비유되고, 달은 어둠을 뚫고 나온다는 점에서 이념거정의 청정심이고, 이런 청정심이 냇물에 비치고, 냇물에 비치는 기파랑이다. 충담이 그리는 것은 이런 청정심이다.

서정주

서정주가 『동천』(1968)에서 노래하는 것도 비슷하다. 그가 불교와 인연을 맺는 것은 고창고등보통학교를 자퇴하고 2년 뒤 박한영(朴漢永) 대종사 문하생으로 입문하면서 시작된다. 그는 동대문 밖 개운사 대원암 중앙불교전문강원에 입학하고, 당시 교장인 박한영 대종사의 권고로 다시 현재 동국대의 전신인 중앙불교전문학원에 입학한다. 박한영은 정호(鼎鎬) 스님(1870~1948)의 속명으로 1911년 이회광 등이 조선 불교와 일본 조동종의 연합을 시도하자 성월, 만해 스님 등과 임제종 전통론을 내걸고 저지한 분이다.

서정주는 1936년 『동아일보』 신춘문예에 「벽」이 당선되고 동인지 『시인부락』 동인으로 문단활동을 시작한다. 그러나 첫 시집 『화사집』(1941)은 불교적 세계관이 아니라 생명의 절규와 비탄과 절망을 노래하는 서구미학을 보여주고, 그 후 시집 『귀촉도』(1947), 『신라초』(1961)에서 동양사상으로 회귀한다. 특히 시집 『동천』에서 불교사상이 강하게 드러난다.

내가 서정주 선생을 처음 만난 것은 시집 『동천』이 나오던 무렵이다. 당시 김광림 선생이 편집하던 『현대시학』에서 선생과의 대담 특집을 마련해서, 김 선생과 함께 마포 공덕동 언덕 위 선생 댁을 방문한다. 늦은 가을 저녁으로 기억된다. 선생은 한복을 입고 우리를 맞아 웃으시며 '우리 청요리나 하며 시작하세.' 말씀하신다. 바람 불던 늦은 저녁 탕수육, 잡채, 배갈 등 여러 음식을 시키셨다.

지금도 생각나는 건 선생의 기억력이 매우 좋았다는 점이다. 글쎄 처음 찾아간 새파란 시인인 나를 맞으며 처음 하시던 말씀이 '이승훈 시가 좋아. 이번에 발표한 그 뭔가 '보이지 않는 시계가/가라앉는 열 두 아이/얼굴에 손을 대고 운다'는 그 시 말이네.' 하신다. 당시 모 문예지에 발표한 졸시 「내 몸 속을 바다가」를 두고 하시는 말씀이다. 배갈을 드시며 또 발레리의 시 「젊은 빠르끄」의 앞부분 '거기 누가 울고 있을까, 그저 바람이 아닌/극한의 보석들과 함께 있는 바로 이 시간에, 누가 울고 있을까/울 때는 이렇게도 내 가까이서'를 외시다가 '잠깐 내 책을 가지고 올게' 하시더니 서가에서 원서를 들고 오셔서 불어로 시를 읽으신다. 대담이 어떻게 끝났는지 기억이 안 나는 건 술이 약한 내가 그때 배갈을 마시고 취했기 때문이다.

아무튼 처음 만난 선생은 대가풍이고 누구나 따뜻하게 감싸주는 보살 같다는 느낌이었다. 선생은 재가불자요 거사(居士) 시인이다. 그 후 이따금 뵙고 느낀 것은 말씀이나 행동이 거리낌이 없고, 자신을 비우신 것 같고, 그만큼 천진하고 숨김이 없다는 점이었다. 무애자재라고 할까? 아무튼 어떤 경지에 도달한 분이라는 느낌이었다. 이런 경지에 이르기까지 얼마나 수행을 하고 마음을 닦았을까? 시 「동천(冬天)」에서 내가 읽는 것은 선생의 숨은 마음 공부다.

> 내 마음 속 우리 님의 고운 눈썹을
> 즈믄밤의 꿈으로 맑게 씻어서
> 하늘에다 옮기어 심어 놨더니
> 동지 섣달 나르는 매서운 새가

그걸 알고 시늉하며 비끼어 가네

— 서정주, 「동천」 전문

「동천」 전문이다. 모두 다섯 행으로 된 짧은 시이다. 시인이 노래하는 것은 겨울 하늘에 떠 있는 초승달이다. 물론 초승달이라는 말도 없고 달이라는 말도 없지만 내가 이렇게 읽는 것은 이것이 '내 마음 속 우리 님의 고운 눈썹'과 관련되기 때문이다. 그러므로 이 달은 신라 시대 충담 스님의 「찬기파랑가」에 나오는 '열치매 나타난 달', 그러니까 하늘을 뚫고 나타난 달이 아니다. 이 달은 '내 마음 속 우리 님의 고운 눈썹'을 맑게 씻어 하늘에 옮겨놓은 것. 따라서 맑게 씻은 마음이고, 이 마음이 불성을 암시한다.

왜냐하면 그는 '마음 속 고운 눈썹'을 그대로 하늘에 옮긴 것이 아니라 '맑게 씻어서' 옮겨놓았기 때문이다. '마음 속 고운 눈썹'은 시인이 그리는 님이고 애인이다. 그러나 그는 이 눈썹을 맑게 씻는다. 이유는 무엇인가? 불교가 강조하는 것은 이런 세속적 사랑이 아니고, 사랑은 번뇌와 망상의 근원이기 때문이다. '즈믄 밤'은 '천 개의 밤'이지만 흔히 '무수히 많은 밤'을 뜻한다. 그는 무수히 많은 밤의 꿈으로 님에 대한 사랑, 그리움, 번뇌, 망상을 정화한다.

그러므로 겨울 하늘에 떠 있는 달은 망념을 정화하고 감정과 욕망을 제거한 마음, 맑은 마음, 불성을 상징한다. 자심이 초승달을 매개로 진심이 된다. 그러니까 이제 그는 세속적인 마음(망심)을 떠나 맑은 마음(진심)을 본다. 초조 달마가 강조한 것은 면벽 좌선에 의해 망념을 떠나 맑은 마음을 보고 증득하는 관심증심(觀心證心)이고, 서정주는 망념을 떠나 감정과 욕망을 제거하고 맑은 마음을 보는 이념거정(離念去情)을 강조한다.

물론 초승달인지 만월인지 분명치 않고, 시적 의미는 초승달이 다르고 만월이 다르지만 아무튼 달은 달이고 불교에선 달이 불성을 상징한다. 월인천강(月印千江)은 달이 무수히 많은 강에 비친다는 뜻, 아니 도장을 찍는다는 뜻이고, 흔히 도장을 찍는 것은 인증, 인가한다는 뜻이다. 그러므로 월인천강은 불성(달)이 무수한 만물(천강)에 있음을 인가한다는 뜻. 이른바 불성은 어디나 있다는 실유불성(悉有佛性)을 뜻한다. 한편 달이 불성을 상징하는 것은 태양의 빛을 받아 그 빛을 만물에게 전하기 때문이다. 불성은 형상이 없는 빛의 세계이므로 우리는 여래를 볼 수 없고 대신 달을 통해 볼 수 있을 뿐이다. 『화엄경』에는 무애여래만월(無碍如來滿月)이라는 말이 나온다.

이렇게 말하든 저렇게 말하든 달은 맑은 마음, 불성, 청정심을 상징한다. '동지 섣달 나르는 매서운 새'가 비껴가는 것은 이런 사정을 동기로 하고, 여름 하늘이 아니라 겨울 하늘의 냉기, 한기, 고요가 선적(禪的) 감각을 더욱 강조한다.

한편 이 시가 단순한 그리움이 아니라 불성을 노래한다는 것은 그가 닦는 마음이 '내 마음 속 님'이 아니라 '내 마음 속 우리 님'이기 때문이다. 단순한 연가라면 '내 마음 속 님'이라고 해야지 '우리 님'이라고 하면 안 된다. 그렇지 않은가? '님'이 아니라 '우리 님'이면 서정주의 애인은 우리들의 애인이고, 따라서 우리는 그의 라이벌들이 되고, 그는 라이벌들을 대표해서 애인을 하늘에 옮겨 심게 되어 시가 좀 우습게 된다. 하기야 우리는 서양과 다르게 '나'라는 말 대신 '우리'라는 말을 흔히 쓴다. '나의 아버지' 대신 '우리 아버지'라고 하지 않는가? 그런 점에서 서정주가 말하는 '우리 님'도 그런 문맥에서 읽을 수 있고, 내가 '내 님'과 '우리 님'에 대해 이러니저러니 말하는 건 너무 사변적일 수 있다.

그러나 나는 '우리 님'을 특수한 한 인물로 한정하지 말고, 서정주의 애인(특수성)이면서 동시에 많은 사람들이 그리는 보편적 님(보편성)으로 읽고, 이 보편적 님은 우리 마음속에 있는 여래청정심, 부처이지만 번뇌에 가려 보이지 않고, 따라서 마음을 닦을 때 드러난다는 여래장사상으로 읽는다. 모든 중생은 불성을 지니나 오염되어 불성을 볼 수 없기 때문이다.

서정주는 별다른 생각 없이 그저 '내 마음 속 우리 님'이라고 했는지 모른다. 어제는 일본에 큰 지진이 일고 무서운 쓰나미가 몰아 닥쳤다. 끔찍한 재앙이다. 자연의 보복인가? 근대 문명은 자연 착취의 산물이고 착취당한 자연은 언젠가는 인간에게 복수를 한다. 세상에 공짜가 없는 건 세상은 평등하기 때문이다. 가는 게 있으면 오는 게 있고, 원인이 있으면 결과가 있다. 선은 원래 그렇게 어려운 게 아니다. 생사와 열반이 함께 있고, 번뇌와 깨달음이 함께 있다는 건 차별이 없다는 것이고, 차별이 없으므로 모두 없고 동시에 모두 있다. 그러니까 유무를 초월한다. 그리고 모두를 받아들인다.

청정심이 그렇고 부처님이 강조한 공, 중도, 불이사상이 그렇다. 내가 선의 일상화를 주장하고, 선의 시쓰기, 말하자면 수행으로서의 시쓰기를 주장하는 것도 이런 청정심, 평상심을 회복하고 실천하는 것이 중요하기 때문이다. 그러기 위해선 무엇보다 마음 공부가 필요하다. 서정주는 이 시에서 오랫동안 마음을 닦고 마침내 그 맑은 마음을 하늘에 옮겨 심는다. '매서운 새'가 이 마음을 비끼어가는 것은 이 마음이 여래청정심이기 때문이다. 매서운 새까지 이런 마음을 알고 비켜가지 않는가?

5. 청정심과 반야

이런 마음은 다음과 같은 시에도 드러난다. 이 글에서 인용하는 시들은 이른바 선시는 아니고 선미(禪味)나 선기(禪機)가 느껴지는 시들이고, 특히 여래선 사상, 곧 망념을 닦거나 망념에서 벗어나 자성청정심을 찾는 시다. 그런 점에서 자심–대상–진심 혹은 자아–대상–진아의 도식을 모델로 한다. 「찬기파랑가」의 경우 충담은 스님이기 때문에 곧장 대상(화랑)에서 진심(청정심)을 읽고, 서정주는 초승달(대상)을 매개로 청정심을 읽는다. 그러나 다음과 같은 시에서는 시인이 대상을 보면서 대상이 사라지는 과정을 통해 고요한 마음의 풍경을 보여준다.

바람이 자고 있네요. 그 곁에
낮달도 자고 있네요.
남쪽 바닷가 소읍을
귀 작은 나귀가 가고 있네요.
패랭이꽃이 피어 있네요.
머나먼 하늘, 도요새 우는
명아주여귀꽃도 피어 있네요.

— 김춘수, 「깜냥」 전문

김춘수의 「깜냥」 전문이다. 고요한 작은 읍의 풍경이다. 이 풍경은 무엇을 말하고 있는가? 시인은 작은 마을의 사물들을 보고 있지만, 그 사물들은 움직이지 않는다. '바람' 은 자고 있고, '낮달' 도 자고 있다. 원래 바람은 불고 낮달은 흘러간다. 그러나 이렇게 사물들이 고요한 것은 시인이 사물(대상)에서 고요한 마음, 청정심을 읽기 때문에 가능하고, 따라서 시인의 자심은 대상을 매개로 진심, 고요, 청정심을 읽는다. 한편 시인의 마음이 고요하고 청정하기 때문에 거기 비치는 대상들도 고요하고 청정하다. 그러니까 시인의 마음은 맑은 거울이고, 이런 경지가 된 것은 시인이 거울에 묻은 티끌과 먼지를 닦은 수행의 결과이다. 한마디로 이념거정의 세계.

그러므로 남쪽 바닷가에 있는 마을도 작은 마을이고, 가고 있는 나귀도 귀가 작은 나귀이다. 작은 마을, 귀가 작은 나귀 역시 크게 보면 고요의 이미지다. 한편 이 소읍에는 패랭이꽃, 명아주여귀꽃도 피어 있지만 이 꽃들 역시 고요할 뿐이고, 도요새가 울고 있지만 울음소리는 들리지 않는다. 왜냐하면 '머나먼 하늘'이 나타나기 때문이다.

이 시는 하강(사물들이 자다)과 상승(꽃이 피다)의 구조를 중심으로 그 사이를 나귀가 지나가는 구조이다. 그러니까 요약하면 하강-수평-상승의 구조이다. 그러나 우리가 읽는 건 이런 역동적 구조가 아니라 이런 역동성이 소멸한 고요, 청정심이다. 표제인 '깜냥'은 일을 해내는 얼마간의 힘을 뜻한다. 쉽게 말하면 보잘것없는 능력. 그러나 이렇게 보잘것없는 세계는 말처럼 보잘것없는 세계가 아니라 고요, 청정심, 무에 접근한다. 송준영은 이 시를 두두물물이 화합하고 자유롭게 춤추는 대교향악, 모든 사물들이 합도되는 공의 세계로 해석한 바 있고, 그건 수사법을 중심으로 한 것이고, 나는 여래선의 정신과 방법을 중심으로 읽는다.

그의 독법은 기법, 특히 선시의 기법을 중심으로 한다. 그는 이런 시각에서 내가 펴낸 시집『인생』(2002)을 선의 시각에서 해석한 바 있다.(송준영,「현대선시의 새로운 기미」,『선, 언어로 읽다』, 소명출판사, 2010) 그리고 시집『비누』(2004)와『이것은 시가 아니다』(2007)에서는 선정신이 한층 농축되고 자유로운 경지에 든다고 평한다. 보잘것없는 시를 이렇게 해석해주니 고마울 뿐이다. 사실 내가 이 책을 쓰는 건 우리 시의 새로운 방향을 선에서 찾기 위해서이고, 한편 그동안 써온 나의 시에 대한 자기성찰을 동기로 한다. 그건 그렇고 그는 졸시「비누」를 선시의 기법, 곧 반상합도, 무한실상, 초월은유의 시각에서 해석한 바 있다.(송준영,「선시와 아방가르드」, 앞의 책)

김춘수가 대상의 소멸을 통해 고요한 마음의 풍경을 보여준다면 오규원의 후기시, 특히 그가 병 때문에 경기도 조용한 마을에서 요양하며 마음을 비우며 쓴 시들에서 읽을 수 있는 건 단순성과 투명성이고 한마디로 잡스러운 망상과 번뇌를 제거한 순수한 마음이고, 이런 마음이 여래청정심과 통한다. 따라서 그의 시도 거칠게 요약하면 자심-대상-진심의 도식을 보여주고, 그런 점에서 여래선 시학에 든다. 한마디로 이념거정(관심)의 세계. 그리고 이 마음을 지키려는 수심(守心)의 세계이다. 내가 「비누」에서 공을 읽는다면 그는 '자연'에서 청정심을 읽는다.

그러나 '선의 유형'에서도 말했듯이 여래선을 여래청정선으로 부르는 것은 『능가경』과 관계가 있고, 그것은 초기 달마선과 그후 도신, 홍인의 여래선을 포함한다. 한편 조사선은 『능가경』이 말하는 여래장선을 더욱 일반화하고, 노장사상을 수용하면서 중국화하고, 염불, 관심(觀心) 같은 수단에서 해방된 단순하고 직절적인 선이다. 『능가경』이 강조하는 것은 일체 중생이 성불할 수 있다는 불성론인 여래장사상과 일체가 공이라는 반야사상의 결합이다. 여래장은 본래 청정한 여래법신이 중생의 번뇌망상으로 덮여 있음을 말한다. 따라서 여래장은 본래부터 청정하여 번뇌망상 속에 있어도 변함이 없는 깨달음의 본성이다.

내가 강조하는 것은 여래선이 여래장사상(자성청정심)과 반야사상(공)의 결합이라는 점이고, 따라서 대상에서 공성을 읽는 시와 대상에서 청정심을 읽는 시는 크게 보면 같다. 반야가 청정심이고 청정심이 반야다. 다음은 오규원의 시.

어젯밤 어둠이 울타리 밑에
제비꽃 하나 더 만들어
매달아 놓았네
제비꽃 밑에 제비꽃의 그늘도
하나 붙여놓았네

— 오규원, 「봄과 밤」 전문

오규원의 「봄과 밤」 전문이다. 시인은 제비꽃 하나를 본다. 지난 밤 어둠이 만든 제비꽃이다. 나는 원래 자연에 대해서는 아는 게 별로 없기 때문에 제비꽃이 어떻게 생긴 꽃인지 모르지만 이름만 보면 제비처럼 생긴 꽃인 것 같다. 그래도 불안해서 사전을 뒤져본다. 제비꽃은 제비꽃과의 다년초로 봄에 보랏빛으로 피는 꽃으로 다른 이름은 오랑캐꽃이다. 아무튼 제비꽃은 제비와 관련이 있을 것이고, 그런 점에서 나는 제비를 연상한다. 제비는 봄에 와서 인가의 처마 끝에 집을 짓고 지내다 늦은 가을에 남방으로 떠난다. 봄소식을 알리는 새이고, 봄은 새로운 생명이 태어나는 계절이다. 오랑캐꽃보다 제비꽃이라는 이름이 좋다.

그건 그렇고 이 시에서 오규원이 보는 제비꽃은 지난 밤 어둠이 만든 꽃이다. 그는 망상 번뇌(어둠)가 사라지면서 태어나는 맑은 마음(제비꽃)을 노래한다. 이른바 이념거정(관심)의 세계이다. 재미있는 것은 '어둠이 사라지면서 울타리에 제비꽃 하나 피어 있네'가 아니라 '어둠이 울타리 밑에 제비꽃 하나 매달아 놓았다'는 표현이다. 전자에선 망념(어둠)이 사라지고 맑은 마음(제비꽃)이 나타난다. 그러니까 제비꽃은 하늘을 열치고 나타나는 달(「찬기파랑가」)과 같다. 그러나 후자에선 망념(어둠)이 맑은 마음(제비꽃)을 만든다. 그런 점에서 이 시는 한 단계 발전한 여래선 시학에 든다. 또한 어둠은 제비꽃 밑에 제비꽃의 그늘도 하나 붙여놓았다. 어둠은 울타리 밑에 제비꽃 하나 매달아놓고, 다시 제비꽃 밑에 제비꽃의 그늘도 하나 붙여놓았다.

이런 표현에 의해 자성청정심은 이중 구조, 아니 중도를 보여준다. 울타리 밑에 매달린 제비꽃(밝음)과 제비꽃 밑에 붙어 있는 제비꽃 그늘(그늘)의 관계가 그렇다. 밝음이 그늘이고 그늘이 밝음이다. 공즉시색 색즉시공이다. 여래선이 추구하는 것은 대상에서 여래청정심과 반야 공을 읽는 마음이다. 김춘수가 대상에서 여래청정심만 읽는다면 오규원은 대상에서 청정심과 반야 공을 동시에 읽는다. 제비꽃은 청정심을 상징하지만 제비꽃과 제비꽃 그늘은 공, 중도를 암시하기 때문이다.

6. 유상(有相)과 무상(無相)

달마는 「오성론(悟性論)」에서 유상은 무상의 상(相)이라고 말한다. 일체의 상을 여읜 것이 부처(여래청심)이고, 그러므로 유상이 무상의 상이라는 것은 육안이 아니라 오직 지혜(반야)로써만 알 수 있고, 이런 가르침은 유와 무, 색과 공의 중도를 지향한다. 그러므로 대상에서 자성청정심을 읽는다는 것은 결국 유상에서 무상을 읽는 것이지만 무상은 무상이 아니라 무상의 상이고, 색과 공의 중도이고, 여래청정심은 반야사상과 결합된다. 간단히 도식으로 나타내면 다음과 같다.

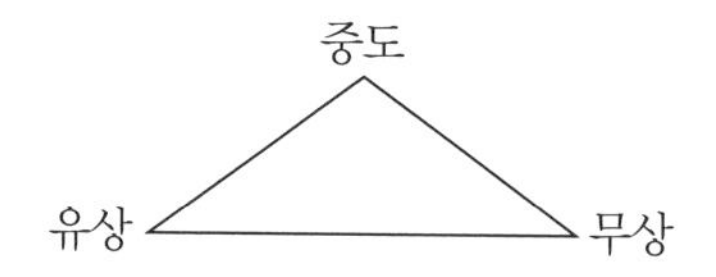

달마는 다음과 같이 말한다.

> 그러므로 알아야 한다. 마음을 가지고 법을 배우는 것은 마음과 법이 모두 미혹한 것이고, 마음을 갖지 않고 법을 배우는 것은 마음과 법이 모두 깨침이라는 것을. 무릇 미혹한 사람은 깨침에 미혹한 것이고, 깨친 사람은 미혹을 깨친 것이다. 그래서 올바른 견해(正見)를 지니고 있는 사람이라면 마음이 공무(空無)하다는 것을 알아 미혹과 깨침을 초월하고 미혹과 깨침이 없어야 비로소 올바른 이해와 올바른 견해(正解正見)를 지녔다고 할 수 있다. 색은 스스로 색이 아니라 마음을 말미암기 때문에 색이고, 마음은 스스로 마음이 아니라 색을 말미암기 때문에 마음이다. 그러므로 알아야 한다. 마음과 색의 두 모습에는 생겨남과 멸

함이 있다는 것을. 그래서 유는 무에 있어서의 유이고, 무는 유에 있어서의 무이다. 이것을 참되게 보는 것(眞見)이라고 이름한다.

— 달마, 「오성론」, 최현각, 『선어록산책』, 불광출판부, 2005, 71~72쪽

마음이 문제다. 마음을 가지고 법을 배우는 것은 미혹이고 마음을 갖지 않고 배우는 것은 깨침이다. 그러나 미혹한 사람은 깨침에 미혹하고 깨친 사람은 이 미혹을 깨친다. 마음을 갖지 않고 깨친다는 것도 깨침에 미혹한 것이므로 이런 미혹도 깨치는 것이 진정한 깨침이고 정견(正見)이다. 왜냐하면 마음은 있는 것도 아니고 없는 것도 아닌 공무(空無)이기 때문이다. 그러므로 정견은 미혹/깨침도 초월한다.

청정심은 반야와 만난다. 맑은 자성은 유/무, 미혹/깨침을 초월하는 마음이다. 색도 마음이 만들고, 마음도 마음이 아니라 색을 인식할 때 마음이다. 오늘은 초여름 날씨가 맑고 아파트 마당엔 나무들이 초록색 잎들을 달고 서 있다. 나는 나무들을 본다. 나무들이 있는 것은 내가 있고, 내 마음이 있기 때문이다. 마음이 없다면 나무(색)는 없다. 한편 나무가 없다면 나는 나, 나의 마음을 알 수 없다. 맑은 초여름 날씨, 아파트 마당, 나무들과 만날 때 마음이 있다. 그러므로 마음과 색은 개별적으로 있는 것이 아니고 자성, 실체, 본질이 있는 것이 아니다.

유는 무에 의한 유이고, 무는 유에 의한 무다. 나무는 마음에 의한 나무이고, 마음은 나무에 의한 마음이다. 색은 공에 의한 색이고, 공은 색에 의한 공이다. 마음이 공무라는 말은 이런 뜻이고, 이것이 참되게 보는 진견(眞見)이다. 그러므로 유상은 무상의 상이다.

올바른 견해는 마음이 공무하다는 것을 알고 미혹과 깨달음이라는 분별을 초월하고 결국 미혹과 깨달음도 없을 때 바른 이해 바른 견해가 된

다. 그러니까 달마가 강조하는 것은 중생도 깨달으면 부처(여래장사상)이고, 깨달으면 미혹도 깨달음도 없다(반야사상)고 말한다. 왜냐하면 마음이 무자성, 공, 청정심이라는 것을 알고, 이런 마음은 분별을 초월하는 불생불멸의 세계이기 때문이다. 마음은 실체가 없고 이름이 마음일 뿐이다. 따라서 여래선 시학의 모델 자심-대상-진심은 무심-무상-진심이 된다.

자아와 대상, 자심과 대상, 마음과 색의 관계는 반야가 강조하는 공즉시색이고 색즉시공의 관계에 있다. 마음이 있으므로 색이 있고, 색이 있으므로 마음이 있다. 둘은 자성이 있는 게 아니라 연기의 관계이고, 그러므로 무자성이고 공이다. 무가 있으므로 유가 있고, 유가 있으므로 무가 있다. 자아와 대상, 마음과 색, 무와 유는 개별적으로는 태어나고 멸하지만 무자성, 연기, 공, 청정심의 입장, 그러니까 반야의 입장에선 불생불멸이다. 이렇게 보는 것이 참되게 보는 것. 그러므로 사물을 보되 봄이 없이 보아야 생각하되 생각 없이 생각해야 한다.

요컨대 여래선 시학은 간심간정이고 증심이고 수심이지만 달마가 강조한 것도 무심이고 혜능이 강조한 것도 무심이다. 그러나 달마에서 5조 홍인까지 강조한 것은 점수이고 조사선이 강조한 것은 돈오이다. 홍인은 『최상승론』에서 말한다. 중생의 마음속에는 금강과 같은 불성이 있지만 망념 번뇌로 온갖 분별망상에 휩싸여 있다. 따라서 고요하게 청정한 마음(불성)을 지키면 망념이 생기지 않아 열반법이 저절로 드러날 것이다.(최현각, 앞의 책, 87쪽) 이른바 수심이다. 홍인은 중생과 부처의 차이는 없고, 다만 중생은 번뇌 망상 때문에 부처가 될 수 없으므로 자성청정심을 먼지로부터 지켜야 한다고 말한다. 그러므로 그가 말하는 수심 역시 수행에 속한다.

그러나 달마도 홍인도 무심(청정심)을 강조하고 혜능도 무심을 강조한다. 다만 전자의 무심은 여래청정심과 반야 공이 결합된 무심이고 후자의 무심은 반야 공이 더욱 강조된다. 내가 강조한 여래선 시학의 도식 자심-대상-진심은 결국 무심-무상-진심이고, 이런 무심이 증심이고, 자아-대상-진아 역시 무아-무상-진아가 된다. 간단히 도식으로 나타내면 다음과 같다.

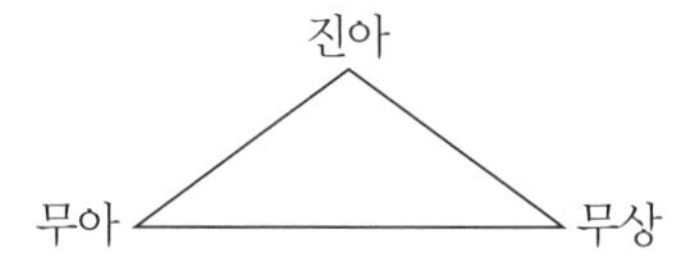

그렇다면 시쓰기를 구성하는 네 요소 자아-대상-언어-쓰기의 관계는? 자아-대상의 관계는 무아-무상의 관계이고, 선종에서는 무아가 무상이고 무상이 무아다. 남은 것은 쓰기, 쓰는 행위이고, 이때 언어가 문제된다. 물론 결론부터 말하면 쓰는 행위도 무아이고 무상이다. 그러나 선의 시각에서 언어와 쓰는 행위만 별도로 고찰할 필요가 있다.

이런 논의는 여래선을 발전적으로 수용한다. 그러니까 조사선 시학이 아니다. 여래선 시학에서 처음 시쓰기는 수행으로 간주되고, 자심-대상-진심의 구도에서 시쓰기는 대상의 자리에 있다. 여래선은 대상을 매개로 번뇌 망상(자심)을 제거하고 진심을 본다. 달마는 벽을 보면서 진심을 보고, 시인은 시를 쓰면서 진심을 본다. 그러나 이런 여래청정선이 반야사상과 결합되면서 시쓰기는 수행의 수단이 아니라 공사상과 관계되고, 따라서 무아-무상-진아와 불이(不二)의 관계에 있게 된다. 이 점에 오해가 없으시길 바란다. 너무 이론적이고 분석적인가?

7. 무위의 시쓰기

달마에 의하면 문자에 집착하지 않는 것이 해탈이다. 마음도 거짓 이름이고 실체가 없다. 그런가 하면 3조 승찬은 「신심명(信心銘)」에서 말한다. 말이 많고 생각이 많으면 진리에 상응치 못하니 말을 끊고 생각을 끊으면 통하지 못할 곳이 없다(多言多慮 轉不相應 絕言絕慮 無處不通). 여래선이나 조사선이나 언어문자에 대한 집착을 버리라고 말한다. 언어가 사유이고 분별이기 때문이다. 말을 끊고 생각을 끊을 때 깨닫는다. 그러므로 의상 대사도 「법성게」에서 말한다. 이름도 없고 형상도 없어 일체가 끊어져 깨달아 알 뿐 다른 경계는 없다(無名無相絕一切 證智所知非餘境).

그렇다면 시는 어떻게 써야 하는가? 한마디로 여래선도 그렇고 조사선도 그렇고 무위, 함이 없이 함이 있는 시쓰기, 중도의 시쓰기가 요구된다. 무위는 함이 없는 것이 아니라 무엇을 하되 한다는 생각이 없이 하는 행위다. 물론 이런 행위는 6조 혜능이 말하는 무아-무상-무주를 전제로 한다. 그러니까 지금 나는 조사선 시학에 대해 말하는지 모른다.

오늘은 두 번이나 병원을 다녀왔다. 날씨가 너무 맑은 초여름이다. 오전엔 며칠 전부터 귀가 아파 우성아파트 단골 이비인후과에 들려 귀를 치료하고, 오후엔 치아가 아파 내가 사는 진흥아파트 상가 2층 단골 치과에 들려 한 시간 동안 긴 의자에 누워 치료를 받고 돌아왔다. 이 좋은 날씨에 병원 다니는 내가 우습고 불쌍하다. 우울했던 봄날이 가고 쾌청한 여름이다.

지난 밤 꿈이 생각난다. 나이 든 시인과 젊은 여자가 싸운다. 그녀는 방바닥에 엎드려 그의 바지 자락을 잡고 놓지 않는다. 나이 든 시인은 갑자기 주머니에서 작은 칼을 꺼내 그녀 얼굴에 상처를 내고, 그녀 얼굴에선 피가 흐른다. 또 하나는 내가 작은 모텔에 누워 있는 꿈이다. 교외 작은 모텔 방에 누워 있다가 일어난다. 방문이 열려 있기 때문이다. 방문을 안으로 당겨도 다시 열린다. 종업원을 부른다. 남자 종업원 두 명이 온다. 그들이 방문을 고치고 돌아간다. 침대로 가 눕는다. 그러나 이번엔 옆방과 통하는 문이 열려 있다. 이 모텔 방은 옆방과 통하는 문이 있다. 문을 안으로 당긴다. 그러나 역시 다시 열린다. 복도로 나가 종업원을 부른다. 그들이 왔는지 안 왔는지 기억이 안 난다. 이런 꿈들은 무엇을 말하는가?

사는 게 꿈이다. 나도 나를 모르겠다. 지금 내가 쓰고 있는 시학은 일종의 과도기 시학이고, 선학도 아니고 시학도 아니다. 지금 나는 여래선이 암시하는 여래청정사상과 반야사상 가운데 반야사상을 강조하는 입장이다. 여래선과 조사선의 중간 단계라고 할까? 이론은 분석이고 해석이다. 여래선 시학에선 시쓰기가 수행이다.

그러나 반야사상을 강조하면 시를 쓰는 행위는 이른바 무위가 되고, 무위는 시를 쓰되 시를 쓰지 않는 것. 시라는 이름, 형상에서 자유로운 시쓰기다. 언어 역시 그렇다. 언어는 의미를 전달하는 수단이다. 그러나 무아의 시쓰기는 자아가 없기 때문에 의도나 의미에 집착하지 않는다. 내가 무언(無言)이라는 용어를 사용하는 것은 이런 문맥을 거느린다. 언어를 쓰되 언어에 대한 집착을 버려야 한다. 따라서 시쓰기를 구성하는 네 요소, 곧 자아–대상–언어–쓰기는 다음과 같은 도식으로 나타난다.

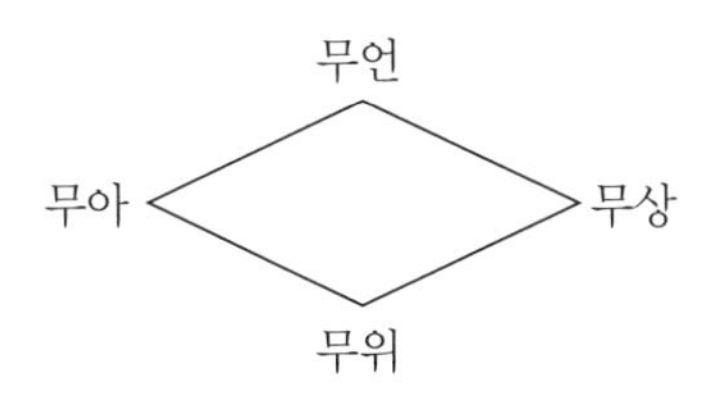

이 도식에서 무언은 말 그대로 언어가 없는 것이 아니라 의미 떠나기, 혹은 언어를 사용하면서 사용하지 않는다는 뜻(공)이다. 무위 역시 시를

쓰되 쓴다는 마음을 버리는 것.

언어에 대한 집착은 의미에 대한 집착이고, 여래선이 자성청정심을 강조한다는 점에서 여래선 시학은 언어(기호)를 구성하는 기표(말소리)와 기의(의미)의 관계에서 기표의 투명성, 기표의 청정성, 곧 잡다한 의미를 제거한 기표 자체를 지향해야 한다. 선(禪)은 한자를 강조하면 단순한 마음과 대상을 보여준다는 뜻도 있다. 따라서 관념, 의미, 설명 등을 제거한 1차적 말하기를 강조한다. 새를 보면 '저건 새다'라고 말할 뿐 새에 대한 설명이 필요 없다. 왜냐하면 설명은 관념이고 조작이고 분별이기 때문이다.

그런 점에서 이런 시쓰기는 공안에 나오는 선사들의 어법과 비슷하다. 이런 어법은 여래선이 아니라 조사선에 해당하지만 참고로 조주 선사의 공안을 보기로 든다.

> 물음: 외부에서 사람이 와서 조주는 어떤 설법을 하느냐고 물으면 어떻게 대답할까요?
> 조주: 소금은 귀하고 쌀은 천하다.
>
> 問 外方忽有人問 趙州說什麽法 如何祇對 師云 鹽貴米賤

당신은 어떤 설법을 하느냐, 법을 어떻게 설하느냐는 학승의 물음에 조주는 '소금은 귀하고 쌀은 천하다'고 말한다. 옛날 중국에선 소금값이 쌀값보다 비쌌고, 그래서 소금은 귀하고 쌀은 천하다고 조주는 있는 사실을 그대로 말한다. 조주의 설법은 꾸밈이 없고, 조작이 없고, 어떤 사물이나 사태를 있는 그대로 말한다는 것.

'소금이 귀하고 쌀이 천하다'는 말은 있는 사실을 그대로 말할 뿐 '그래서 사람들이 소금 구하기가 어렵다' '나라가 말이 아니다' '소금을 싸게 사려면 어디로 가야 한다'는 식의 설명이 없다. '사원은 무엇인가?' 물으면 '사원은 사원이다'라고 대답하고 '사원엔 어떤 사람들이 사는가?' 물으면 '사원엔 중들이 산다'고 대답한다. 앞에서 이런 말하기는 1차적 말하기라고 했지만, 그건 사물에 대한 복잡한 사유가 없는 가장 단순한 말하기, 분별, 사유가 개입하지 않는 말하기를 뜻한다.

있는 그대로 보여주는 이런 어법을 '선의 시쓰기'에서 곧장 말하기(直言)의 방법 혹은 보여주기(示)의 방법이라고 부른 바 있다. '곧장 말하기'는 설명, 비유, 상징, 반어, 역설 같은 일체의 시적 기법을 배격한 상태에서 무심, 무아, 선적 깨달음, 혹은 자성청정심을 그대로 말하고, '보여주기'는 설명하거나 진술하지 않고 깨달음의 세계나 선적 인식을 사물이나 상황으로 보여주는 방법이다. 전자의 경우 자아(무아)가 개입한다면 후자의 경우엔 개입하지 않는다. 모두 있는 그대로 말한다. 있는 그대로 말하기에선 기표와 기의가 1:1의 관계로 있다. '나무'(기표)는 '나무'(기의)다.

이런 어법, 시쓰기도 결국은 청정심을 찾아가는 방법이고, 기표와 기의가 1:1로 있고, 언어 기호가 이렇게 투명하다는 것 역시 무심, 나아가 청정심을 반영한다. 잡것이 없지 않은가? 무위는 어법과 관련시키면 기호의 투명성을 지향하고, 기호의 투명성이 청정심과 통한다. 반야사상은 다시 여래청정사상과 만난다.

요컨대 여래선 시학은 자성청정심을 찾아가는 시학이고, 그런 점에서 나(자심)는 부처(여래청정심)를 찾아가고, 이렇게 또 하나의 나를 찾아가는 과정이 수행이고 시쓰기다. 달마가 강조하는 것은 무심이다. 대상을 보는 것도 무심(관심)을 매개로 무심(증심)으로 나가야 한다. 이념거정(관심)을 통해 여래청정심을 깨닫는다. 그러므로 무심이 중요하고, 무심의 훈련, 무심의 수행이 중요하다. 달마는 「이입사행론(理入四行論)」에서 도를 닦는 방법에 대해 다음처럼 말한다.

묻음: 도를 닦아 미혹을 끊는 데는 어떤 마음가짐(心智)이 필요합니까?
대답: 방편이라는 마음가짐이 필요하다.
물음: 어떤 것이 방편이란 마음가짐입니까?
대답: 미혹을 살펴보고 미혹이 본디 일어날 턱이 없다는 것을 알아차리는 것이다. 이런 방편에 의해서만 미혹을 끊을 수 있다. 그것을 마음가짐이라고 한다.
물음: 법대로 있는 마음이 어떤 미혹을 끊는단 말입니까?
대답: 범부 외도 성문 연각 보살 등 단계적 깨달음에 관한 미혹(解惑)을 끊어버리는 것이다.

—『달마어록』, 柳田聖産 주해, 양기봉 옮김, 김영사, 2005, 101쪽

이 책에서 헤맴이라고 번역된 미혹(원문엔 惑)을 원문 그대로 옮기고, 문장을 나대로 다듬었다. 여기서 달마는 도 닦기(修道)의 방법에 대해 말한다. 도를 닦아 미혹을 끊기 위해서는 마음가짐(心智)이 필요하지만 이런 마음가짐은 방편이다. 마음가짐은 본래 미혹도 없다는 것을 아는 마음이다. 본래 미혹도 없는 것이 마음, 법대로 있는 마음이다. 그렇다면 끊어야 할 미혹도 없지 않는가? 어떤 미혹을 끊는단 말인가? 이런 질문에 달마는 '단계적 깨달음에 관한 미혹'을 끊는다고 말한다.

단계적 깨달음은 수행을 매개로 하고, 수행은 범부 외도 성문 연각 보살의 단계가 있다. 수행은 도를 보는 위치에서 모든 지적인 미혹을 벗어나고, 다음 정(情)과 의(意)에 따르는 번뇌의 속박을 벗어나기 위한 실천이다. 수행은 부처님의 가르침을 몸에 지니고 닦아 실천한다. 그러나 달마가 강조하는 것은 이런 단계적 깨달음도 미혹이므로 이런 미혹도 끊어야 한다. 왜냐하면 본래 청정심은 깨달음/미혹의 분별이 없기 때문이다. 그러므로 미혹을 끊는다는 마음(심지)도 방편이다. 본래 아무것도 없기

때문에 도를 닦는 마음(심지)도 방편이다.

8. 마음도 방편이다

달마는 미혹을 끊는 방편으로 마음을 사용한다고 말한다. 마음은 본래 형체가 없고 이름이 없기 때문에 언어를 초월한다. 그렇다면 도를 닦는 마음은 무엇인가? 쉽게 생각하면 두 개의 마음이 있다. 하나는 이름과 형상을 초월하는 본래 마음, 청정심, 진심이고 다른 하나는 본래 마음의 작용인 분별심, 망심이다. 도를 닦는 마음은 후자이다. 전자를 진심, 후자를 자심 혹은 망심이라고 부르면 진심은 분별 이전의 마음, 망심은 분별하는 마음이다.

체와 용의 관계로 읽으면 진심, 청정심은 체(體)이고 망심, 분별은 용(用)이다. 그러나 체와 용은 같은 것도 아니고 다른 것도 아니다. 체용일여(體用一如)다. 다만 분석의 필요에 의해 나누고, 이것도 방편이다. 도를 닦는 마음도 분별이고 망상이지만 달마는 이런 분별도 방편으로 필요하다고 말한다. 그러므로 그가 말하는 방편으로서의 마음은 청정심, 진심이 아니라 진심의 작용이다. 중요한 것은 미혹을 관하고 미혹이 원래 일어날 곳이 없다는 것(청정심)을 아는 것. 달마와 2조 혜가의 대화가 생각난다. 어느 날 혜가는 달마에게 말한다.

> 혜가: 제 마음이 편안치 못해 불안하오니 스님께서 편안케 해주십시오.
> 달마: 마음을 가지고 오너라. 편안케 해주리라.
> 혜가: 마음을 찾아도 얻을 수 없습니다.
> 달마: 내가 이미 네 마음을 편안케 했다.

불안한 마음은 분별이고 망심이다. 본래 마음, 청정심, 진심은 불안 같은 망심을 모른다. '마음이 불안하다'는 혜가의 말에 달마는 '그 마음을 가져오라.'고 말한다. 가져오면 편하게 해줄 수 있다. 그러나 혜가는 '마음을 찾아도 얻을 수 없다.'고 말한다. 불안한 마음은 진심, 여래청정심이 움직인 것. 그러니까 분별 망상이다. 본래 마음(체)이 움직인 망상(용)이다. 혜가가 마음을 가져올 수 없는 것은 분별, 망상이 본래 마음의 용이고, 본래 마음은 이름도 없고 형상도 없기 때문이다. 그러므로 본래 마음도 없다. 요컨대 불안한 마음(용)도 없고 본래 마음, 청정심, 진심(체)도 없다.

마음이 없다는 것을 아는 것이 깨달음이고, 마음이 없기 때문에 불안도 없다. 그러나 본래 마음은 이름과 형상은 없지만 작용한다. 행주좌와(行住坐臥), 움직이고 머물고 앉고 눕는 것이 모두 본래 마음이기 때문이다. 밥 먹는 것도 마음, 눈 깜박이는 것도 마음이다. 불안한 마음도 마음이다. 그렇다면 본래 마음, 청정심은 어디 있고 불안한 마음은 어디 있는가? 불안한 마음 밖에 있는 것도 아니고 불안한 마음이 그대로 청정심인 것도 아니다. 체용일여고 번뇌가 보리다. 그러나 달마가 강조하는 것은 망심을 방편으로 깨닫는 진심이다.

마음을 방편으로 미혹을 끊는다는 말은 불안한 마음을 방편으로 미혹을 끊는 것과 유사하다. 마음(망심)을 이용해 마음이 없다는 것(진심)을 안다. 혜가의 마음이 불안한 것은 그가 미혹을 끊지 못하고 해매기 때문이고, 달마는 그 마음을 가져오라고 말한다. 그러나 마음은 형체가 없기 때문에 가져올 수 없다. 불안한 마음도 원래 일어난 곳이 없다. 이렇게 미혹을 살펴보고 미혹이 본디 없다는 것을 알 때 미혹이 사라진다. 마음을 방편으로 마음이 없다는 것을 알 때 미혹이 끊어진다. 혜가가 마음을 찾을 수 없을 때 이미 그의 마음은 편안해지고, 따라서 달마는 '내가 이미 네 마음을 편안케 했다.'고 말한다.

그렇다면 이렇게 법 자체인 마음, 진리 자체인 마음, 불성 자체인 마음이 어떤 미혹을 끊는 것인가? 마음이 법이라면 미혹도 없기 때문이다. 달마는 범부 외도 성문 연각 보살 등의 단계적 깨달음(해)이라는 미혹을 끊어야 한다고 말한다. 번역에는 범부 이교도 제자 독각 보살로 되어 있다. 범부는 성자와 달리 어리석은 인간을 말하고, 외도는 불교(내도) 이외의 교를 말하니까 이교도이고, 성문은 부처님 말씀을 듣고 깨닫는 제자, 연각은 스스로 도를 깨닫는 자(독각), 보살은 도를 깨닫고 중생을 위해 교화하는 자이다.

성문은 부처님 말씀(사체법(四諦法))을 듣고 깨닫고, 연각은 스승 없이 스스로 꽃이 피고 지는 것을 보고 12인연법을 깨닫고, 보살은 깨달은 다음 6바라밀을 실천한다. 성문, 연각은 자신만 깨닫고(소승), 보살은 중생을 위해 부처님의 진리를 실천한다(대승). 그러니까 소승은 자기만 이롭고, 대승은 자기도 이롭고 중생도 이롭게 한다. 전자가 상구보제(上求菩提)라면 후자는 상구보제(上求菩提) 하화중생(下化衆生)이다.

보리는 지혜, 도, 깨달음을 뜻한다. 일반적으로 불교의 역사는 소승에서 대승으로 발전하고, 중국 선종은 특히 대승불교로 인식된다. 그러므로 다 같이 깨달음을 구하지만 범부 외도를 포함해서 깨달음은 범부–외도–성문–연각–보살의 단계로 나간다. 달마가 강조하는 것은 법과 같은, 여법(如法)한 마음이면 미혹도 없고, 따라서 끊을 미혹도 없는데 어떤 미혹을 끊느냐는 물음에 대한 대답이다. 그것은 범부–외도–성문–연각–보살 등의 단계적 깨달음에 관한 미혹을 끊는 것. 왜냐하면 단계적 깨달음도 분별이고, 참된 마음은 이런 분별도 부정하기 때문이다.

요컨대 달마가 여기서 강조하는 것은 크게 두 가지다. 하나는 마음은 공이고 무이지만 이런 마음의 본성을 깨닫기 위해 마음을 방편으로 사용한다는 것. 다른 하나는 깨달음에는 소승이니 대승이니 하는 분별(미혹)

을 끊어야 하고, 단계적 깨달음에 관한 미혹도 끊어야 한다는 것. 내가 달마의 말을 인용하고 해석하는 것은 이런 주장이 여래선의 시쓰기에 도움을 주기 때문이다.

이제까지 나는 여래선을 수행에 의한 이념거정(관심)과 깨달음(증심), 혹은 간심간정을 중심으로 해석했고, 그것을 시학에 원용했다. 말하자면 여래선 시학은 수행, 점수에 의해 깨달음에 도달할 것을 목표로 한다. 이런 과정은 자아-대상-진아 혹은 자심-대상-진심으로 요약되고, 마침내 달마가 강조하는 무심을 전제로 이런 도식은 무아-무상-진아 혹은 무심-무상-진심으로 부연된다. 한편 반야사상을 강조하면 무아-무상-무언-무위의 도식이 가능하다.

거칠게 말하면 여래선은 마음(자심)이 수행에 의해 참된 마음(청정심)을 찾아가는 과정이다. 문제는 두 개의 나, 두 개의 마음이다. 달마에 의하면 마음(자심)은 방편으로서의 마음이고, 이런 마음도 없다는 것을 알기 위해 마음을 사용한다. 그러니까 마음을 닦는다는 것은 마음이 없다는 것을 깨닫기 위한 방편이고, 어디에도 없는 마음이 여래청정심이고 진심이고 보리이고 반야 공이다. 수행이 방편이고 시쓰기가 방편이다. 그러나 달마에 의하면 깨달음에는 단계가 없고, 단계적 깨달음도 미혹이기 때문에 이 미혹도 끊어야 한다. 그러니까 내가 여래선 시학과 조사선 시학을 분별하는 것도 미혹이지만 이런 분별도 방편이다.

제 6 장

조사선 시학

1. 무념식정

여래선 시학은 간심간정(看心看淨), 곧 망상을 떠나 정념을 버리는 이념거정(離念去情)과 증심(證心)을 지향한다. 특히 수행으로서의 시쓰기는 좌선을 하듯이 계속 마음을 비워 마침내 증심, 자성청정심을 깨달아야 한다는 입장이다. 여래선 시학이 이념거정, 곧 망념을 버리고 잡스러운 느낌을 버려 청정심에 도달한다면 조사선 시학은 무념식정(無念息情)의 세계를 노래한다. 이념(離念)이 마음을 떠난다면 무념(無念)은 떠나야 할 마음도 없다. 전자가 대상을 매개로 진심에 이른다면 후자는 마음이 없기 때문에 대상도 없다. 무념은 대상의 상(相)을 초월하는 진여를 보는 마음, 혜능 식으로 말하면 생각하되 생각이 없는 마음이다. 그러므로 무념은 마음이 없다는 뜻이 아니라 생각하되 생각(망념)이 없다는 뜻이다. 우리가 보는 대상은 실체가 없고 모두 마음의 산물이고 마음도 실체가 없다. 부처님은 『금강경』에서 '모든 상을 상이 아니라고 보면 여래를 볼 수 있다(若見諸相非相 卽見如來)'라고 말씀하신다.

이념거정이 망념과 정념을 떠나 자성청정심을 지향한다면 무념식정은 자성청정심을 자심과 결합시켜 망념이 일어나지 않는 불기념(不起念), 마음을 조작하지 않는 부작의(不作意), 정념이 일어나지 않는 불기정(不起情)을 강조한다. 이념(離念)이 자심을 떠나 진심(청정심)을 지향한다면 무념(無念)은 자심이 일어나지 않고, 자심이 그대로 진심(여래)이 되는 것. 거칠게 말하면 여래선은 나쁜 마음을 버리고 좋은 마음을 찾아가고, 조사선은 마음이 다른 마음을 찾아가는 것이 아니라 오직 하나의 마음이 있고, 이 마음이 여래청정심이 된다. 전자가 자심-대상-진심의 관계라면 후자는 자심=진심으로 표현할 수 있다.

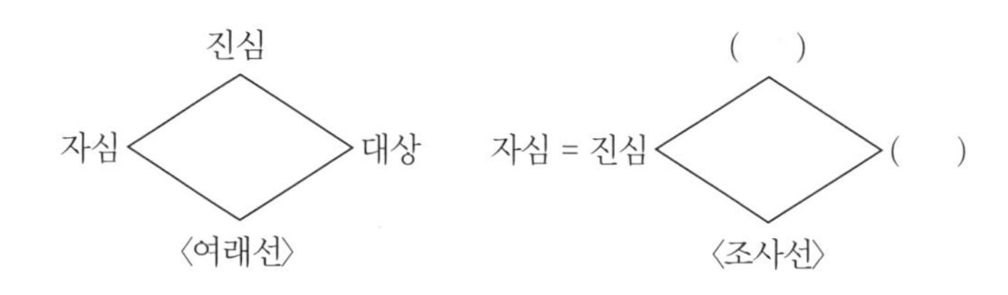

요컨대 마음에 대한 태도가 다르다. 여래선이 수행을 강조하는 것은 자심(망념)이 수행에 의해 진심(여래청정심)에 도달하기 때문이다. 그러나 조사선에선 자심이 바로 진심이고 여래이고 부처이기 때문에 수행이 필요 없다. 조사선을 흔히 초불(超佛)조사선이라고 부르는 이유는 부처가 어디 먼 곳에 있는 게 아니라 내가 부처이기 때문이다. 달마도 말했지만 중생과 부처가 따로 있는 것이 아니라 중생도 깨달으면 부처가 되고, 따라서 마음이 곧 부처, 즉심즉불(卽心卽佛)이다.

거칠게 말하면 여래선이 '나는 부처를 찾아간다'는 명제라면 조사선은 '나는 부처다.'라는 명제가 된다. 무념은 사물을 보되 상(相)을 보는 게 아니라 진여를 본다는 점에서 이미 깨달은 상태고, 조사선 시학은 이렇게 깨달은 마음을 노래하는 경우와 깨달음을 지향하는 경우로 나눌 수 있다. 전자는 깨달은 선사들의 오도송, 게송 등이고, 후자는 내가 부처라는 것을, 본디 내 마음이 청정하다는 것을 깨닫는 과정을 노래한다. 대상을 관하는 관심(觀心)이 아니라 자신의 마음을 보고, 망념이 없는 무념의 세계를 노래한다. 망정이 없으면 그대로 진심이고 부처다. 여래선이 수(修)와 증(證)을 강조한다면 조사선은 무수무증(無修無證)을 강조한다. 왜냐하면 자심과 진심, 망념과 깨달음도 하나의 마음이고 그러므로 무념 가운데 본래 청정심이 운용되기 때문에 닦을 청정심도 없다.

신수(여래선)에 의하면 마음은 명경대와 같고, 따라서 부지런히 닦아 맑은 거울(청정심)에 티끌과 먼지가 일어나면 안 된다. 그러나 혜능(조사선)에 의하면 본래 무일물(無一物)이다. 본래 한 물건도 없다는 것은 그런 마음도 없다는 것. 왜냐하면 일체 현상은 자성, 본질이 없고 인연에 의해 발생하기 때문에 공이고 이 공이 또한 색이기 때문이다. 깨달음은 이런 색과 공의 중도에 대한 깨달음이고, 이런 깨달음은 인연이 닿아 순간에 깨닫기 때문에 돈오다. 신수의 경우 마음이 마음을 닦는다면 혜능의 경우 그런 마음이 없기 때문에 닦을 것도 없다. 이념거정이 망념 정념이 생긴 후 그것을 닦는 방법이라면, 무념식정은 망념 정념이 일어나지 않게 미리 맹아 상태에서 소멸시키고 죽이는 방법이다.(이상 이념거정과 무념식정에 대해서는 홍수평, 『선학과 현학』, 김진무 역, 운주사, 1999, 179~180쪽 참고)

여래선이 비록 여래장 사상과 반야사상을 결합했지만 조사선과 비교할 때는 여래장 사상을 강조하고, 조사선은 반야사상을 강조한다는 게 나의 생각이다. 본래 아무것도 없기 때문에 닦을 마음도 없고, 부처도 없다. 그러므로 내가 부처고, 내가 할 일은 부처를 이루려는 성불(成佛)이 아니고 마음이 부처라는 즉심즉불을 깨달으면 된다.

2. 조사선과 동시

앞에서 여래선과 동시에 대해 말했지만 조사선 역시 동시에서 출발한다. 왜냐하면 동시에서 읽는 것은 청정심이고 무념이기 때문이다. 결국 선이 강조하는 청정심 무념이 천진한 아이들의 마음이고, 사물을 분별하지 않고 있는 그대로 보는 아이들의 시선이고, 본래 우리 마음은 순수하고 투명한 아이들의 마음이었다. 그후 나이가 들면서 이 순수한 마음에 때가 묻은 게 아닌가? 원래는 우리는 아는 게 없었다. 무엇을 안다는 것은 교육과 사회생활을 통해 마음이 오염된 것에 지나지 않는다. 내가 최근에 우리 현대시를 거의 읽지 못하는 것도 따지고 보면 시인들의 마음이 너무 오염되었기 때문이다. 그런 점에서 먼저 동심을 회복해야 하고, 동심이 선과 통한다.

이런 이야기가 생각난다. 어느 스님이 훌륭한 선사를 찾아가 '도란 무엇입니까?' 묻는다. 그때 선사는 '나쁜 일을 하지 말고 좋은 일을 하시오.' 대답한다. 무슨 거창한 말이 나올 줄 알고 기대했던 스님은 '그런 건 어린아이들도 하는 일이 아닙니까?' 반문한다. 그러자 선사는 '어린아이들은 할 수 있지만 나이 든 사람들은 못하오.' 대답한다. 나이 든 인간들이 착한 일을 못하는 것은 마음에 너무 많은 때가 묻고, 사물을 분별하고, 삶을 자기 중심으로 생각하는 아상(我相)이 있기 때문이다. 그러므로 동심이 된다는 것은 먼저 무아, 곧 나라는 상에서 벗어나야 하고, 무념으로 사물을 보아야 한다. 다음은 짧은 동시 한 편.

> 엄만 내가
> 왜 좋아?
>
> 그냥

넌 왜
엄마가 좋아?

그냥

— 문삼석, 「그냥」 전문

문삼석의 「그냥」 전문이다. 그냥 좋을 뿐이다. 아이는 무슨 이유, 사유, 의미 없이 있는 그대로 엄마가 좋다. 그리고 이런 아이의 말을 듣고 엄마도 그냥 좋다고 말한다. 엄마도 아이가 된다. 아이가 된다는 것은 무엇인가? 그건 그동안 숨어 있던 맑은 마음을 만나는 것. 그러니까 모든 인간에겐 원래 청정한 마음이 있고, 다만 생활에 쫓기며 망념 때문에 못 볼 뿐이다. 이런 청정심을 보고 청정하게 사는 게 부처가 되는 길이다. 그런 점에서 우리는 모두 아이가 될 필요가 있다.

그러나 조사선이 강조하는 것은 무념식정이다. 이 동시에서 읽는 건 무념, 곧 망념 없이 사물을 보는 아이들의 마음이지만 정까지 사라진 건 아니고, 이게 선과 관련시킬 때 동시의 한계가 된다. 선이 강조하는 건 정념도 없는 청정한 세계이기 때문이다. 그러나 동시는 정서를 매개로 한다. 그런 점에서 다음 동시는 정념도 소멸하는 무념식정의 세계에 접근한다.

하얀 이팝나무 꽃을 보니
참 하얗다 라는 생각이 들어요
거짓말 하지 않고
나쁜 짓 하지 않으면
저렇게 하얀 꽃이 될까요.

— 이창건, 「이팝나무 꽃」 전문

이창건의 「이팝나무 꽃」 전문이다. 하얀 이팝나무 꽃을 보고 '참 하얗다'는 생각이 드는 것은 시인이 마음을 조작하지 않기 때문이고, 따라서 시인의 마음엔 망념, 분별이 없다. 많은 시인들은 하얀 이팝나무 꽃을 있는 그대로 보지 않고 자기대로 상상하고 설명하고 조작한다. 그러나 이 시에서 시인은 사물을 있는 그대로 본다. 이런 표현은 조주 선사의 어법에 접근한다. 그에 의하면 사원은 사원일 뿐이고, 사원엔 스님들이 살 뿐이고, 의자는 의자일 뿐이다. 나는 이렇게 있는 그대로 보여주는 어법을 곧장 말하기(直言), 혹은 보여주기(示)의 방법이라고 말한 바 있다. 그러니까 주관적 판단, 설명, 부연이 없는 이런 어법은 망념이 없다는 점에서 자성청청심을 보여준다.

그러나 어법의 수준에서 이 동시는 선적 어법은 아니다. '거짓말 하지 않고/나쁜 짓 하지 않으면/저렇게 하얀 꽃이 될까요'라는 표현이 주관적 설명이 되어 곧장 말하기(直言) 혹은 보여주기(示)의 어법을 위반하기 때문이다. 동시는 교육적 기능이 있기 때문에 이런 표현은 불가피하고, 이게 선과 관련시킬 때 동시의 한계가 된다.

이런 점을 제외하면 이 시에서 읽는 것은 순수하고 청정한 마음이다. 시인의 마음은 마치 맑은 거울과 같고 이 거울에는 잡것이 없기 때문에 사물이 있는 그대로 비친다. 맑은 마음엔 맑은 사물만 비친다. 이런 마음은 거짓말 하지 않고 나쁜 짓 하지 않을 때 가능하고, 이런 마음은 분별을 모르기 때문에 자아와 대상이 하나가 된다. 청정한 마음은 바로 '하얀 꽃'이 된다. 그러므로 자아와 대상을 전제로 하는 감정, 정서 같은 정의 세계도 소멸한다.

일반적으로 서정시는 시인(자아)과 대상이 하나가 되는 세계이지만 이때는 시인의 정서나 상상력을 매개로 하고, 그런 점에서 주관의 표현이고, 극단적으로 말하면 자아가 대상을 잡아먹는 주관적 착취가 된다. 그러나 이 시에선 그런 착취가 없고, 주관적 정서나 상상력에 의한 동일화도 없다. 일반 서정시가 자아를 강조한다면 이런 시는 자아가 없는 무아의 세계를 보여주고, 자아가 없기 때문에 무념식정에 접근한다. '하얀 이팝나무 꽃'은 그저 '참 하얗다'. 이런 표현이 선에 접근한다.

사실 선이란 그렇게 진지하고 위대하고 고답적인 게 아니다. 뒤에 다시 살피겠지만 추우면 춥다고 말하고, 배고프면 밥 먹고, 하얀 꽃 보면 하얗다고 말하는 세계다. 특히 조사선이 그렇다. 위대한 선사들은 아이들 같고, 그저 평범할 뿐이다. 평범하다는 말은 가식이 없다는 뜻이고, 아이들도 가식을 모른다. 가식을 모른다는 것은 무념무작(無念無作), 곧 아무 생각이 없고, 조작도 하지 않는 평범심을 말한다.

> 조록조록 조록조록 비가 내리네
> 나가 놀까 말까 하늘만 보네.
>
> 쪼록쪼록 쪼록쪼록 비가 막 오네
> 창수네 집 갈래도 갈 수가 없네.
>
> 주룩주룩 주룩주룩 비가 더 오네
> 찾아오는 친구가 하나도 없네.
>
> 쭈룩쭈룩 쭈룩쭈룩 비가 오는데
> 누나 옆에 앉아서 공부나 하자.
>
> — 임석재, 「비 오는 날」 전문

임석재의 「비 오는 날」 전문이다. 조록조록 비가 내릴 때는 나가 놀까 말까 하늘만 본다. 그러나 쪼록쪼록 비가 막 올 때는 창수네 집에도 갈 수가 없다. 처음 비가 내릴 때는 망설이고 비가 막 올 때는 친구 집 가는 것도 포기한다. 억지로 일을 벌이지 않고 자연 따라 사는 삶이다. 아이들은 이렇게 자연 따라, 자연에 순응하며 산다. 비가 더 와서 찾아오는 친구가 없으니까 결국 누나 옆에 앉아서 공부나 할 수밖에. 비가 막 와도 친구 집에 우산 쓰고 놀러가는 건 자연스런, 있는 그대로의 삶이 아니고 억지이고 조작이다.

청원(靑原) 유신(惟信) 선사는 말한다. 참선하지 않을 때는 산은 산이고 물은 물이었다. 그 후 훌륭한 선사를 만났을 때는 산은 산이 아니고 물은 물이 아니었다. 그러나 제대로 깨달았을 때는 산은 산이고 물은 물이었다. 일상인들에겐 산은 산이고 물은 물이다. 그러나 선사를 만나 공부를 하면 산도 물도 본질, 실체가 없고 모두 자아가 만든 가상이므로 산은 산이 아니고 물은 물이 아니다. 그러나 제대로 깨달으면, 그러니까 무념의 상태가 되면 다시 산은 산이고 물은 물이다. 이때 산이 산인 것은 처음 산이 산인 것과 다르다. 처음엔 일상의 시각, 그러니까 객체로 존재하는 산이지만 마지막은 망념, 분별이 없는 무념, 곧 청정심이 되어 보는 산이기 때문에 분별, 조작이 없는 있는 그대로의 산을 뜻한다. 그러니까 주관적 판단이 소멸한 다음의 대상, 있는 그대로의 대상이다.

위의 동시에서 아이가 그대로의 삶을 산다고 했지만 아이는 산에 들어가 수행한 것도 아니고 무얼 깨달은 것도 아니다. 원래 자성청정심이기 때문에 수행이고 깨달음이고 하는 것이 필요 없다. 그러므로 천진한 아이들은 이미 부처다. 억지를 부리지 않고 자연에 순응하는 삶은 노장사상과 관계가 있지만 선종은 노장사상을 수용한다. 장자는 나도 대상도 잊는 물아양망(物我兩忘)을 강조하고 선도 주관과 객관이 소멸한 진여(眞如), 자성청정심을 강조한다. 물론 장자와 선의 차이도 있다. 예컨대 장자는 삶의 태도를 강조하고, 선은 그런 태도도 초월한다.

그렇다면 아이는 장자 공부를 했는가? 아이는 장자 공부를 한 것도 아니고 수행을 해서 깨달은 것도 아니다. 이 시에서 비록 아이가 자연에 순응하는 삶, 억지로 무슨 일을 버리지 않고 있는 그대로의 자연적 삶을 보여주지만, 아이를 지배하는 것은 비 오는 날 친구와 놀고 싶은 마음이다. 그런 점에서 이 시에서 아이는 마음을 모두 비우고 마음을 쉬는 것이 아니다. 한편 이런 게 동시의 아름다움과 통한다. 비가 더 오니까 찾아오는 친구도 없고, 마침내 쭈룩쭈룩 비가 오는 날 친구와 놀기를 포기하고 '공부나 하자'고 말한다. 선이 강조하는 것은 아는 게 없는 무지, 공부도 하지 말라는 무학이다. 이것이 선과 동시의 차이다.

그러나 나는 이런 차이에도 불구하고 무념, 청정심을 노래한다는 점에서 동시는 조사선 시학으로 가는 길의 입구에 있다는 입장이다. 조사선이 강조하는 것은 이렇게 맑은 마음, 허공과 같은 마음이 되어 마침내 걸릴 것이 없는 무애(無碍), 자유자재의 삶이다.

3. 일상이 선이다

부처님이 말씀하신 청정법신은 먼 곳에 있는 것이 아니라 누구나 가지고 있는 청청한 마음이고, 여래선은 오염된 마음을 닦아 청정한 마음을 보고, 조사선은 본래 마음이 청정하다는 것을 단박에 깨닫는다. 앞에서 인용한 동시를 쓴 분들이 불자인지 아닌지 모르지만 최소한 이들의 시에서 내가 읽는 것은 사물을 있는 그대로 보려는 마음이고, 이런 마음이 이른바 무념과 통한다. 그런 점에서 염불하고 참선하는 길만이 부처님과 만나는 게 아니라 시인들도 마음을 닦아 맑은 마음의 시를 쓸 때 부처님과 만나게 되고, 따라서 시쓰기도 수행이고, 수행으로서의 시쓰기가 필요하다.

내가 이 책을 쓰는 것, 동시를 인용하는 것 모두가 크게 보면 선의 일상화, 일상의 선을 지향한다. 사실 우리가 알고 있는 선은 너무 어렵고, 너무 일상을 초월하고, 일상과 동떨어진 별개의 세계다.

깨닫기 위해 출가하고, 출가한 스님들은, 특히 우리나라 스님들은 지금도 여름이면 하안거, 겨울이면 동안거에 들어 90일 동안 선방에서 좌선을 통해 수행에 정진한다. 원래 안거(安居)는 인도에서 비가 오는 계절인 4월 15일부터 3개월 동안 치르던 불교 승단의 특수한 연중행사였다. 스님들이 90일 동안 한 장소에 머물며 정진 수행에 힘쓰는 것은 비가 오면 돌아다니며 수행하기가 어렵고, 벌레들을 밟아 죽일 수도 있기 때문이다.

그러나 지방에 따라 우기가 다르기 때문에 안거 기간도 지방에 따라 다르고, 비구는 작은 방이나 토굴에서 소수가 함께 안거를 행하기도 한다. 안거는 불교가 전승된 모든 지역에서 행해지고, 한국에서도 1년에 2회 행해지고 있다.

안거에 드신 스님들의 이런 수행 정진 때문에 우리 선불교가 더욱 빛나고 부처님의 진리를 계승한다. 그러나 얼마나 힘든 수행인가? 간화선 수행이 대체로 그렇다. 범어사에 계신 대정 스님은 백양사에 주석했던 금타 선사로부터 '이 뭣고'라는 화두를 받고 참선을 시작한다. 그는 열아홉 살부터 스물넷까지 모악산에 들어가 토굴생활을 한다. 방이 한 평 반, 부엌이 두어 평 되는 네 평짜리 흙집을 짓고 수행하다 스물아홉 살에는 지리산으로 들어가 다시 토굴생활을 한다. 이렇게 시작된 토굴생활이 쉰아홉까지 계속된다. 하기야 달마 스님도 9년 동안 소림사에서 면벽 수행을 했다. 이런 수행은 누구 말처럼 칼날 위에 서 있는 삶이고, 누구나 할 수 있는 게 아니다.

간절한 발심과 발원이 없으면 안 된다. 나 같은 늙은 교수, 떠돌이 시인, 3류 선객은 엄두도 못 낼 일이다. 그렇다면 '깨달음의 시학'이니 '선의 시학'이니 '우리 현대시의 선불교적 대안'이니 하며 글을 쓰고 있는 이 노릇은 도대체 무엇인가? 우리 선종이 강조하는 것은 참선 수행이다. 이 책을 쓰면서 계속 문제가 되는 것은 나 같은 글쟁이는 훔쳐볼 수도 없는 선, 엄두도 못 낼 선, 일상과 너무 단절된 선이다.

몇 년 전 겨울에는 이런 일이 있었다. '선과 아방가르드'를 주제로 조계사 역사박물관에서 계간『시와 세계』가 주관하는 세미나가 있었고, 그 무렵 나는 서양 아방가르드 예술을 선, 특히 나가라주나(용수)의 중도, 불이(不二)사상을 중심으로 공부하던 터라 주제 발표를 하게 되었다. 주제 발표가 끝나고 잠시 쉬는 시간 복도에서 담배를 피울 때 선 공부를 많이 했다는 모 교수를 만난다. '내 발표 논문이 어때요?' 웃으며 물어보았다. 그는 난데없이 화를 내며 '그게 아닙니다'라고 소리를 지른다. '그럼 뭐가 문제요?' 다시 물었다. 그는 또 화를 내며 '그게 아닙니다' 말할 뿐 내 논문의 문제점을 지적도 안하고 계속 화가 난 얼굴이었다. 그때 느낀 것은 이런 교수는 불자가 아니다, 무엇보다 불교의 기본인 탐진치(貪瞋癡) 삼독(三毒) 가운데 진, 그러니까 너무 화를 낸다는 점이었다.

탐욕, 화냄, 어리석음 세 가지 독만 없으면 해탈한다고 했는데 선 공부를 오래 했다는 불자가 이렇게 화를 내는 건 말이 안 된다. 제대로 공부한 스님들은 겸손하고 친절하고 화를 내지 않는다. 불교 공부 여부를 떠나 그런 자리에선 교수들도 화를 내지 않는다. 선 공부를 한다는 지식인이 이러면 안 되는데 하면서 그에게 너무 실망하고, 그해 겨울부터 선이 아니라 정신분석 공부를 다시 한 건 이런 사정 때문이다. 아무튼 그렇게 해서『정신분석 시론』(문예출판사, 2007)을 쓰고, 그 후 선과 아방가르드 예술의 관계를 살핀『아방가르드는 없다』(태학사, 2009)를 펴냈다.

요컨대 산속에 있는 선은 너무 멀고 선을 공부한다는 불자, 교수, 시인들은 모두 그런 건 아니지만 대체로 수행이 모자라고 선을 일상에서 실천하지 않는다. 그렇다면 어떻게 할 것인가? 만해 스님이 생각난다. 그는 다음처럼 말한다.

> 선이라면 불교에만 한하여 있는 줄 아는 것이 보통이다. 물론 불교에서 선을 숭상하는 것은 사실이다. 그러나 선을 일종의 종교적 행사로만 아는 것은 오해다. 선은 종교적 신앙도 아니요, 학술적 연구도 아니며, 고원한 명상도 아니요, 심적(沈寂)한 회심(灰心)도 아니다. 다만 누구든지 아니하면 아니 될 것이요. 따라서 누구든지 할 수 있는 지극히 평범하고 필요한 일이다. 선은 전인격의 범주가 되는 동시에 최고의 취미요, 지상의 예술이다. 선은 마음을 닦는, 즉 정신수양의 대명사다. -선학자는 고래로 대개는 산간암혈에서 정진하게 되었으나, 선학을 종료한 이후에는 반드시 출세하여 입니입수(入泥入水) 중생을 제도하는 것이요, 뿐만 아니라 수학할 때에도 반드시 산간암혈이 아니면 아니 되는 것은 아니다. 선이라는 것은 고적(枯寂)을 묵수(墨守)하는 사선(死禪)이 아니요, 기봉(機鋒)을 활용하여 임운등등(任運騰騰)하는 활선(活禪)이다. 선은 능히 위구(危懼)를 제하고, 선은 능히 애상(哀傷)을 구(驅)하고, 선은 능히 생사를 초월하는 것이다. 이것이 얼마나 큰 수양이냐.
>
> — 만해, 「선과 인생」, 『불교』, 1932년 2월

지금 이 시대가 요구하는 선도 그렇다. 우리는 선이 불교에만, 그러니까 수행하는 스님들에게만 있는 걸로 안다. 그러나 부처님 생존 시에도 재가불자 거사인 유마힐은 속세에 살았고, 보살행을 펼쳐 수행이 대단한 불자도 그의 깨달음에 미치지 못했다. 그러므로 선을 불교의 전유물로 여기고 종교적 행사로만 제한하는 것은 문제가 있다. 그렇다고 학술적 연구의 대상으로 삼아도 문제고, 특히 선을 고요한 잿빛 마음, 곧 일상적 삶을 부정하는 차디찬 잿빛 죽음의 세계로 생각하는 것도 문제다.

선은 일상적 사유를 초월한다는 점에서 죽은 마음의 세계(고요)이지만

이런 세계에만 머무는 것이 아니라 다시 세속으로 나와 중생을 구제해야 하기 때문이다. 그러니까 수행은 출세간에서 다시 세간으로 나와야 한다. 만해가 말하는 출세는 세간을 떠나 불도 수행에 전념하는 스님이 된다는 뜻이 아니라 보살이 중생의 세계에 출현하여 중생을 교화한다는 뜻이다. 출세에는 두 가지 뜻이 있다.

중요한 것은 산속의 고요, 명상이 아니라 현실이고 현실 속에 선을 실천하는 일이다. 최근 우리 시단에 발표되는, 이른바 선을 지향하는 시들의 한계도 그렇다. 한결같이 고요니 명상이니 하며 일상과 동떨어진, 일상이 제거된, 마치 깊고 고요한 산속에 앉아 명상을 하는 것 같은 이런 시들은 선을 속이고 자기를 속이는 것에 지나지 않는다. 그렇다고 이런 시를 쓰는 시인들이 산에 들어가 수행을 하는 것도 아니다. 일상은 세속적 명예와 돈과 문단 권력에 집착하고 시는 선시 폼이나 내며 고요만 노래하는 건 위선이다.

이런 시들은 이중의 문제를 안고 있다. 하나는 고요중심주의, 적멸주의가 일상과 동떨어진 점이고, 다른 하나는 이런 시인들이 수행도 하지 않는다는 점이다. 번잡한 일상 속에서 고요를 노래하는 게 나쁜 것이 아니라 그 고요가 정신의 사치이고 위선이고 현실도피라는 점이 문제다. 시인들이 노래하는 고요가 현실도피라면 산속에 앉아 좌선만 하는 것도 일종의 현실도피 같다. 선은 좌선에 의해 마음의 평저, 고요를 강조한다. 그러나 이런 고요가 우리들의 일상과 무슨 관계가 있는가? 모두 그런 건 아니지만 스님들은 좌선에 의해 마음의 고요를 체험하고 시장 바닥에선 먹고 살기 위해 싸운다. 산 속의 선과 일상은 너무 단절되었다.

그런 점에서 선의 일상화, 쉬운 선, 사회에 도움이 되는 선이 요구된다. 산속의 선이 사회에 무슨 쓸모가 있는가? 이런 선은 고립주위, 권위주의에 지나지 않는다. 이런 정적 수행은 다시 사회로 나와 중생을 제도

하는 동적 수행으로 전환해야 하고, 시의 경우도 고요가 아니라 고요/소음, 청정/혼탁, 산/시장바닥의 중도를 지향해야 한다. 만해 식으로 말하면 진흙탕 속으로 들어가는 입니입수(入泥入水)의 상태에서 중생을 제도해야 한다. 하물며 산속에서 좌선 수행도 안한 시인들이 고요만 찾는다는 건 선을 속이고 자신을 속이고 선을 속이는 게 아닌가? 그렇기 때문에 이런 시들은 최소한의 깨달음도 없고, 선의 정신이 아니라 선적인 형식만 있을 뿐이다.

요컨대 이 시대 선이 요구하는 것은 일상과 단절된, 현실을 초월하는 순수한 정신세계가 아니라 일상 속에서 가능한 수행이고 선이다. 그런 점에서 선은 '누구든지 할 수 있는 지극히 평범한 일'이 되어야 한다. 조사선을 퍼뜨린 마조 선사가 주장한, 평상심이 도라는 말도 궁극적으로는 일상 속에서 깨닫고 일상 속에 선이 있고, 일상 속에 선을 실천하자는 것이 아닌가? 그가 말하는 선은 무슨 정신의 신비, 영혼, 초월이 아니고 그저 평범하게 되라는 것. 이때 평범하다는 것은 분별, 차별이 없는 마음이다. 조주 선사는 깨달았지만 그저 평범한 시골 늙은이로 살았다. 무슨 고요니 신비니 명상이니 하는 것마저 없는 삶이다.

이때 선은 전인격의 범주가 되고, 최고의 취미가 되고, 지상의 예술이 된다. 요컨대 선은 어디서나, 그러니까 산속이든 일상에서든 마음을 닦는 정신수양이면 된다. 필요한 건 죽은 사선(死禪)이 아니라 살아 있는 활선(活禪)이다. 말하자면 산속에 있는, 일상과 단절된 고요가 아니라 진흙투성이 일상 속에 있는 역동적인 선이다. 만해가 강조한 건은 한마디로 선을 선의 고유한 영역에서 개방시키자는 것, 곧 선의 일상화이고, 지금 이 시대가 요구하는 것도 그렇다. 선은 선이라는 말 속에 있는 것이 아니다. 만해가 주장하는 선은 선외선(禪外禪), 곧 선은 선 밖에 있다는 것. 이런 선이 강조하는 것은 행위 주체의 자발성이고 조사선이 강조하는 것도 비슷하다.

4. 무주의 시학

조사선은 크게 보면 여래선과 대비되고, 여래선은 조사선 이전, 그러니까 달마-혜가-승찬-도신-홍인을 포괄하는 개념이다. 물론 이것은 광의의 개념이고, 실제로는 능가선, 홍인의 동산법문, 신수의 북종선 등으로 나눌 수 있다. 그러나 광의의 여래선은 이들이 포괄적으로 여래장 사상(여래청정심)과 반야사상(공)을 결합하고, 특히 수행을 통한 깨달음, 곧 점수돈오를 강조한다. 한편 조사선은 반야사상(공)을 전면에 내세우며 여래선과 달리 수행 없이 단박에 깨닫는 돈오를 강조한다. 나는 이 글에서 중국 선종을 크게 여래선(북종 점수)과 조사선(남종 돈오)의 두 유형으로 보는 입장이다.(중국 선종의 성립과정에 대해 좀 더 자세한 것은 정성본, 『중국선종의 성립사연구』, 민족사, 1991, 이부키 아츠시, 『중국선의 역사』, 최연식 옮김, 대숲바람, 2001 참고 바람)

조사선은 6조 혜능부터 시작되지만 실제로 남종의 시작을 혜능으로 부각시킨 건 하택 신회의 남종 선언을 계기로 한다. 그런 점에서 신회에 의해 북종 점수와 남종 돈오가 주장된다. 정성본에 의하면 보리달마에서 시작되는 초기 선종은 능가선, 동산법문, 북종선, 남종선의 시대를 거쳐 9세기 초 강서의 마조도일과 호남의 석두 희천 및 그 문하에서 뛰어난 걸승들이 많이 배출되어 인도 불교가 중국인의 종교로 정착되고, 이를 일반적으로 조사선이라고 부른다. 인도 불교가 중국 풍토에 맞는 중국 불교가 되었다는 것은 인도에서 전래한 단순한 명상의 실천으로서의 선이 명상이나 삼매의 신비한 영역에서 벗어나 현실적인 일상생활 속에 융합된 생활 종교로 정착된 것을 의미한다.

조사선의 가장 중요한 사상은 인간관의 혁신이다. 그것은 형식적 의례나 권위주의적 사고에서 벗어나 인간 본래의 자연 그대로의 존재, 그리고 지금 여기 살아 있는 현실성의 재확인으로 요약된다. 조사선을 불교의 종교개혁이라고 부르는 이유이다. 요컨대 조사선에 의해 중국 선종이 완성된다.

그러나 조사선에서 마조(馬祖)가 중요한 이유는 조사선이 마조로부터 시작된 이른바 홍주종(洪州宗)의 새로운 입장이기 때문이고, 홍주종은 마조가 홍주 개원사의 주지로 있었기 때문에 그렇게 불렸지만, 종밀이 그렇게 부른 것은 또한 중앙 불교의 입장에서 촌뜨기, 시골불교라는 멸시와 비판의 뜻이 내포되어 있다. 문제는 마조가 속성인 마(馬)씨로서 '마조(馬祖)'로 불린 점이다. 이것은 그가 조사선, 새로운 선종의 조사(祖師)가 된다는 것을 의미한다. 그렇다면 과연 무엇이 새롭다는 것인가? 다음은 정성본의 말.

> 어쨌든 마조의 선은 시골 냄새가 물씬 풍기고 있는 농가의 분위기가 감돌고 있으며, 또 시골 사람들과 친밀함을 느끼게 하는 선풍(禪風)이었음에 틀림없다. 그렇게 마조선(馬祖禪)은 전통적인 중앙귀족불교와는 성향과 취지가 다르고, 상고주의(尙古主義)와 권위주의에서 벗어나 적나라한 그대로 무엇에도 걸림이 없는 소박한 인간 본래의 모습과 자유가 넘치고 있는 것이다.
>
> — 정성본, 앞의 책, 720쪽

따라서 마조계 선문답의 화제도 주로 시골 풍경 및 농가의 일상생활 이야기가 많고, 마조가 주장한 '평상심이 도다(平常心是道)', '마음이 부처다(卽心是佛)'라는 명제도 이렇게 일상화된 불교, 생활 속의 불교를 동기로 한다.(이상 마조 조사선에 대해서는 정성본, 위의 책, 711~721쪽 참고)

엄격하게 말하면 조사선은 마조의 홍주종을 중심으로 발전한다. 그러나 나는 앞에서 조사선과 여래선을 비교하면서 혜능 이전을 여래선, 혜능 이후를 조사선으로 분류한 바 있다. 따라서 조사선은 혜능–남악–마조 계열과 혜능–청원–석두 계열로 나누는 것이 좋다는 입장이다. 물론 조사선의 핵심은 즉심(卽心) 시불(是佛)이고, 이제 스님들은 부처를 찾아 헤맬 필요가 없고 수행이 필요 없고, 내 마음이 바로 부처라는 것, 곧 본래 청정심을 발견하면 된다. 여래선의 명제가 '나는 부처를 찾는다' 라면 조사선의 명제는 '나는 부처다' 이다. 그러나 이런 사상의 연원은 역시 혜능이고, 따라서 조사선 시학은 6조 혜능의 중심사상을 먼저 살피며 시작한다.

앞에서 조사선 시학을 무념식정(無念息情)이라는 용어로 요약한 바 있다. 무념은 대상의 상을 초월하여 진여를 보는 마음이고 망념을 일으키지 않는 마음이기 때문에 정념, 욕망 들이 소멸한다. 혜능 식으로 말하면 무념은 아무 생각이 없는 게 아니라 생각하되 생각함이 없는 마음이다. 다음은『육조단경』에 나오는 혜능의 법문.

> 내가 설하는 법문은 무념(無念)을 종(宗)으로 하고, 무상(無相)을 체(體)로 하고, 무주(無住)를 본(本)으로 한다. 무상이란 상을 보되 상에 집착하지 않음이요, 무념이란 생각하되 생각이 없음이요, 무주란 사람의 본성으로 생각 생각이 어디에도 머물지 않음이다. 곧 이전 생각, 지금 생각, 이후 생각이 서로 이어져 단절되지 않는 것이다. 만약 한 생각이 단절되면 법신은 색신을 떠나고, 생각 생각이 일어날 때마다 일체 법에 머물지 않는다. 한 생각이 머물면 생각 생각이 머물고 이것을 경계에 얽매임(繫縛)이라 하고, 일체 법에 생각 생각이 머물지 않으면 경계에 얽매임이 없다(無縛). 이런 까닭에 무주로 본을 삼는다.
>
> 我此法門 無念爲宗 無相爲體 無住爲本. 何名無相 無相者 於相而離相. 無念者 於念而不念. 無住者 爲人本性 念念不住 前念 今念 後念 念念相續 無有斷絕. 若一念斷絕 法身卽離色身. 念念時中 於一切法上

無住. 一念若住 念念卽住 名繫縛. 於一切法上 念念不住 卽無縛. 此是以無住爲本.

혜능의 무주 개념은 이 책의 다른 글에서도 언급한 바 있다. 혜능 법문의 핵심, 그러니까 혜능 선사상의 핵심은 무념, 무상, 무주, 무박이다. 무념은 생각하되 생각이 없는 것. 곧 생각하되 망념이 없는 것이고, 무상은 형상을 보되 형상을 떠나는 것. 곧 모든 형상을 나타난 형상 그대로 보지 않고 형상이 아니라고 보는 것. 그러니까 형상에서 진여를 보는 것. 왜냐하면 모든 형상은 헛것이고 환상이기 때문이다. 무주는 생각이 어디에도 머물지 않는 것. 따라서 생각과 생각, 곧 이전 생각 지금 생각 이후 생각이 이어져 단절이 없는 것. 한 생각이 단절되면 법신이 색신을 떠나고 색신이 법신을 떠나기 때문이다.

일반적으로 부처님의 몸은 법신(法身), 보신(報身), 응신(應身) 세 몸이 있다. 법신은 만유의 본체, 보신은 인연 따라 나타난 부처(아미타불), 응신은 보신불을 만나지 못한 중생을 제도하기 위해 나타난 불신(석가모니불). 법신은 법, 진리, 불성 자체이므로 이름도 없고 형상도 없는 몸이다. 그러나 불교가 강조하는 것은 무형(법)과 유형(색), 공과 색, 이(理)와 사(事)의 대립이 아니라 중도이기 때문에 법신 역시 색신과 중도의 관계에 있다.

혜능이 강조하는 것이 그렇다. 한 생각이 단절되면 색신만 보게 되어 법신과 색신이 분리된다. 그러므로 생각 생각이 단절되지 않고 흘러야 한다. 쉽게 생각하자. '컵 담배 연필'은 세 개의 생각이 단절되지 않고 흐르는 보기다. '컵'에 대한 생각, '담배'에 대한 생각, '연필'에 대한 생각이 그렇다. 그러나 한 생각, 예컨대 '컵'이 단절되면 우리는 '컵'을 보면서 '크다', '책상에 있다' 등 컵의 형상(색신)을 분별하고, 그 형상에 얽매인다.

그러나 '컵 담배 연필'로 연속되면 그런 분별의 겨를이 없다. 그러므로 무상, 무념의 경지에 들고, 이런 생각의 연속에 의해 색신과 법신은 분리되지 않는다. 념념상속(念念相續)은 이렇게 앞 생각 뒷 생각이 단절되지 않고 빠르게 흐르는 강물과 같다. 김소월은 「가는 길」에서 다음처럼 노래한다.

앞 강물 뒷 강물
흐르는 물은
어서 따라오라고 따라가자고
흘러도 연달아 흐릅디다려

— 김소월, 「가는 길」 부분

강물을 념념상속에 비유하면 앞 강물 뒷 강물은 단절된 생각에 해당한다. 그러나 앞 강물 뒷 강물은 '어서 따라오라고 어서 따라가자고' 말한다. 한눈팔지 말고 계속 흘러가자는 것. 앞 강물 뒷 강물은 머물지 않고 계속 빠르게 흘러간다. 혜능이 말하는 것도 앞 생각 뒷 생각이 단절 없이 연달아 흐르는 것. 생각이 단절된다는 것은 생각이 어떤 대상에 머무는 것이고, 어디에도 머물지 않는 이런 생각의 흐름은 무주가 된다. 연달아 흐르는 생각은 자신이 흐르는 것도 모르는 생각이고, 이렇게 어디에도 머물지 않고 흐르는 생각이 무박(無縛)이고 해탈이다.

생각을 뜻하는 한자 념(念)은 이제 금(今)과 마음 심(心)이 결합된 것. 따라서 지금 생각이 중요하다. 념념상속은 지금 생각이 연속된다는 뜻이다. 념념상속은 이전 생각(과거) 지금 생각(현재) 이후 생각(미래)이 이어져 단절이 없는 생각을 말한다. 그러나 다시 생각하면 과거, 미래도 현재 속에 있고, 현재도 현재 속에 있지만 이 현재 역시 찰나에 지나지 않고, 찰나는 존재하는 것이 아니다. 따라서 념념상속은 과거, 현재, 미래가 단절되지 않는 찰나들의 연속이므로 무의 시간이고 이 무가 선과 통한다.

무주가 강조하는 념념상속은 모더니즘 소설 기법인 이른바 '의식의 흐름'과 비슷한 것 같지만 사실은 다르다. 의식의 흐름은 사고와 의식이 단절되지 않는 흐름(윌리엄 제임스)을 뜻하며, 소설의 경우 주인공의 의식에 부딪치는 우연한 면들과 사건들을 보여주거나, 주인공의 마음속에 일어나는 의식의 흐름을 보여준다. 이 변덕스런 흐름을 해설 없이, 문법과 논리에 구애받지 않고 그대로 보여준다는 점에서 '내적 독백'이라고도 한다. 그러나 념념상속은 대상에 머물지 않기 때문에 의식에 반영되는 장면들과 사건들을 재현하지 않고, 마음속에 의식(무의식)이 흐르는 것이 아니기 때문에 의식의 흐름과 다르다. 앞에서 말한 '컵 담배 연필'은 념념상속을 쉽게 설명하기 위한 것으로 엄격하게 말하면 '의식의 흐름'에 가깝다.

한편 념념상속은 초현실주의 기법인 '자동기술법'과 유사하나 같은 것은 아니다. '자동기술법'은 마음 내키는 대로 빠른 속도로 쓰는 것. 정신집중을 강조한다는 점에서 선, 명상, 참선과 유사하고, 자유롭다는 점에서 선과 통한다. 그러나 초현실주의가 강조한 것은 깨달음, 해탈, 무박이 아니라 억압된 무의식, 본능의 해방이다. 물론 그들이 물질과 정신이 하나가 되는 경지를 지향한 것은 선불교와 통한다. 나는 이 문제를 다른 글에서 살폈기 때문에 여기서는 줄인다.(좀 더 자세한 것은 이승훈, 「선과 초현실주의」, 『아방가르드는 없다』, 태학사, 2009 참고 바람)

고형곤에 의하면 념념상속은 생멸상속의 의식 현상이다. 그는 후설의 시간현상학을 토대로 『선종영가집』에 나오는 생멸상속에 대해 해석한다. 생멸상속의 의식은

> 앞의 생각이 멸하면서 뒤의 知를 이끌어오고, 뒤의 생각이 일어나서 앞에 멸한 생각을 잇는다.
>
> 前念滅 而引後知 後念生 而續前滅

로 요약된다. 쉽게 말하면 앞의 생각이 멸하면 뒤의 생각이 잇따라 일어나고, 계속 뒤의 생각이 이어지기 때문에 생각의 일어남과 멸함은 상속된다. 따라서 생각과 생각 사이에는 머물 자리가 없다. 의식의 흐름은

찰나찰나 생각생각 어디에도 머물지 못한다.

刹那刹那 念念之間 不得停住

라는 말로 요약된다. 의식의 흐름은 염기염멸(念起念滅), 곧 전념이 멸하면 후념이 잇따라 일어나고 그 후념이 사라지면 다시 제3, 제4의 후념이 잇따라 일어나 일어남과 멸함의 흐름이 계속되어 머무를 수가 없다. 이렇게 새롭게 새롭게 일어나는 것이 생이고 순간순간 사라지는 것이 멸이다.

새롭게 새롭게 일어나는 것이 생이고 순간순간 사라지는 것이 멸이다.

新新而起曰生 念念落謝曰滅

생멸상속이다. 고형곤은 이런 의식을 후설의 원-인상(urimpression)과 파지변용으로 해석한다. 신신이기왈생(新新而起曰生)은 근원적 지각의 원시점으로 현금시점이 새로 새로 용출함을 말하고, 념념낙사왈멸(念念落謝曰滅)은 모든 현금시점이 새로 솟는 현금에 밀려나면서 과거로 침하하는 것을 말한다. 원-인상은 점으로서의 현재가 나타날 때 의식, 혹은 과거로 침전되기 이전의 지금의식으로 순수한 지금을 구성하는 의식을 말한다. 이것은 모든 의식의 변용이 시작되는 원점이다. 파지(把持)는 지금을 방금으로 변용하여 보유하는 의식이고, 예지(豫持)는 도래할 것을 구성하는 의식이다. 이렇게 원-인상을 축으로 파지와 예지를 꼬리로 하는 구조가 현재장이다. 이 현재장을 후설은 지각현재 혹은 살아 있는 현재라고 부른

다.(이상 고형곤, 『선의 세계』, 동국대출판부, 2005, 129~131쪽)

혜능이 말하는 무주는 념념상속, 곧 지금 생각이 어디에도 머물지 않고 빠르게 연속되는 것을 말한다. 념, 곧 지금 생각과 지금 생각이 계속 이어진다. 이렇게 지금 생각과 지금 생각이 이어지는 것의 마음의 본성이기 때문에 무주가 본성이다. 그렇다면 전념(前念)과 후념(後念)이 계속 이어진다고 할 때 전념과 후념의 관계는 어떻게 드러나는가?

생멸상속과 이에 대한 후설의 견해를 참고한 것은 념념상속의 의식 현상을 좀 더 살피기 위해서다. 념념상속은 생멸상속이다. 지금 생각(A)은 현재 새롭게 일어나며 다시 새롭게 일어나는 지금 생각(B)에 밀려 과거로 침하한다. 지금 생각(A)은 일어나며 곧장 멸하고, 지금 생각(B)도 그렇다. 따라서 A도 생멸이고 B도 생멸이고, A와 B의 상속은 각각 생멸의 상속이다. 각 순간 새롭게 일어나는 마음이 원-인상에 해당하고, 순수한 지금을 구성하고, 순수한 지금이 파지와 예지의 구조가 될 때 현재장, 살아 있는 현재가 된다.

념념상속은 지금 현재의 상속이지만, 지금 현재는 생멸의 구조이고, 따라서 념념상속은 생멸상속이다. 선이 강조하는 무주는 어디에도 머물지 않는 순수현재이고, 이런 순수현재는 후설이 말하는 원-인상에 해당한다.

다시 말하자. 무주는 어디에도 머물지 않기 때문에 무상(無相)이고 생각하되 생각이 없기 때문에 무념(無念)이다. 한편 생각이 단절되어 한 대상에 머무는 것은 대상을 분별하고 의미를 부여하는 것이기 때문에 대상을 명명하고 언어로 정의하는 행위가 된다. 따라서 대상에 머물지 않고 흐르는 무주는 언어를 모르고 언어를 초월한 세계, 이른바 무언(無言)과 통한다. 시쓰기를 구성하는 네 요소 자아-대상-언어-쓰기에 무주 개념을 대입하면 다음과 같다.

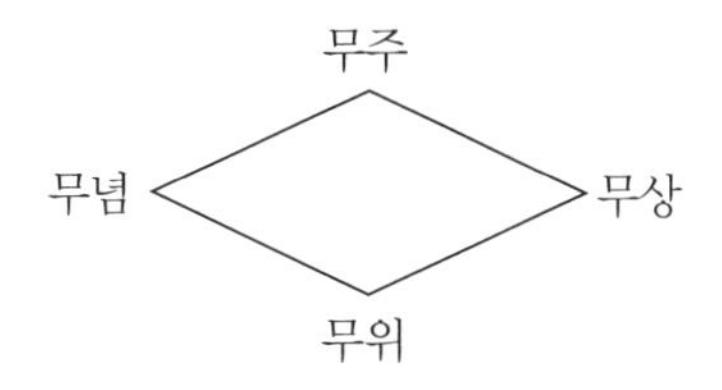

물론 혜능이 말하는 무주는 념념상속이 념이며 념이 아니라는 점에서 무념에 속하고 대상에 머물지 않는다는 점에서 무상에 속한다. 그러므로 무주가 무상이고 무념이다. 한편 무주는 생각이 단절되어 대상에 머물지 않고, 대상을 분별하지 않는다. 그리고 언어가 분별이기 때문에 언어를 부정한다. 따라서 이런 시쓰기는 무념, 무상, 무주(무언)를 강조하는 시쓰기이고, 대상에 얽매임이 없는 무박, 해탈의 시쓰기이고, 무위의 시쓰기가 된다.

5. 즉리양변

무념, 무상, 무언, 무위는 모두 우리를 지배하는 이항 대립적 사유체계를 해체한다. 생각하되 생각이 없고, 대상을 보되 대상을 보지 않고, 언어를 사용하되 사용하지 않고, 시를 쓰되 쓴다는 생각이 없는 것이 그렇다. 그러므로 혜능이 강조하는 것은 즉리양변(卽離兩邊)이다. 양변을 여의라는 것. 혜능은 입적하기 전 열 명의 제자들을 불러 설법하는 방법에 대해 말한다.

> 3과 법문을 들고 36대법(對法)을 동용(動用)하여 나오고 들어감에 양변을 따나도록 하라. 모든 법을 설하되 성품과 모양(性相)을 떠나지 말라. 만약 사람들이 법을 물으면 말을 쌍으로 해서 모두 대법을 취하라. 가고 오는 것이 서로 인연이 되어 마침내 두 법을 모두 없애고 다시는

가는 곳이 없게 하라.

擧三科法門 動用三十六對 出沒卽離兩邊 說一切法 莫離於性相 若有人問法 出語盡雙 皆取法對 來去相因 究竟 二法盡除 更無去處

3과 법문은 음(陰), 입(入), 계(界), 곧 5음, 12입, 18계를 말한다. 5음은 자아를 구성하는 색수상행식, 12입은 6근과 6경의 만남, 18계는 6근, 6경, 6식의 만남을 말한다. 36대법은 무정에 대한 5대법, 자성이 일으키는 19대법, 어언(語言)과 법상(法相)에 대한 12대법을 총괄한다. 어(語)는 논란, 언(言)은 지시, 법(法)은 진리, 상(相)은 형상을 말한다. 좀 더 구체적인 내용은『육조단경』을 참고하시기 바라고, 문제는 시쓰기다. 여기서 주장되는 36대법은 선시의 유형학에도 도움이 되고 선시의 상상력 연구에도 도움이 된다. 중요한 것은 즉리양변이라는 기본사상이고 방법이다.

양변을 떠난다는 것은 양변을 따르며(卽) 동시에 떠나는 것(離)으로 중도, 공, 불이사상을 뜻하고, 한편 법문을 들고 대법을 사용할 때 양변을 떠난다는 점에서 방법이 된다. 이런 즉리(卽離) 개념이『금강경』에서는 즉비(卽非) 개념으로 나타난다. 즉리든 즉비든 크게 보면 비슷하다. 즉비 역시 주어진 명제나 항목을 따르며(卽) 동시에 아니라(非)고 말하기 때문이다. 즉비가 강조하는 것도 중도, 공, 불이 사상이다.

나는 앞에서 선시의 기법으로 반상합도(反常合道)에 대해 말한 바 있다. 그때 강조한 것은 반상합도가 직관에 의해 모순되는 반상(反常) 가운데 진리를 추구하거나 모순의 통일을 추구하는 것으로 선이 강조하는 즉리양변과 통한다는 것. 따라서 반상합도는 반과 상의 변증법적 통일이 아니라 대립 자체를 소멸시키고 반야 지혜(공)를 강조한다고 말했다.('선시의 기법' 참고)

대립 자체를 소멸시킨다는 것은 무엇인가. 이 말은 오해의 여지가 많기 때문에 다시 설명한다. 대립 자체를 소멸시킨다는 것은 두 요소의 대립성, 이른바 이항 대립체계를 해체한다는 뜻이다. 변증법적 통일이 두 요소의 대립을 전제로 한다면 반상합도는 대립 자체를 무화시킨다. 반상합도는 말 그대로 반상이 있는 그대로 도(진리)에 들어맞는다는 뜻이다. 반과 상은 일상의 세계이고 도는 일상을 뛰어넘는 진리의 세계다. 반상합도가 강조하는 것은 일상의 세계가 그대로 도가 된다는 중도사상. 그러므로 모순되는 두 요소인 반상은 반상이며 반상이 아니고, 반상을 따르며(卽) 동시에 반상을 떠나고(離), 반상이면서(卽) 동시에 반상이 아니다(非).

선시의 기법인 반상합도는 즉리양변의 다른 이름에 지나지 않는다. 반상합도뿐만 아니라 상징, 쌍관어, 비유, 언외지지(言外之志), 일상성, 격외성 등 모든 선시의 기법이 즉리양변, 즉비의 논리를 기본으로 한다. 양변을 떠난다는 것은 양변이 없는 것이 아니라 양변이 있으며 동시에 없는 중도사상을 뜻한다. 다음은 고려 말 선승 나옹 혜근의 선시.

허공을 깨뜨려 뼈다귀 꺼내고
번쩍이는 번갯불 속에 굴을 판다
누가 내 가풍 묻는다면
이 밖에 다시 별난 물건 없다

打破虛空出骨
閃電光中作屈
有人問我家風
此外更無別物

허공과 뼈다귀는 대립되는 이미지이다. 허공은 형상이 없고 뼈다귀는 형상이 있다. 그러나 스님은 허공을 깨뜨려 거기서 뼈다귀를 꺼낸다. 한편 허공은 천상에 있고(?) 뼈다귀는 지상에 있다. 그러나 이 시에서는 허공을 깨뜨려 뼈다귀를 꺼낸다는 점에서 허공과 뼈다귀는 대립되면서 동시에 이런 대립이 해체된다. 그러니까 스님은 허공과 뼈다귀의 대립을 따르면서(卽) 떠난다(離).

문제는 허공과 뼈다귀의 의미다. 허공은 일반적으로 불교에서 만물의 근원, 진여, 불성을 상징한다. 허공은 형체가 없고 색도 없는 세계로 만물을 태어나게 하고 만물을 감싼다. 그런 점에서 언어를 초월하는 불성, 공, 자성청정심을 상징한다. 그렇다면 허공을 깨뜨린다는 것은 이런 공, 불성을 파괴한다는 것이고, 거기서 뼈다귀를 꺼낸다는 것은 죽음을 깨낸다는 뜻이다. 요컨대 스님은 공을 부정하고 파괴하고 죽음과 만난다. 그러니까 부처든 진여든 공이든 모두 죽이고 뼈다귀처럼 살라는 말인가? 조주 선사의 공안에 다음과 같은 것이 있다.

> 조주스님이 시랑(侍郞)과 함께 과수원을 거닐 때 토끼가 도망치는 것을 본다. 시랑이 묻는다. "화상은 대선지식인데 토끼가 화상을 보고 왜 도망을 칩니까?" 스님이 대답한다. "노승이 죽이는 걸 좋아해서 그래."
>
> 師與侍郎遊園見兎走過 侍郎問 和尙是大善知識 兎者見爲什麽走 師云 老僧好殺

시랑은 스님을 모시는 시자. 훌륭한 선사들 머리엔 새들도 내려와 앉고, 짐승들도 도망가지 않는 법이다. 경허 스님 제자 수월(水月) 스님은 함경도에서 지낼 때 먼 곳에 병이 든 사람이 생기면 깊은 밤 호랑이 등에 타고 병든 사람을 찾아가고, 범어사 대정 스님은 24세 때 모악산에 들어가 토굴을 짓고 수행할 때 매일 산새가 나타나 밥 먹을 시간을 알려주고, 밤마다 호랑이가 나타나 깊은 산 토굴을 한 바퀴 돌고 가곤 했다. 호랑이가 스님을 지켜준 셈이다.

그러나 이 공안에선 토끼가 조주 스님을 보고 도망간다. 조주 스님은 살생한 적이 없고 오직 수행에만 전념하신 분이다. 이상하지 않은가? 도대체 토끼는 왜 도망쳤을까? 스님이 아니라 시랑 때문에 도망친 게 아닐까? 이건 이 글을 쓰는 나의 생각이다. 아니면 스님을 한번 테스트하기 위해서인지도 모른다. 토끼는 영물이니까. 자신이 도망가면 스님이 어떻게 나올지 궁금해서 그랬는지 모른다. 아무튼 핵심은 스님의 대답에 있다. '노승이 죽이는 걸 좋아해서 그래.' 이런 대답에는 두 가지 뜻이 있다.

하나는 스님이 죽일지도 모르기 때문에 토끼가 도망간다는 것. 무슨 다른 이유가 있는가? 조주 스님답다. 꾸밈도 없고 사유도 없고 복잡한 수사가 없다. 이렇게 있는 그대로 말하기가 선과 통하고, 스님의 청정심을 반영한다. 다른 하나는 죽이는 것을 좋아한다는 말의 숨은 의미다. 출가 수행은 세속적 가치를 떠나는 것이고, 그런 점에서 세속의 가치, 권위 일체를 죽여야 하고, 이런 죽음이 나의 죽음과 통한다. 노승이 죽이는 걸 좋아하는 것은 일체의 인위적인 것을 죽여야 도에 이르고 깨달음에 도달하기 때문이다.

6. 공도 없다

그러나 나옹은 1행에서 일체 유위법이 아니라 진여, 공, 청정심을 상징하는 허공을 깨뜨리고 거기서 죽음을 꺼낸다. 그런 점에서 이 시행은 공을 파괴한다. 수행은 공을 깨닫기 위한 방편이다. 이른바 아공과 법공이 그렇다. 그러나 아비달마(說一切有部) 논사들은 이 공을 자아와 대상의 중심으로 간주함으로써 모든 법(현상)의 의지처로 간주한다. 그러나 나가라주나(용수)에 의하면 제법에서 공을 보는 것은 제법에서 어떤 존재를 인정하는 것이며 제법의 공을 상상하는 것이 된다. 제법공상(諸法空相)은 모든 법이 공(空)의 상(相)이라는 말이 아니라 모든 상은 상이 아니라는 뜻이다. 법은 어떤 양상이든 상으로 존재하지 않는다. 그러므로 공도 상으로 존재하지 않고, 공을 공으로 인식하는 건 비판된다. 공도 공이므로 공공(空空)이다.

공은 오온의 집착을 파괴하고 공공은 공의 집착을 파괴한다. 공은 모든 법을 파괴하고 공 또한 버려야 한다. 그르므로 공공이다. 그것은 병이 나은 다음 약을 버려야 하는 것과 같다.(이상 공공에 대해서는 김형희 역주, 「18공에 대한 대지도론의 설명」, 『반야경의 18공법-대지도론의 설명과 라모뜨의 주석』, 경서원, 2008, 136~140쪽 참고)

나옹이 허공을 파괴하는 것은 공에 대한 집착을 파괴하는 것. 그런 점에서 이 시행은 공공사상을 반영한다. 공에 집착하는 것이 이른바 정적 수행이라면 공의 집착을 깨는 것은 동적 수행이다. 시에서 무슨 고요만 찾고 적멸만 찾는 건 공에 대한 집착이고 이런 집착이 병이다.

2행에서 스님은 '번쩍이는 번갯불 속에 굴을 판다.' 여기서도 번갯불(천상)과 굴(지상)은 대립된다. 그러나 번갯불 속에 굴을 파는 이미지는 대립되는 두 요소를 따르며(卽) 동시에 떠난다(離)는 점에서 중도의 시학을 보여준다. 문제는 여기서도 번갯불과 굴의 상징적 의미다. 번갯불은 허공의 파괴에 상응하고, 굴은 뼈다귀에 상응한다. 뼈다귀는 굴 속에 있기 때문이다. 번갯불은 공에 대한 집착이 파괴되는 순간의 빛을 상징하고, 굴은 그런 순간의 죽음이 머무는 곳을 상징한다.

공에 대한 집착을 파괴할 때 찾아오는 섬광(번갯불)이 수행하는 토굴이 된다. 그러므로 토굴 속에 있는 건 빛 속에 있는 것. 허공이 파괴될 때 번개가 치고 스님은 뼈다귀가 되어 굴(빛) 속에 앉아 수행한다. 이 수행은 점수가 아니라 이른바 오후수행(悟後修行)에 속한다. 그리고 이것이 스님의 가풍이고, 별 다른 것은 없다. 요컨대 본래무일물, 곧 공도 없는 경지에서 노니는 것이 스님의 가풍이다.

조사선 시학의 중심은 무념식정이고, 이 시에서 읽는 것이 그렇다. 과연 어떤 마음이 일어나고, 분별이 있고, 조작이 있는가? 생각하되 생각이 없고, 대상이 있되 상(相)을 떠나고, 말하되 하는 말이 없다. 이른바 무주, 즉리양변의 시학이다. 특히 이 시는 공이 아니라 공의 집착도 버릴 것을 강조한다. 서정주의 다음 시에서 읽는 것도 비슷하다.

이 꿈에서 아조 깨어난 이가
비로소
만길 물 깊이의
벼락의
향기의
꽃새벽의
옹달샘 속 금동아줄을
타고 올라오면서
임 마중 가는 만세 만세를
침묵으로 부르네

— 서정주, 「고요」 부분

서정주의 「고요」 마지막 연이다. 1연과 2연에서 그는 '고요만 지키는 이는 고요를 다 보지 못한다', '고요에 집착하던 마음은 고요에 깔리던 꿈일 뿐이다'고 말한다. 고요만 지킬 때는 고요 전체를 모른다. 고요는 흔히 열반적정, 곧 생사를 여읜 깨달음의 세계다. 그러나 이 고요에만 집착하면 고요를 제대로 아는 게 아니고, 고요에 집착하는 마음은 진정한 마음, 진여, 깨달음, 청정심에 깔리는 꿈, 헛것, 환상에 지나지 않는다. 앞에서 공에 집착하는 것은 진정한 공을 모르는 것이고 집착이 병이라고 말한 바 있다. 그러므로 이 시의 주제 역시 공, 혹은 고요의 집착을 버려야 한다는 것.

고요에 집착하는 것은 망상이고 분별이고 꿈이다. 이 꿈에서 완전히 깨어날 때 우리가 보는 것은 무엇인가? 고요에 집착하는 것은 고요라는 상(相)에 집착하는 것. 그러므로 이런 마음은 유념이고 유상이고 유주다. 이른바 무념, 무상, 무주를 모르고 즉리양변, 중도를 모른다. 선은 대립되는 생사와 열반 가운데 열반을 취하는 것이 아니라 생사와 열반의 중도를 강조한다. 신라 시대 의상 대사는 「법성게」에서 노래한다.

> 처음 발심할 때가 곧 정각이요
> 생사와 열반은 언제나 함께 있다
>
> 生死涅槃常共和
> 初發心時便正覺
>
> — 의상 대사, 「법성게」 부분

초발심은 처음 불교에 입문한 초심자가 발심하는 것. 곧 중생이 부처라는 믿음을 갖는 것. 의상 대사는 오랜 수행보다 처음 믿음을 낼 때 바로 깨닫는다는 것을 강조한다. 일종의 돈오라고 할 수 있다. 오래 수행하다 보면 아는 것도 많아지고 망상에도 시달리기 때문에 처음 바로 깨달으면 된다. 생사 윤회를 끊는 것이 열반이지만 열반은 죽음의 세계가 아니라 살아 있으면서 생사라는 망념을 끊는 것. 그러니까 생사를 수용하면서 오직 생사라는 분별을 여의면 된다. 생사와 별도로 열반이 있는 것이 아니므로 피안이 차안이다. 이 생사의 언덕(차안)에 있으며 차안에 있다는 생각을 여의면 피안이 된다. 번뇌가 열반이다.

그러므로 고요에 집착하는 마음, 꿈에서 깨어나야 한다. 서정주는 '이 꿈에서 아조 깨어난 이'에 대해 노래한다. 이 꿈에서 깨어난 이는 '만길 물 깊이의 옹달샘 속 금동아줄을 타고 올라온다'. 금동아줄은 '만길 물 깊이의 옹달샘' 속에 있다. 그리고 '벼락', '향기', '꽃 새벽'의 옹달샘이다. 만길 물 깊이가 벼락이고, 벼락이 향기이고, 향기가 꽃 새벽이다. 대립되는 만길 물 깊이와 벼락, 벼락과 향기는 중도의 관계에 있고, 즉리양변의 세계를 보여준다.

요컨대 이 시에서 시인이 노래하는 것은 고요의 집착에서 깨어난 세계, 진정한 공의 세계이고, 그것은 하강(만길 물 깊이)/상승(타고 올라오는 금동아줄), 어둠(만길 물 깊이)/빛(벼락), 후각(향기)/시각(금동아줄)이 중도, 즉리양변의 세계로 나타난다. 이런 중도를 매개로 마침내 꿈에서 깨어난 사람은 '임 마중 가는 만세 만세를/침묵으로 부른다'. 임은 그가 만나는 부처, 진여를 상징하고 임을 마중 가며 침묵으로 만세를 부른다. 침묵으로 부르는 만세 역시 양변을 따르며(즉) 양변을 여의는(리) 세계다.

7. 선적 아이러니

즉리양변은 설법의 방법이지만 시학에 적용하면 선시의 방법이 된다. 이상의 시들은 즉리양변의 방법에 의해 공의 세계를 노래한다. 그러나 현대시의 경우엔 즉리양변이 시적 구조로 드러나는 수가 있다. 물론 앞의 시들도 크게 보면 즉리양변의 구조를 보여준다. 그러나 시가 예컨대 반-상-즉리양변의 구조로 드러나지는 않고, 그들이 노래하는 선의 세계는 매우 심오하고 난해하고 현실을 초월하는 세계다.

고은의 시에서 읽을 수 있는 것은 이렇게 현실을 초월한 고고한 선이 아니라 일상 속의 선이고 선적 감각이다. 예컨대 최근에 읽은 「일몰」도 그렇고 언젠가 읽었지만 제목이 생각나지 않는 어떤 시, 산길 가다 목이 말라 샘물 한 바가지 떠먹는다는 내용의 시도 그렇다.

이 세상은
단 한번도 태어나지 말아야 할 세상인가

아니
이 세상은
단 한번이 아니라
여섯 번
일곱 번이나 태어나서
여섯 번
일곱 번이나 살아야 할 세상인가

해가 지누나

— 고은, 「일몰」 전문

고은의 「일몰」 전문이다. 얼마나 단순하고 투명한가? 이런 어법이 선과 통하는 것은 군더더기가 없는 투명성 때문이다. 물론 이 시는 대상을 있는 그대로 보여주는, 이른바 보여주기의 기법보다는 삶에 대한 사유와 관념이 드러난다. 마조 조사선이 강조하는 것은 기호의 투명성이고, 이 투명성은 대상, 상황, 사건에 대한 주관의 개입이 없을 때 가능하다. 그러나 이 시는 일상적 삶을 대상으로 하고, 시가 즉리양변의 구조로 나타난다는 점에서 앞의 시들과 다른 특성을 보여준다.

고은이 이 시에서 노래하는 것은 태어남에 대한 질문과 대답이다. 1행에서는 '단 한번도 태어나지 말아야 할 세상인가' 묻고, 2행에서는 '일곱 번이나 태어나서-일곱 번이나 살아야 할 세상인가' 묻는다. 그렇다. 우리는 단 한번도 태어나지 말아야 하는가? 아니면 무수히 태어나 무수히 살아야 하는가? 누가 알겠는가? 석가모니가 왕자의 자리를 버리고 가비라성을 떠나 고행과 좌선에 의해 마침내 진리를 깨닫고 부처님이 된 것도 결국은 탄생과 삶과 죽음에 대한 질문 때문이다.

석존은 태어나자마자 사방으로 일곱 걸음을 걸으며 '천상천하 유아독존'이라고 말했다. 과장이 너무 심하지만 이 말이 강조하는 것은 세상엔 오직 나밖에 없다는 끔찍한 고독이다. 누가 대신 밥을 먹어주지 않고, 대신 자주지 않고, 대신 아파하지 않고, 대신 변을 보아주지 않는다. 혼자 태어나서 혼자 살다가 혼자 죽는다. 그러나 내가 있기 때문에 사람들이 있고 세계가 있고 우주가 있다. 모두가 마음이 만든다. 삶과 죽음도 마음이 만든다.

따라서 태어난다는 것도 태어나지 않는다는 것도 마음의 문제이다. 그리고 불교가 강조하는 것은 이런 마음도 버리라는 것. 생과 사도 분별이고 망상이기 때문이다. 고은은 태어나지 말아야 하는가? 태어나 살아야 하는가? 이런 질문에 대한 대답으로 '해가 지누나'라고 말한다. 이런 대답은 질문과 관계가 없고 관계가 없는 것도 아니다. 이른바 양변, 곧 이것/저것이라는 이항 대립적 사고를 초월하는 선적인 대답이다. 1행/2행의 대립이 3행에 의해 종합되는 게 아니라 일종의 선문답 형식의 아이러니가 된다. 이런 대답이 고은의 선적 감각과 통한다. 공안의 어법이 그렇지 않은가? 학승의 질문과 깨달은 선사의 대답은 이런 역설이나 아이러니로 드러난다.

> 물음: 모든 것이 하나로 돌아간다면 하나는 어디로 돌아갑니까?
> 조주: 내가 청주에 있을 때 만든 장삼의 무게가 일곱 근이었다.
>
> 問 萬法歸一一歸何所 師云 我在青州作一領布衫重七斤

조주 선사의 공안에 나오는 이야기다. 일종의 동문서답이지만 이런 게 선문답의 특성이다. '하나'는 진리, 도, 마음을 뜻한다. 모든 것은 이 마음 하나로 돌아간다. 그렇다면 이 하나는 어디로 돌아가는가? 이런 학승의 질문에 대해 조주는 '장삼의 무게가 일곱 근'이라고 대답한다. 도대체 도의 근원, 마음의 근원과 장삼의 무게가 무슨 관계가 있는가? 조주가 만든 장삼의 무게는 실제로 일곱 근이었다고 한다. 그렇다면 일곱 근이 도의 근원인가? 이런 생각을 하는 내가 우습다. 선은 이런 분별, 사유를 버려야 한다. 그러므로 이런 대답은 그 뜻이 중요한 게 아니다. 이런 대답 앞에선 우리의 기대, 사유, 분별이 모조리 무너진다.

고은의 어법 역시 비슷하다. 그는 1행/2행의 질문에 대해 '해가 지누나' 대답한다. 학승이 묻는다. '이 세상은 태어나지 말아야 합니까? 무수히 태어나 무수히 살아야 합니까?' 고은 선사(?)가 대답한다. '해가 지누나.' 하루가 가면 해가 진다. 이 말은 장삼의 무게가 일곱 근이라는 말처럼 있는 그대로의 세계이고 진리이고 여여(如如)이다. 따라서 무슨 의미가 있는 말이 아니다.

한편 이 시에서는 1행과 2행이 대립되는 질문이라는 점에서 이런 대답은 대립성을 초월하는 공사상을 암시한다. 사실 해가 지면 세속의 진리, 질문, 사유들은 어둠에 덮이고, 고요가 찾아온다. 그런 점에서 이 대답은 번뇌 망상이 사라지는 적멸로 초대한다. 이런 시적 어법에 의해 우리는 공안의 역설처럼 의식의 전환을 경험하고, 공과 만나고, 그것은 즉리양변의 구조에 의존한다.

제7장

마조선 시학

1. 평상심이 도다

조사선이 강조하는 것은 즉심즉불 일행삼매이다. 여래선이 마음을 닦아 부처 되기, 수행을 강조한다면 6조 혜능은 마음이 바로 부처라는 즉심즉불을 강조한다. 마음이 바로 부처라는 것을 단박에 알면 깨닫는 것이고, 그런 점에서 돈오견성을 강조한다. 따라서 닦을 마음도 없고 도대체 본래 어떤 물건도 없고, 일상생활 그대로가 수행이므로 언제 어디서나 부처님의 청정심을 행하면 된다. 걷고 머물고 앉고 눕는 행주좌와 어느 것이든 하나의 행에 마음을 정하고 수행하면 삼매, 깨달음이다. 수행은 자성청정심을 직관하는 일이므로 밥 먹을 때도 걸을 때도 일할 때도 자신의 청정심을 보고 지키며 실천하면 그것이 선이다. 한마디로 무념의 실천(행)이 반야 삼매다. 혜능은 『육조단경』에서 말한다.

> 무념이란 무엇인가? 무념은 일체 현상을 보되 현상에 집착하지 않고, 일체 장소에 두루 하되 장소에 집착하지 않는 것이다. 언제나 자성을 청정히 하여 6근을 쫓아내고, 6진에 있으면서도 6진을 떠나지 않고

물들지도 않고, 가고 옴이 자유로운 것이 반야 삼매이고 자재해탈이고 이른바 무념의 실천이다.

何名無念 無念者 見一切法 不著一切法 遍一切處 不著一切處 常靜自性 使六賊從六門走出 於六盡中不離不染 來去自由 卽是般若三昧 自在解脫 名無念行

한마디로 무념의 실천이 반야 삼매이고 해탈이다. 그러나 이런 삼매 해탈은 그렇게 어려운 것이 아니다. 일상생활을 하면서도 얼마든지 가능하다. 무슨 오랜 수행이 필요한 것도 아니고 모두 산에 가서 도를 닦을 필요도 없다. 다만 청정심을 유지하면 되고, 그것은 무념, 무상, 무주의 실천에 의해 가능하다. 쉽게 말하면 대상을 보고 듣고 생각하되 그런 생각이 없으면 되고, 무엇을 보거나 어디 가거나 집착이 없으면 된다. 이른바 안이비설신의 6근을 쫓아내고 색성향미촉법 6경과 만나면 된다. 6근에 의해 번뇌 망상이 생기기 때문에 6근이 도적에 비유된다. 6근에 집착하지 않으므로 6경과 만나도 6경에 물들지 않고 6경을 떠나는 것도 아니다. 그러므로 가고 옴이 자유롭고, 이게 삼매이고 해탈이고 무념의 실천이다.

그러므로 선은 일상생활 속에서도 가능하다. 특히 마조는 선의 일상화를 강조한다. 부처님의 청정법신은 먼 곳에 있는 것이 아니라 누구나 가지고 있기 때문에 이 청정심을 단박에 깨달으면 누구나 부처다. 마조는 평상심이 도라고 말한다. 그에 의해 마음이 부처라는 즉심즉불 사상이 심화된다. 평상심이란 무엇인가? 마조는 다음처럼 말한다.

도는 닦을 필요가 없다. 다만 오염되지 않으면 된다. 오염이란 무엇인가? 생사라는 마음이 있고 조작이 있고 취향이 있는 것이 모두 오염이다. 만약 도와 만나고자 한다면 평상심이 도다. 평상심이란 조작이 없고, 시비가 없고, 취사(取捨)가 없고, 단상(斷常)이 없고 범성(凡聖)

이 없는 것이다. 경에서 말하기를 범부행도 아니고 성현행도 아닌 것이 보살행이다. 지금 행주좌와하고 응기접물하는 것이 모두 도다. 도는 법계이다.

道不用修 但莫汚染 何爲汚染 但生死心 造作趣向 皆是汚染 若欲直會其道 平常心是道 何爲平常心 無造作 無是非 無取捨 無斷常 無凡無聖 經云 非凡夫行 非聖賢行 是菩薩行 只如今行住坐臥 應機接物 盡是道 道卽法界

『마조록』에 나오는 말이다. 도, 그러니까 깨달음은 수행을 필요로 하지 않는다. 왜냐하면 마음이 바로 부처이기 때문이다. 인간은 원래 청정심을 가지고 태어난다. 다만 그것을 모르기 때문에 중생이고 알면 부처가 된다. 그러므로 오염되지 않으면 된다. 분별, 조작, 취향은 모두 오염된 것이고, 평상심은 오염되지 않은 마음으로, 평상심이 도다. 곧 조작, 시비, 취사(취하고 버림), 단상(죽으면 아무것도 없다는 단견과 죽은 뒤에 다시 태어나 지금의 상태가 계속된다는 상견), 범성(범부와 성자)의 분별이 없는 것이 평상심이다. 그러므로 평상심은 경에서 말하는 보살행, 곧 범부행도 아니고 성현행도 아니다. 왜냐하면 범부와 성현도 분별이기 때문이다. 보살행은 중생을 제도하지만 제도한다는 생각이 없기 때문에 보살행이라는 것도 없고 언어에 지나지 않는다. 이렇게 분별없이, 혜능 식으로 말하면 무념으로 걷고 머물고 앉고 눕는 평범한 삶, 그때 그때 상대의 근기에 따라 대응하는 삶이 모두 도이고, 그렇기 때문에 도는 멀리 있는 신비한 세계가 아니라 우리가 살고 있는 이 현상계, 법계가 바로 도다.

마조가 말하는 평상심은 분별이 없는 마음이고, 우리는 평소에 이런 마음으로 살아간다. 배고프면 밥 먹고 잠이 오면 잔다. 무슨 망상과 분별이 있는가? 그러므로 일상생활이 도이고 일상생활이 보살행이다. 분별 망념 조작을 버리고, 청정심을 실천하면 그것이 도이므로 마음을 닦을 필요도 없고 깨달음도 없다. 이른바 무념무작(無念無作) 무수무증(無修無證)이다. 그러므로 즉심즉불(卽心卽佛)은 비심비불(非心非佛)이다. 마조의 제자로 법상(法常) 선사가 있다. 다음은 마조와 법상 이야기. 그는 처음 마조를 친견하고 묻는다.

법상: 부처란 무엇입니까?
마조: 마음이 바로 부처다.

이 말에 법상은 문득 깨닫고 대매산(大梅山)으로 들어가 법을 편다. 하루는 마조가 스님을 보내 깨달은 내용을 묻게 한다.

스님: 마조 스님에게 무슨 말씀을 들으셨소?
법상: 마음이 부처라는 말씀을 듣고 깨달았소.
스님: 요즈음 마조 스님은 마음은 부처가 아니라고 하십니다.
법상: 그 늙은이가 사람을 어지럽게 하는군. 그러나 나는 오직 즉심즉불이다.

스님이 돌아와 이 사실을 전하자 마조가 말한다.

마조: 매실이 다 익었구나.

즉심즉불이냐 비심비불이냐? 마조가 비심비불이라고 한 것은 당시 마조의 제자들이 즉심즉불을 절대적 원칙처럼 여기면서 선이 타락의 길로 접어들었기 때문이다. 즉심즉불은 마조선의 대명사가 되고, 제자들은 이 말만 진리로 여기게 되어 선은 타락하게 된다. 왜냐하면 선은 무슨 절대적 진리나 원리를 따르는 것이 아니기 때문이다.

즉심즉불 역시 강조하는 것은 '마음을 깨달아라'는 것이지 '마음이 부처다'라는 언어가 아니다. 따라서 마조가 비심비불이라는 말을 한 것은 즉심즉불에 대한 집착을 깨기 위한 방편이다. 요컨대 즉심즉불은 비심비불이다. 모두가 언어일 뿐이고 이런 말 또한 분별이다. 법상이 '누가 뭐래도 나는 오직 즉심즉불이야.'라고 말한 것은 즉심즉불이니 비심비불이니 하는 분별을 떠난 마음을 드러낸 것. 그러므로 마조는 '매실이 다 익었구나.'라는 말로 법상의 이런 마음을 칭찬한다.

한편 6조 혜능에 의하면 자성은 언제나 청정하여 본래 한 물건도 없다. 말하자면 마음이라는 물건도 없다. 그러므로 즉심즉불도 말에 지나지 않기 때문에 비심비불이다. 그러니까 마조가 비심비불이라고 말한 것은 즉심즉불도 말에 지나지 않는다는 뜻이다. 말에 집착하지 말라는 것. 중요한 것은 즉심즉불이라는 말이 아니라 분별이 없는 평상심이다.

조주 역시 평상심이 도라는 남전 선사의 말을 듣고 깨닫는다. 남전은 마조의 제자다. 다음은 남전과 조주의 대화.

> 조주: 도란 무엇입니까?
> 남전: 평상심이 도다.
> 조주: 그것을 향해 나가도 됩니까?
> 남전: 헤아리면 어긋난다.
> 조주: 헤아리지 않고 어찌 도를 알겠습니까?
> 남전: 도는 알고 모르는 것에 속하지 않는다. 아는 것은 헛된 깨달음(妄覺)이고 모르는 것은 기억도 없는 것(無記)이다. 만일 참으로 헤아림 없는 도에 이르면 허공과 같이 확연하여 텅 빈 것이다. 어찌 옳고 그름이 있겠는가?

『조주록』에 나오는 대화다. 조주 스님은 이 말에 깊은 뜻을 단박에 깨닫고 마음이 밝은 달처럼 맑아진다. 평상심이 도다. 그러나 평상심은 '그것을 향해 나가도 되는 것', 곧 취향이 있으면 안 된다. 왜냐하면 취향도 분별이기 때문이다. 평상심은 분별이 없는 마음이고, 알고 모름에 속하지도 않는다. 안다는 것은 분별이고, 분별은 언어작용에 지나지 않고, 모른다는 것은 무의식 속에도 기록된 것이 없으므로 인간이 아니라 돌과 같기 때문이다. 그러므로 평상심은 분별없는 텅 빈 허공과 같다. 더 이상 무엇을 하려는 마음이 없는 것, 마음이 끊어진 상태가 도이다.

마조가 강조하는 것은 즉심즉불, 평상심, 일행삼매이고 그의 선을 시골뜨기 선이라고 부르는 것은 그에 의해 고고한 귀족들의 선이 시골 평민들의 선이 되고, 평민들의 삶이 그대로 선이 되기 때문이다. 그러므로 마조선 시학은 혜능의 무주시학을 일상 속에 노래하고, 그 일상은 평상심, 무분별, 무조작, 무취향, 일행삼매, 임운자연의 세계이다.

2. 나옹 혜근

나는 앞에서 혜능의 무주시학을 즉리양변의 논리로 해석하면서 나옹 혜근 선사의 시를 인용한 바 있고, 이 시에서 그가 강조한 것은 이른바 공공(空空), 그러니까 공에도 집착하면 안 된다는 것. 그러나 이 시는 공공의 삶을 보여주기보다는 공공에 대해 가르쳐주는 입장이고, 따라서 이미지는 선명하지만 마조의 조사선이 강조하는 평상심은 드러나지 않는다. 그런 점에서 다음 선시는 마조 조사선의 훌륭한 보기가 된다.

> 바루 하나 물병 하나 가느다란 주장자 하나
> 깊은 산에 홀로 숨어 되는 대로 맡겨둔다
> 바구니 들고 나가 고사리 캐어 뿌리채 삶으니
> 누더기로 머리 싸매고 나는 아직 서툴다
>
> 一鉢一瓶一瘦籐
> 深山獨隱任騰騰
> 携籃採蕨和根炙
> 衲被蒙頭我不能
>
> — 나옹 선사, 「산에 살며-山居」 부분

나옹 선사의 「산에 살며－산거」 1절(김달진 역)이다. 나옹은 고려 말 선승으로 인도 승려 지공(指空)을 만나 깨침을 인정받고 그후 임제의 법맥을 이은 평산(平山)을 만나 법의와 불자를 받고 귀국한 후 왕사로 책봉된다. 그는 간화선을 주장하지만 화두도 하나의 수단에 지나지 않고, 부처와 조사의 설법도 본래 면목을 깨닫지 못하면 거짓말이라고 주장한다. 그런 점에서 나옹은 부처도 조사도 죽이라는 임제종을 실천하고 나옹 이후 임제선이 한국 선의 주류가 된다.

정확히 말하면 나옹은 마조 조사선보다 중국 선이 5가 7종으로 분화되는 분등선, 특히 임제선을 계승한다. 그러나 크게 보면 임제가 마조－백장－황벽－임제의 계통으로 마조 조사선을 심화시킨 점에서 근본은 마조 조사선의 범주에 들고, 인용한 시에서 읽을 수 있는 것이 그렇다.

이 시에서 나옹은 신비하고 고고한 선의 세계가 아니라 일상의 삶을 노래하고, 일상을 지배하는 것은 조작도 없고, 시비도 없고, 버리지도 않고 취하지도 않는 평상심이다. 중생도 아니고 부처도 아닌 무범무성(無凡無聖)의 세계다. 좀 더 구체적으로 살피면 다음과 같다.

1행에서 읽을 수 있는 것은 무소유의 삶이다. 지난 해 입적하신 법정스님이 강조한 것이 무소유다. 무소유는 소유하지 않는 삶을 뜻하지만 그렇다고 아무것도 소유하지 말라는 것이 아니라 일체 현상에 자성이 없고, 일체 현상이 공이라는 반야 지혜를 깨닫고 그 지혜를 실천하는 삶을 뜻한다. 『반야심경』에는 '고도 집도 멸도 도도 없고 알 것도 없고 얻을 것도 없으니 그것은 무소득이기 때문이다(無苦集滅道 無智亦無得 以無所得故)'라는 말이 나온다. 무소유는 무소득과 같은 뜻으로 우리가 이 세상에서 얻을 것이 없는 것은 일체 현상이 공이기 때문이다. 그러므로 진정한 무소유는 이런 반야 지혜를 깨닫고 얻을 게 없다는 삶을 실천하는 삶이다. 스님은 '바루 하나 물병 하나 주장자 하나'면 된다. 밥 먹고 물 마시고 등나무 지팡이, 그것도 오래 되어 마른 지팡이 하나면 된다. 이런 무소유의 삶은 가난하지만 이 가난이 청정심과 통한다.

2행에서 읽을 수 있는 것은 깊은 산에 홀로 숨어 되는 대로 맡겨두는 임운자재(任運自在)의 삶이다. 깊은 산에 숨는 것은 자신을 드러내지 않는 삶이고 이런 은둔이 무아사상을 반영한다. 깨달은 선사들이 나를 내세우지 않는 건 나라고 하는 것이 없기 때문이다. 자아가 없으므로 되는 대로 맡기고 살지만, 그렇다고 제 멋대로 사는 게 아니다. 임운자재는 자신을 자연에 맡기기 때문에 거칠 것이 없는 삶, 곧 임운자연과 통한다. 자연은 인위적 조작이 없는 있는 그대로를 뜻한다. 무엇에 의지하는 게 아니라 스스로 그렇게 되어 있는 것. 그러므로 임운자재는 그 무엇에도 사로잡히지 않고 불도에 정진하는 삶이다. 중국 선종, 특히 조사선은 노장사상과 만나면서 임운등등, 임운자재, 임운자연을 강조한다. 자연은 있는 그대로의 무위자연을 뜻한다.

그러나 자연에 대한 노장사상과 선종의 태도는 같은 게 아니다. 노장사상은 이런 자연을 실체로 보며 무위자연의 삶을 강조하고, 선종은 이런 자연마저 공으로 인식한다. 왜냐하면 감각(6근)이 공이듯이 감각적 대상(6경)도 공이기 때문이다. 한편 선종은 화엄사상을 수용하면서 일체 감각적 대상이 마음의 산물에 지나지 않는다는 일체유심조를 강조하고, 따라서 자연의 경험은 마음의 드러남이고, 감각적 경험(직관)에 의해 마음을 증득하고 깨닫는다는 선시 미학을 낳는다. 한편 노장사상이 강조하는 무위 자연의 삶, 도인들의 삶은 인위적인 현실을 떠난 신비한 삶이다. 그러나 조사선이 강조하는 무위 자연의 삶은 지극히 현실적이고 평범한 삶이다. 그러므로 명법에 의하면 선종은 노장사상의 수용이나 변형이 아니라 발전이다. 그는 다음처럼 말한다.

만약 선종을 전통적인 노장사상에 대한 발전이라고 말한다면, 세상을 멀리 떠난 신비한 도를 현실적이고 평범한 생활 속으로 가져와서 살아 숨 쉬는 중생의 마음으로 전환시킨 것이라고 할 수 있다. 장자에게서 '바람을 마시고 이슬을 먹고 구름을 타고 오르고 비룡을 타는' 자연생활이 산 위를 노니는 신인(神人)의 것이었다면 위진 시대 명사들에게는 구속되지 않고 초탈한 자연생활은 '마음대로 술 마시고 방달하고 솔성(率性)하는 것이 되었으며, 이처럼 본자천연(本自天然)은 조탁을 필요치 않는다'는 자연적의적(自然適意的) 생활이 선종에서는 일상의 평범한 삶으로 바뀌어 '물 긷고 땔나무 지는 것이 모두 묘도(妙道)'가 되었다.

— 명법, 「선종의 자연관과 그 사상적 근거」,
『선종과 송대사대부의 예술정신』, 씨아이알, 2009, 179~180쪽

선종, 특히 조사선은 세상을 멀리 떠난 신비한 도를 현실적이고 평범한 생활 속으로 가져오고, 자연은 실체가 아니라 반야 공과 만나면서 청정심과 동의어가 된다. 요컨대 조사선이 강조하는 임운자연은 현실과 분리된 이상향으로서의 자연에 몸과 마음을 맡기는 것이 아니라 현실 속에서 실천하는 무위의 삶, 청정한 삶, 평상심의 삶을 뜻한다.

그러므로 송대 산수화가 강조하는 것도 객체로서의 자연이 아니라 그 자연에서 직관적으로 읽는 공, 자성청정심이고 자연을 소재로 하는 선시의 경우도 그렇다. 이른바 의경(意境)은 사유나 연상 없이 직관에 의해 자연과 자아가 하나가 되는 경계, 곧 직관적 이미지가 마음, 공, 청정심을 현시한다. 그러므로 선시가 강조하는 것은 자연 묘사나 자연 영탄이 아니라 자연에 대한 감각적 경험을 통해 공, 마음을 깨닫는 것. 그것은 변화의 과정 속에 있는 한 점, 변하며 변하지 않는 불생불멸의 한 찰나, 색이 공이고 공이 색인 색즉시공 공즉시색, 고정된 순간이 아니라 생동하는 현재로 드러나고, 이런 세계는 언어를 사용하되 언어를 초월한다. 이른바 상

외지상(象外之象) 언외지의(言外之意)의 세계이다. 당대 이후 시와 선의 일치가 주장된 건 이런 문맥을 거느린다.(이상 선종 자연관의 미적 성격은 명법, 위의 책, 189~194쪽 참고)

내가 '선시의 기법'에서 선시의 이미지, 특히 상징적 이미지에 대해 해석한 것이 상외지상에 해당하고, 언외지지의 기법에 대해서는 언어를 초월한 무한한 의미, 이언절려(離言絕慮)의 경지로 설명한 바 있다.

조사선이 강조하는 임운자연에 대해 다소 길게 말한 것은 두 가지 이유 때문이다. 하나는 뒤에 살펴볼 현대시가 이런 자연사상을 노래하기 때문이다. 그동안 임운자연의 태도를 보이는 시들은 대체로 노장사상과 관련시켜 해석한 것이 많지만 우리 시의 새로운 방향을 선에서 찾는다는 입장에서 몇몇 시들은, 시인들이 의식했든 안 했든, 조사선의 시적 실천으로 읽을 수 있기 때문이다. 다른 하나는 최근 우리 시의 주류처럼 행세하는 많은 전통 서정시의 자연관을 극복하기 위해서다. 대체로 이런 시들은 시대 착오적인 자연 찬미에 지나지 않고, 그런 점에서 근대 이전의 낭만주의로 퇴행하기 때문이다.

그건 그렇고 다시 나옹 선사의 시. 그가 3행에서 노래하는 것은 '바구니 들고 나가 고사리 캐고 뿌리채 삶는' 삶이다. 스님이 손수 바구니 들고 나가 고사리를 캐는 것은 이른바 선농일치(禪農一致), 곧 선과 노동이 하나라는 조사선의 독특한 사상을 반영한다. 처음 부처님은 걸식을 하고 그 후 승려들은 의식주에 대한 탐욕을 버리고 심신을 수련하는 두타행을 실천한다. 예컨대 1일 1식, 해진 옷감으로 만든 납의(納衣), 누더기 옷을 입고 여러 지방을 순례하는 삶을 실천한다. 모두가 무소유의 실천이다. 그 후 남종은 북종과 달리 스님들이 깊은 산속에 거주하며 독립된 사원도 없고 오늘처럼 시주도 많지 않아 손수 농사를 지어야 했고, 이때 농사일은 수행이 되고 선이 된다. 이런 선농일치 사상이 조사선에 오면 농사뿐만 아니라 일상생활, 곧 행주좌와에 항상 평상심을 실천하는 일행삼매(一行三昧)로 나타난다.

그러므로 나옹 선사가 손수 바구니 들고 들에 나가 고사리를 캐는 것은 노동이며 선이다. 내가 강조하는 선의 일상화는 이런 일행삼매를 전제로 한다. 공부하는 것, 시 쓰는 것, 사무 보는 것, 빨래하는 것 모두 수행이 되고 자신의 참 마음을 보는 행위이고 그런 마음을 실천하는 행위가 될 때 선의 일상화가 가능하다.

4행에서 스님은 고사리를 캔 바구니를 들고 돌아와 누더기로 머리를 싸매고 서툴게 고사리를 삶는다. 누더기 옷은 무소유를 상징하고, 뿌리채 고사리를 삶기 때문에 스스로 '나는 아직 서툴다(我不能)'라고 말한다. 서툴다는 것, 능력이 없다는 것은 있는 그대로의 나를 보여주고, 이런 행위는 조작이 없고 분별이 없는 평상심을 보여준다. 억지로 잘하려는 마음은 이미 욕심이고 분별이다. 있는 그대로 행하는 것이 평상심이다.

내가 우리 시인들에게 강조하는 것이 이런 평상심을 회복하라는 것. 너무 꾸미고 조작하고 따지고 억지로 잘 쓰려고 하지 말라. 서툴면 서툰 대로 쓰면 된다, 서툴다는 것은 인위적 조작이 없다는 것이고, 노자는 '매우 훌륭한 기교는 서툰 것과 같다(大巧若拙)'고 말한 바 있다. 왜냐하면 서툰 것, 모자라는 것, 능력이 없는 것은 조작이 없는 무위의 실천이기 때문이다. 사는 것도 그렇고 시 쓰는 것도 그렇고 이런 무위의 삶, 평상심을 실천하는 것이 선이다.

3. 현대시의 경우

이제까지 나는 나옹의 선시를 중심으로 조사선이 강조하는 평상심의 시학을 살펴보았다. 그것은 크게 무소유, 임운자연, 일행삼매, 무위자연

등으로 요약된다. 이런 내용은 그대로 형식에도 반영된다. 평상심의 시학은 혜능이 강조하는 즉리양변의 시학처럼 어렵지도 않고 있는 그대로의 삶을 있는 그대로 표현하면 된다. 그런 점에서 단순하고 투명한 어법을 강조한다. 물론 이런 어법 역시 궁극적으로는 공, 중도사상을 반영한다. 그러나 평상심 시학은 선사들의 오도송, 게송, 기타 많은 선시들이 보여주는 반상합도, 선적 상징, 쌍관어, 선적 비유, 언외지지 등의 기법보다 평범한 일상성, 격외성의 기법을 강조한다.

다른 글에서 인용한 나옹의 선시 '허공을 깨뜨려 뼈다귀 꺼내고'로 시작되는 시는 사실 얼마나 어려운가? 이런 난해성은 혜능이 말하는 즉리양변(반상합도)의 기법을 중심으로 선적 상징, 선적 비유, 언외지지의 기법이 드러나기 때문이다. 이 시뿐만 아니라 많은 오도송, 게송, 선시들에 이런 기법이 나타나고, 그것은 이 시들이 전달하려는 내용이 심오하고, 언어를 초월하는 깨달음, 공, 중도의 세계이기 때문이다. 그러나 마조 조사선이 강조하는 내용은 분별없는, 있는 그대로의 평상심이고, 그것은 이런 평상심이 바로 부처라는 사상, 그리고 선은 일상생활 속에 있다는 혁명적 사상을 전제로 한다.

'바루 하나 물병 하나 가느다란 주장자 하나'로 시작되는 나옹 선사의 시는 얼마나 쉽고 평범한가? 이 시에는 평범한 일상적 어법이 있을 뿐이다. 마조선에 오면서 이언절려(離言絕慮), 곧 언어도 떠나고 생각마저 끊기는 경지, 묘오(妙悟), 깨달음의 세계는 일상의 세계로 전환된다. 분별과 간택이 없는 평상심이 그대로 부처이고 자성청정심이기 때문이다. 그러므로 시적 표현 역시 평범한 일상어법이 나타난다. 나는 이런 일상어법을 사용하는 선이 강조하는 격외성과 통한다는 입장이다. 시의 경우 이런 표현은 전통적인 선시의 규칙을 부정한다는 점에서 파격이기 때문이다. 한편 평범한 일상적 어법은 언어학의 시각에서 기호의 투명성을 강조하고,

이런 투명성이 선과 통한다. 왜냐하면 선이 지향하는 깨달음은 마음, 자성청정심의 깨달음이고, 이런 마음이 공과 통하고, 이런 청정심은 말 그대로 오염이 없는 투명한 마음이기 때문이다.

나는 '선의 시쓰기'에서 증득, 깨달음의 방법을 시쓰기에 응용하면서 시적 어법을 말하기(言), 곧장 말하기(直言), 보여주기(示), 곧장 보여주기(直示), 가리키기(指), 곧장 가리키기(直指)의 유형으로 나누어 살핀 바 있다. 곧장 가리키기(직지)는 이른바 직지인심이 강조하는 직지의 방법으로 공을 증득하는 방법이다. 다시 간단히 요약하면 다음과 같다.

(1) 말하기: 묘사 없이 선적 사유나 깨달음을 말하기.

(2) 곧장 말하기: 위의 말하기를 단순화하고 극단화한 것. 시적 기법들을 배제한 상태에서 무심, 무아, 선적 깨달음을 말하는 것.

(3) 보여주기: 선적 사유를 말하지 않고 사물이나 상황으로 보여주는 것.

(4) 곧장 보여주기: 위의 방법을 단순화하여 4구의 논리를 극복하는 선의 방법.

(5) 가리키기: 말 그대로 손가락으로 가리키기만 할 뿐 사건이나 상황을 보여주지 않는다.

(6) 곧장 가리키기: 위의 방법을 극단화한 것으로 '이거!'라는 말도 없이 손으로 대상을 가리키는 방법.

조사선의 시쓰기, 특히 나옹의 시를 전제로 평상심의 시쓰기는 이상 여섯 가지 방법 가운데 곧장 말하기(직언)의 방법에 속한다. 곧장 말하기는 문체가 건조하고 일체 장식이 없고, 일체 시적 기법이 없다는 점에서 기표와 기의는 기표 : 기의 = 1 : 1의 관계에 있다. 한편 위의 시는 이렇게 깨달은 삶을 무심, 무아의 경지에서 있는 그대로 말하지만, 시 전체가 설명보다 묘사를 중심으로 하고, 상황이나 사건을 보여준다. 그런 점에서 이 시의 방법은 깨달음의 세계를 사물이나 상황으로 보여주는 이른바 보여주기의 방법(시)에도 속한다. 물론 이 시에는 자아가 등장한다. 그러나 이 자아는 평상심이 도라는 깨달음의 세계에 있기 때문에 무아, 무심을 표상한다. 보여주기가 강조하는 무아는 말 그대로 6근과 6경이 일상적 관계를 벗어나는 선적 경지를 보여준다. 그러나 이런 세계는 즉리양변 시학을 지향하고 평상심 시학의 경우에는 일상적 삶을 관념이나 주관의 개입 없이 있는 그대로 보여주고, 따라서 이 경우에도 기표와 기의의 관계는 기표 : 기의 = 1 : 1로 나타난다.

이상에서 살핀 마조선 시학의 특성은 무소유, 임운자연, 일행삼매, 무위자연의 세계로 이런 세계는 말 그대로 평상심, 청정심의 세계이기 때문에 표현 방법 역시 요란한 수사나 전통적 선시의 기법이 아니라 단순하고 투명한 어법, 곧 평범한 일상적 어법, 격외성으로 나타나고, 좀 더 부연하면 관념, 설명 없는 '곧장 말하기'와 일상의 삶을 있는 그대로 보여주는 이른바 '보여주기'의 방법이 강조된다.

이런 시각에서 우리 현대시에 나타나는 조사선, 특히 평상심의 시들을 간단히 살피기로 한다. 여기서 말하는 평상심 시학은 이른바 선시보다 우리시의 선불교적 대안으로 조사선, 특히 마조선의 정신과 방법을 지향하는 시들을 대상으로 한다. 이 점에 특히 유념하시기 바란다. 다음은 이른바 전원시인 김상용의 대표작 「남으로 창을 내겠소」(1934) 전문이다.

> 남으로 창을 내겠소.
> 밭이 한참 갈이
> 괭이로 파고
> 호미로 풀을 매지요.

구름이 꼬인다 갈 리 있소.
새 노래는 공으로 들으랴오.
강냉이가 익걸랑
함께 와 자셔도 좋소.

왜 사냐건
웃지요.

— 김상용, 「남으로 창을 내겠소」 전문

김상용은 흔히 자연 속에서 생을 관조하는 정신세계를 노래한 식민지 시대 전원시인으로 평가된다. 전원시란 세속의 헛된 명리를 떠나 전원생활을 하며 자연을 즐기는 삶을 노래한다. 이 시가 노래하는 세계가 그렇다. 이 시는 이백의 「산중문답」의 영향을 받은 것으로 평가된다. 이백의 시는 다음과 같다.

어찌해 푸른 산에 사느냐 물으면	問余何意棲碧山
웃을 뿐 대답 안 해도 마음은 한가롭다	笑而不答心自閑
복숭아꽃 물 따라 멀리 흘러가니	桃花流水窅然去
속세와는 다른 별천지가 있네	別有天地非人間

– 이백, 「산중문답」 전문

이백이 여기서 노래하는 것은 속세를 떠나 별천지에 살며 자연을 관조하는 이른바 신선이 되고 싶은 마음이고, 노장사상이 강조한 것이 그렇다. 도인들은 속세를 떠나 신선이 되기를 꿈꾼다. 그런 점에서 산에 숨는 은자는 신선이다. 과연 이백이 신선이 되었는지 알 수 없지만 이 시에서 그가 노래하는 것은 신선의 삶이다. 이런 삶은 속세를 지배하는 질문에 초연하기 때문에 '왜 푸른 산에 사느냐'고 물어도 '웃을 뿐' 대답할 필요가 없다.

김상용의 시에서도 '왜 사느냐' 물으면 그저 웃을 뿐이다. 그저 웃는 것은 시비를 떠난 무위자연, 무조작의 마음이고 그런 점에서 평상심을 암시한다. 그러나 이백은 속세를 멀리 떠난 산 속의 신선을 꿈꾸고, 김상용은 그런 신선의 세계가 아니라 평범한 일상의 삶을 노래한다. 앞에서 노장사상과 선종의 차이에 대해 말하면서 강조한 것은 크게 두 가지다. 노장사상은 자연을 실체로 보나 선종에선 공으로 본다는 것이 하나고, 노장사상이 강조하는 도인들의 삶은 인위적 현실을 떠난 신비한 삶이지만 선종, 특히 마조선은 현실적이고 평범한 삶이라는 것이 다른 하나다. 신선들은 일상(노동)의 세계를 초월하지만 조사선이 강조하는 평범한 삶은 일상(노동)이 수행이고 선의 실천이다.

4. 임운자연

그런 점에서 김상용의 시는 노장사상보다 마조선에 가깝고, 가깝다는 것은 같다는 말이 아니다. 나는 지금 선시에 대해 글을 쓰는 것이 아니라 우리시의 새로운 방향을 마조선의 정신과 방법에서 찾기 위해 이 글을 쓰고 있다. 그렇다면 김상용의 시는 어떤 점에서 마조선 시학의 모델이 되는가?

첫째로 이 시는 전원에서 자연을 관조하는 게 아니라 한참 밭갈이를 하는 평범한 중생의 노동을 노래한다. 시인 혹은 화자는 괭이로 흙을 파고 호미로 풀을 맨다. 이런 노동이 고통스럽지 않은 건 노동 속에서 자신을 느끼지 못하고 자아와 노동이 하나가 되기 때문이고, 이런 행위가 마조선이 말하는 일행삼매와 통한다. 굳이 마음을 닦지 않아도 이미 마음이 부처이므로 어디서 무엇을 하든 청정심을 행하면 선이다.

선의 일상화라는 말을 했거니와 이런 삶이 그렇다. 나옹 선사가 무심하게 고사리 캐는 것이나 시인이 무심하게 밭을 가는 것이나 차이가 없다. 그렇다고 모든 시인이 농사를 지으라는 말은 아니고 일상 속에서 일행삼매를 체험하고 평상심을 실천하고 그런 시를 쓰면 된다. 요컨대 이런 마음은 조작, 시비, 분별, 취사, 범성이 없는 청정심을 회복해야 가능하고, 굳이 머리 깎고 스님이 되지 않아도 가능하다. 물론 스님이 되어 도를 닦는다면 더 좋겠지만 스님도 법연이 있어야 되기 때문에 내가 지금 강조하는 것은 일상 속의 선이다. 모두 마음을 조금 더 비우고 그동안 잃어버린 청정심을 회복하면 된다. 선은 그렇게 먼 곳에 있는 것도 아니고 현실을 멀리 떠난 신비의 세계도 아니다.

최근에 발표되는 선적인 시들은 대체로 평범한 일상의 세계와 너무 단절되고 조작이 많고, 한편 선과 무관한 시들은 너무 탁하고 말들이 많다. 이렇게 무겁고 탁한 시들보다 동시가 좋은 건 동시가 맑은 어린이들의 마음을 노래하고, 그런 마음을 시쓰기로 실천하기 때문이다. 그런 점에서 시쓰기는 수행이다. 내가 여래선 시학과 조사선 시학의 출발을 동시에서 읽은 것은 이런 이유 때문이다. 최소한 어린 아이들은 조작 없이 사물이나 삶을 있는 그대로 본다. 그러므로 어른들은 어린아이들의 맑은 마음을 배워야 한다.

지난 해 입적하신 법정 스님이 강조한 맑고 향기로운 삶이 그렇다. 이렇게 여래청정심을 회복하고 실천하는 것이 선이고 부처님의 뜻이고, 내가 부처가 되는 방법이다. 사실 나도 그렇지만 어른들의 마음은 얼마나 탁하고 욕심이 많은가? 아무것도 모르는 어린아이들은 배고프면 밥 먹고 잠이 오면 잔다. 어른들이 징그러운 건 그들의 마음이 맑지 않고 탁하기 때문이다.

둘째로 이 시에서 읽을 수 있는 것은 이른바 임운자연의 삶이다. 2행이 그렇다. 새는 구름이 꼬여도 도망가지 않는다. 그것은 새, 곧 자연은 분별을 모르는 이른바 무위자연이기 때문이다. 구름 역시 인간처럼 무슨 심사가 뒤틀려 하늘에 얽히는 것이 아니다. 구름의 상징적 의미는 문맥에 따라 다양하지만 이 시의 경우엔 '꼬이는 구름'이고, 그것은 근심, 번뇌, 고통을 상징하고, 인간은 이런 세계를 외면하고 거기서 도망간다. 그러나 새들은 도망가지 않는다.

시인이 강조하는 것은 이런 새 노래를 공으로 듣고, 자연의 산물인 강냉이가 익으면 '함께 와 자셔도 좋다'는 것. 자연, 곧 새 노래를 듣는 데는 돈이 들지 않는다. 새 노래 뿐만 아니라 공기를 마시고, 햇빛을 받고, 땅을 밟는 데도 돈이 들지 않는다. 자연은 돈을 모르고 사용가치를 모르고 교환가치를 모른다. 아니 유용/무용의 대립을 모른다. 모든 가치는 인간들의 욕심의 산물이고, 그런 점에서 인위적인 조작이다. 자연을 즐긴다는 것은 이런 인위적 조작이 없는 자연에 몸과 마음을 맡기는 삶이고, 앞에서도 말했듯이 이런 임운자연의 세계가 마조선과 통한다. 노장사상의 자연은 초월적 신비의 세계이지만 마조선이 강조하는 자연은 이렇게 일상 속에 있는 자연, 평범한 자연이다. 셋째로 '강냉이가 익으면 함께 와 자셔도 좋다'는 말은 함께 와 자시든 말든 크게 상관하지 않겠다는 것. 그러니까 이 시행은 매사를 따지지 않고, 강요하지 않는 마음을 노래한다. 그렇지 않은가? 우리는 '함께 와 자셔도 좋소'가 아니라 '함께 와 드시오', '혼자 와 드시오', '함께 와 드시면 안 되오' 식으로 말하지 이렇게 '함께 와 자셔도 좋소'라고는 말하지 않는다. 이런 마음이 분별, 억지, 조작, 헤아림이 없는 마음이고, 이런 마음이 평상심이고 도이다.

그러므로 김상용은 '왜 사냐건 웃지요'라고 말한다. 왜 사느냐? 삶의 의미는 무엇인가? 어떻게 살아야 하는가? 지금도 시인들을 지배하는 주제이다. 그러나 김상용은 '왜 사느냐?'라는 질문에 '웃지요'라고 말한다.

이 웃음은 그런 질문을 초월하고, 따라서 분별 망상을 초월하고, 이른바 질문/대답의 양변을 초월한다. 이런 웃음은 일상을 떠나되 일상에 머무는 해탈의 경지이고, 마조선이 강조하는 무범무성(無凡無聖)의 세계에 접근한다.

물론 김상용은 성인도 아니고 깨달은 스님도 아니다. 그러나 그는 1945년 해방이 되자 강원도 지사로 발령을 받았으나 곧 사임하고 이대 영문과 교수로 생애를 마친다. 얼마나 청빈한 삶인가? 최근 우리 시인들도 배워야 할 삶의 태도이다. 시보다 시인, 시인보다 무슨 감투에 집착하는 시인들이 많기 때문이다. 그만큼 이 시대 시인들은 세속의 욕심이 많다. 최소한 김상용은 마음이 청정하고, 이런 청정심이 비록 불자는 아니지만 부처님의 마음과 통하고, 이것이 내가 그의 시를 단순한 전원시가 아니라 마조선 시학의 모델로 삼는 이유이다.

누가 나에게 도를 묻는다면	誰人我問
한번 웃음으로 답하리라	吾答一笑

이건 내가 애송하는 대정 스님의 게송 마지막 행. 스님이 37세 때 지은 게송이다. 한번 웃음으로 답한다는 말은 무슨 뜻인가? 선은 말과 생각으로 헤아릴 수 없는 세계이다. 그러므로 신라 시대 의상 대사는 「법성게」에서 '무명무상절일체(無名無相絕一切)'라고 말한다. 깨달아 알아야 할 뿐 다른 방법이 없다. 부처님도 영산회상에서 대중 앞에 꽃을 들어 보였을 뿐이고, 그때 오직 가섭 존자만 미소를 짓고 법통을 이어 받는다. 요컨대 도는 언와 사유를 초월하는 세계로 웃음은 이런 세계를 알리는 방편이고 동시에 깨달음을 뜻한다.

한편 웃음은 이런 이심전심의 세계일 뿐만 아니라 마조선의 문맥, 곧 평상심이 도라는 문맥에선, 특히 현대시의 경우에는 김상용의 경우처럼 최소한 마음을 닦아 청정심을 발견하고, 청정심을 실천하고, 이런 마음으로 시를 쓰려는 노력이 필요하다.

5. 시골뜨기선

이상의 시들이 일상적 어법으로 일상의 세계를 마조선의 시각, 곧 평상심의 시각에서 노래한다면 다음 시는 대승 경전의 문자를 일상화하는, 그런 점에서 선의 일상화 혹은 일상 속의 선을 노래하고, 이런 일상성이 마조선에서 읽을 수 있는 시골뜨기선, 시장바닥선과 통한다.

묘법연화경 속에
내 까마득 그 뜻을 잊어먹은 글자가 하나.
무교동 왕대폿집으로 가서
팁을 오백 원씩이나 주어도
도무지 도무지 생각이 안 나는 글자가 하나.
내리는 이슬비에
자라는 보리밭에
기왕이면 비 열 끗자리 속의 장끼나 한 마리
여기 그냥 그려 두고
낮잠이나 들까나.

— 서정주, 「낮잠」 전문

서정주의 「낮잠」(1976) 전문이다. 서정주의 시세계는 여러 단계로 발전하지만 사상적 토대는 동양정신, 특히 불교이다. 그가 초기의 관능 나아가 정신분열적 세계를 극복하는 건 불교 때문이고, 그후 그는 출가하지 않고 불교에 귀의한 거사로 지내며 시와 선에 몰두한다. 대표작 「동천」

(1968)에서 그가 노래하는 것은 겨울 하늘에 떠 있는 초승달이고, 이 달은 그가 오랫동안 닦은 맑은 마음이고, 이 마음이 여래청정심이고 부처이다. 나는 이 책 6장「여래선 시학」에서 이 시를 해석한 바 있다.

인용한 시는「동천」과 다른 선적 특성을 보여주고, 이런 특성이 이른바 조사선, 특히 마조가 강조한 시골뜨기선, 시장바닥의 선과 통한다. 사실 서정주가 노래하는 것은 귀족적이고 고전적인 정신세계가 아니라 떠돌이, 장돌뱅이, 뜨내기들의 삶이고, 그런 점에서 가식이 없고 솔직하고, 형식에 구애되지 않는 자유와 유머가 드러난다. 그가 노래하는 선도 그렇다. 그리고 이런 특성이 마조선과 통하고, 이런 세계는 누구나 노래할 수 없고, 집착을 버려야 한다. '낮잠'이 그렇지 않은가?

『묘법연화경』의 약칭은『법화경』으로 이 경은 대승불교 운동의 시작과 함께 성립된다. 경이 강조하는 것은 회삼귀(會三歸)와 구원성불(久遠成佛)이다. 회삼귀는 삼승(三乘)이 일승(一乘)으로 회귀한다는 말이다. 곧 성문 연각 보살 3승이 모두 부처님으로 회귀한다는 사상이고, 구원성뷸은 석존이 성불하신 것은 금생의 일이 아니라 성불한 지 무량한 세월이 흐르고 수명 또한 무량하고, 그러므로 부처님의 구제 또한 무량하다는 사상이다.

이 시는 서정주가『법화경』을 읽고 뜻을 잊어먹은 글자 하나를 모티브로 한다. 그러므로 이 글자가『법화경』에 나오는 어떤 글자인지 알 수 없다. 중요한 것은 그가 이 글자를 생각한다는 것. 그러나 생각이 안 난다는 것. 생각이 안 난다는 것은 그가 이 경에 집착하는 것을 뜻한다.

경에 대한 이런 집착은 무교동 왕대폿집에 가서도 계속된다. 그는 '팁을 오백 원씩이나 주어도' 생각이 안 난다고 말한다. 도대체 팁과 기억이 무슨 관계가 있는지 모르겠지만 이런 어법이 서정주의 특성이다. 팁을 주면 글자가 생각나고 팁을 안 주면 생각이 나지 않는가? 그러나 이런 사유는 불경, 혹은 불교에 대한 고답적이고 신비한 사유를 초월하고, 이런 초월이 선과 일상의 경계를 해체한다. 부처님 말씀이 대폿집에 존재하는 셈이다. 왜냐하면 그는 그 말씀이 떠오르지 않지만 대폿집에서 팁까지 주며 생각하기 때문이다.

조주와 남전의 대화가 생각난다. 남전은 도를 묻는 조주에게 '평상심이 도다'라고 말한다. 그러나 헤아리면 도가 아니라고 부연한다. 지금 서정주는 도를 헤아리고 있다. 그뿐만 아니라 나도 그렇다. 그가 생각하는 글자, 곧 그가 생각하는 도가 무엇일까? 이런 생각을 하며 글을 쓸 뿐만 아니라 이제까지 공부한 선이 그렇다. 이런 생각도 버려야 하지만 그게 마음대로 안 된다. 서정주는 도무지 생각이 안 나 '내리는 이슬비'와 '자라는 보리밭'에 '비 열끗 속의 장끼나 한 마리' 그려 두고 '낮잠이나 들까' 말한다.

'비 열끗 속의 장끼'는 화투에 나오는 장끼다. 그러니까 그는 불경 혹은 도에 대한 집착을 버리고 '내리는 이슬비'와 그 비에 '자라는 보리밭'에 화투 속 장끼 한 마리를 그린다. 도대체 이슬비와 보리밭에 화투 속 수꿩 한 마리를 그린다는 발상이 놀랍지만, 이런 발상은 크게 두 가지 의미를 거느린다. 하나는 생각 안 나던 글자가 화투 속 장끼로 치환된 점이고, 다른 하나는 이 글자, 곧 화투 속 장끼를 이슬비와 보리밭에 그린다는 점이다. 전자에 의하면 그는 도에 대한 헤아림, 분별, 집착을 버리면서 일상, 그것도 고상하다고는 할 수 없는 화투 놀이와 만나고, 이런 놀이의 세계가 시골뜨기선과 통한다. 왜냐하면 후자에 의하면 도(글자), 화투, 자연이 연기, 불이, 중도의 세계로 얽히기 때문이다. 그러니까 이제 그는 도(글자), 화투, 자연에 대한 분별이 없고, 이런 무분별이 평상심이고 선이다.

그가 '낮잠이나 들까' 하는 것은 이런 평상심의 실천이다. 배고프면 밥을 먹고 잠이 오면 자는 것이 평상심이다. 무슨 이유가 있고 분별이 있고,

있어야 하는가? 이런 무념이 해탈이고 여래청정심이고 반야 삼매다. 결국 내가 이 시에서 읽는 것은 도(글자)에 대한 집착도 버리고 평상심으로 돌아가는 마음이고, 이런 마음은 마음이 없는 마음이고 마음이 없는 것도 아닌 마음이다. 일상 속에 선이 있고 마조선이 강조하는 것은 이런 일상성이다. 다음은 다시 평범한 일상에서 평상심의 세계를 읽는 시.

> 새떼가 날아가도 손 흔들어 주고
> 사람이 지나가도 손 흔들어 주고
> 남의 논일을 하면서 웃고 있는 허수아비
>
> 풍년이 드는 해나 흉년이 드는 해나
> —논두렁 밟고 서면—
> 내 것이나 남의 것이나
> —가을 들 바라보면—
> 가진 것 하나 없어도 나도 웃는 허수아비
>
> 사람들은 날더러 허수아비라고 말하지만
> 맘 다 비우고 두 팔 쫙 벌리면
> 모든 것 하늘까지도 한 발 안에 다 들어오는 것을
>
> — 무산 오현 스님, 「허수아비」 전문

무산 오현 스님의 「허수아비」 전문이다. 이 시를 읽으며 떠오르는 것은 고려 말 선승 나옹 혜근의 선시 「산에 살며」이다. 이 시에서 나옹이 강조한 것은 무소유, 임운자연, 일행삼매, 무조작의 평상심이다. 오현 스님은 논두렁 밟고 가을 들에 서 있는 허수아비를 바라본다. 허수아비는 새떼가 날아가도 손을 흔들어 주고, 사람이 지나가도 손을 흔들어 준다. 허수아비는 새떼든 사람이든 분별하지 않는 무분별의 평상심을 상징한다.

막대기와 짚 등으로 사람 형상을 만들고 머리에 헌 삿갓을 씌운 허수아비는 웃는 형상이다. 새들은 사람인 줄 알고 도망간다. 허수아비가 '남의 논일'을 하는 것은 곡식을 못 먹게 새들을 쫓기 때문이다. 그러나 허수아비는 웃고 있을 뿐이다. 김상용은 '왜 사냐건 웃지요'라고 말하고, 이 시에선 허수아비가 남의 논일을 하며 웃는다. 이 웃음 역시 분별을 모르는 청정심을 반영한다. 아니 허수아비는 자신이 남의 논일을 한다는 사실도 모르고, 따라서 일한다는 것도 모르는 무분별을 암시하고, 웃음은 이런 무분별, 청정심과 통한다. 보잘 것 없고 하찮은 허수아비의 웃음이 선과 통하는 것은 이런 사정 때문이다.

1연에서 스님은 하찮은 일상적 사물인 허수아비에서 무분별, 청정심을 읽지만 2연에서는 스님과 허수아비가 동일시되고, '나도 웃는 허수아비'가 된다. 이 웃음은 무소유와 결합된다. 허수아비는 풍년과 흉년을 모르고, 내 것과 남의 것에 대한 분별이 없다. 스님 역시 논두렁 밟고 서서 가을 들 바라보며 허수아비가 된다. 그리고 스님은 '가진 것 하나 없어도 나도 웃는 허수아비'라고 말한다. 1연에선 허수아비의 웃음이 무분별과 결합되고 2연에선 무소유와 결합된다. 가진 것 하나 없어도 웃는 삶은 얼마나 아름다운가? 그러나 이런 무소유는 무분별을 동기로 하는 청정심의 삶이고, 이런 청정심의 웃음은 도인들의 웃음이다. 대정 스님은 '누가 도를 묻는다면 한번 웃음으로 답하리라' 말하고 이 시에서 오현 스님과 허수아비는 이미 웃고 있다.

그러므로 3연에 나오는 '사람들은 날 더러 허수아비라고 말하지만'의 '나'는 스님이고 동시에 허수아비다. 그러나 분별을 모르고 소유를 모르고 마음을 모두 비웠기 때문에 '두 팔 쫙 벌리면/모든 것 하늘까지도 한 발 안에 다 들어'온다. 청정한 거울에 우주 만물이 비치듯이 청정한 마음, 공 속엔 일체 만물이 들어온다. 요컨대 이 시에서 읽을 수 있는 것은 평범한 일상의 사물을 매개로 하는 무분별, 무소유라는 평상심이다.

6. 선의 일상화

마조선의 핵심은 평상심이 도라는 것. 도와 일상, 선과 일상은 따로 노는 게 아니라 불이, 중도의 관계에 있고, 따라서 선의 일상화, 선의 실천이 중요하다. 아무리 깨달아도 현실과 담을 싸면 무슨 가치가 있는가? 고려 시대 보조 국사는 돈오점수와 정혜쌍수를 강조한다. 즉심즉불을 단번에 깨달아도(돈오) 오랜 세월에 걸친 습기는 단번에 버릴 수 없으므로 깨달음에 의한 수행이 필요하다.(점수) 마조도 마음이 부처라는 것을 깨달으면 되기 때문에 도는 닦을 필요가 없지만 오염을 피하라고 했다. 오염은 망념에 사로잡히는 것. 이 오염을 피하기 위해 깨달음에 의한 수행이 필요하다.

여래선이 강조하는 것은 먼저 망념을 닦아 그후 참 마음을 깨닫는다는 점수돈오이고 조사선이 강조하는 것은 단박에 깨닫는 돈오이다. 깨달았기 때문에 깨달음 다음의 수행도 돈수이다. 성철 스님이 강조하는 돈오돈수가 그렇다. 돈수는 수행을 해도 수행에 대한 분별이 없다는 것을 뜻한다. 그런 점에서 깨달음을 지향하는 점수가 아니다. 그러나 깨달아도 자성청정심은 오염될 수 있고, 따라서 수행(보림)이 필요하고, 돈오점수가 그렇다.

점수돈오든 돈오점수든 수행이 중요하고, 시쓰기도 일종의 수행이다. 보조 국사는 깨달은 다음의 수행으로 정혜쌍수를 강조한다. 깨달은 다음에도 수행이 필요한 것은 깨달은 스님이나 재가 불자들이 깨달았다는 오만과 독선에 빠질 수 있고, 현실을 외면할 수 있기 때문이다. 정과 혜, 선과 교, 선정과 바른 지혜를 동시에 닦아 본체(자성)와 현상을 밝게 관찰해야 한다. 이런 수행이 없다면 깨달음은 이상한 광기가 되기 쉽고 독선이 되기 쉽다.

사실 우리 주위엔 도인 행세하는 자들도 많고, 자신이 깨달았다고 말하는 인간들도 많고, 자신은 자유인이므로 아무 짓이나 해도 된다는 망상에 사로잡힌 인간들도 많다. 이런 깨달음은 진정한 깨달음이 아니고 부처님 말씀과는 거리가 멀다. 이런 깨달음이 도대체 무슨 가치가 있는가? 조주 선사는 스스로 아무것도 모르는 촌 늙은이라고 했다. 석우 스님 말처럼 중보다 먼저 사람이 되어야 할 것이다. 깨달으면 점점 평범한 인간이 되어 간다. 이것이 마조선의 가르침이다. 그러므로 마조선은 그렇게 어려운 게 아니고, 어디까지나 현실, 일상을 강조한다. 곧 깨달음, 청정심, 평상심을 일상 속에 실천해야 한다. 내가 공부하면서 느낀 것은 불교는 실천이라는 점이다. 다음 시에 나오는 스님의 말씀에서 읽는 것은 이런 평상심의 실천이다.

> 속초 시외버스 터미널 송준영은 강릉행 버
> 스로 먼저 떠나고 난 한 시 십분 발 서울행
> 버스를 기다린다. 비가 오락가락하는 8월.
> 한 시 십분이 되어도 버스가 안 온다. 승차
> 장에 서서 비 내리는 거리를 바라본다. 옆
> 에는 백담사 하안거 마치고 돌아가는 젊은
> 스님이 서 있다. "한 시 십분인데 버스가 안
> 오네요." 스님 보고 말하자 스님은 웃으며
> "오겠죠, 뭐." 대답하네.
>
> — 이승훈, 「속초에서」 전문

필자의 「속초에서」 전문이다. 내가 이 시를 인용하는 것은 이 시에 나오는 젊은 스님의 대답 때문이다. 그해 여름 나는 백담사 하안거 해제일에 무산 오현 스님이 주신 전당게를 받고 송준영 시인과 함께 속초까지

갔다. 비가 오락가락하던 8월. 송 시인은 먼저 강릉행 버스로 떠나고 나는 서울행 버스를 기다린다. 그러나 한 시 십 분 출발 버스가 오지 않아 마음이 편치 않았다. 난 시간에 쫓기고 시간에 집착하고 버스에 집착하는 중생에 지나지 않는다. 더구나 전당게까지 받고 이 모양이니 오현 스님이 알면 한심하다고 하셨으리라.

그러므로 '한 시 십 분인데 버스가 안 오네요.'라고 말하던 나를 보고 젊은 스님도 딱하다고 생각했으리라. 스님은 '오겠죠. 뭐' 웃으며 대답할 뿐이다. 그렇다. 조사선이 강조하는 것은 무념, 무상, 무주이고 분별이 없는 평상심이다. 버스가 오고 가는 것, 시간에 대한 집착이 없어야 한다. 집에 돌아와 이 시를 쓴 것은 선은 머리가 아니라 젊은 스님처럼 실천이 중요하기 때문이다. 김상용은 '왜 사냐건 웃지요'라고 말하고, 대정 스님은 도를 물으면 '웃음으로 답하리라'고 말하고, 오현 스님은 허수아비가 되어 웃고, 젊은 스님은 '오겠죠. 뭐'라고 말하며 웃는다. 나만 심각하구나. 오면 어떻고 안 오면 어떤가? 모두 마음이 만드는 조작이고 시비이다.

특히 마조선이 강조하는 것은 이런 평상심의 실천이다. 행주좌와(行住坐臥) 응기접물(應機接物) 모두가 도이고 선이고, 범부와 성현의 분별도 없고, 혜능 식으로 말하면 무념으로 걷고 머물고 앉고 눕는 일상생활이 도이고 선이다. 선의 일상화, 선의 실천이 필요한 것은 이런 사정 때문이다. 그러므로 일을 해도 무념, 평상심으로 하고, 삼매를 체험하면 된다. 일행삼매가 그렇다. 다음은 이런 일행삼매를 노래한 시.

> 할아버지는 이제 많이 늙으셨고 손수레를 끌기에도 힘이 모자라신다. 그래도 돈을 벌어야 살고 살려면 폐지라도 열심히 모아야 한다. 라면 박스, 마분지 봉투, 버려진 책, 신문지 등등, 종이쓰레기 수북한 손수레를 끌며 할아버지는 오늘도 동네를 돌아다닌다. 귀가 어두운 나귀

처럼 이 골목 저 골목을 두리번거린다.

— 최승호, 「늙은 말」 전문

최승호의 「늙은 말」 전문이다. 이 시는 그동안 쓴 시들의 일부를 모티프로 변주한 시들을 모은 시집 『아메바』(2011)에 나온다. 그는 이 시집을 자신의 시들을 되비치는 과정에서 생겨난 것으로 일종의 문체 연습 같은 것이라고 말한다. 그러니까 재활용 시집이고, 이런 실험은 회화의 경우 이미 하나의 양식이 되었다. 재활용 회화는 자신이 그린 그림들의 파편을 다시 구성하기도 하고, 재활용 조각은 버려진 폐물들을 다시 활용한다.

인용한 시는 이미 발표한 「늙은 말」에 나오는 '늙은 말잠자리의 고독은 아마 당신이 말잠자리가 되어 날아다녀봐야 알 수 있으리'라는 시행을 변주한 것. 그러니까 이 시에서 그는 이런 주제를 할아버지의 노동으로 변주한다. 그러나 나는 이 시가 할아버지의 고독보다, 그런 고독을 넘어 마조선이 말하는 이른바 일행삼매를 암시한다는 입장이다. 할아버지의 노동은 그대로 수행이고 그는 아무 생각 없이, 그러니까 무념으로 일하고, 이런 노동이 바로 삼매와 통하기 때문이다. 물론 '돈을 벌어야 살고 살려면 폐지라도 열심히 모아야 한다'고 노인은 생각한다.

그러나 중요한 것은 '폐지라도 열심히 모으는 행위'에서 '열심히'이고 이렇게 몰두하는 것이 삼매이고, 이런 삼매 속에는 돈을 번다는 생각도 없기 때문이다. 이런 일상적 삶을 긍정하는 것이 마조선이다. 마조의 제자 방온(龐蘊) 거사는 게송에서 다음처럼 노래한다.

하루 하루 일상사에 특별한 건 없고
오직 스스로 차별 없이 즐긴다
두두물물에 취할 것도 버릴 것도 없고
처처에 치울 것도 없다

이 영광에 대해 누가 묻는다면
티끌 하나 없는 언덕과 산일 뿐
신통 묘용의 삶은
물 긷고 땔나무 줍는 일이다

평상심은 일상사에 특별한 일 없고 차별 없이 즐기는 마음이다. 그러므로 사물을 취하지 않고 버리지도 않고 이곳저곳 다니며 자랑할 것도 없다. 이런 삶은 왕 부럽지 않지만 이런 삶을 상징하는 건 '티끌 하나 없는 언덕과 산'이다. 마조가 말하는 무조작, 무시비, 무취사의 삶이고, 이런 삶이 가장 빛나는 삶이지만 그건 티끌 하나 없는 산과 나무가 상징하는 청정심의 세계이다. 청정한 마음이 공이고 신통 묘용이고, 이 시에서 그것은 가장 일상적인 삶, 곧 물 긷고 땔나무 줍는 일로 노래된다.

최승호의 시에 나오는 손수레 끄는 노인의 삶도 그렇다. 그는 힘이 모자라고 귀도 어둡지만 라면 박스, 마분지 봉투, 버려진 책, 신문지 등 종이쓰레기 수북한 손수레를 끌고 동네를 돌아다닌다. 이런 삶은 수행이고, 도의 실천이다. 왜냐하면 귀가 어두운 나귀에 비유되는 이 할아버지는 분별없이 그저 열심히 폐지들을 모으기 때문이다. 다른 생각이 없다. 시비, 분별, 조작을 모르고 일행삼매의 경지이고, 이런 마음이 청정심이고 평상심이다. 도는 그렇게 높고 신비한 초월의 세계가 아니라 무념으로 물 긷고 땔나무 줍는 일이고, 무념으로 손수레 끌고 다니며 폐지 줍는 일이다. 앞에서 마조선을 시골뜨기선, 시장바닥선이라고 했거니와 내가 이 시에서 읽는 것이 그렇다.

학승: 조주의 주인공은 어떤 사람입니까?
조주: 밭 가는 노예다

問如何是趙州主人公 師云 田庫奴

조주와 학승의 대화다. 주인공은 참 마음, 진심을 뜻한다. 돈오점수와 정혜쌍수를 강조한 고려 시대 보조 지눌 스님은『진심직설』에서 말한다. 허망을 떠난 것이 진(眞)이고 신령스럽게 보는 것이 심(心)이다. 이망명진(離妄名眞) 영감왈심(靈鑑曰心). 헛된 마음, 망념을 떠나 신령스럽게 사물을 보는 것.『능엄경』이 밝힌 것이 진심이다. 그러나 조주는 주인공이라고 부르고, 이 책을 쓰면서 나는 진심, 진여, 불성, 여래청정심 등 그때그때 다른 용어를 사용했다. 진심 외에 다른 이름이 사용되는 것은 인연 따라 이름을 지었기 때문이다. 예컨대 진심의 다른 이름으로는 다음과 같은 것이 있다.(보조 지눌,『진심직설』 참고)

> 선(善)을 발생케 함으로 심지(心地) (『보살계』)
> 깨달음이 체이므로 보제(菩提) (『반야경』)
> 서로 원융함으로 법계(法界) (『화엄경』)
> 온 곳이 없으므로 여래(如來) (『금강경』)
> 모든 성인들이 돌아가는 곳이므로 열반(涅槃) (『반야경』)
> 항상 진실하고 변하지 않으므로 여여(如如) (『금강명경』)
> 보신과 화신이 의지함으로 법신(法身) (『정명경』)
> 생멸이 없으므로 진여(眞如) (『기신론』)
> 삼신(三身)의 본체이므로 불성(佛性) (『열반경』)
> 공덕을 유출함으로 총지(總持) (『원각경』)
> 숨어 있고 덮여 있고 함축하고 포섭하기 때문에 여래장(如來藏) (『승만경』)
> 어둠을 부수고 홀로 비추기 때문에 원각(圓覺) (『요의경』)

문제는 다시 조주 선사의 대답. '선사의 참마음이 무엇입니까?'라는 학승의 질문에 조주 선사는 '밭 가는 노예다'라고 대답한다. 이 말은 두 가지 뜻이 있다. 하나는 마음의 밭을 가는 노예, 다른 하나는 말 그대로 밭을 가는 노예다. 도를 닦는 일을 밭 가는 일에 비유한 것은 도가 그렇게 신비하고 초월적인 것이 아니라는 점을 강조한다. 왜냐하면 도인은 밭가는 일에는 관심이 없기 때문이다. 그러므로 마음의 밭을 가는 것이 마을의 밭을 가는 것. 마조 식으로 말하면 평상심이 도이고, 마을의 밭을 가는 일이 도이다. 도는 일상 밖에 따로 존재하는 신비한 세계가 아니라 일상이 도이다.

조주는 시골 마을에서 밭을 가는 노예다. 스님은 산 속에 앉아 염불이나 외고 경전이나 읽는 존재가 아니라 시골에서 밭을 가는 노인이다. 그러나 이 노인은 일체 분별, 조작, 시비, 사유를 떠났기 때문에 도를 실천한다. 요컨대 도는 평범한 일상 속에 있다.

제 8 장

임제선 시학

1. 조사선과 분등선

일반적으로 선은 크게 조사선 이전과 이후로 나누고, 조사선 이전은 달마-혜가-승찬-도신-홍인의 여래선과 홍인에서 분화하는 신수의 여래선(북종)으로 나타나고, 조사선은 6조 혜능에 의해 정립되고 흔히 남종으로 부른다. 그러나 조사선은 다시 5가로 분등되기 이전의 초불(超佛)조사선과 5가로 분등되는 월조(越祖)조사선으로 양분된다.

5가란 당나라 때 선종이 발전하면서 형성된 5개의 종파, 곧 위앙종, 임제종, 조동종, 운문종, 법안종을 말한다. 이들은 모두 혜능의 남종을 계승하지만 서로 다른 문파와 학인들을 일깨우는 종풍을 형성한다. 초불조사선은 혜능의 제자들인 남악회양과 청원행사를 뿌리로 하는 남악계와 청원계로 나누어진다. 이 두 종파 가운데 다시 5가 선문이 가지를 뻗고 이들을 오가분등(五家分燈)이라고 하고 월조조사선이라고 한다. 나는 이 문제를 「여래선과 조사선」에서 밝힌 바 있다.

초불(超佛)이란 마음이 부처이기 때문에 마음 밖에서 부처를 찾지 말라는 것. 혜능이 강조한 것은 본래무일물 불성청정심이다. 곧 마음 밖에 아무것도 없고, 이 마음이 불성이고 청정심이므로 마음을 닦아 부처를 찾을 필요가 없다는 뜻이다. 마조가 말하는 평상심이 도라는 말 역시 즉심즉불(卽心卽佛), 곧 마음이 부처이기 때문에 부처에 의지하지 않는 선사들, 일상인들의 평상심을 강조한다.

그러나 5가로 분등되면서 이른바 월조(越祖)가 강조된다. 예컨대 임제종의 임제는 말한다. '안이든 밖이든 무언가에 봉착하게 되면 모두 죽여라. 부처를 만나면 부처를 죽이고, 조사를 만나면 조사를 죽이고, 나한을 만나면 나한을 죽이고, 부모를 만나면 부모를 죽이고, 친척을 만나면 친척을 죽여라.' 이때 죽이라는 말은 말 그대로 죽이라는 것이 아니라 얽히지 말라, 구속되지 말라는 뜻. 스님들이 출가하는 것도 결국 무엇에도 얽히지 않기 위해서다.

임제의 스승 황벽 선사는 찾아온 어머니를 내쫓아 도를 보여준다. 선사가 황벽산에 살 때 한 노파가 찾아온다. 선사는 어머니라는 것을 알고도 외면하고 '저 늙은이에게 물 한 모금 쌀 한 톨도 주지 말고 내쫓아라'고 말한다. 절에서 쫓겨난 노모는 걸인이 되어 병이 들어 죽는다. 그날 밤 꿈에 선사는 노모를 만난다. 그가 노모를 내쫓은 것은 세속의 정을 끊기 위한 것. 한편 이런 행위는 노모를 도의 길로 인도하기 위한 방편이 되어 노모는 천상에 태어난다.

요컨대 임제가 강조하는 무립진인(無位眞人)은 조사도 초월한다는 점에서 월조조사선이 된다. 그러나 초불조사선, 월조조사선은 태허법사의 주장이고 사실 두 단계의 선은 그렇게 엄격하게 구별되는 건 아니다. 모두 초불월조를 기본으로 하되 앞 단계는 종(宗)을 이루지 못하고 뒤의 단계, 곧 5가로 분등되면서 독특한 종풍이 강화된다.

나는 앞에서 조사선 시학을 크게 혜능의 무주사상과 마조의 평상심 사상을 중심으로 살펴보았다. 그런 점에서 남악계를 중심으로 하고, 청원계는 제대로 살피지 않았다. 청원계에는 석두, 단하, 약산, 동산, 설봉, 암두 등이 있고, 남악계에는 마조 이후 남전, 조주, 백장, 황벽 등이 나온다. 이들을 제대로 살피는 일은 선종 법맥 연구가 되고, 이 책의 목표는 선종의 기본사상을 중심으로 현대시의 방향과 방법을 소박하게 찾는 데 있기 때문에 이들의 사상과 상호관계에 대해서는 살피지 않았다. 아니 나는 이런 작업에 손을 댈 능력이 없다. 그러나 이 책을 쓰면서 나는 조주 선사의 공안을 참고하고, 남전과 조주가 강조하는 것은 평상심에 대해서도 언급했다.

이 글에서는 조사선과 분등선의 일반적 특성을 살피고, 5가 분등선 시학, 특히 임제선을 중심으로 하는 현대시의 방향을 찾기로 한다. 동군(董群)에 의하면 혜능의 조사선은 유학화(儒學化)의 특징을 보여주고, 분등선은 장학화(莊學化)의 특징을 보여준다. 유학화는 선종과 유학의 만남을 뜻하고, 장학화는 선종과 장자사상의 만남을 뜻한다. 그 차이를 좀 더 구체적으로 살피면 다음과 같다.

첫째로 조사선과 분등선은 모두 즉심즉불을 공유한다. 그러나 조사선은 마음이 부처라는 인성(人性)을 강조하고, 분등선은 사람이 부처라고 주장한다. 곧 마음과 부처가 아니라 사람과 부처의 관계가 되고, 따라서 즉심즉불에서 즉인즉불(卽人卽佛)이 된다. 한편 조사선은 즉심즉불을 주장하고 분등선은 비심비불(非心非佛)을 주장한다. 즉심즉불은 긍정적인 표현(表詮)이고 비심비불은 부정적인 표현(遮詮)이다. 그러나 중생심과 불심도 원래 없다는 점에서 중생심과 불심에 집착하는 즉심즉불보다 비심비불이 더 진리다. 즉심즉불인가, 비심비불인가? 다음은 마조와 법상의 공안.

> 법상이 처음 마조를 친견하고 묻는다.
> "부처란 무엇입니까?"
> "마음이 바로 부처다."
> 이 말을 듣고 법상이 문득 깨닫는다. 그후 대매산으로 들어간다. 법

상이 산에 들어간 후 마조는 한 중을 보내 법상에게 다음처럼 묻게 한다.

"마조 스님께 무슨 말씀을 들었기에 이 산에 들어와 계십니까?"

법상이 말한다.

"마음이 부처라는 말씀을 듣고 여기 머물고 있네."

"요즈음 들어 마조 스님 말씀이 달라지셨습니다."

"어떻게?"

"요즈음은 비심비불이라고 하십니다."

"그 늙은이가 사람을 헷갈리게 하는군. 그가 그렇게 말해도 나는 오직 즉심즉불이다."

중이 돌아와 마조에게 이 사실을 말하자 마조가 말한다.

"매실이 익었구나."

『마조록』에 나오는 이야기다. 마조는 처음 즉심즉불이라 하고 뒤에 비심비불이라고 한다. 마조가 중을 보낸 것은 법상을 떠보기 위한 것. 그러나 그는 '나는 오직 즉심즉불이다.'라고 말한다. 이 말을 듣고 마조는 '매실이 익었구나.' 말하며 그를 인정한다. 앞에서도 말했지만 마조가 법상을 인정한 것은 그가 즉심즉불이니 비심비불이니 하는 분별을 초월하고, 두 표현이 모두 같은 말임을 알았기 때문이다.

같은 말이지만 즉심즉블은 상대의 근기에 따르는 가르침이고 비심비불은 그런 가르침도 초월한다. 비심비불을 강조하는 분등선은 마침내 마음도 아니고(不是心) 부처도 아니고(不是佛) 물건도 아니다(不是物)라고 주장한다.

둘째로 조사선은 안정적이고 평온하고 현실주의적이고 이성적이지만 분등선은 감정적이고 초범탈속(超凡脫俗)적인 감각을 추구하고, 따라서 격렬하고 낭만주의적이다.

셋째로 조사선은 청정본각지성(淸靜本覺之性)을 강조하고, 분등선은 자유지성(自由之性)을 강조한다. 혜능에 의하면 마음이 본래 청정하다는 것을 깨달으면 되고, 이 청정심은 허공과 같다. 그러나 분등선은 자유로운 정신을 강조한다. 부처는 사람이고 사람이 부처다. 부처는 어떤 사람인가? 부처는 어디에도 구속되지 않는 자유인이다. 성철 스님이 대자유인을 주장한 것도 이런 자각을 전제로 한다. 백장회해에 의하면 부처는 집착이 없는 사람, 구하는 것이 없는 사람, 의지함이 없는 사람, 곧 부처는 무착인(無着人) 무구인(無求人) 무의인(無依人)이다. 그런 점에서 분등선은 인간의 주체성을 강조하고, 이것은 장자가 말하는 지인(至人), 진인(眞人), 신인(神人)과 유사하다. 임제가 말하는 무위진인(無位眞人)이 그렇다.

넷째로 혜능의 조사선은 무정무성(無情無性), 곧 인간 외의 무정물은 불성이 없다고 주장하고, 분등선은 무정유성(無情有性), 곧 무정물도 불성이 있다고 주장한다. '무엇이 부처입니까?'라는 질문에 '마른 똥 막대기다.' '담장의 기왓장이다.' 같은 선문답이 보기이다. 물론 '마른 똥 막대기'는 부처도 이름에 지나지 않고, 그런 이름에 구속되지 말라는 뜻도 있다. 그러나 있는 그대로 읽으면 마른 똥 막대기도 부처이고, 담장의 기왓장도 부처다. 어디 그뿐인가? 시냇물도 부처이므로 시냇물도 설법을 한다.

그러나 조사선은 유정유성(有情有性), 곧 유정중생만 부처라는 주장이고, 분등선은 유정중생뿐만 아니라 무정물, 생명 없는 존재도 부처라는 주장이다. 조사선은 유정물만 불성이 있다고 말하기 때문에 제한이 있는 불성론이고 이성적인 불성론이다. 분등선은 이런 제한을 벗어나 불성을 사람의 본성뿐만 아니라 무정 만법의 본성으로 본다.

다섯째로 조사선은 무념을 강조하고 분등선은 무심, 평상심, 무사를 강조한다. 그런 점에서 분등선은 선의 생활화, 일상화를 주장한다. 물론 조사선도 즉심즉불이라는 말에 의해 선을 세속화하지만 분등선은 더 나아가 선 수행의 고귀성과 신비성을 제거한다. 무념(無念)은 생각하되 생각이 없는 것이고 무심(無心)은 마음이 없는 것. 왜냐하면 일체 현상이 모두 부처이기 때문에 마음을 쓸 곳이 없고 마음을 쓰면 불법에 어긋나기 때문이다. 평상심 역시 무념의 또 다른 표현으로 선의 신비성을 제거한다. 남전에 의하면 '자고 싶으면 자고 앉고 싶으면 앉는 것'이 평상심이고 도이다.

나는 앞에서 평상심이 마조조사선의 특성이라고 말했고, 남전은 마조의 제자이다. 한편 자유인을 주장한 백장도 마조의 제자이다. 그리고 임제종을 세운 임제의 계보는 남악–마조–백장–황벽–임제이다.

동군이 말하는 분등선은 크게 보면 혜능의 조사선을 발전시킨 마조 이후의 백장, 남전, 황벽 등을 포함하는 광의의 개념이다. 그러므로 남전의 제자인 조주의 선도 분등선에 포함된다. 다음은 조주와 한 스님의 공안.

> 스님: 스님께 가르침을 구합니다.
> 조주: 아침 죽은 먹었는가?
> 스님: 네. 먹었습니다.
> 조주: 그럼 발우나 씻어라.

이 말을 듣고 스님은 깨닫는다. 무엇을 깨달았는가? 나는 그 스님이 아니기 때문에 알 수 없다. 이 공안에 의하면 선은 신비하고 고상한 세계가 아니라 죽 먹고 발우 씻는 평범한 일상생활에 있고, 그것이 평상심이다. 죽을 먹었으면 발우를 씻는 것이 평상심이다. 무슨 분별이 필요하고 사유가 필요한가? 한편 이 공안의 내용은 지극히 평범한 일상사로 되어 있다. 선의 일상화는 이렇게 일상생활 속에서 도를 발견하고 실천하는 것. 그런 점에서 선은 일상 자체가 된다.

일상생활 속에 불법의 진리가 있다. 조주의 선은 선 티가 나지 않는 선, 시골 노인의 선이다. 일상 속에서 일체 조작이 없는 있는 그대로의 모습이 선이다. 죽을 먹었다는 학승의 말에 '그럼 발우나 씻게.' 하는 조주의 말은 꾸밈도 조작도 없는 있는 그대로의 마음이고, 이것이 평상심이다. 조주는 무심의 경지에서 말하고, 학승은 무심히 발우를 씻으면 된다. 발우를 씻으며 무슨 생각이 있고, 근심이 있고, 의도가 있겠는가? 그저 씻을 뿐이다. 오직 그 순간을 살 뿐이다.

2. 언어와 미학

여섯째로 조사선은 견성성불과 돈오성불을 강조하고, 분등선은 더 나아가 초불월조(超佛越祖)를 주장한다. 견성성불은 자신의 본성을 보고 깨닫는 것. 이런 견해는 즉심즉불, 곧 밖에서 부처를 찾지 않고 마음이 바로 부처라는 주장을 동기로 한다. 즉심즉불은 부처를 초월하는 초불사상이다. 조사선은 부처를 초월하는 초불을 강조하지만 조사를 중심으로 한다. 그러나 분등선은, 예컨대 부처도 죽이고 조사도 죽이라는 임제의 말이 암시하듯이, 부처와 조사도 초월하기 때문에 초불월조를 강조한다. 중요한 것은 주체로서의 인간, 이른바 무위진인(無位眞人)이고, 분등선이 강조하는 것은 그 무엇에도 의지하지 않는 주체이고 이 주체는 모든 권위, 예컨대 경전도 부정하고, 기이한 말과 행동 기언기행(奇言奇行)이 나타난다. 남전이 고양이 목을 베는 것이 그렇다.

일곱째로 조사선은 불리문자(不離文字)를 강조하고 분등선은 불립문자(不立文字) 도불가설(道不可說)을 주장한다. 원래 부처님이 말씀하신 것은 불립문자 이심전심이다. 깨달음은 문자로 말할 수 없고 마음에서 마음으로 전할 수 있을 뿐이다. 그러나 6조 혜능에 의하면 진정한 불립문자는 불가능하다. 왜냐하면 불립문자도 문자이기 때문이다. 따라서 그는 문자를 사용하되 사용하지 않는 중도, 곧 불리문자를 강조한다. 그러나 분등선은 다시 불립문자를 강조하고, 도는 말할 수 없다는 주장을 편다. 기언기행이 나오는 것은 이런 사정 때문이다. 이런 말과 행위는 말하지만 말하지 않고(說而無說), 말하지만 말할 수 없음(說不可說)을 뜻한다. 이런 어법은 혜능이 강조하는 중도의 어법과는 다르고, 노자사상과 관계된다. 그는 말한다. 도를 도라고 하면 진정한 도가 아니고 언어로 표현하지만 진정한 언어가 아니다. 도가도(道可道) 비상도(非常道) 명가명(名可名) 비상명(非常名). 동군에 의하면 분등선의 어법은 다음과 같다.

(1) 동문서답: "조사가 서쪽에서 온 뜻은 무엇인가?" "진주의 무는 세 근이다."

(2) 모순어법: "무엇이 부처인가?" "산 위에 잉어가 있다." 혹은 "석녀가 아이를 뱄다."

(3) 어렵게 조작: "무엇이 도인가?" "네가 한 입에 서강 물을 모두 마시면 알려주겠다."

(4) 핑계 대고 거절하기: "무엇이 도인가?" "난 지금 머리가 아프다" 혹은 "모른다. 조금 후에 다시 오라."

(5) 境相 제시: "무엇이 선인가?" "저 산이 정말 아름답구나."

(6) 한 글자로 말하기: "무엇이 도인가?" "去(가거라)"

(7) 욕설: "무엇이 도인가?" "주둥이를 닫아라."

여덟째로 조사선은 상근기를 대상으로 하고 분등선은 다근기를 대상으로 한다. 따라서 분등선은 근기에 따라 다양한 방법을 말한다. 마조가 근기에 따라 즉심즉불, 비심비불, 불시물(不是物)을 말한 것이 보기이다.

아홉째로 조사선은 부처를 밖에서 구하지 않고 마음이 이미 부처라는 것을 깨달으면 된다고 주장한다. 분등선은 이런 주장을 더욱 강조하면서 법열(法悅)과 선열(禪悅)의 체험이 자유의 경지와 심미적 경계로 나가고, 심미적 경지는 다음과 같은 유형으로 분류된다.

(1) 화해(和諧)의 미: 화해는 조화, 화합을 뜻하는바 체(體)와 용(用)의 원융을 보여주는 미학이다. 예컨대 '백운청산'에서 청산은 체이고 흰 구름은 용이다. 이런 보기로는 '창공에 흰 구름이 날아간다.' 혹은 '은 주발에 흰 눈이 가득하다.' 등이 있다.

(2) 자연의 미: 이때 자연은 무정유성(無情有性), 곧 일체 만물이 부처라는 사상과 관련되는 자연이다. "무엇이 청정법신인가?"라는 물음에 "붉은 해가 청산을 비친다."라는 대답이 보기이다.

(3) 창량(蒼涼)의 미: 창량은 푸르고(蒼) 서늘한(涼) 이미지로 깨달음의 세계를 상징한다. 마르고(枯), 춥고(寒)과 파리한(瘦) 이미지도 같다. 보기로는 '마른 학 늙은 원숭이 울음이 골짜기에 울리고, 가는 소나무 차가운 대나무가 푸른 연기를 머금는다.'

(4) 공령(空靈)의 미: 텅 빈 허공의 청정함과 신령스런 이미지는 깨달음의 세계를 상징한다. '눈 내리는 밤에 밝은 달을 바라본다.' '배 가득 달을 싣고 어부가 갈대꽃에 잠을 잔다.' 이런 텅 빈 영혼의 경지는 정야(靜夜), 명월(明月), 청강(淸江) 등의 이미지와도 관련된다.

(5) 선열(禪悅)의 미: 선열은 깨달음을 얻은 후 일경(一境)도 겨냥하지 않고 기뻐하는 감정으로 선종 미학의 본질이다. 왜냐하면 깨달은 사람은 언제나 기쁘고 명랑하기 때문이다. '불을 때던 스님이 목어(木魚) 두드리는 소리 듣고 부지깽이를 던져버리고 웃으며 간다.' 혹은 '어떤 스님이 보청(普請, 대중 운력. 함께 일하기)할 때 북소리를 듣고 이내 호미를 들고 크게 웃으며 돌아가는 것'이 그렇다.

열째로 조사선은 교외별전을 강조하고 분등선은 자교오종(藉教悟宗)을 강조한다. 그런 점에서 조사선은 선과 교, 남종과 북종을 분리하고, 분등선은 선교 융합, 남북의 융합을 강조한다. 이것은 달마의 자교오종으로 회귀하는 것으로 석두 희천은 돈법과 점법의 회호(回互)를 강조하고, 법안 문익은 선교의 통일을 주장한다. 영명 연수가 구체적인 선교합일의 이론을 제시하면서 융합적인 『종경록』이 유행하고 후세 선학의 주류가 된다.(이상 조사선과 분등선의 차이는 동군(董群), 『조사선』, 김진무 · 노선환 역, 운주사, 2000, 460~493쪽 참고)

이상 간단히 살핀 조사선과 분등선의 차이를 다시 도표로 요약하면 다음과 같다.

조사선	분등선
유학화	장학화
즉심즉불(表詮)	비심비불(遮詮)
현실주의 이성	초현실주의 감각
청정심	자유
무정무성	무정유성
무념	무심
견성 돈오(초불)	견성 돈오(초불월조)
불리문자	불립문자 도불가설
상근기	다근기
깨달음	법열 선열
교외별전	자교오종

물론 이론가들마다 조사선과 분등선에 대한 견해는 다르다. 그러나 내가 동군의 견해를 참고한 것은 이런 견해가 다소 추상적이고 도식적일 수 있으나 두 종파의 차이를 포괄적으로 해명하기 때문이다. 나는 앞에서 조

사선을 혜능 조사선과 마조 조사선으로 나누고 시학의 경우 전자를 무주의 시학, 즉리양변의 시학으로 명명하고, 후자를 평상심의 시학으로 명명한 바 있다. 그러나 위 도표를 전제로 하면 이런 분류는 모두 조사선에 포함된다.

그것은 혜능 조사선과 마조 조사선이 별도로 존재하는 게 아니라 후자가 전자를 발전시키기 때문이다. 그러나 다시 생각하면 혜능의 무념사상이 마조의 평상심 사상으로 발전하고, 그런 점에서 무념과 평상심은 모두 간택과 분별이 없는 마음이지만 평상심의 세계는 선을 더욱 일상화하고 세속화한다. 마조선 시학에서 내가 강조한 것은 이런 선의 일상화이다.

3. 임제종 시학

앞에서도 말했지만 분등선은 당(唐) 5대에 조사선이 다섯 분파로 분화하는 것을 말한다. 곧 위앙종, 임제종, 조동종, 운문종, 법안종이 그것이다. 이 가운데 임제종은 중국 선종의 역사에서 가장 오래 전승되었고, 양송(兩宋) 시대에는 양기와 황룡의 두 파로 양분된다. 특히 임제종은 남악계, 곧 마조–백장–황벽–임제로 발전한다는 점에서 마조 조사선의 법맥을 잇는다.

한편 내가 임제종을 강조하는 것은 한국 불교의 법맥이 임제종을 계승하기 때문이다. 고려 말 태고(太古) 보우(普愚)는 1346년 원나라에 들어가 궁중에서 『반야경』을 설하고 다음해 호주 하무산의 천호암에서 임제의 법맥을 이은 석옥(石屋)을 만나 깨달음을 인가받는다. 그때 석옥은 '불법이 동방으로 가는구나. 이 가사는 오늘의 것이지만 법은 영축산에서 흘러나와 지금에 이른 것으로 지금 그대에게 전하니 끊어지지 말게 하시오.' 라고 말하며 전법의 표시로 가사를 주었다고 한다. 석옥은 임제종이 분화한 양기파에 속한다.

그런 점에서 임제가 없었다면 우리 선종도 없을 정도로 임제종은 우리 선종과 관계가 깊다. 성철 스님의 주장에 의하면 한국 선종의 법맥은 임제-석옥-태고-환암-구곡-벽계-벽송-부용-서산-사명-송월로 계승된다. 이런 까닭에 조선 후기 백파(白坡) 긍선(亘璇) 스님은 임제종을 중심으로 당시의 선 이론을 정리한다. 물론 당시 많은 논쟁을 일으킨 주장이지만 스님은 『선문수경(禪文手鏡)』에서 선을 크게 의리선, 격외선(여래선, 조사선)으로 나눈다.

의리선(義理禪)은 뜻과 이치에 의한 깨달음을 강조하고, 격외선(格外禪)은 이런 품격(의리)을 벗어나는 선으로 교(敎) 밖의 일미선(一味禪), 곧 참선하여 곧장 깨닫는 돈오의 경지이다. 그러나 격외선은 다시 여래선과 조사선으로 양분된다. 여래선은 중근기를 대상으로 하며 삼현의 방편문에 직면하여 깨닫고 법안종, 위앙종, 조동종이 여기 속하고, 조사선은 상근기를 대상으로 하며 삼요(三要)의 문에 직면하여 진공묘유를 터득하는 것으로 운문종과 임제종이 여기 속한다.(백파 긍선, 『선문수경』, 김재두 옮김, 백파사상연구소, 2011, 60~63쪽)

내가 이 책에서 말한 여래선과 조사선은 이런 뜻이 아니고, 어디까지나 중국 선종의 역사를 전제로 분류한 것. 그러므로 백파의 견해는 그가 당시의 우리 선을 임제선의 시각에서 정리하고 이론을 부여한 것에 의미가 크다. 말하자면 임제종이 우리 선불교에 준 영향이 크다는 것을 암시한다.

특히 백파가 강조한 것은 임제 삼구(三句)이고, 그는 이 삼구를 당시 우리 선에 배치한다. 제1구는 조사선에 해당하고 인공(印空)을 삼요에 대비하여 이 도리를 얻으면 부처와 조사의 스승이 되고, 제2구는 여래선에 해당하고 인수(印水)를 삼현(三玄)에 대비하여 이 도리를 얻으면 세상과 천상의 스승이 되고, 제3구는 의리선에 해당하고 인니(印泥)를 배대하여 이를 깨닫는 것은 유무를 아는 것에 지나지 않기 때문에 자기 한 사람조차 구제하지 못한다. 임제 삼구는 임재가 학인을 교육시킬 때 사용한 세 가지 방법으로 후대에 임제선의 중심 공안이 된다. 이 문제는 뒤에 다시 살필 예정이다.

중국 선종 가운데 임제종이 보여주는 가장 큰 특성은 일체의 전통과 권위를 파괴한다는 점이고, 현실 속에서 인간이 주체가 되어 불법을 구현한다는 점이다. 이른바 수처작주(隨處作主) 입처개진(入處皆眞)이다. 도처에서 주인이 되면 가는 곳마다 진리다. 이때 주인은 진정한 나, 참 나를 뜻하고 진정한 자아가 부처님이다. 그러므로 가는 곳마다 진리가 된다.

선이 강조하는 것은 견성성불(見性成佛)이다. 자신의 참 성품을 보아 부처가 되라는 말씀이다. 그러나 조사선은 즉심즉불을 강조한다. 마음이 바로 부처다. 그러니까 마음 밖에서 따로 부처를 구하지 말라. 전통적인 견성성불이 밖에서 부처를 구한다면 조사선에서는 마음이 바로 부처가 된다. 본래 청정한 마음을 단박에 깨달으면 그대가 부처다. 그러나 임제종의 창시자 임제는 마조의 조사선을 극단까지 밀고 나가 마침내 부처도 죽이고 조사도 죽이라고 말한다. 살불살조(殺佛殺祖)다. 얼마나 과격한 발언인가? 부처도 뛰어넘고 조사도 뛰어넘어라. 초불월조(超佛越祖)다. 올 겨울 동안거 해제일 때 법문하신 조실 무산 설악 큰스님 말씀이 생각난다.

> 절간에 부처가 있느냐? 절은 스님들 숙소에 불과해. 시장 노점상 노숙자 주막 주모 등 중생들의 삶이 팔만대장경이고 부처며 선지식이야.

바람 불고 흐린 겨울 신흥사 동안거 해제일 법당에 자리가 없어서 법당 앞마당 의자에 앉아 들은 법문 가운데 한 말씀이다. 부처도 우상이다. 부처도 없다. 시장 노점상 노숙자 주막 주모 염하는 늙은이 등 남을 속이지 않고 가난하게 살고 남들에게 피해 주지 않는 사람들의 삶이 경전이고 부처이고 조사이다. 부처도 죽이고 조사도 죽이라는 임제 스님의 말씀이나 가난하고 청정하게 사는 사람들이 부처이고 조사라는 무산 큰스님 말씀이나 무엇이 다른가?

중요한 것은 어디서나 주인이 되고 주인공이 되면 어디나 부처이고 진리다. 가고 머물고 앉고 눕는 행주좌와 일체가 선이고 진리다. 부처를 만나면 부처를 죽이고 조사를 만나면 조사를 죽여라. 모두 이름이고 관념이고 형상이다. 이름에 얽매이지 말고 관념 놀이 하지 말고 모든 형상이 허깨비라는 것을 알라. 부처님은 어디 먼 곳에 있는 게 아니다. 마음이 청정하고 차별이 없고 자유로우면 그대가 부처고 시장바닥이 도량이다. 부처와 조사를 비판하고 이들을 초월하는 이른바 초불월조(超佛越祖)사상이 나오는 것은 부처와 조사들의 가르침도 속박이고 우상숭배이기 때문이다. 따라서 초불월조가 지향하는 것은 이른바 아불합일(我佛合一)사상, 곧 자아가 바로 부처라는 사상이다. 임제는 말한다.

> 안으로 향하든 밖으로 향하든 무엇에 봉착하면 그것을 죽여라. 부처를 만나면 부처를 죽이고 조사를 만나면 조사를 죽여라. 나한을 만나면 나한을 죽이고 부모를 만나면 부모를 죽이고 친인척을 만나면 친인척을 죽여라. 그래야 비로소 해탈을 얻고 사물에 구속되지 않고 모든 게 투명하고 자유자재가 된다.
>
> 向裏向外 逢著便殺 逢佛殺佛 逢祖殺祖 逢羅漢殺羅漢 逢父母殺父母 逢親眷殺親眷 始得解脫 不與物拘 透脫自在

죽이라는 말은 말 그대로 죽이라는 것이 아니고 일체의 구속에서 벗어나라는 뜻. 부처도 이름이고 형상이기 때문에 구속이다. 『금강경』에는 약견제상비상(若見諸相非相) 즉견여래(卽見如來), 만일 모든 현상을 현상으로 보지 않으면 부처를 본다는 말씀이 나온다. 일체 형상을 잊을 때 깨닫는다. 그런가 하면 의상 대사의 「법성게」에는 무명무상절일체(無名無相絕一切) 증지소지비여경(證智所知非餘境)이라는 말이 나온다. 이름도 없고 형상도 없어 일체가 끊어져 깨달아 알 뿐 다른 경지는 없다.

임제가 무엇에 봉착하든 모두 죽이라는 말은 이렇게 이름과 형상을 벗어나라는 뜻이다. 나한은 아라한의 약칭으로 소승불교에서 최고의 깨달음을 얻은 자이고, 광의로는 소승 대승에 걸쳐 최고의 깨달음을 얻은 자이다. 부모도 죽이라는 말은 부모 역시 이름이고 형상이기 때문이다. 스님들이 출가하는 것은 부모와의 인연을 끊기 어렵기 때문이다. 일체가 공(空)이라면 부모 역시 공에 지나지 않는다. 그러나 우리가 집착하는 것은 부모라는 이름과 형상이 있기 때문이다. 임제가 부모를 만나면 부모를 죽이라는 것은 말 그대로 부모를 죽이라는 것이 아니고 그런 이름과 형상을 끊으라는 뜻이다.

임제의 스승 황벽 선사는 찾아온 어머니를 내쫓는다. 선사가 황벽산에 살 때 한 노파가 찾아온다. 그는 노파가 어머니라는 것을 알고도 외면하고 '저 늙은이에게 물 한 모금 쌀 한 톨 주지 말고 내쫓아라.' 말한다. 얼마나 인륜에 어긋나고 인간으로서 박정한 짓인가? 결국 절에서 쫓겨난 노모는 걸인이 되어 떠돌다 병이 들어 죽는다. 그가 노모를 내쫓은 것은 임제 식으로 말하면 노모를 죽인 것. 그러나 이런 행위 때문에 노모 역시 일체 현상이 공이라는 것을 깨닫고 죽은 다음 천상에 태어난다. 아무튼 임제가 강조한 것은 이름, 형상 등 일체의 구속에서 벗어나 대자유인이 되라는 말씀이다.

4. 시를 만나면 시를 죽여라

임제사상을 시에 적용하면 시쓰기에도 이런 죽음의 실천이 요구된다. 시를 만나면 시를 죽여라. 이 말 역시 말 그대로 시를 죽이라는 뜻이 아니고 시라는 이름, 제도, 형식, 법칙, 형상에 구속되지 말고 자유로워지라는 뜻이다. 최근의 우리 시는 너무 시라는 이름, 시라는 제도, 시라는 법칙에 구속되고, 따라서 시인들은 주인이 아니고 노예다. 물론 이때 주인은 임제가 말하는 그런 주인, 부처님을 뜻하지 않고 시의 노예가 되지 말라는 뜻이다. 물론 시인들이 임제가 말하는 그런 주인이 된다면 더 좋겠지만.

지금이 어떤 시대인가? 21세기가 아닌가? 그러나 우리 시는 아직도 무슨 서정시니 시적 가치니 본질이니 하며 고색이 창연한 소리들 아니면 무슨 소린지 모르는 환상 천지다. 사는 게 환상인데 무슨 환상이 필요한지 모르겠고, 후기 산업사회를 살면서 무슨 전통적 서정시가 필요한지 모르겠다. 모두 위선 아니면 무식한 자들의 넋두리다. 최소한의 시적 모험도 없고 그저 그렇고 그런 시들 천지고 그런 시들이 상을 받고 젊은 시인들은 그런 상을 받는 시인들 흉내 내기에 바쁘다. 한심하지 않은가? 모두들 시의 노예가 되려고 시를 쓰는가? 나는 임제의 이런 주장을 패러디한 다음과 같은 시를 발표한 적이 있다.

> 시를 만나면 시를 죽이고 나를 만나면 나를 죽여라. 언어를 만나면 언어를 죽이고 벽돌도 죽이고 나무 꽃 이슬 모조리 죽여라. 지금 당신이 걸어가는 아스팔트 아스파라가스 아편도 죽여라. 선배를 만나면 선배를 죽이고 후배를 만나면 후배를 죽여라. 스승도 죽이고 시금치도 죽이고 오늘 점심때 먹은 시금치 고사리 닭고기 닭 뼈다귀 닭 울음 닭 울음도 죽여라. 사랑도 죽이고 증오도 죽이고 순수도 서정도 죽이고 국수 먹다 말고 일어나라. 모자 쓰다 말고 웃어라. 시냇물 시냇물도 죽이고

푸른 하늘 한 사발이 있을 뿐이다. 술을 마시면 술에 취하고 당신이 웃으면 나도 웃는다. 개구리 거북이도 웃고 이 시는 당나라 선사 임제 스타일로 한번 써본 것. 이런 시도 죽여라. 모두 허망한 이름일 뿐이다.

— 이승훈, 「모두 죽여라」 전문

졸시 「모두 죽여라」 전문이다. 시를 만나면 시를 죽여야 하는 것은 시도 이름에 지니지 않기 때문이고, 시라는 이름이 나를 구속하기 때문이다. 자아도 이름이고 언어도 이름이기 때문에 자아도 언어도 죽여야 한다. 벽돌이 있는 게 아니라 벽돌이라는 언어가 있고 형상이 있다. 요컨대 모든 대상은 언어이고 형상이고 이런 형상은 자성, 실체, 본질이 없다. 이른바 상(相)에 지나지 않는다. 이런 상을 죽이는 것은 모든 상을 상이 아닌 것으로 보는 일이고 이때 우리는 부처와 만난다.

결국 이 시에서 내가 주장한 것은 시쓰기를 구성하는 자아-대상-언어를 죽이라는 것. 나아가 우리가 믿고 있는 시라는 것도 이름에 지나지 않는다는 것. 순수도 이름이고 서정도 이름에 지나지 않는다. 어디 순수가 있고 서정이 있는가? 그러므로 모두 죽이고 마침내 웃어야 한다. 이 웃음이 자유이고 해탈이다. 이 시대 선승 대정 스님도 '누가 도에 대해 묻는다면 한번 웃음으로 답하리(誰人我聞 吾答一笑)'라고 하지 않았는가? 그저 '푸른 하늘 한 사발'이 있을 뿐이고, 하늘이 사발이고 나이고 당신들이고 우주다. 일중다(一中多) 다중일(多中一) 일즉다(一卽多) 다즉일(多卽一)이다. 우리가 해야 할 일은 이 자유를 마시는 것. 그러므로 이런 시도 죽여야 한다.

죽음의 실천으로서의 시쓰기가 요구되는 것은 이 시대 시인들이 모두 권위와 전통에 매달리고, 따라서 자유를 모르고 법열(法悅)도 모르고 선열(禪悅)도 모르기 때문이다. 내가 김수영을 높이 사는 이유는 최소한 그는 이런 자유, 법열, 선열을 알고 있었기 때문이다. 그가 「와선(臥禪)」이라는 산문에서 강조하는 것이 그렇다. 와선은 누워서 하는 선. 그에 의하면 와선은 '부처를 천지팔방을 돌아다니면서 구하는 것이 아니라 자기의 골방에 누워서 천정에서 떨어지는 부처나 자기의 몸에서 우러나오는 부처를 기다리는 가장 태만한 버르장머리 없는 선의 태도'다. 김수영은 이런 태도로 시를 쓴 시인으로 릴케에 대해 말한다.

> 헨델은 베토벤처럼 인상에 남는 선율을 하나도 남겨주지 않는다. 그의 음(音)은 음이 음을 잡아먹는 음이다. 그의 음악을 낙천주의적이라고 하지만 사실은 소름이 끼치는 낙천주의다. 나는 그의 평화로운 '메시아'를 들으면서 얼마전에 뉴스에서 본, 마약을 먹고 적진에 쳐들어와 몰살을 당하는 베트공의 게릴라의 처절한 모습이 자꾸 머리에 떠오르곤 했다. 그림으로 말하자면 피카소가 헨델의 계열이고, 고흐가 베토벤 계열, 그리고 릴케의 안티테제가 보오드렐, 보오드렐은 자기의 시체는 남겨놓는데 릴케는 자기의 시체마저 잡아 먹는다. 그런데 릴케의 시체에는 적어도 머리카락 정도는 남아 있는 것 같은데 헨델의 시체에는 손톱도 발톱도 머리카락도 남아 있지 않다. 완전무결한 망각이다.
>
> — 김수영, 「와선」, 『김수영전집』 2, 민음사, 1981, 104~105쪽

도대체 지금 김수영은 무슨 말을 하고 있는가? 어제는 비가 오락가락하던 금요일. 저녁 무렵 강남역에서 전철을 타고 잠실역에 내렸다. 몇 달째 아프던 허리가 악화된 건 화요일 그러니까 4월 19일 진해를 다녀왔기 때문이다. 경남문학회 이우걸 시인이 모처럼 초청을 해준 게 고맙고 몇 달 째 여행이라곤 한 적이 없던 터라 덜컥 약속을 했다. 네 시간 고속버스를 타고 창원에서 내려 다시 택시를 갈아타고 진해에 닿은 건 어두운 저녁 무렵이다. 진해시 입구 산자락에 있는 경남문학관에서 특강도 하고 다

시 창원으로 나와 일식집에서 맥주도 하고 다음 날 아침 일찍 버스를 타고 돌아왔으니 몸도 엉망이고 무엇보다 허리가 말이 아니다. 그동안 골다공증 악화로 세브란스병원 내분비내과를 다니며 약도 먹고 주사도 맞고 지내는 처지에 그 먼 진해까지 다녀왔으니 허리에게 너무 미안하다.

불편한 허리로 어제 저녁 또 외출을 했다. 잠실역 출구로 나가면 롯데마트 앞 광장이다. 바람만 부는 을씨년스런 저녁. 약속 시간이 남아 광장을 오락가락하다가 추워서 길가 마트에 들려 작은 캔 맥주 하나를 사서 마셨다. 지금 나는 무슨 말을 하려고 이런 소리를 하는지 모르겠다.

와선은 누워서 하는 선. 부처를 찾으려고 천지팔방을 돌아다니는 선이 아니라 골방에 누워 천장에서 떨어지는 부처나 자기 몸에서 우러나오는 부처를 기다리는 태만한 버르장머리 없는 선이다. 그러니까 와선은 즉심즉불, 내 마음이 부처라는 조사선 가운데 하나이고 마침내 아불합일(我佛合一), 부처와 내가 하나라는 임제선이 발전(?)한 양식이다. 천장에서 떨어지는 부처는 천장이 부처이고 천장이 설법을 하는 경지이다. 이른바 무정유성이다. 시냇물도 설법을 하고 돌멩이도 설법을 하지만 와선의 경지에선 골방 천장이 설법을 하고 천장이 부처가 된다. 그런가 하면 골방에 누워 있는 몸에서도 부처가 우러나는 경지다. 일체의 권위 전통을 부정하는 선이 와선인 것 같다.

이런 와선의 미학이 죽음을 실천하는 미학이다. 나는 헨델에 대해 아는 것이 없지만 김수영에 의하면 헨델의 음악은 음이 음을 잡아먹는 음이다. 그럼 무엇이 남는가? 시로 말하면 언어가 언어를 잡아먹는 시다. 보오드렐 역시 죽음을 실천한다. 그러나 그는 자기의 시체는 남겨놓는데 릴케는 자기의 시체마저 잡아먹는다. 그러니까 보들레르보다 릴케가 한 수 위다. 김수영은 보오드렐이라고 쓰고 난 보들레르라고 쓴다. 누가 맞는지 모르겠다. 와선의 경지에 이런 게 무슨 문제인가? 보들레르의 시는 자아를 죽인 시, 그러나 죽은 시체는 남아 있다. 하지만 릴케는 죽은 자기 시체도 잡아먹는다. 보들레르는 시체를 남기고 릴케는 시체도 잡아먹는다.

보들레르의 시는 그가 죽인 자신의 시체이고 릴케의 시는 그가 죽인 자신의 시체를 다시 잡아먹고 남아 있는 머리카락이다. 그러나 헨델은 릴케보다도 한 수 위다. 죽음의 실천에 있어서 헨델이 한층 과격하기 때문이다. 릴케는 시체를 잡아먹고 머리카락 정도는 남아 있지만 헨델은 시체를 잡아먹고 손톱도 발톱도 머리카락도 남아 있지 않다. 완전무결한 망각이다. 그러니까 죽음의 실천은 이 정도는 되어야 하고, 그것은 자신의 작품도 잊어버리는 경지이고, 그것은 자아도 시도 없는 경지이다. 시를 만나면 시를 죽여라.

5. 무위진인

그런 점에서 김수영 시학의 중심에는 와선정신이 있고, 그것은 임제선이 강조하는 죽음의 실천과 통한다. 그는 이른바 선시를 쓴 적이 없다. 그러나 그의 시정신을 지배하는 것은 마음도 아니고 부처도 아니라는 비심비불, 부처도 죽이고 조사도 죽이라는 살불살조 정신, 요컨대 무위진인 사상이다. 그것은 무엇도 분별하지 않는 무위진인, 무엇에도 의지하지 않는 무의도인, 무집착, 수연임운의 시학이다. 무위진인에 대해서 임제 선사는 다음처럼 말한다.

> 선사가 법당에 올라 말한다. "붉은 고기덩어리에 무위진인 한 분이 있다. 항상 그대들 여러 사람의 면문(面門)에 출입한다. 아직 그것을 못 본 자들은 보라! 보라!" 그때 한 스님이 나와 묻는다. "어떤 것이 무위진

인입니까?” 선사가 선상에서 내려와 멱살을 잡고 “말하라! 말하라!”고 말하자 그 스님이 의아해하니까 선사가 그를 내동댕이치며 “무위진인이 무엇인가? 그건 마른 똥 막대기야.” 말하고 방장으로 돌아갔다.

上堂云 赤肉團上 有一無位眞人 常從汝等諸人 面門出入 未證據者看看 時有僧 出問 如何是無位眞人 師下禪床 把住云 道道 其僧擬議 師托開云 無位眞人是什麽 乾屎橛 便歸方丈

붉은 고기 덩어리는 몸이고, 이 몸에 무위진인이 있다. 무위는 지위, 자리가 없다는 뜻이고, 이런 자리에 의해 사물들의 차이가 드러난다는 점에서 무위는 차별이 없다는 뜻이고, 진인은 참사람, 이른바 진아(眞我)이다. 진아는 참된 자아, 참사람이고, 불교가 지향하는 것이 진아이다. 그러나 진아는 경전에 따라 여러 이름이 있다. 심지(『보살계』), 보리(『반야경』), 법계(『화엄경』), 여래(『금강경』), 열반(『반야경』), 여여(『금강명경』), 법신(『정명경』), 진여(『기신론』), 불성(『열반경』), 총지(『원각경』), 여래장(『승만경』), 원각(『요의경』) 등이 그렇다. 선에서 말하는 진심은 진여를 뜻하고 원효는 일심이라고 부른다.(보조 지눌, 『진심직설』, 이기영 역해, 한국불교연구원, 2001, 32~40쪽)

요컨대 진심은 망령된 것을 떠난 마음이고, 이런 마음이 청정심이고 분별, 차별이 없는 마음이고, 무위진인은 이렇게 차별이 없는 참사람을 뜻한다. 그러니까 이런 참사람은 우리 눈에 보이는 인간이 아니라 불성을 뜻한다. 이런 참사람이 우리 면문(面門)을 출입한다. 면문은 얼굴의 문, 곧 눈, 귀, 코, 입 등 감각기관을 뜻한다. 곧 차별 없는 참사람은 우리 감각기관을 통해 들어가고 나온다. 그만큼 자유롭고 한편 눈에 보이는 존재가 아니다. 이 참사람이 우리를 지배한다. 차별과 분별을 떠난 마음, 불성은 눈에 보이지 않지만 원래부터 존재했기 때문이다.

따라서 스님이 '어떤 것이 무위진인입니까?' 물을 때 그를 내동댕이친 것은 그가 이 참사람을 눈에 보이는 대상으로 인식했기 때문이다. '무위진인이 무엇인가? 그건 마른 똥 막대기야.'라는 말은 무위진인? 그런 것도 버리라는 말. 임제는 부처를 만나면 부처를 죽이고 조사를 만나면 조사를 죽이라고 했다. 마른 똥 막대기는 당시 절에서 스님들이 대변을 닦던 막대기. 당시만 해도 화장지가 없었기 때문에 스님들은 종이 대신 막대기를 사용했다. 그런 점에서 마른 똥 막대기는 지극히 하찮은 것, 버려야 할 것을 뜻한다. 무위진인은 우리 몸을 지배한다. 그러나 이 참사람에도 집착하면 안 된다. 왕지약(王志躍)은 다음처럼 해석한다.

> 무위진인을 마른 똥 막대기라고 말하는 것에는 두 가지 의미가 있다. 첫째, 임제가 말한 무위진인은 내재적 진아(眞我)이며, 만약 질문한 승려와 같이 무위진인을 외재적인 것으로 보고, 그리하여 가아(假我)를 진아로 본다면, 이런 사람은 자기를 노예와 같이 보아 무가치한 것이고, 그러므로 마른 똥 막대기와 같다고 말할 수 있다. 둘째, 집착하고 정체된 바가 없이 마음대로 자연스럽게 단지 수연임운(隨緣任運)하면, 바로 중생과 부처의 구별이 없게 되어 무위진인을 체오(體悟)하게 된다. 그러나 다시 이런 체오에 집착하여 정체할 수는 없다. 만약 그렇게 집착하여 정체한다면 무위진인은 바로 마른 똥 막대기처럼 가치와 생명이 없게 된다는 것이다.
>
> — 왕지약, 『분등선』, 김진무 · 최재수 공역, 운주사, 2002, 137~138쪽

왕지약에 의하면 무위진인이 마른 똥 막대기라는 말은 두 가지 의미를 지닌다. 하나는 이 참사람은 내재적 진인이고, 따라서 질문한 스님처럼 외재적 가아로 보면 이 가아에 의존하는 노예가 되고, 이때 마른 똥 막대기는 가아를 뜻한다. 말하자면 질문한 스님은 마른 똥 막대기의 노

예가 된다. 다른 하나는 집착을 버리고 차별을 버리면 무위진인을 몸으로 깨닫게 되지만, 다시 이 깨달음에 집착하면 이 참사람은 마른 똥 막대기처럼 가치가 없고 생명이 없게 된다는 것. 그러니까 무위진인에도 집착하면 무위진인이 마른 똥 막대기가 된다는 뜻이다. 공안에 대한 해석은 관점에 따라 다양하다. 다음은 조주 선사의 유명한 정전백수자(庭前柏樹子) 화두.

> 스님: 조사가 서쪽에서 오신 뜻이 무엇입니까?
> 조주: 뜰 앞의 잣나무니라.
> 스님: 화상께서는 경계로 사람을 가르치지 마십시오.
> 조주: 나는 경계로 사람을 가르치지 않아.
> 스님: 조사가 서쪽에서 오신 뜻이 무엇입니까?
> 조주: 뜰 앞의 잣나무니라.
>
> 僧問 如何是祖師西來意 師云 庭前柏樹子 學云 和尙莫將境示人 師云 我不將境示人 云如何是祖師西來意 師云 庭前柏樹子

조사가 서쪽에서 오신 뜻은 초조 달마가 인도에서 중국으로 오신 뜻, 곧 달마의 근본 뜻. 불성이 무엇인가라는 질문이다. 그러나 조주 선사는 '뜰 앞의 잣나무'라고 대답한다. 아마 스님과 선사가 대화를 나눌 때 뜰 앞에 잣나무가 있었던 건 같다. 그러니까 선사는 단지 눈에 보이는 것을 가리켰을 뿐이다. 그러나 스님은 그렇게 눈에 보이는 경계로 가르치지 말라고 말한다. 선사는 '나는 사람을 경계로 가르치지 않는다'고 말한다. 다시 스님의 같은 질문에 선사는 같은 대답을 한다.

도대체 선사는 무슨 말을 하고 있는가? 나는 이 공안을 기호학의 시각에서 다음처럼 해석한 바 있다. 이 공안에서 중요한 것은 조주 선사가 '나는 경계로 가르치지 않는다'는 말이다. 경계는 감각의 대상들. 이른바 안

이비설신의의 6근이 만나는 색성향미촉법 6경이다. 선이 대상을 부정하는 것은 이런 대상이 6근과 관계되고 6근은 무이고 공이고, 따라서 6경 역시 무이고 공에 지나지 않기 때문이다. 아공(我空)이 법공(法空)이다. 그런 점에서 '뜰 앞의 잣나무'는 경계가 아니고 경계를 초월한다. 그렇다면 뜰 앞의 잣나무는 무엇인가?

> 뜰 앞의 잣나무는 뜰 앞의 잣나무가 아니고 잣나무가 아닌 것도 아니다. 조주가 강조하는 것은 그러므로 잣나무/잣나무 아님의 변증법적 완성, 종합, 지양이 아니다. 잣나무는 지금/그때 있는 것도 아니고, 있으며 동시에 없는 것도 아니고, 비유비무(非有非無)도 아니다. 그렇다면 무엇인가? 잣나무는 없고, 그러나 없는 것도 아니다. 요컨대 그가 강조한 것은 잣나무는 잣나무가 아니고(不一) 잣나무가 아닌 것도 아니라는 것.(不異) 앞에서 말한 4구가 모조리 해체된다.그런 점에서 이런 말이 노리는 것(궁극적으로는 노리는 것도 없지만)은 이른바 불이(不二)의 직관으로서의 반야바라밀다이고, 그런 점에서 절대이고, 이 절대가 공이다.
>
> — 이승훈, 『선과 기호학』, 한양대출판부, 2005, 82쪽

그때 나는 이 공안을 중관파의 절대 관념으로 해석했고, 중관파에 의하면 절대는 두 가지 의미가 있다. 첫째로 절대는 전적으로 비규정적 성질을 갖는다는 것. 둘째로 절대는 규정할 수 없기 때문에 이성에 의해서는 접근할 수 없다는 것. 전자는 논리적 측면에서 절대의 성격을 강조하고, 후자는 절대를 파악하는 방식을 강조한다. 절대란 어떤 서술, 정의도 가능하지 않기 때문에 '공(空)'이라는 용어에 의해 표현하는 것이 적절하다. 왜냐하면 논리학의 수준에서 공은 유/무의 분별을 초월하기 때문이다.

이 공안의 앞부분에서 선사는 스님의 같은 질문에 '나에게 의자를 가

져오게'라고 말한다. 스님이 '조사가 서쪽에서 오신 뜻', 곧 불교의 진리에 대해 물을 때 선사가 '의자를 가져오라'고 한 것은 그런 질문을 하지 말라, 따지지 말라, 알려고 하지 말라는 것. 왜냐하면 무슨 뜻을 가지고 온 것이 아니기 때문이고, 불성은 누구나 모두 가지고 있는 것이지 누가 전해주는 것이 아니기 때문이다. 그러므로 즉심즉불, 불성(마음)만 깨달으면 부처가 된다. 그러나 이 마음은 언어와 형상을 초월하고, 선사가 다시 말한 '뜰 앞의 잣나무'가 그렇다.

임제가 말하는 '마른 똥 막대기'나 조주가 말하는 '뜰 앞의 잣나무'나 결국은 같은 말이다. 아무 의미가 없다. 무위진인은 차별이 없는 참 사람이고, 차별이 없기 때문에 분별을 모르고, 형상이 없고, 자유자재다. 요컨대 어디에도 기대지 않는 무의도인(無依道人)이다. 이 사람은 '곳곳에서 막힘이 없어 시방(十方)에 관통하고, 삼계에 자재하며, 모든 경계에 차별이 없다.'

6. 김수영

김수영의 시, 특히 「등나무」, 「의자가 많아서 걸린다」, 「풀」 등에서 읽을 수 있는 것이 그렇다. 「등나무」는 '파격적 현대시'에서 해석한 바 있고, 「의자가 많아서 걸린다」는 시가 길고 정신분석과 선의 관계에 대한 해명이 요구되기 때문에 다른 기회로 미루고, 이 글에서는 그의 유고 작품이기도 한 「풀」을 다룬다.

그동안 이 시에 대해서는 다양한 해석이 있었고, 지금도 여러 해석이 시도되고 있다. 나는 이런 해석의 문제점을 살피면서 이 시가 눕다/일어나다, 울다/웃다의 세속적 대립이 해소되는 불교적 세계관을 노래한다는 주장에 동의하지만 '풀'은 단순한 대립의 해소가 아니라 더 큰 누움, 말하자면 그 속에 세속적 대립을 내포하거나, 그런 대립을 끌어안는 더 큰 절망(?)을 상징한다고 주장한 바 있다.(이승훈, 『한국현대시 새롭게 읽기』, 세계사, 1996)

그후 나는 이 시를 모더니즘 세계관의 해체, 이른바 이항 대립체계의 해체로 읽고, 그 해체 양상이 선불교적 사유에 접근하고, 그런 점에서 선을 매개로 하는 포스트모더니즘의 비판적 수용으로 읽는다. 비판적 수용이라는 말은 서양 예술이 보여주는 포스트모더니즘은 단지 이항 대립체계의 해체만 노릴 뿐이지만 이 시는 그런 해체를 불교적 사유와 결합시키기 때문이다. 다음은 그때 한 말.

> 요컨대 이 시가 강조하는 것은 승리냐 패배냐, 혹은 풀이냐 바람이냐가 아니라 그런 관계에 대한 해체이고, 그것은 저 유명한 색즉시공 공즉시색이라는 진공묘유의 도리, 반야의 공사상과 통한다. 현상이 공이고 공이 현상이라는 것은 이른바 불이(不二)사상에 속하고 불이는 불이(不異)이다. 둘이 아니라는 것은 하나라는 것이 아니라 서로 다르지 않다는 것. 이 다르지 않다는 것이 중요하다. 다르지 않다는 것은 무엇인가?
>
> — 이승훈, 「모더니즘의 비판적 수용」,
> 『모더니즘의 비판적 수용』, 작가, 2002, 279쪽

공과 색이 다르지 않다는 것은 무엇인가? 법장 현수 스님은 진공묘유에 대한 세 가지 오해를 지적한다. 첫째는 공과 색을 다른 경계로 의심하는 것, 따라서 색 밖에 따로 공이 있다는 생각. 둘째는 공의 경계가 색법을 다 없앤 단멸의 공으로 의심하는 것. 셋째는 공이 물질처럼 있다고 의심하는 것. 요컨대 이런 오해를 제거하면 진공묘유는 색과 공이 이항 대립 체계를 부정하고, 그야말로 묘유(妙有)임을 강조한다. 이 묘유는 있는 것도 아니고 없는 것도 아니고, 그렇다고 있지 않는 것도 아니고 없지 않

는 것도 아니다. 있음과 없음이 불이(不二)이고 불이(不異)이다.

김수영의 바람과 풀의 관계가 그렇다. 그러나 지금 이 글을 쓰면서 다시 생각하면 이런 주장이 틀린 건 아니지만 좀 더 새로운 시각에서 다시 읽을 수 있다는 생각이다. 이 놈의 생각이 문제지만 이런 글은 생각 없이 쓸 수 있는 것도 아니다. 그러므로 이런 생각도 생각을 버리려는 생각이고 버리려는 생각도 버리려는 생각이다.

앞의 글에서 나는 이 시가 대립의 해소보다 더 큰 누움, 곧 그 속에 세속적 대립을 내포하거나, 그런 대립을 끌어안는 더 큰 절망을 상징한다고 말했다. 이런 해석은 이 시가 '날이 흐리고 풀뿌리가 눕는다'는 식으로 끝나기 때문이다. 그러나 다시 생각하면 이런 누움은 와선(臥禪)이 그렇듯이 죽음(누움)을 실천하는 미학이고, 따라서 '바람보다 늦게 울어도/바람보다 먼저 웃는' 풀은 김수영이 골방에 누워 만나는, 천장에서 떨어지는 부처이고, 그의 몸에서 우러나오는 부처이다. 왜냐하면 일체 만물이 부처이고, 이 부처는 밖에 있는 게 아니라 마음이기 때문이다. 시를 옮긴다.

> 풀이 눕는다
> 비를 몰아오는 동풍에 나부껴
> 풀은 눕고
> 드디어 울었다
> 날이 흐려서 더 울다가
> 다시 누웠다
>
> 풀이 눕는다
> 바람보다도 더 빨리 눕는다
> 바람보다도 더 빨리 울고
> 바람보다도 먼저 일어난다

날이 흐리고 풀이 눕는다
발목까지
발밑까지 눕는다

바람보다 늦게 누워도
바람보다 먼저 일어나고
바람보다 늦게 울어도
바람보다 먼저 웃는다
날이 흐리고 풀뿌리가 눕는다

— 김수영, 「풀」 전문

김수영의 「풀」 전문이다. 1연에서 풀은 바람 때문에 눕고 운다. 물론 날이 흐려서 더 울고 다시 눕지만 날씨 때문에 그런 게 아니라 동풍, 그것도 비를 몰아오는 동풍에 나부껴 눕고 울고, 다시 울고 다시 눕는다. 바람이 풀을 지배한다. 바람의 승리/풀의 패배다. 그러나 2연에 오면 이런 관계는 역전된다. 이번에는 풀이 바람보다 더 빨리 울고, 바람보다 먼저 일어난다. 여기서는 바람의 패배/풀의 승리다.

문제는 3연이다. 변증법적 구조로 읽으면 3연은 종합에 해당한다. 그러나 이 시의 경우 '바람보다 늦게 누워도/바람보다 먼저 일어나고', '바람보다 늦게 울어도/바람보다 먼저 웃는다'. 도대체 이런 관계는 변증법적 종합이 아니고, 언어로 말할 수 없고, 따라서 관계라고 말할 수 없는 관계이다. 바람과 풀은 대립되는 것도 아니고 대립되지 않는 것도 아니다. 바람보다 늦게 누우면 바람보다 늦게 일어나야 하고, 바람보다 늦게 울면 바람보다 늦게 웃어야 한다. 그러나 이 시에서는 이런 이항 대립체계가 해체된다.

법장의 말을 따르면 공(바람)과 색(풀)은 밖에 따로 있는 게 아니고, 공은 색이 존재하지 않는 단멸의 공이 아니고, 공은 물질처럼 있는 게 아니다. 그러므로 공과 색은 진공묘유이고 이 묘유가 불이(不二), 중도이다. 3연은 1연과 2연의 대립이 변증법적으로 종합되는 게 아니라 그런 대립 자체를 해체한다. 그리고 이런 해체가 반야 공사상에 접근한다. 그러므로 '날이 흐리고 풀뿌리가 눕는다'에서 눕는 이미지는 단순한 좌절, 절망, 패배가 아니라 이런 공사상을 내포하는 누움으로 읽을 수 있고, 그렇게 읽을 때 불교적 사유, 특히 선적 사유에 접근한다. 더 큰 누움은 더 큰 절망이지만 이때 더 큰 절망은 죽음이고 골방에 누워 천장에서 떨어지는 부처를 기다리는 마음이다.

더 큰 누움은 차별, 분별을 모르는 불성이다. 한마디로 이 풀은 빠르다/늦다, 울다/웃다, 눕다/일어나다의 세속적 진리에 구애되지 않는 자유자재, 무위진인, 무의도인을 상징한다.

7. 수처작주 입처개진

임제선 시학이 강조하는 것은 곳곳에 막힘이 없고, 삼계, 곧 욕계, 색계, 무색계에 자재하고 경계에 분별이 없는 무위진인 정신이다. 김수영은 시작 노트에서 말한다. '나의 가슴은 언제나 무(無), 이 무 위에서 파괴와 창조가 동시에 이루어진다.' '시인이라는 혹은 시를 쓰고 있다는 의식을 가지고 있는 것처럼 큰 부담이 없다.' '나는 시보다도 술을 더 좋아한다.' '내가 정말로 꾀하고 있는 것은 침묵이다.' 등등. 그의 말을 인용하자면 한이 없다. 이런 고백이 지향하는 것은 그가 의식했든 못했든 임제선 사상이다.

그의 가슴은 언제나 무(無)이고, 이 무 위에서 파괴와 창조가 동시에 이루어진다는 말은 그의 시가 무를 지향하고, 이 무 위에서 창조와 파괴가 동시에 수행된다는 점에서 이 무는 사유 이전, 그러니까 선불교가 말하는 공사상과 유사하다. 그가 말하는 무는 유/무 창조/파괴 이전의 무이기 때문이다.

그가 시론「시여 침을 뱉어라」에서 자신의 사유가 모호성에 토대를 두고, 시쓰기는 무한대에 접근하는 유일한 도구라고 말한 것도 비슷한 의미로 읽을 수 있다. 한마디로 그의 사유는 사유 이전의 사유이고 이런 사유가 공에 접근한다. 그런가 하면 시인, 혹은 시를 쓴다는 의식이 부담이 된다는 말은 시에 대한 전통적 인식, 시쓰기의 인습에 대한 부정이고, 이런 말은 일체의 권위나 전통으로부터 벗어나는 시쓰기를 지향하고, 그것은 시(부처)마저 초월하는 즉심즉불, 곧 시인(마음)이 시(부처)이고, 나아가 시인(마음)도 없고 시(부처)도 없다는 비심비불 사상과 통한다. 내가 그의 사유를 임제가 말하는 무위진인 사상으로 해석하는 이유이다.

그러므로 시보다 술이 더 좋다는 말 역시 있는 그대로 읽을 게 아니라 죽음의 실천, 헨델의 예술이 암시하는 완전한 망각을 지향하는 것으로 읽어야 한다. 술은 조작이 없고 자아가 없고 시도 없는 경지의 알레고리이다. 따라서 그가 시도하는 것은 침묵이고, 이 침묵이 불립문자 도불가설에 해당한다.

임제의 무위진인 사상은 무엇보다 자신에 대한 믿음을 강조하고, 따라서 어떤 유혹에도 넘어가면 안 된다. 나는 지금 무위진인을 시쓰기의 태도, 시정신과 관련시켜 말한다. 임제는 이렇게 유혹받지 않는 사람은 어디서나 주인이 되고(隨處作主), 그가 서는 곳이 모두 진리(立處皆眞)라고 말한다. 다음은『임제록』에 나오는 말.

> 도를 닦는 자들이여. 불법은 용공이 없으니 다만 평상무사면 된다. 똥이 마려우면 똥 누고 오줌 마려우면 오줌 누고 옷 입어야 할 때 옷 입고 밥 먹어야 할 때 밥 먹고 피곤하면 눕는다. 어리석은 사람이 웃을지 모르나 지혜로운 사람은 안다. 옛 사람이 말했다. 밖을 향한 공부는 모두

어리석고 완고할 뿐이다. 그대들은 이제 어디에 가든 주인이 되고 서 있는 곳이 모두 진리다. 어떤 경계가 닥치더라도 돌려서 바꾸어 놓을 수 없다. 설사 종래의 습기가 있고, 무간 지옥에 떨어질 다섯 가지 업이 있더라도 저절로 해탈의 큰 바다가 된다.

道流 佛法無用功處 祇是平常無事 屙屎送尿 著衣喫飯 困來卽臥 愚人我笑 智乃知焉 古人云 向外作工夫 總是癡頑漢 師云 你且隨處作主 立處皆眞 境來回換不得 縱有從來習氣 五無間業 自爲解脫大海

불법은 공을 들일 필요가 없다. 왜냐하면 마음이 부처고 자아가 부처이기 때문이다. 따라서 분별, 조작이 없는 평상심을 유지하면 되고 이것은 아무 일도 없는, 인위적으로 무엇을 하지 않는 마음이다. 예컨대 똥이 마려우면 똥을 누고 오줌 마려우면 오줌 누고 추우면 옷 입고 배고프면 밥 먹고 피곤하면 누워 쉬면 된다. 무엇을 따지고 헤아릴 필요가 없다. 이런 말을 하면 어리석은 사람들은 비웃을지 모르지만 지혜로운 사람은 이 말의 뜻을 안다.

사실 평상심이 도라는 말은 너무 쉬울지 모른다. 왜냐하면 누구나 배고프면 밥 먹고 오줌 마려우면 오줌을 누기 때문이다. 그러나 과연 그런가? 우리는 배고프지 않아도 먹고, 밥 먹으면서도 온갖 번뇌 망상에 시달린다. 밥 먹을 때 밥만 먹는다는 것은 밥 먹을 때 아무 생각 없이 밥만 먹는 것. 그러므로 밥 먹는 일, 잠자는 일 등 모든 행주좌와가 도이고 도의 실천이다. 내가 선의 일상화를 강조하면서 평상심의 실천을 말하는 것은 이런 문맥을 거느린다. 불법은 어디 먼 산속에 있는 것도 아니고 신비하고 초월적인 것도 아니다. 불법은 일상 속에 있고, 일상의 행위 자체가 불법이고 불법의 실천이 되어야 한다. 한마디로 자성청정심을 회복하고 맑은 마음, 평상심으로 살면 된다.

그러므로 밖을 향한 공부, 예컨대 내 밖에 불법이 있고 부처가 있다는 생각에 밖을 찾아 헤매는 공부는 모두 어리석고 유연하지 못한 공부가 된다. 마음이 부처고 자아가 부처라면 밖이 아니라 마음을 보아야 하기 때문이다. 따라서 어디를 가든 주인이 되어야 하고 가는 곳마다 불법, 진리, 부처가 된다. 주인이 되라는 말은 세계의 중심이 되라는 뜻이다. 그러나 이렇게 해석하면 임제선은 인간중심주의, 휴머니즘이 되지만 그렇지 않다. 주인은 주인공, 곧 대자유인, 부처를 말하기 때문이다. 서양에서 중세 이후에 등장하는 인간중심주의, 휴머니즘 사상과 유사하지만 유사하지 않은 이유이다.

서구 휴머니즘이 강조하는 것은 인간이 중심이 되어 세계를 자아와 대립적으로 인식하는 주체/객체의 양분법이고, 이런 인식론의 근거는 이성적 사유, 곧 세계를 양분하는 이항 대립적 사유이고, 이성은 세계를 착취하는 도구가 된다. 따라서 쇼펜하우어도 말했듯이 이때 세계는 있는 그대로의 세계가 아니라 주체의 의지, 욕망의 표상이 되고, 하이데거는 이런 세계는 세계가 아니라 세계 상(像)이라고 비판한다.(좀 더 자세한 것은 이승훈, 『선과 하이데거』, 황금알, 2011, 158~159쪽 참고 바람)

그러나 불교적 세계관은 이와 달리 이 세계, 곧 일체유위법은 꿈과 같고 허깨비 같고 물거품 같고 그림자 같다고 인식한다. 그렇다면 임제가 말하는 수처작주, 곧 인간이 세계의 중심, 주인이 되라는 주장은 이런 불교적 세계관과 모순되는 게 아닌가? 도대체 자아가 없고, 따라서 대상도 없는 터에 어떻게 주인이 된다는 것인가? 『반야심경』은 자아, 곧 오온이 공하므로 일체 고액을 멸하고, 색(육체)이 공이므로 수상행식(정신)도 공하다고 말한다. 물론 공즉시색 색즉시공이다.

그런 점에서 나는 임제의 인간중심주의를 두 가지 수준에서 읽을 필요가 있다고 본다. 첫째로 선종의 발전 양상으로 읽는다. 선종은 혜능에 의해 즉심즉불이 강조되고 마조 조사선에 오면 비심비불로 발전하고 임제선에 오면 살불살조(殺佛殺祖), 아불합일(我佛合一), 곧 인간이 부처라는 사상으로 발전한다. 그러므로 자아가 세계의 주인이 되어야 한다는 주장은 초불월조(超佛越祖) 사상을 심화한 것이고, 부처 대신 인간이 중심이 되는 이런 인간중심주의는 많은 이론가들이 말했듯이 선종의 르네상스에 해당한다. 둘째로 이런 문맥에서 임제선이 강조하는 인간중심주의는 서구 휴머니즘과 다르게 인간의 이성을 신뢰하고, 인간이 주체가 되어 세계를 착취하는 그런 휴머니즘이 아니라 부처를 대신하는 인간으로서 세계의 중심이 되라는 뜻이다. 그러므로 주인이 되라는 말은 비록 어디에도 구속되지 않는 자유인이 되라는 말이지만, 이때 자유는 평상심, 청정심이 실현하고, 따라서 주인은 주인 공(空), 대행 스님이 법문에서 계속 사용하는 공(空)으로서의 주인이 되라는 뜻이다. 가는 곳마다 부처가 되라. 그러므로 입처개진, 곧 서는 곳마다 모두 진리, 부처가 된다.

이 경지가 되면 어떤 경계가 닥쳐와도 끄떡없다. 이런 주인 공은 이미 부처이기 때문에 어떤 것도 구속할 수 없고 그 이전의 자아로 돌아갈 수도 없다. 그러므로 설사 종래의 습기가 있고 무간 지옥에 떨어질 다섯 가지 악, 곧 부, 모, 아라한을 죽이고, 부처의 몸에 상처를 내고, 다른 집단을 만드는 5역(소승), 탑사(塔寺)를 파괴하고, 성문, 연각, 대승의 법을 비방하고, 소승의 악업을 짓고, 업보는 없다고 생각하는 악업(대승)이 있다고 해도 스스로 해탈하게 된다.

8. 임제선의 정신

가는 곳마다 주인이 되면 서는 곳마다 진리가 되기 때문에, 가는 곳마다 부처가 되면 서는 곳마다 부처가 되기 때문에 세상은 해탈이라는 큰 바다가 된다. 그러므로 습기도 악업도 소멸한다. 그러나 이건 어디까지나 깨달음의 문제이고 내가 강조하는 것은 시쓰기, 시학의 문제이다. 그런 점에서 무위진인 사상도 그랬지만 수처작주 입처개진 사상도 시학의 이론적 토대로 수용할 필요가 있다.

물론 선이든 시든 궁극적으로 지향하는 것은 깨달음이고 무위진인, 수처작주가 되는 일이다. 그러나 시학의 수준에선 이런 주장을 그대로 수용할 수 없고, 조심스런 접근이 요구된다. 결론부터 말하면 임제선 사상은 아방가르드 선시의 이론적 토대가 된다. 그러나 이런 전위 시학을 검토하기에 앞서 먼저 전통적인 선시 몇 편을 읽고 임제선의 정신을 살피기로 한다.

조주는 모든 것 버리라 했고	趙州放下着
분양은 망상을 말라 했으니	汾陽莫妄想
두 노련한 스승	兩個老作家
큰 소리 질러 아무도 다른 소리 못했다	俱揚聲止響
그러나 어찌 흠산만 하랴	爭如遂導師
둔한 그대로 스스로 편안하여	抱鈍以自安
평생에 아무 아는 것 없고	平生百不會
하루하루가 그저 매한가지	日日只一般

고려 시대 원감(圓鑑) 충지(沖止) 스님의 시다. 제목은 「흠산의 말을 사랑해 게송을 지어 기록한다」.(김달진 역 참고) 흠산(欽山)은 청원계의 동산(洞山)의 제자로 흠산은 문수(文邃)의 호다. 흠산이 한 말은 '나는 평생 아무 깨달은 것도 없고 그저 날마다 한 모양으로 지낼 뿐이다(老僧平生無所會 只是日日一般)'이고, 이 말이 좋아 원감이 게송을 짓는다.

이 시에서 원감은 흠산이 조주나 분양보다 한 수 위라고 노래한다. 조주는 모든 것을 버리라 하고 분양은 망상을 말라고 한다. 방하착(放下着)은 내려놓으라, 그만 잊어버려라, 쉬라는 뜻. 다음은 조주의 공안.

엄양: 한 물건도 가지고 오지 않을 때는 어떻게 합니까?

조주: 내려놓아라.

엄양: 한 물건도 없는데 무엇을 내려놓습니까?

조주: 그럼 다시 가지고 가라.

한 물건도 없다는 말은 6조 혜능의 게송에도 나오듯이 마음도 없다는 뜻이다. 이 무심이 불성이고 도이다. 그러나 한 물건도 없을 때는 어떻게 하느냐는 엄양의 질문에 조주는 내려놓으라고 대답한다. 아무것도 없는데 도대체 무엇을 내려놓으라는 것인가? 한 물건도 없는 상태, 무심의 경지는 언어와 형상을 모르는 경지이다. 그러므로 이 경지에선 한 물건이 없다는 말도 하면 안 된다. 그러나 엄양은 이 무심, 무언, 무상에 대해 말하기 때문에 진리를 벗어난 것이고, 따라서 조주는 그런 말도 내려놓으라, 버리라고 말한다.

엄양은 아직도 분별이 있어 다시 '한 물건도 없는데 무엇을 내려놓습니까?' 묻는다. 이에 대해 조주는 '그럼 다시 가지고 가라.'고 대답한다. 이것은 아직도 엄양이 한 물건을 실체, 대상으로 생각하기 때문에 그런 사유를 비판한 말이다. 그러니까 너는 내 말의 뜻을 모르니까 마음대로 해보라는 것. 방하착은 일체의 분별, 집착을 버리고 무심의 경지에 있으라는 뜻이다.

조주는 '모든 것을 버려라'고 말하고 분양은 '망상을 하지 말라'고 말한다. 모두 방하착을 강조한다. 아무도 두 스님의 소리에 무어라고 대꾸를 못한 것은 이 말들이 진리이기 때문이다. 그러나 원감은 두 스님의 말보다 흠산의 말이 좋다고 말한다. 흠산이 강조하는 것은 '둔한 그대로 스스로 편안한 삶'이고, 그것은 '아무 아는 것도 없고 그저 날마다 한 모양으로 지내는 삶'이다. 원감은 '평생에 아무 아는 것 없고/하루하루가 그저 매한가지'라고 노래한다. 백불회(百不會)는 백에 하나도 만난 바가 없다,

아는 바가 없다는 뜻. 그러니까 깨달음도 없이, 아는 것도 없이 평상무사로 지내는 삶이다.

『금강경』「일상무상분(一相無相分)」에서 부처님은 일상(一相)이 무상(無相)이고 무상이 실상(實相)이라고 말씀하신다. 하나의 모습에도 그 모습이 없는 것이 진리이다. 『금강경』을 게송으로 해설한 야부(冶父) 스님은 다음처럼 노래한다.

말이라고 부른들 어찌 말과 만나며	喚馬何會馬
소라고 불러도 반드시 소가 아니다	呼牛未必牛
말과 소라는 분별 모두 놓아버려	兩頭都放下
중도에도 집착하지 말라	中道一時休
육문에서 나와 먼 하늘의 매처럼 나니	六門拼出遼川鶻
하늘과 땅 홀로 걸어 걸릴 것이 없네	獨步乾坤總不收

말도 언어이고 소도 언어이다. 그러나 말이라는 언어는 말이 아니고 소라는 언어도 소가 아니다. 따라서 말이라는 상(相)에는 말이 없고 소라는 상에도 소가 없다. 언어는 어디까지나 사량 분별이므로 사량 분별을 버려야 하지만 버린다는 생각도 버려야 한다. 일상(一相)이 무상(無相)이지만 한편 무상이 실상이므로 말과 소는 없는 것도 아니고 있는 것도 아니다. 언어를 버리고 분별을 버리는 것은 이렇게 중도를 깨닫는 것이지만 야부는 중도에도 집착하지 말라고 한다.

중도에도 집착하지 않는 것은 육문, 곧 안이비설신의 육근을 떠나, 곧 감각기관에 의한 분별을 떠나 먼 하늘을 나는 매처럼 어디에도 걸림이 없는 자유의 경지이고, 한가하게 홀로 걷는 경지이고, 이것이 임제가 말하는 평상무사의 경지이다. 도를 닦을 필요도 없고 노력을 할 필요도 없는 삶. 평생에 아무 아는 것도 없고, 중도, 깨달음도 없고 그저 하루하루가 같은 삶. 임제가 말하는 수처작주 입처개진이 그렇다. 야부는 말한다. '모든 집착을 놓았다', '선정에 들었다'고 해도 모두 잘못된 것 방행파정구부족(放行把定俱不足)이다.

원감이 조주의 방하착보다 흠산의 둔한 그대로 스스로 사는, 깨달은 것도 없고 그저 날마다 한 모양으로 지내는 삶을 높이 산 것은 이런 삶은 방하착, 중도, 깨달음에도 집착하지 않기 때문이다. 임제가 말하는 수처작주 입처개진이 그렇다. '불법은 용공(用功)이 없고 다만 평상무사'면 된다. 그러므로 이런 참사람은 흔적이 없는 한가한 도인이고 어디에도 기대지 않는 무의(無依)도인이다.

아무 조작 없는 한가한 도인	無爲閑道人
어디 있으나 그 자취가 없다	在處無蹤跡
소리와 빛깔 속을 거닐 때에는	經行聲色裡
그 소리와 빛깔이 바깥 모습 되네	聲色外威儀

고려 말 백운(白雲) 경한(景閑) 스님의 시「또 12송을 지어 지공 스님께 올림」가운데 한 편이다. 이 시가 노래하는 것은 아무 조작이 없고 기대지도 않는 무의도인의 삶이다. 이런 도인이 임제가 말하는 무위진인이고, 그는 어디 있으나 자취가 없다. 왜냐하면 어디 있으나 진인이고, 그가 있는 곳이 진리이기 때문이다. 어디 있으나 자취가 없는 것이 수처작주이고 입처개진의 경지이다. 그 경지는 소리와 빛깔, 곧 색성향미촉법 6경, 곧 일체의 경계에 있어도 그 경계에 걸림이 없고, 자아와 경계가 하나가 되는 경지이다.

'소리와 빛깔 속을 거닐 때'에도 '그 소리와 빛깔이 바깥 모습'이 된다. '바깥 모습(外威儀)'은 인체의 모양, 여러 동작을 뜻한다.(김달진 해석) 그러니까 성색외위의(聲色外威儀)는 성색(경계)이 바로 인간의 동작과 하나가 되는 경지이고, 임제가 말하는 수처작주 입처개진이 이런 경지이고, 그것은 조작이 없는 평상무사의 삶이다.

결국 어디 가나 주인이 되라는 것은 어디 가나 자아가 없음을 실천하는, 그러니까 공을 실천하는 삶이지 세계나 경계를 지배하는 삶이 아니다. 자아가 공이고 자아가 부처이므로 어디나 내가 있고 어디나 부처가 있다. 입처개진은 서는 곳마다 부처가 되고 청정심이 된다는 뜻이다. 그러므로 얻은 것도 없고 구할 것도 없다. 그런 점에서 어디서나 주인이 되는 것은 부처님이 『금강경』에서 말씀하시는 6경에 얽매이지 않는 마음, 청정심의 세계이다. 야부 스님은 이런 경지를 다음처럼 노래한다.

> 색을 보아도 색에 집착하지 않고
> 소리 들어도 소리에 집착하지 않는다
> 색과 소리에 거리낌이 없으면
> 부처님 계신 법왕성에 도달한다

색에 대한 집착을 버려야 하는 것은 이런 색의 세계가 모두 거울 속의 이미지이고 환상이기 때문이다. 한편 색을 보아도 거리낌이 없는 것은 이 색이 이미지이고 환상이기 때문에 장애가 되지 않기 때문이다. 그러므로 깨달은 사람, 도인, 무위진인, 가는 곳마다 주인이 되는 사람은 도를 닦을 필요도 없고, 옷 입고 밥 먹는 것이 수행이고 진리가 된다. 다음은 조주 공안.

> 물음: 깨달은 사람은 어떻게 합니까?
> 조주: 바르게 큰 수행을 한다.
> 물음: 화상께서도 수행을 하십니까?
> 조주: 옷을 입고 밥을 먹는다.
> 물음: 옷을 입고 밥을 먹는 것은 보통의 일상사입니다. 수행을 하는 겁

니까, 안 하는 겁니까?

조주: 네가 말하라. 내가 매일 무얼 하는지.

問 了事底人如何 師云 正大修行 學云 未審和尙還修行也無 師云 著衣喫飯 學云 著衣喫飯尋常事 未審修行也無 師云 你且道 我每日作什麼

깨달은 사람의 수행은 옷 입을 때 옷 입고 배고플 때 밥 먹는 것이다. 그러나 학승은 이런 일은 지극히 일상적인 일이 아니냐고 말하며 과연 수행을 하는 건지 아닌지 묻는다. 이에 대해 조주는 '내가 매일 무얼 하는지 네가 말하라.'고 한다. 이 말은 두 가지 뜻이 있다.

하나는 옷 입고 밥 먹는 건 평상무사이기 때문에 사량 분별을 떠난 경지이므로 말과 언어를 초월하고, 따라서 말할 수 없다는 것. 다른 하나는 학승을 시험하는 말이다. 학승은 아직도 분별, 곧 언어에 집착한다. 그러나 조주의 경지는 이런 언어를 초월한다. 따라서 말로 할 수 없는 경지를 학승에게 말로 해보라는 것. 물론 이 공안은 돈오후수, 곧 깨달은 다음의 수행에 대해 말한다. 돈오돈수는 깨달으면 수행도 필요 없다는 입장이고, 이 공안은 돈오후수, 곧 깨달은 다음의 수행에 대해 말한다.

9. 선적 아방가르드

임제선이 강조하는 수처작주 입처개진은 분별이 없는 무위진인이고 마침내 무위진인도 마른 똥 막대기처럼 버려야 하고, 따라서 어떤 이름도 형상도 없는 마음, 청정심이다. 이런 마음은 절대 평등심이기 때문에 이항 대립적 사유체계를 해체하고, 김수영의 「풀」에서 읽은 것이 그렇다. 한 마디로 그것은 색계에 자재하고 경계에 분별이 없는 마음이다. 따라서 수처작주 입처개진은 이런 자유, 자재, 평등의 자세로 사는 평등무사를 지향한다. 앞의 선시에서 읽은 것이 그렇다. 옷 입고 밥 먹고 앉고 눕는 행주좌와 모두가 불법이고 불성이고 부처이다.

그러나 깨달음의 수준이 아니라 미학 혹은 시학의 수준에서 임제선의 사상은 새롭게 수용할 필요가 있다. 특히 그가 주장하는 살불살조 정신, 일체의 권위와 전통을 파괴하는 전위성, 어디에도 의지하지 않는 무의성(無依性), 자아와 부처가 하나라는 아불합일(我佛合一) 사상은 아방가르드 예술정신과 통한다. 문제는 아방가르드 예술은 선을 모르고 선은 아방가르드 예술을 모른다는 점이다. 그러므로 선과 아방가르드의 회통이 필요하고, 그것은 아방가르드 예술이 선사상을 육화하고 실천하는 문제로 요약된다.

아방가르드 예술은 흔히 허무주의, 세계관의 공백으로 인식된다. 선과의 만남을 통해 이런 인식은 부정되고 한 단계 높은 예술정신으로 거듭날 것이다. 나는 선으로 읽는 아방가르드 예술론『아방가르드는 없다』(태학사, 2009)를 펴낸 바 있다. 물론 예술계나 불교계나 반응은 시원치 않았다. 새로운 시도이고, 특히 남들이 별로 시도하지 않은 분야이고, 예술계는 선을 모르고 불교계는 아방가르드 예술을 모르기 때문에 학계에선 거의 소외된 작업이었지만 이런 작업에 의해 선과 전위예술의 회통, 전위예술과 선의 회통에 대한 이론적 토대가 마련될 것이다.

물론 모든 전위예술이 선의 정신을 내포하는 것은 아니다. 따라서 선과 아방가르드의 회통은 아방가르드 예술이 나갈 길을 선에서 찾는다는 입장이고, 이런 회통에 의해 21세기 예술, 나아가 시의 새로운 방향이 가능하다는 입장이다. 특히 임제선이 강조하는 무위진인, 수처작주, 입처개진 사상은 아방가르드 예술의 사상적 방법적 토대가 된다. 나는 최근에 아방가르드 예술과 선이 만날 수 있는 가능성을 다음처럼 말한 바 있다.

그러므로 문제는 아방가르드의 근대 미학 비판과 선의 관계다. 근대 미학은 미적 자율성, 창조성, 제작성, 본질 찾기, 의미 찾기를 강조한다. 그러나 아방가르드는 이런 미적 자율성을 비판하고, 예술가가 주체가 되어 작품을 창조한다는 창조 개념을 비판하고, 작품을 만든다는 제작성을 비판하고, 삶과 세계의 본질 찾기, 의미 찾기를 비판한다. 이런 비판은 모든 사물이 관계, 곧 연기의 세계이고 자성이 없다는 공(空) 사상과 통한다. 말하자면 선불교가 강조하는 것은 자율성 같은 건 없고, 인간은 주체가 아니고, 만드는 건 조작이고, 이 세상엔 본질, 실체, 자성이 없고, 언어와 의미는 허망하다는 것. 그런 점에서 서양 아방가르드 미학(?)은 선사상을 토대로 새롭게 발전시킬 필요가 있다.

— 이승훈, 「아방가르드냐 선이냐」, 『시와 세계』, 2011년 봄, 146쪽

앞에서 말했듯이 나는 이보다 앞서 아방가르드 예술을 선의 시각, 특히 중도, 불이의 시각에서 해석한 바 있다. 예컨대 백남준은 최초의 퍼포먼스 〈존 케이지에 대한 경의〉에서 도끼로 피아노를 부수고, 〈머리를 위한 선〉에서는 머리카락을 붓으로 사용하여 먹물 묻은 머리로 바닥을 기어가며 그림을 그린다. 피아노를 부수는 행위는 피아노라는 상(相)을 부정하는 행위요, 머리카락을 붓으로 사용할 때 머리카락은 머리카락이 아니고(不一) 머리카락이 아닌 것도 아니다(不異). 요컨대 이런 행위는 선불교가 강조하는 이른바 불이(不二), 중도(中道), 공(空)사상을 지향한다.(이승훈, 『아방가르드는 없다』, 태학사, 2009)

문제는 과거가 아니라 현재이고 미래이다. 최근의 우리 젊은 화가들이 보여주는 전위성은 그들이 의식했든 의식하지 못했든 선적 사유를 지향하고, 따라서 선적 아방가르드 미학이 요구된다.

예컨대 정수진의 그림은 '내가 그리는 것은 모두 그림이다'라는 대담한 명제로 요약된다. 물론 그는 '모든 조형예술의 바탕을 가로지르는 절

대적인 법칙은 존재한다.'고 주장한다. 그러나 〈풍경 속의 인물들〉(2007)에서 읽을 수 있는 것은 이 절대적 법칙이 무, 혹은 공과 만난다는 점이다. 이 그림에 대한 이진숙의 해설은 다음과 같다.

> 이 그림에는 바다가 있는 넓은 야외 풍경을 배경으로 인물들이 등장하고 있다. 그러나 배경과 인물들의 배치에는 사실주의 회화의 기본인 원근법과 인물 간의 내적인 필연성이 고의적으로 파괴되어 있다. 인물들이 등장하기는 하지만, 인물들의 성격도 불분명하고 인물들 간의 내적 연관성도 없다. 심지어는 여기 그 인물들이 등장해야 할 어떤 필연성도 없는 것 같아 보인다.
>
> 화면의 중앙에는 같은 시기에 거리에서 무작위로 사진을 찍은 듯이 같은 계절의 옷을 입은 사람들이 걸어가고 있어서, 어떤 이유를 찾고자 하는 사람들의 눈길을 붙잡기는 한다. 그러나 이 사람들의 움직임은 방향도 목적도 이유도 없기는 마찬가지다. 동일한 인물의 모습이 두 번 이상, 때로는 다섯 번씩 반복되기도 한다. 더러는 전혀 이해할 수 없는 것들이 그려져 있기도 하다. 이 작품에서뿐만 아니라 다른 작품에서도 호두, 양파, 빵, 토끼머리 등 이해할 수 없는 것들을 그려 넣고 있다.
>
> — 이진숙, 『미술의 빅뱅』, 민음사, 2010, 311쪽

그림을 직접 보면 좋겠지만 이런 해설 정도로도 어느 정도 감이 잡힐 것이다. 화가가 이 작품을 추상화라고 부르는 것은 어디까지나 그의 자유다. 왜냐하면 이런 주장은 인습적 추상화에 대한 저항일 수 있고, 그런 점에서 화가는 전통적 권위와 법칙, 회화의 틀을 부정한다. 회화를 만나면 회화를 죽이고 추상화를 만나면 추상화를 죽여라!

그러므로 그녀는 '왜 이렇게 그렸나요?' 물으면 '왜 그렇게 그리면 안 되나요?'라고 말할지 모른다. 정해진 법은 없다. 모두가 인위적 사유의 산물이고 조작이기 때문이다. 자아에 본질, 실체, 자성이 없다면 그가 만

나는 대상도 그렇다. 대상은 모두 자아의 마음이 만들기 때문이다. 그러므로 그리는 행위 역시 마음대로다.

이 그림에서 원근법이 파괴되는 것은 그것이 인위적 사고의 산물이기 때문이다. 먼 것은 작고 가까운 것은 크다는 사유는 진리가 아니고, 멀다/가깝다, 작다/크다의 이항 대립적 사유의 산물이고 조작이다. 그러므로 원근법 부정은 이런 조작에 대한 부정이다. 한편 인물들 간의 내적 필연성이 파괴되는 것은 필연성 자체에 대한 부정과 통한다. 이 세상은 우리가 생각하는 것처럼 그렇게 필연적인 것도 아니고, 이런 필연성이 삶을 구속한다. 왜냐하면 필연성 역시 우연성과 대립되는 이항 대립적 사유, 혜능 식으로 말하면 양변이기 때문이다.

따라서 인물들이 방향도 목적도 이유도 없이 움직이는 것은 허무주의가 아니라 자유를 암시하고, 아공(我空)을 암시한다. 그림을 보면 인물들은 인간이 아니라 식물들 같고, 물고기 같은 느낌이다. 인간, 식물, 물고기, 호두, 양파, 방, 토끼머리는 다른 것도 아니고 같은 것도 아니다. 방향, 목적, 이유 없이 움직이는 것은 사유, 분별이 없기 때문이고, 이런 점이 미학의 수준에서 임제가 말하는 수처작주, 입처개진 사상과 통한다. 정수진은 말한다.

> 식물을 그리기 싫다
> 물을 그리기 싫다
> 돌도 그리기 싫다
> 동물도 그리기 싫다
> 사람도 그리기 싫다
> 동화도 싫다
> 신비로운 것도 싫다
> 아름다운 것도 싫다

잔혹한 것도 싫다
예쁘고 귀여운 것도 싫다
엽기적인 것도 싫다
공포도 싫다
사랑도 지겹다
선한 것도 역겹다
저주도 축복도 다 역겹다

화가의 작가 노트(이진숙, 앞의 책, 318쪽 재인용)에 나오는 말이다. 그렇다면 도대체 무엇을 그려야 한단 말인가? 그가 싫어하는 것은 세계에 존재하는 대상들과 그 대상에 대한 분별과 감정이다. 반야사상에 의하면 그는 자아를 구성하는 5온, 곧 색수상행식을 부정한다. 화가는 먼저 몸(색)이 있고, 이 몸이 대상들을 감각과 감정으로 수용하고(수), 대상들을 표상하고(상), 그리고 싶은 충동(행)이 일어 마침내 그는 그린다는 것을 의식한다(식).

그러나 정수진은 어떤 것도 그리기 싫다고 말한다. 이 말은 화가로서의 자아를 부정하고, 자아가 공이라는 불교적 사유에 접근한다. 그러므로 이제 그가 그린다는 것은 아무것도 그리지 않는 것이고, 그가 그리는 것은 모두 그림이 된다. 그림은 무아(無我)의 행위이고, 자아와 대상의 경계가 없기 때문에 그의 행위는 수처작주 입처개진을 지향한다.

시의 경우 이런 임제선 사상은 전통적 인습과 권위, 곧 근대시학을 부정하고 파괴하는 아방가르드 시학에 드러난다. 아방가르드 시학 역시 회화처럼 미적 자율성, 창조성, 제작성, 본질 찾기, 의미 찾기를 부정한다. 나는 이런 근대미학이 근대 제도의 산물에 지나지 않고, 따라서 아방가르드 예술은 이런 제도에 저항한다고 말한 바 있다.(이승훈, 「아방가르드냐 선이냐」, 앞의 책) 그러나 서구 아방가르드의 한계는 이런 저항이 저항 자체로 머물고 자칫하면 허무주의로 떨어질 가능성이 많다는 점이다. 그러므로 전위예술과 선불교의 회통이 필요하다. 정수진의 그림을 모델로 한 것처럼 시의 경우에도 이 시대에 생산되는 작품들을 모델로 이론을 구성할 필요가 있다. 그러나 지금 이 자리에서 그런 작업을 하기엔 내가 너무 피곤하고, 그런 작업은 별도의 책을 요구하기 때문에 이 글에서는 간단히 문제만 제기하는 형식으로 이 글을 마치기로 한다.

미적 자율성 부정은 삶과 예술, 삶과 시의 이항 대립적 사유체계에 대한 부정이고, 선의 시각에서는 분별과 조작을 버리는 행위와 통하고, 공을 실현하는 행위에 접근한다. 창조성 부정은 시인이 세계의 중심이고, 따라서 인간이 주체가 되어 미적 세계를 창조한다는 자아 집착, 곧 아집(我執)에 지나지 않는다. 자아가 실체로 존재하다는 이런 아집이 번뇌 망상을 낳고, 작품을 제작한다는 것 역시 이런 자아 집착의 산물이고, 내가 제작했기 때문에 작품은 나의 것이 되고 나는 작품의 주인이 된다는 주장을 낳는다.

그러나 제작의 문제는 그렇게 단순하지 않다. 하이데거에 의하면 제작의 산물(제작된 생산물)은 용도성에 종속되는 존재자(사물)이다. 제작한다는 것은 사물을 용도, 쓸모, 유용성에 종속시키는 일이다. 천으로 옷을 만들고, 쇠로 못을 만든다. 옷과 못은 생산된 것이지만 이때 옷과 못은 유용하게 사용되고, 용도성에 종속된다. 이른바 도구적 사물이 되고 생산자의 소유물이 된다.

그렇다면 작품도 도구적 사물인가? 이 세상에는 자연적 사물(돌), 도구적 사물(신발), 작품이 있다. 다시 말하면 사물, 도구, 작품이 있다. 하이데거에 의하면 도구는 사물과 작품의 중간에 위치한다. 사물은 자생적인 것이고, 도구는 제작된 것이고, 작품은 자족적(자율적)인 것이다. 그러나 도구는 용도성을 상실할 때 존재-성격이 드러나고, 이때 우리는 사물의 진리에 접근한다. 말하자면 연필로 글을 쓰지만 글을 쓴다는 생각이 없을 때 연필은 존재-성격(진리)을 보여준다.

한편 이런 도구는 작품을 매개로 존재의 빛 속에 들어간다. 고흐가 그린 〈한 켤레의 구두〉가 그렇다. 그런 점에서 작품 제작은 도구가 도구성을 상실하고 존재의 진리를 개시하는 행위이다. 이런 사유는 제작된 산물이 예술가의 소유이고, 예술가가 주체가 되어 작품을 제작한다는 일반적 미학을 극복한다. 작품을 제작할 때 예술가는 존재의 진리와 만나고, 이 진리는 언어를 초월한다. 그런 점에서 하이데거 예술론은 선적 사유에 접근한다.(좀 더 자세한 것은 이승훈, 「예술」, 『선과 하이데거』, 황금알, 2011, 참고 바람)

요컨대 작품 제작은 도구 제작과 다르고 이런 차이가 중요하다. 내가 말하는 제작은 말 그대로 작품을 만든다, 자연 그대로 두지 않고 조작한다, 의도에 따라 억지로 만든다는 의미이다. 이런 억지는 자아의 고집에 지나지 않는다. 그러므로 무얼 만들지 않는다는 것은 조작이 없다는 것으로 전시장에 돌 하나를 그대로 전시하는 행위, 나아가 전시장에 아무것도 전시하지 않는 전위예술은 이런 조작, 그러니까 아집을 부정하는 행위가 된다.

결국 미학의 수준에서 만드는 행위는 조작이고 억지이고, 한편 의미 부여이고 본질 찾기의 부질없음을 반영한다. 도대체 자아를 구성하는 5온이 공이고, 이런 공의 산물이 대상이고 세계라면 자아든 대상이든 무슨 본질이 있고 의미가 있는가? 본질, 의미 역시 허망한 자아의 분별이고 조작일 뿐이다. 아방가르드 예술이 강조하는 창조성, 제작성, 자율성, 본질 찾기, 의미 찾기 부정은 선과 만난다. 남는 건 일체의 구속에서 벗어나 자유를 찾고 자유를 실현하는 무아사상이고 임제가 말하는 무위진인, 수처작주, 입처개진이다.

제9장

선과 조오현

1. 절간 이야기

나는 무산(霧山) 오현 스님의 책『절간 이야기』(2003)를 읽고 충격을 받는다. 몇 해 전 일이다. 나는 이 책을 시집으로 읽었다. 이 책은 시조집도 아니고 수필집도 아니고 사진집도 아니다. 물론 전반은 산문, 후반은 시조이다. 그러나 책 어디에도 시조집이니 수필집이니 혹은 시조-수필집이니 하는 장르 규정이 없다. 시조니 수필이니 하는 장르 구분이 부질없고 허망한 짓이리라. 이 책에선 수필이 그대로 시이고 시가 그대로 수필이다. 물론 수필은 수풀일 수도 있고 우리는 수필이 아니라 수풀을 읽을 수도 있다. 말이 되는가? 말이 되면 어떻고 말이 안 되면 어떤가?

원래 언어와 사물 사이엔 무슨 내적 필연성은 없고 따라서 언어는 태생적으로 사기이고 허구이고 환상이다. 그런 점에서 철학도 언어 사기이고 시도 언어 사기이고 그저 사회적 약속에 의해 사는 동안 잠시 빌려 쓸 뿐이다. 무슨 진리가 있고 본질이 있는가?

어제 그끄저께 일입니다. 뭐 학체 선풍도골(仙風道骨)은 아니었지만

제법 곱게 늙은 어떤 초로의 신사 한 사람이 낙산사 의상대 그 깎아지
른 절벽 그 백척간두의 맨 끄트머리 바위에 걸터앉아 천연덕스럽게 진
종일 동해의 파도와 물빛을 바라보고 있기에
"노인장은 어디서 왔습니까?
하고 물었더니
"아침 나절에 갈매기 두 마리가 저 수평선 너머로 가물가물 날아가는
것을 분명히 보았는데 여태 돌아오지 않는군요."
하고 혼잣말로 중얼거리는 것이었습니다.

— 오현 스님, 「절간 이야기 2」 부분

「절간 이야기 2」의 일부이다. 다음 날도 초로의 신사는 거기 있고 아직도 갈매기가 돌아오지 않았느냐는 스님의 질문에 그는 '어제는 바다가 울었는데 오늘은 바다가 울지 않는군요.' 한다. 이 신사 이야기는 무슨 의미가 있는 게 아니고 의미를 강조하고 의미를 찾아가는 이야기가 아니고 그렇다고 선문답도 아니다. 그저 이야기일 뿐이다. 김종삼은 내용 없는 아름다움을 노래했지만 오현 스님은 내용 없는 삶을 이야기하고 이런 이야기가 시이고 시가 아니다. 시가 아니기 때문에 시다. 무주(無住)의 시여. 이상은 다른 글에서 한 말을 그대로 옮긴 것.(이승훈, 「언어여 침을 뱉어라-禪과 후기현대시의 방향」, 『현대시의 종말과 미학』, 집문당, 2007, 228~229쪽)

이 글을 쓰면서 내가 강조한 것은 이른바 포스트모던 시대 우리 시의 방향이다. 포스트모던 사회의 문화적 특성은 원본이 없는 가상적 실체의 세계. 따라서 원본/이미지, 실재/헛것이라는 이항 대립체계를 부정하고 철학적으로는 본질/현상, 존재/사물의 관계에서 본질을 찾고 존재를 찾는 이른바 서구 형이상학을 부정하고 해체한다. 절대적 초월적 기의를 상실한 기표들의 놀이, 유희, 표류를 이 시대 예술의 위기, 시의 위기라고

근심하고 걱정하지만 이런 위기가 축복이고, 시를 쓰는 시쟁이들은 이런 위기를 축복으로 전환할 의무가 있고 그것은 마음을 버리는 시쓰기, 언어를 버리는 시쓰기를 지향하고 지향해야 한다. 선(禪)이 문제가 되는 것은 이 부분에서다. 서구 형이상학의 종말은 동양 종교, 특히 선불교를 매개로 극복되고 되어야 한다는 게 그때 내가 강조한 내용이고 우리 현대시도 이런 사유를 토대로 새로운 방향과 새로운 형식을 추구해야 한다는 것.

오현 스님의 시집 『아득한 성자』(2007)를 읽고 이런 사유는 좀 더 깊어진다. 이 시집은 제5부가 산문으로 되어 있고 내가 관심을 두는 부분이 여기다. 여기서 나는 시인으로서 그리고 스님으로서의 전위성을 본다. 산문 가운데 일부는, 예컨대 「절간 이야기 2」는 이 책에도 수록되지만 제목은 「신사와 갈매기」로 되어 있다. 그러므로 이 산문은 두 번 써먹는 게 아니다. 같은 내용이라도 제목이 다르면 다른 작품이 되기 때문이다. 그러므로 「절간 이야기 2」와 「신사와 갈매기」는 다른 작품이다. 오현 스님의 전위성, 아방가르드 의식 혹은 무의식은 이런 데서도 발견된다.

20세기 아방가르드 예술의 대부 뒤샹은 전시장에 변기를 그대로 전시하고 다만 제목을 '샘'이라고 붙이고 다른 사람 이름을 작가로 붙였을 뿐이다. 그는 창조한 게 아니고 현실이나 자연을 재현한 것도 아니고 정서를 표현한 것도 아니고 무슨 고상한 정신, 본질을 추구한 것도 아니다. 다만 당대 부르주아 예술의 인습을 조롱하고 웃기고 부정했을 뿐이다.

그런 점에서 오현 스님의 시는 실험적이고 전위적이다. 그러나 뒤샹의 전위성을 지배하는 것이 유머와 장난이라면 스님의 전위성을 지배하는 것은 선(禪)사상이다. 아니 나는 뒤샹의 아방가르드 의식을 지배하는 것 역시 선이라는 입장이고 서구 아방가르드를 선의 시각에서 해석한 바 있다.(이승훈, 『아방가르드는 없다』, 태학사, 2008) 예컨대 뒤샹은 캔버스, 그림틀을 포기하고 유리를 사용한 '커다란 유리' 시리즈에 대해 자신의 해석이 없다고 말한다. 이런 말이 강조하는 것은 유리의 투명성이고 이 유리는 아무것도 없다는 점에서, 어떤 관념도 없다는 점에서, 그런 관념을 부정한다는 점에서 선이 강조하는 무분별, 무아(無我)사상과 통한다. '내 해석은 없다.' '아무 관념도 없이 무조건 제작만 한다.'는 그의 말은 그리고 그의 행위는 조주 선사가 강조한 무분별과 통한다.(이승훈, 「선과 마르셀 뒤샹」, 위의 책)

오현 스님의 산문시는 시도 아니고 시조도 아니고 수필도 아니고 콩트도 아니다. 그러나 시집에 수록되었기 때문에 시이고 스님은 자신의 산문시를 콩트시(掌篇詩)라고 부른 바 있다. 콩트시는 콩트와 시의 경계를 해체하는 시이고 그런 점에서 콩트와 시의 분별이 부질없다는 것, 나아가 일체의 문학 장르가 부질없다는 것, 아니 문학과 비문학의 경계, 일체 사물들의 차이가 부질없다는 것을 암시하고 이런 자각은 이른바 선이 강조하는 무분별을 동기로 하고 이런 무분별은 선기(禪機), 곧 오랜 선 수행으로 체득한 무아(無我)의 경지에서 나오는 마음의 산물이다. 그러므로 스님의 콩트시는 선을 매개로 선과 함께 선을 지향하며 마침내 선도 없다는 시인으로서의 그리고 스님으로서의 전위성을 보여준다.

2. 예술은 축구가 아니다

물론 나는 선을 모른다. 선에 대해서는 공안에 나오는 스님들의 이야기를 기호학적 시각에서 해석한 책을 한 권 낸 적이 있고, 그것은 선문답에 대한, 선에 대한 언어학적 산책이고 철학적 산책이다.(이승훈, 『선과 기호학』, 한양대출판부, 2005) 결국 그때나 지금이나 나의 경우 선은 수행이 아니라 사유이고 언어학이고 언어학이 되어야 한다. 왜냐하면 우리는 모두 언어의 산물이고 언어의 노예이고 언어의 감옥에서 고통 받기 때문이다. 이 고통에서 벗어나는 게 해탈이고 깨달음이 아닐까?

그러니까 내가 선에 대해 말하는 것은 언어에 대해 말하는 것에 지나지 않고 이게 내 선 공부의 한계이다. 오현 스님의 산문시, 콩트시의 토대가 되는 선에 대한 논의 역시 이런 한계를 넘을 수 없고 한계는 한계령이 아니다. 요컨대 이 글 역시 이런 한계 속에서 진행된다. 그 책에서 나는 일상과 시와 선, 일상적 어법/시적 어법/선적 어법(공안)의 차이를 밝힌 바 있고 그러므로 그때 이론(이승훈, 「화두와 시적 기능」, 위의 책)에 기대어 스님의 산문시, 콩트시의 특성을 해명하고자 한다.

결론부터 말하면 스님의 산문시가 보여주는 실험성과 전위성은 일상과 시와 선의 경계를 해체하고 그런 점에서 일상과 시와 선의 차이가 부정된다. 차이를 강조하는 것이 법이고 규칙이라면 스님의 시는 이런 규칙을 깨는, 위반하는, 배반하는 반칙의 세계이고 그러나 위대한 반칙의 세계이고 이런 반칙의 세계가 아방가르드의 세계이다. 우리 시단은 이런 의미로서의 반칙을 모르고 그런 점에서 미적 보수주의자들이 판을 치고 스님은 반칙을 알고 나는 스님의 반칙에 매혹되고 스님의 반칙을 옹호하고 내 시쓰기 역시 이런 반칙을 지향한다. 스페인 태생 초현실주의 화가 살바도르 달리는 말한다. '예술은 축구와 다르다. 왜냐하면 대부분 반칙의 위치에서 득점하기 때문이다.' 선의 세계 역시 크게 보면 일상세계를 지배하는 언어 질서, 법, 규칙을 깨는 세계이고 따라서 반칙의 세계이고 이 반칙이 깨달음과 통한다. 몇 가지 측면에서 스님의 산문시가 보여주는 실험성과 전위성을 살피면 다음과 같다.

첫째로 스님의 산문시에서는 일상적 어법, 시적 어법, 선적 어법의 경계가 해체된다.(앞으로 나는 일상적 어법을 일상어, 시적 어법을 시어, 선적 어법을 선어(禪語)라고 요약해 부를 것이다. 이 점 오해 없기를 바란다. 전자보다 후자가 부르기 편하고 경제적이기 때문이다.) 그러므로 스님의 산문시에서는 일상어와 시어와 선어의 경계가 해체되고 이때 해체는 파괴가 아니고 선불교 식으로 말하면 불이(不二)사상, 곧 세 영역이 같은 것도 아니고(不一) 다른 것도 아닌(不異) 이른바 중도의 세계를 함축한다. 그런 점에서 데리다의 해체사상은 선과 통한다는 게 내 입장이다.

언어가 시적 기능을 발휘하는 것은 언어가 기의(내용)가 아니라 기표(말소리), 발언 내용(무엇)이 아니라 발언 행위(어떻게)를 지향할 때이고 이런 기능이 이른바 미적 기능과 통한다. 그러나 이런 언어의 기능, 이른바 시적 기능은 일상어, 시어, 선어(공안)에 모두 나타난다. 다만 시에서는 지배적이고 일상어에서는 2차적이고 선어에서는 이런 기능을 수용하면서 미적 기능은 부정된다. 그렇다면 스님의 산문시는 어떤가? 앞에서 인용한 「신사와 갈매기」 앞 부분을 다시 인용하자. 그 시로부터 너무 멀리 왔고 기억이 희미하기 때문이다. 낙산사 의상대 깎아지른 절벽 끄트머리에 곱게 늙은 초로의 신사가 앉아 진종일 동해의 파도와 물빛을 바라본다. 그때 스님이 묻는다.

> "노인장은 어디서 왔습니까?"
> 하고 물었더니
> "아침나절에 갈매기 두 마리가 저 수평선 너머로 가물가물 날아가는 것을 분명히 보았는데 여태 돌아오지 않는군요."
> 하고 혼자 중얼거리는 것이었습니다.
>
> — 오현 스님, 「신사와 갈매기」 부분

먼저 스님의 질문은 일상어의 수준에서 수행된다. 그러나 신사의 대답은 일상어의 수준을 초월한다. 왜냐하면 일상어의 수준에서는 이런 대답이 아니라 예컨대 '서울에서 왔습니다.' 같은 어법이 되어야 하기 때문이다. 신사의 대답은 시어의 수준이고 이런 사정은 다음 날의 대화 '아직도 갈매기 두 마리가 돌아오지 않았습니까?'라는 스님의 질문에 신사가 '어제는 바다가 울었는데 오늘은 바다가 울지 않는군요.'라고 대답할 때 더욱 그렇다. 어제는 바다가 울고 오늘은 바다가 울지 않는다는 대답은 그 자체가 시적인 표현이고 이런 말은 바다에 대한 지시적 기능이 아니라 정서적 기능을 강조하고 어제-울다/오늘-울지 않다의 대립이 미적 기능을 강조한다. 그런 점에서 전날의 대답에 나오는 갈매기 역시 상징이 된다.

그러나 스님의 질문은 일상어의 수준에서 수행된다. 그러므로 이런 대화는 첫째로 질문(일상어)과 대답(시어)이 아이러니의 관계에 있고 따라서 일상어와 시어의 경계가 해체된다. 이런 아이러니와 해체는 선어의 경우에도 드러난다. 다음은 유명한 조주 선사의「뜰 앞의 잣나무 공안」

> 그때 한 스님이 물었다.
> "무엇이 조사가 서쪽에서 오신 뜻입니까?"
> "뜰 앞의 잣나무다."
> "스님께서는 경계를 가지고 학인을 가르치지 마십시오."
> "나는 경계를 가지고 학인을 가르치지 않는다."
> "무엇이 조사가 서쪽에서 오신 뜻입니까?"
> "뜰 앞의 잣나무다."
>
> — 조주 선사,「뜰 앞의 잣나무 공안」부분

이 공안 역시 질문과 대답은 아이러니의 관계에 있다. '뜰 앞의 잣나무'는 앞의 시에 나오는 '어제는 바다가 울었는데 오늘은 바다가 울지 않는군요.'처럼 비유어, 상징어로 읽을 수도 있고 따라서 시어의 범주에 든다. 그러나 같은 시어라도 공안은 깨달음을 지향하고 앞의 시는 미적 기능을 강조한다. 요컨대 선어는 시어를 수용하면서 미적 기능을 부정한다. 그런 점에서 둘째로 앞의 시는 시어와 선어의 경계가 해체된다. 왜냐하면 질문과 대답이 아이러니의 관계에 있다는 점에서 선어의 특성을 보여주지만 대답은 미적 기능을 강조하고 따라서 시어의 특성을 강조하기 때문이다.

3. 설봉 스님의 선화(禪話)

둘째로 스님의 산문시에서 읽을 수 있는 일상어/시어/선어의 해체 양상은 이른바 언어의 사역적 기능(명령, 청원)의 수준에서도 드러난다. 일상어의 경우 명령은 수신자의 직접적 반응이나 행동을 유발한다. 말하자면 발신자가 '밥 먹어!'라고 명령하면 수신자는 밥을 먹거나 먹지 않는다. 그러나 시어의 경우 이런 명령은 효력을 발휘할 수 없고, 따라서 수신자 (독자)를 지향하지 않고 미적 기능을 나타내고 선어의 경우에는 명령이 수신자를 지향하지만 직접적 행동과 반응을 유발하지 않는다. 예컨대 조주 스님의 유명한 '차를 마시게' 공안이 그렇다. 이런 명령은 마시다/안 마시다의 양변을 여의는, 육조 혜능이 말한 즉리양변(卽離兩邊)을 강조한다. 무슨 물음, 따지기, 분별을 벗어나라는 것.

그렇다면 스님의 산문시에서는 사정이 어떤가? 결론부터 말하면 스님의 산문시에서는 이런 경계가 해체된다. 예컨대 「자갈치 아즈매와 갈매기」. 이 시는 평생 옷 한 벌과 지팡이 하나로 산 설봉 스님을 소재로 한다. 그 무렵 곡기를 끊고 곡차를 즐기시던 스님은 자갈치 어시장에 들리고 그때 늙은 '아즈매 보살'이 바짝 마른 스님의 손목을 잡고 돈 오천 원을 곡차 값으로 쥐어주고 일만 원권 한 장을 흰 봉투에 담아 주머니에 넣어주면서

"둘째 미누리 아이가 여태 태기가 없다캐도— 잠이 안 온다 캐도요. 둘째놈 제대 만기제대하고 취직하마 시님 은공 갚을끼라캐도요. 그마

시님이 곡차 한 잔 자시고요. 칠성님께 달덩이 머스마 하나 점지하라카
소. 약소하다캐도 행편 안 그렁교?"
하고 빠꼼빠꼼 스님을 쳐다보자 스님은 흰 봉투 속을 들여다보고는 선
화(禪話) 하나를 만들었지요.
"아즈매 보살! 요새 송아지 새끼 한 마리 값이 얼마인 줄 알고 캅니
꺼? 모르고 캅니꺼? 도야지 새끼도 물 좋은 놈은 몇만 원 한다카는데
이것 가지고 머스마 값이 되겠니꺼?"
그러자 그 맞은편 좌판 앞에서 물오징어를 팔고 있던 젊은 아즈매 보
살이 쿡쿡 웃음을 참다못해 밑이 추지도록 웃고 말았는데, 때마침 먹이
를 찾아왔던 갈매기 한 마리가 그 웃음소리를 듣고 멀리 바다로 날라
갔는데, 그 소문을 얼마나 퍼뜨렸는지-
그후 몇 해가 지나 설봉 스님 장례식 때는 부산 앞바다 그 수백 마리
갈매기들이 모여들어서 아즈매 보살들의 울음소리를 흑흑흑— 흉내를
내다가 눈물 뜸뜸 떨구었지요.

— 오현 스님, 「자갈치 아즈매와 갈매기」

이 시의 기본 구조는 늙은 아즈매 보살의 청원과 설봉 스님의 반응과 갈매기 이야기로 되어 있다. 늙은 아즈매는 설봉 스님에서 만 원을 주면서 둘째 며느리가 아들을 낳게 빌어달라고 청원한다. 이런 청원은 일상어의 수준이다. 그러나 스님은 선화로 대답하고 이 선화가 문제다. 선화는 내가 앞에서 말한 선어에 속한다. 선어는 조주 스님의 끽다거 공안이 그렇듯이 명령이나 청원에 대한 직접적 반응을 보여주지만 일상어와 다르다. 이 시의 경우 일상어의 수준이라면 '좋소. 들어주겠소.' 혹은 '그런 청은 못 들어주겠소.' 같은 형식이 될 것이고 선어의 수준이라면 '차나 마시게.' 같은 형식이 될 것이다. 그러나 설봉 스님의 어법은 일상어에 속하며 선화라는 점에서 선어에 속하고 그러므로 일상어도 아니고 선어도 아니고 선어가 아닌 것도 아니다. 설봉 스님의 반응은 마치 뒤샹이 변기를 전

시장에 놓고 '샘'이라고 제목을 붙여 당대 환쟁이들을 웃긴 것처럼 재미있고 그만큼 파격적이고 아이처럼 순수하고 천진하고 거리낌이 없는 세계이고, 이게 선이다. 장욱진의 그림 역시 그렇다. 결국 선의 극한에는 선이 없고 일상 자체가 선이다.

그런 점에서 오현 스님의 전위성은 언어의 경우 일상어/선어의 경계를 해체하고 마침내 일상이 선이고 선이 아닌, 그러니까 일상/선의 구별이 없는 경지를 노린다. 한편 이 시에서 갈매기에 대한 표현은 너무나 시적이다. 말하자면 미적 기능이 강조된다. 갈매기가 소문을 퍼뜨리고 설봉스님 장례식 때 수백 마리 갈매기들이 우는 장면은 스님의 입적에 대한 슬픔을 객관적으로 묘사하고 나아가 인간/갈매기의 경계도 해체된다.

셋째로 오현 스님의 산문시가 보여주는 실험성과 전위성은 이렇게 일상어/시어/선어의 경계를 해체하는 작업뿐만 아니라 시의 구조에서도 드러난다. 일반적으로 현대시는, 그리고 현대산문은 요소들의 유기적 통일을 강조하고 이런 통일성이 구조를 형성하고 미적 기능을 발휘한다. 그러나 스님의 산문시는 하나로 통일된 유기체가 아니라 이질적인 두 이야기를 병치하고 혹은 섞고 인용과 진술이 병치된다. 물론 이런 기법이 강조하는 것은 초현실주의 회화의 콜라주가 그랬듯이 동성일 미학에 대한 부정, 근대 미학에 대한 부정과 통한다.

예컨대 「백장과 들오리」는 전반부는 선어, 후반부는 이 선어를 대상으로 하는 경봉 스님의 가르침으로 되어 있다. 언어학의 수준에서는 전반부가 텍스트, 후반부는 메타텍스트에 해당한다. 한편 전반부는 인용이고 후반부는 스님의 진술이다. 전반부는 스승 마조(馬祖)와 제자 백장(百丈) 이야기. 스승과 제자가 해 저문 강기슭을 걸을 때 한 무리 들오리 떼가 울며 줄지어 날아간다. 문득 스승이 제자에게 묻는다.

"저게 무슨 소리냐?"

"들오리 떼 울음소립니다."

한동안 말없이 걷던 스승이 다시 물었습니다.

"그 들오리 떼 울음소리가 어디로 갔느냐?'

"멀리 서쪽으로 날아가 버렸습니다."

이 대답이 떨어지자마자 스승은 제자의 코를 잡고 힘껏 비틀었는데 얼떨결에 당한 제자가 "아야! 아야!" 하고 비명을 내지르자 스승은 벽력 같은 호통을 내리쳤습다.

"날아갔다더니 여기 있지 않느냐?"

— 오현 스님, 「백장과 들오리」 부분

스승의 질문에 '들오리 떼 울음소립니다.'라고 대답하는 것은 일상어에 속하고 이때 대답은 사물에 대한 지시적 기능이 강조된다. 말하자면 이런 말은 사물을 지시하고 사물에 대한 객관적 정보를 전달하고 이 정보에 의해 사물에 대한 객관적 인식이 가능하다. 다음 대화 역시 비슷하다. 그러나 스승은 '멀리 서쪽으로 날아갔다.'는 제자의 대답을 부정한다. 제자의 코를 잡고 비트는 행위가 그렇다. 이때 제자는 '아야! 아야!' 비명을 지르고 스승은 '들오리 떼 울음소리가 여기 있다.'고 말한다. 그런 점에서 이 말은 일상어를 부정하는 선어가 되고 선어는 지시적 기능의 혼란, 부정, 해체의 양상으로 드러난다. 곧 보는 것, 듣는 것, 만지는 것, 요컨대 색성향미촉법(色聲香味觸法) 6경(境)을 부정한다. 6조 혜능이 강조하는 즉리양변, 중도, 깨달음의 세계를 지향한다. 이 공안의 경우 있다/없다, 오리 울음/인간 비명의 양변을 여의라는 것. 기본 구조는 질문(표면-일상어/심층-선어)/대답(일상어)으로 되어 있다.

그러나 후반부는 오현 스님이 이 이야기를 듣고 통도사 경봉노사(鏡鋒老師)를 찾아가 묻는 장면이다.

"들오리 떼는 분명히 날아갔는데 스승은 왜 여기 있지 않느냐고 호통을 쳤습니까?"

하고 물었더니 경봉노사는 이렇게 혀를 차시는 것이었습니다.

"니가 공부꾼 같으마 들오리 떼 울음이 강물에 남아 있다카겠으나 니는 공부꾼이 아니니 저 아래 돌다리 밑으로 떠내려가는 부처를 보고 오너라. 니가 보고 듣는 세계도 무진장하지만 니가 보지도 듣지도 못하는 세계도 무진장하다카는 것을 알고 싶으마- 쯧 쯧 쯧."

— 오현 스님, 「백장과 들오리」 부분

나는 이 시의 전반부를 텍스트, 후반부를 메타텍스트라고 말한 바 있거니와 그것은 오현 스님의 질문이 전반부를 대상으로 하기 때문이다. 그러나 스님의 질문과 노사의 대답 역시 크게 보면 공안의 구조를 띠고 있다. 스님의 질문은 수행과정에 있는 제자의 의심을 암시하고 노사의 대답은, 특히 '돌다리 밑으로 떠내려가는 부처를 보고 오라.'는 말씀은 전형적인 선어이다. 노사가 강조한 것 역시 보는 것, 듣는 것에 대한 객관적 인식에 대한 부정이고 보이는 것/보이지 않는 것, 들리는 것/들리지 않는 것의 양변을 버리라는 것. 언어의 수준에서 이때 질문은 일상어, 대답은 선어에 속한다.

이 산문시가 노리는 것은 수행의 어려움, 선 공부의 어려움이고 이런 주제는 오현 스님의 산문시에 자주 나타난다. 따라서 스님의 산문시는 시이며 동시에 공안이고 화두이고 이런 점은 이 시대에 발표되는 이른바 선시(禪詩)와 다른 특성을 보여준다. 스님의 산문시는 언어의 수준에선 일상어/시어/선어의 경계가 해체되고 장르의 수준에선 시/공안의 경계가 해체되고 이런 것이 스님이 보여주는 전위성이다.

4. 청개구리와 선(禪)

넷째로 방법론의 수준에선 이상에서 살핀 텍스트/메타텍스트, 혹은 인용/진술의 병치, 이중 구조뿐만 아니라 시 전체가 인용으로 되는 수도 있다. 예컨대 '이 소리는 몇 근이나 됩니까?'가 그렇다. 시집이 나온 다음 올해 발표한 「설법」은 고암 스님이 설법하시고 하좌하시는 장면을 그대로 옮긴다. 공안의 구조를 보여주나 이 시 역시 오현 스님의 실험정신이 번득인다는 것이 내 생각이고 그것은 공안의 구조를 변형시켜 독특한 미적 충격을 주기 때문이다. 전문을 그대로 옮긴다.

> 고암 스님이 법상에 올라
>
> 어느 날 한 외도(外道)가 세존께 물었다. "있는 것도 아니고 없는 것도 아닌 바를 말씀해주십시오." 그러나 세존은 말없이 그를 지켜보기만 했다. 잠시 후 외도는 "세존의 큰 자비로 모든 미망의 구름이 걷히고 깨달음을 얻었습니다." 하고 떠났다. 그것을 보고 있던 제자 아난이 "그 외도가 대체 무엇을 보고 깨우쳤다고 한 겁니까?" 하고 묻자 "준마(駿馬)는 채찍 그림자만 보고도 달리는 것과 같다." 하고 대답했다.
>
> 이와 같이 설법은 말이 아니니라 하고 하좌하시었다.
>
> — 오현 스님, 「설법」 전문

이 시는 오현 스님이 직접 체험한 고암 스님의 설법을 옮긴다는 점에서 인용의 형식이고 고암 스님이 공안을 인용한다는 점에서 이중 인용의 형식으로 되어 있고 공안의 수준에서도 이중 구조로 되어 있다. 곧 고암 스님의 설법이 하나의 공안이고 이 공안 속에 세존의 공안이 있다. 언어의 수준에서는 고암 스님 설법(선어) 속에 다시 세존의 설법(선어)이 있다. 그러므로 이 시는 이중 구조로 된 선어이다. 그리고 시의 형태 역시 외부에 고암 스님의 설법이 이 있고 그 내부에 세존의 설법이 있다.

그러나 공안의 일반적인 구조는 이렇게 세 토막으로 나누어 표기하지 않고 한 단락으로 나타난다. 그렇다면 왜 이런 형태, 곧 세 부분으로 나누었는가? 내용만 강조한다면 세 부분으로 나눌 필요가 없다. 따라서 이런 형태는 이른바 형태에 대한 관심, 그러니까 형태의 미적 기능을 강조하고 이런 형태에 의해 공안은 미적 기능, 시적 기능을 함축한다. 요컨대 이 시는 내용은 공안이고 형태는 시적 기능을 함축하고 따라서 내용(공안)/형태(시)의 긴장을 보여준다. 대체로 공안은 미적 기능을 부정하지만 이 시는 공안이며 동시에 미적 구조를 강조하고 오현 스님의 실험성과 전위성은 이런 형태미학에서도 드러난다. 내가 처음 이 시를 읽고 충격을 받은 것은 이런 사정 때문이다.

다섯째로 오현 스님의 산문시가 보여주는 실험성과 전위성은 시쓰기 자체, 창조 행위 자체에 대한 성찰로 드러난다. 말하자면 시쓰기에 대한 시쓰기, 이른바 메타시 문제. 예컨대 「절간 청개구리」가 그렇다. 스님은 어느 날 아침 게으른 세수를 하고 대야의 물을 버리기 위해 담장가로 간다. 마침 풀섶에 앉아 있던 청개구리 한 마리가 놀라 담장 높이만큼 뛰어오르더니 거기 담쟁이덩굴에 앉는가 했더니 미끄러지듯 잎 뒤에 엎드려 숨을 할떡거리는 것을 본다.

> 그놈 참 신기하다 참 신기하다 감탄을 연거푸 했지만 그놈 청개구리를 제(題)하여 시조 한 수를 지어볼려고 며칠을 끙끙거렸지만 끝내 짓지 못하였습니다. 그놈 한 마리의 삶을 이 세상 그 어떤 언어로도 몇 겁(劫)을 두고 찬미할지라도 다 찬미할 수 없음을 어렴풋이나마 느꼈습니다.
>
> — 오현 스님, 「절간 청개구리」 부분

시의 후반부이다. 내용은 어느 날 아침 청개구리를 보고 신비한 체험을 하고 그 체험으로 시조 한 수를 지으려다 못 지었다는 것. 과연 스님은 시조 혹은 시를 짓지 못했는가? 이 시 역시 이중 구조로 되어 있다. 표면적으로는 시를 짓지 못했지만 시를 짓지 못했다는 고백 자체가 시이다. 그러니까 스님은 시를 못 짓고 동시에 시를 짓는다. 과연 시를 쓴다는 것은 무엇인가? 이 시에선 시를 짓다/시를 못 짓다의 경계가 해체되고 시를 못 쓰는 것이 쓰는 것이고 말은 말할 수 없다는 것을 말하는 것. 모든 말은 침묵을 지향하고 모든 시쓰기의 가능성은 시쓰기의 불가능성이고 그러니까 불가능성이 가능성이다. 후기 현대의 시쓰기는 이런 불가능성의 가능성이고 마침내 가능성/불가능성의 경계 해체는 선(禪)불교의 불이(不二)사상과 만나고 만나야 한다.

청개구리 한 마리의 삶은 언어를 초월하고 그런 점에서 언어도단의 세계이고 이런 삶을 찬미할 수 없다는 고백이 이미 찬미이다. 그러나 언어를 초월하는 찬미이고 청개구리 한 마리는 선(禪)이다.

선은 무엇이고 시는 무엇인가? 선은 시가 아니고 시는 선이 아니다. 왜냐하면 선은 자성(自性)을 해명하고 목적이 있고 미학을 부정하고 불립문자 직지인심 선리(禪理)와 선어를 지향하고 시는 자성 탐구가 아니고 언어를 수단으로 하고 목적이 없고 미학을 강조하고 시어를 지향하기 때문이다. 그러나 오현 스님의 시에선 선과 시의 경계는 해체되고 이런 해체는 시와 선의 동일시가 아니라 시와 선의 불이를 암시한다. 그러니까 시와 선은 섞이고 융합된다. 다시 문학과 종교가 문제다.

원호문(元好問)은 말한다. '시는 선객(禪客)들에게 꽃을 수놓은 비단이 되고 선은 시인들에게 옥(玉)을 자르는 칼이 된다.' 말하자면 선은 아름다움을 모르고 시는 칼을 모른다. 그러므로 우리가 할 일은 아름다운 비단을 칼로 자르고 칼을 아름다운 비단으로 감싸는 것. 선시는 비단과 칼이 하나가 되는 세계, 선이 시이고 시가 선인 세계, 시와 선이 하나인 세계이고 깨달은 선사들의 오도송, 게송이 이에 해당한다. 그러나 광의로는 선을 위해 시를 도구로 사용하는 경우와 시를 위해 선을 도구로 사용하는 경우 모두 선시라고 부를 수 있다.

한마디로 오현 스님의 산문시는 비단과 칼, 시와 선의 경계가 해체되는 세계이고 나아가 일상의 경계도 해체된다. 한마디로 선이 녹아 시가 되는 경지로 굳이 명명한다면 선기(禪機), 곧 오랜 수행으로 체득한 무아(無我)의 경지에서 나오는 마음의 산물이다. 이런 시는 선리, 불성, 깨달음을 설명하는 도구로서의 시가 아니지만 선을 함축하는 시이다.

앞에서 해명했듯이 언어의 수준에서 일상어/시어/선어의 기능은 다르지만 스님의 산문시는 이런 경계를 해체하고 나아가 공안/시의 경계를 해체하고 마침내 시의 가능성/불가능성을 해체하고 이런 해체정신이 불이사상과 통하고 그러므로 스님의 실험성과 전위성을 지탱하는 것은 선불교의 불이(不二), 중도사상이다. 스님의 경우 시는 선이 아니지만 선이 아닌 것도 아니다.

5. 전위와 화엄 삼매

따라서 끝으로 오현 스님의 산문시가 보여주는 산문시의 전위성은 이런 문맥에서 검토되어야 한다. 결론부터 말하면 스님의 산문시는 선리를 설명하는 도구가 아니다. 시가 선사(禪事), 곧 공안, 고사, 선어를 보여주지만 선어에 머물지 않고 선어가 시어와 섞이고 일상어와 섞인다. 그러므로 스님의 시엔 선이 녹아 흐르는 선기가 강조된다. 예컨대 이런 시로 「불국사가 나를 따라와서」를 들 수 있다. 스님은 경주 불국사를 참배하고 동해안을 찾는다. 거기서 천년고찰 불국사가 따라와 망망한 바다에 떠 흐르는 것을 본다. 동해 바다에 흐르는 불국사는 과연 무엇인가?

> 천년고찰 불국사가 흐르는 바다 속에는 떠 흐르는 불국사 그림자가 얼비치고 있었는데, 얼비치는 불국사 그림자 속에는 마니보장전(摩尼寶臟殿) 그림자가 얼비치고 얼비치는 마니보장전 그림자 속에는 법계(法界) 허공계(虛空界) 그림자가 얼비치고 얼비치는 법계 허공계 그림자 속에는 축생계 광명 그림자가 얼비치고 얼비치는 축생계 광명 그림자 속에는 천상계 암흑 그림자가 얼비치고 얼비치는 천상계 암흑 그림자 속에는 욕계(欲界) 미진(微塵) 그림자가 얼비치고 —그림자마다 각각 다른 그림자의 그림자가 나타나 서로 비추고 있어 그것들은 아승지겁(阿僧祇劫)을 두고 말할지라도 다 말할 수 없는 그 모든 그림자들을 내 그림자가 다 거두어들이고 있었습니다.
>
> — 오현 스님, 「불국사가 나를 따라와서」

한마디로 스님이 보는 것은 일체 만상이 서로를 반영하는 화엄(華嚴)의 세계, 곧 하나가 일체요 일체가 하나인(一卽一切 一切卽一) 세계, 하나와 일체가 융합하여 하나 속에 우주의 모든 활동이 전개되는 융통무애(融通無碍)의 경지이다. 일체 현상, 만유(萬有)의 각 실체는 차별적 존재 같지만 그 체(體)는 본래 떨어져 있는 것이 아니므로 하나 하나가 모두 절대이면서 만유와 융통한다. 비유하면 한 방울의 바닷물에서 큰 바닷물의 짠맛을 알 수 있는 것과 같다. 이런 경지는 마음 밖에 경(境)이 없고 경 밖에 마음이 없는, 마음과 경이 둘이 아님을 알 때 가능하다. 곧 일체는 마음이고 마음이 일체다(一切一心 一心一切).

그러나 오현 스님은 이 시에서 이런 화엄의 교리를 설명하는 게 아니라 이런 경지에서 사물들을 보고 무애의 경지에서 노래한다. 그러므로 이 시는 선리를 강조하는 게 아니라 선기를 강조하고 시에서 읽는 것은 추상적 교리가 아니라 살아 번쩍이는 아름다운 화엄의 세계다. 오, 화엄 삼매(三昧)여. 대방광불화엄(大方廣佛華嚴)은 크고(大) 평등하고(方) 모든 것을 널리 포함하고(廣) 인생과 삼라만상을 깨달은 사람이 되어(佛) 마음의 능력을 한껏 꽃피워(華) 온 우주의 사물들을 아름다운 부처의 꽃으로 장엄(嚴)한다는 뜻. 경허 스님은 월정사 '대방광불화엄경' 법회에서 다음처럼 설법을 시작하신다.

> 대들보도 대요 댓돌도 대요 대가사도 대요 세숫대도 대요 담뱃대도 대니라.
> 큰 방도 방이요 지대방도 방이요 질방도 방이요 동서남북 사방도 방이니라. 쌀광도 광이요 찬광도 광이요 연장광도 광이요 광장도 광이니라.
> 등잔불도 불이요 모닥불도 불이요 촛불도 불이요 화롯불도 불이요 번갯불도 불이요 이불도 불이요 횃불도 불이니라.
> 매화도 화요 극화도 화요 탱화도 화요 화병도 화요 화살도 화요 화엄경도 화이니라.
> 엄마도 엄이요 엄살도 엄이요 엄명도 엄이요 엄정함도 엄이요 화엄도 엄이니라.
> 면경도 경이요 구경도 경이요풍경도 경이요 인경도 경이요 안경도 경이니라.
>
> — 경허, 『법어』, 620~621쪽

설법은 무엇이고 시는 무엇인가. 이것은 설법이고 동시에 시다. 이런 시 역시 오랜 수행으로 체득한 무아(無我)의 경지에서 나오는 마음의 산물이고 시 속에 선이 녹아 흐른다. 기가 막힌 언어유희가 단순한 유희로 끝나지 않고 화엄 삼매를 노래하는 시가 되기 때문이다. 절대적으로 큰 세계엔 크고 작은 차이가 없고 큰 방도 사방도 차이가 없고 쌀광도 넓고 광장도 넓고 등잔불도 부처이고 모닥불도 부처이다. 스님은 지금 온 우주의 사물들을 부처의 꽃으로 장엄하고 매화도 꽃이고 화살도 꽃이고 엄마도 장엄의 세계요 엄살도 장엄의 세계다. 왜냐하면 장엄은 장엄이 아니고 이름이 장엄이기 때문이다. 그러므로 면경도 구경도 경, 곧 부처님의 설법이다.

오현 스님의 시를 말하면서 갑자기 경허 스님이 생각난 건 경허 스님이 생각났기 때문이다. 오늘이 며칠인가? 담배를 끊으려고 담배를 피우는 날들만 하염없이 흘러간다. 오현 스님이나 경허 스님이나 시는 시가 아니고 시가 아닌 것도 아니다. 중요한 건 무아이고 무아가 무애이고 무애가 이런 경지를 낳는다. 나는 시든 선이든 전위들이 좋고 특히 오현 스님의 실험시, 전위시가 좋고 아방가르드 정신이 좋다. 결국 아방가르드가 선이고 선이 아방가르드다.

백남준은 〈머리를 위한 선(禪)〉에서 머리카락을 붓으로 사용하여 먹물 묻은 머리로 바닥을 기어가며 그림을 그린다. 그가 머리카락을 붓으로 사용하는 것은 머리카락은 머리카락이 아니고 다만 이름, 언어이기 때문이다. 피아노가 피아노가 아닌 것처럼 머리카락도 머리카락이 아니고 머리카락이 아닌 것도 아니다. 요컨대 모든 상(相)은 허망하고 그러므로 백남준의 아방가르드는 모든 상이 상이 아닌 것을 알고 마침내 부처님과 만나려는 노력이다.(좀 더 자세한 것은 이승훈, 「선(禪)과 백남준」, 『아방가르드는 없다』, 태학사, 2008 참고 바람)

과연 시는 무엇이고 선은 무엇인가? 선에 대해 아무것도 모르면서 이런 글을 쓰는 나는 무엇인가?

제10장

선과 아방가르드

1. 선과 아방가르드

아방가르드(avant-garde)는 원래 군대 용어로 미지의 지역으로 진격하는 소규모 별동대, 전위 부대를 뜻하고, 현대예술의 경우 인습적 사고와 전통적 표현 형식을 부정하고 새로움을 추구하는 실험적인 예술을 뜻한다. 그런 점에서 20세기 모더니즘 예술은 크게 보면 아방가르드에 속하지만 뷔르거는 모더니즘과 아방가르드의 차이를 강조한다. 모더니즘과 아방가르드는 다 같이 예술의 전통과 인습을 부정한다. 그러나 모더니즘이 제도 속에서 전통적 형식을 공격한다면 아방가르드는 제도성 자체를 부정한다.

우리가 믿고 있는 근대예술은 절대적인 게 아니라 근대 부르주아 사회가 보여주는 여러 제도, 곧 학교, 군대, 병원 같은 제도들 가운데 하나에 지나지 않는다. 쉽게 말하면 문학의 경우, 신춘문예나 잡지를 통해 이른바 문인이 되고, 이런 문인들이 문단을 형성하면서 근대문학이라는 제도를 만들고, 국가가 이 제도를 인정한다. 그러나 이조 시대엔 이런 제도가 없었다. 전위예술은 근대예술의 제도성 자체를 부정한다.(좀 더 자세한

것은 이승훈, 『한국모더니즘시사』, 문예출판사, 2000, 46~47, 109~120쪽 참고 바람)

문제는 아방가르드와 선의 관계다. 나는 서양의 아방가르드 예술이 보여주는 전위적 특성을 선적 사유, 선적 감각, 선적 세계관과 관련시켜 새롭게 해석한 바 있다. 다음은 그때 백남준의 전위예술에 대해 내가 주장한 내용.

> 내가 읽은 바로는 백남준의 퍼포먼스는 관념과의 싸움이고 관념을 제거하는 실천이고 그런 점에서 수행이고 도(道) 닦기이다. 그는 최초의 퍼포먼스 〈존 케이지에 대한 경의〉에서 도끼로 피아노를 부수고, 〈머리를 위한 선(禪)〉에서는 머리카락을 붓으로 사용하여 먹물 묻은 머리로 바닥을 기어가며 그림을 그린다. 피아노를 부수는 행위는 피아노라는 상(相)을 부정하는 행위요, 머리카락을 붓으로 사용할 때 머리카락은 머리카락이 아니고(不一) 머리카락이 아닌 것도 아니다(不異). 요컨대 이런 행위는 선불교가 강조하는 불이, 중도, 공사상을 지향한다. 물론 다시 생각하면 이런 행위는 일체의 해석, 정의, 의미를 부정하지만 이런 부정이 또한 선과 통한다.
>
> — 이승훈, 『아방가르드는 없다』, 2009, 태학사, 5쪽

백남준이 피아노를 부수는 행위나 어떤 스님이 남전 선사를 찾아가 혼자 밥을 지어 먹고 집안 살림을 모두 부수는 행위나 단하 선사가 추워서 나무부처를 불태우는 행위나 결국은 같다. 무슨 차이가 있는가? 모두 제법공상(諸法空相) 불생불멸(不生不滅)의 실천이다. 그런 점에서 선과 아방가르드는 중도의 관계에 있고, 이런 시각에서 선이 아방가르드이고 아방가르드가 선이다.

모두 그런 것은 아니지만 공안과 화두에서 읽을 수 있는 것은 이런 전위성이고 파격이고 그런 점에서 공안은 한 편의 아방가르드 예술이다. 다

음은 덕산 스님의 탁발 공안.

> 덕산 스님 밑에서 두 사람의 큰스님이 나왔으니 암두 스님과 설봉 스님이다. 덕산 스님이 어느 날 공양이 늦어지자 손수 바리때를 들고 법당에 이르렀다. 공양주이던 설봉이 이것을 보고 "이 늙은이가 종도 치지 않고 북도 두드리지 않았는데 바리때를 들고 어디로 가는가?" 하니 덕산이 머리를 숙이고 곧장 방장으로 돌아갔다. 설봉이 이 일을 암두에게 전하니 암두가 "보잘것없는 덕산이 말후구(末後句)를 모르는구나." 하였다. 덕산이 그 말을 듣고 암두를 불러 묻되 "네가 나를 긍정치 않느냐?" 하니 암두가 은밀히 그 뜻을 말했다. 다음 날 덕산이 법상에 올라 법문을 하는데 전과 달랐다. 암두가 손뼉을 치고 크게 웃으며 "기쁘다. 늙은이가 말후구를 아는구나. 이 후로는 천하 사람들이 어떻게 할 수 없으리라. 그러나 다만 삼 년뿐이로다." 했는데 과연 삼 년 후에 돌아가셨다.

나는 이 공안에서 읽을 수 있는 선적(禪的) 기호 혹은 반기호가 모더니즘 이후의 우리 시, 우리 모더니즘을 극복하고 해체하는 방향이라고 주장한 바 있다. 그때는 아방가르드라는 말을 쓰지 않았지만 모더니즘 이후가 아방가르드라면 이 공안은 한 편의 전위예술이고, 한 편의 전위적 선시가 된다. 처음 이 이야기를 읽고 나는 베케트의 드라마를 보는 것 같다는 생각이 들었다. 도대체 세 스님은 무엇을 하고 무슨 말을 하고 과연 무슨 말이 무슨 말인가? 그때 분석한 내용을 요약하면 다음과 같다. 성철 스님은 이 공안에서 네 가지 어려운 점을 지적한다.

첫째는 덕산 스님이 설봉의 한 마디 말에 머리를 숙이고 돌아간 이유. 그는 대답할 능력이 없었는가, 아니면 다른 뜻이 있었는가? 둘째는 덕산 스님이 과연 말후구를 몰랐는가? 모르고 어떻게 대조사가 되었는가? 말후구는 크게 깨달은 경지에서 하는 지극한 말이다. 셋째는 은밀히 그 뜻을 말했다고 하는데 무슨 말을 했을까? 넷째는 덕산 스님이 암두의 가르침에 말후구를 알았으며 또 수기(授記)를 받았는가? 그렇다면 암두가 스승인 덕산 스님보다 더 훌륭했다는 말인가?

2. 공안과 아방가르드

내가 그때 강조한 것은 이런 네 가지 문제를 살피려는 것이 아니라 이 공안이 보여주는 모더니즘 원리에 대한 비판과 대안이다. 들뢰즈에 의하면 모더니즘 원리는 이른바 기표작용체계에 해당한다. 모더니즘은 기호의 자율성을 강조하고, 기표작용체계는 기호의 이런 자율성을 뜻한다. 기호의 자율성은 기호가 현실과 관계없이 의미를 생산하는 것이고, 모더니즘 문학은 현실과 자연의 재현이 아니라 언어 자체의 미학을 강조한다는 점에서 기표작용체계에 해당한다.

기표작용체계는 기호를 구성하는 기표가 지시물과 관계없이 기표들의 내적 체계에 의해 기의(의미)를 생산하는 것. 이 글에서는 들뢰즈의 견해를 중심으로 하되 기표작용체계라는 용어 대신 기호의 자율성, 혹은 기호의 내적 체계라는 용어를 사용한다. 들뢰즈에 의하면 기호의 자율성은 여덟 가지 양상 혹은 원리로 정의된다. 그가 말하는 기호의 자율성을 중심으로 이 공안을 해석하면 다음과 같다.

첫째로 기호의 자율성은 기호가 사물을 지시하는 게 아니라 기호를 지시하고, 따라서 기호와 기호가 1대 1로 대응하는 내적 체계이다. '장미는 램프다'에서 '장미'(기호)는 구체적인 장미(지시물)를 지시하지 않고 '램프'(기호)를 지시하고, '장미'와 '램프'는 기호로서 1대 1로 대응하는 내적 체계이고 이런 내적 체계가 의미를 생산하면서 발전한다. '장미는 램프다'라는 기호체계는 외적 현실, 대상과는 관계없는 특수한 내적 체계이고, 외부와 단절된 특수한 공간이다.

그러나 덕산 스님의 공안에서는 이런 체계가 깨지고 기호의 발전이 없고 의미 생산이 단절된다. 덕산은 '어디로 가는가?'라는 설봉의 말에 아무 대꾸도 없이 방장으로 돌아간다. 질문/대답이라는 기호/기호의 관계가 파괴되고 부정되고 기호가 더 이상 발전하지 않는다. 한편 기호는 외부와 단절된 내적 체계가 아니라 실천적 기능이 있지만 이런 실천적 기능도 부정된다.

둘째로 기호의 내적 체계에서는 기호들이 체계 속에서 회귀한다. 말하자면 순환한다. 은유의 원리가 그렇다. '장미는 램프다'라는 은유는 기호체계 속에서 '장미'가 '램프'로 회귀하며 이런 회귀는 기호 밖의 세계와는 무관하다. 그러나 이 공안의 경우 기호들은 순환하지 않고 계속 이동할 뿐이다. '어디로 가는가?-고개 숙이고 돌아가다-말후구를 모르는구나'의 구조는 순환이 아니라 이동이고 심하게 말하면 기호들의 단절이고, '덕산'이라는 기호는 삶에서 죽음으로 이동한다.

셋째로 기호의 내적 체계에는 중심이 있지만 이 이야기에는 중심이 없다. 체계는 구조이고 구조에는 중심이 있다. 예컨대 구조가 완벽한 소설은 주인공을 중심으로 전개된다. 그러나 이 공안의 경우 덕산이 중심인가? 설봉이 중심인가? 암두가 중심인가? 중심이 모호하다.

넷째로 기호의 내적 체계는 해석에 의해 의미가 주어지고, 이 의미가 다시 기호가 되는 과정이 반복된다. '장미는 램프다'의 경우 '장미'(기호)는 해석에 의해 '램프'(의미)가 되고 '램프'는 다시 '램프는 창문이다'처럼 기호가 되어 해석의 대상이 된다. 그러나 이 공안의 경우 기호는 해석의 단서를 제공하지 않고, 따라서 의미가 부여되지 않는, 의미가 탈락된, 의미를 부정하는 기호들의 세계라고 할 수 있다. 무슨 소린지 알 수 없지 않은가?

다섯째로 기호의 내적 체계는 기호들의 무한 집합이 하나의 중심이 되는 기호를 지시하고, 이 기호가 절대적 권위를 상징한다. 예를 들면 '대학'을 의미하는 기호들은 많지만 이런 무한 집합은 '학문'이라는 중심 기호를 지시한다. 그러나 이 공안에는 이런 중심 기호가 없고, 이렇게 절대 기호, 중심 기호가 없다는 것은 불교가 지향하는 공사상과 통한다.

여섯째로 기호의 내적 체계의 경우 기호는 실체를 소유한다. 그것은 기호가 목소리와 관계되고, 이 목소리가 실체이기 때문이다. 한편 이 목소리가 중심이 된다는 점에서 기호의 내적 체계는 음성중심주의이고, 최초의 말씀(목소리)에 의해 우주의 질서가 섰다는 기독교적 해석을 강조하면 음성중심주의는 이성중심주의가 된다. 그러나 이 공안에는 이런 의미로서의 목소리, 곧 질서를 만드는 목소리가 없다. 암두가 은밀히 그 뜻을 말했다고 하지만 무슨 말을 했는지 모르겠고, 암두는 덕산이 말후구도 모른다고 했지만 과연 모른다고 한 것인지 알고도 그런 말을 것인지도 모르겠다. 요컨대 여기서 기호는 실체, 목소리, 이성을 배반한다.

일곱째로 기호의 내적 체계는 체계로부터의 도주선을 부정한다. 이런 체계는 언제나 외부 세계와 단절된 닫힌 공간, 폐쇄적 공간이기 때문이다. '장미는 램프다'에서 '장미'와 '램프'는 어디까지나 이 내적 기호체계에서만 의미가 있고 밖으로의 도주는 허용되지 않는다. '장미'가 이 체계를 벗어나 현실, 대상, 지시물을 지시하면 '장미'는 '램프'가 아니기 때문이다. 내적 체계로서의 기호는 외부 세계와 단절된 특수한 공간이고, 모더니즘 문학이 강조하는 것 역시 외부 세계의 모방이나 재현이 아니라 외부 세계와 단절된 특수한 언어 공간이다.

그러나 이 공안은 이런 폐쇄적 공간이 아니라 열린 공간, 개방적 공간이다. 이런 공간에는 시작도 끝도 없다. 그렇지 않은가? 과연 어디가 시작이고 어디가 끝인가? 어느 날은 어느 날일 뿐이다. 어느 날 우연히 이런 일이 있었고, 이야기에는 필연성이 없다. 그런 점에서 선(禪)은 선(線)

이고 그것도 도주선이다. 선(禪)은 한 점에 고정되는 것이 아니라 선(線)을 따라 선(線)에 의해 선(線)을 삼키며 무수히 도주한다. 그리고 선(禪)은 선(禪)에 의해 선(禪)을 삼키며 무수히 도주한다. 그러므로 이 도주는 도주가 아니다. 그럼 무엇인가? 도주도 아니고 도주가 아닌 것도 아니다. 머무는 것도 아니고 떠나는 것도 아니다.

무주(無住)는 무주가 아니기 때문에 무주이다. 머물지 않는 것이 머무는 것이고, 그것은 주/무주의 분별을 떠났기 때문이다. 선종 6조 혜능에 의하면 무주는 인간의 본성이다. 왜냐하면 인간의 본성(마음)은 머물지 않고 계속 움직이기 때문이다. 그러므로 본성, 마음, 무주는 어디에도 걸림이 없는 무애이다. 본성 무애의 작용이 무념(無念)이고, 무념이기 때문에 모든 대상은 청정한 무상(無相)이다. 무념이 종(宗)이고 무상이 체(體)이고 무주가 본(本)이라는 말은 이런 뜻이다.

그러므로 무주가 무념이고 무념이 무상이고 무상이 무주다. 기호들은 내적 체계에서 순환하는 것이 아니라 체계에서 도주하고 동시에 머문다. '지금 생각'은 사라지면서 있고, 이동하면서 있고, 이동하는 념(念)이 있다. 념념상속이다. 무념(無念)은 유/무의 경계를 초월하는 마음이고 어디에도 머물지 않는 이런 마음이 연속되는 것이 선(禪)이다. 이런 마음은 과거, 현재, 미래도 모르고, 사물도 모르고 자아도 모른다. 왜냐하면 분별 사량을 벗어나고 어디에도 머물지 않기 때문이다. 머물지 않고 이동하는 이런 마음은 있으며 없고 없으며 있다. 무념은 생각하되 아무 생각이 없고, 무주는 무주이며 무주가 아니고, 무상은 상이 있되 상이 없다. 그런 점에서 선의 시학은 탈영토화(내적 체계)에서 재영토화(해방)를 지향한다.

끝으로 기호의 내적 체계는 보편적 기만의 체계이다. 왜냐하면 체계는 인위적 조작이고 허구이고 폭력이고 억압이기 때문이다. 그러므로 이 공안은 이런 기만에서 허구에서 폭력에서 억압에서 탈출하는 해방의 도주의 길을 암시한다. 들뢰즈에 의하면 유목민적 기호계가 해방을 지향하지만 나는 이런 해방을 선적 사유 혹은 선적 기호계에서 읽는 입장이다.

이 공안에서 읽을 수 있는 반기호성, 곧 반모더니즘의 특성은 아방가르드 정신과 통하고, 따라서 이 공안은 한 편의 아방가르드 작품이 된다. 이 글을 시작하면서 나는 이 공안이 베케트의 희곡과 유사한 느낌을 준다고 말했다. 결국 이 공안은 공안이면서 전위적인 희곡이고, 전위적 희곡이며 공안이다. 아니 한 편의 전위적 시라고 해도 된다. 요컨대 이 공안에서 읽을 수 있는 것은 공안/전위적 희곡/전위적 시의 경계가 해체되는 중도의 미학이다. 이 공안을 파격적 선시, 전위적 선시라고 부르는 이유이다.(이상 이승훈, 「선과 모더니즘」, 『현대시의 종말과 미학』, 집문당, 2007 참고).

3. 언어 놀이

내친 김에 전위적 선시가 나갈 방향에 대해 좀 더 부연하자. 내가 「선과 모더니즘」에서 강조한 것은 선적 사유와 선적 감각에 의해 모더니즘 미학을 극복하려는 시도였고, 그런 시도가 아방가르드 시학과 연결되기 때문에 선과 아방가르드의 회통이 다시 문제다.

중요한 것은 언어체계, 기호의 내적 체계에서 해방되는 길이고 방법이고 책략이다. 현대언어학이 강조하는 것은 대상과 단절된 자율적 구조이고, 이 구조, 곧 기호들의 내적 관계가 의미를 생산한다. 그리고 언어가 사유(의미)이고 사유의 조건이다. 언어가 사유를 조작하기 때문이다. 따라서 중요한 것은 언어에서 벗어나는 길이다. 어떻게?

비트겐슈타인이 생각난다. 그가 후기의 『철학적 탐구』에서 강조한 것은 이런 언어, 곧 사유를 조작하는 언어에서 벗어나는 길이다. 그는 '철학의 목적은 파리에게 파리병에서 빠져 나갈 출구를 가리켜 주는 것'(『철학적 탐구』, 309쪽)이라고 말한다. 이때 파리병이 언어이고 인간들은 파리병에 갇힌 파리이다. 어떻게 언어라는 파리병에서 나갈 것인가?

그는 초기의 『논리-철학 논고』에서 언어를 현실의 그림으로 정의하고, 이런 언어를 명제라고 부른다. 명제는 과학적으로 실증될 수 있는 언어를 뜻한다. 그러나 결론은 이런 명제들은 무의미한 것이며, 이 명제들, 곧 사다리를 딛고 올라간 후에는 사다리를 던져버려야 한다는 말로 끝난다. 왜냐하면 이 세계에는 말로 표현할 수 없는 것들이 있고, 이런 것은 스스로 드러나고, 이렇게 스스로 드러나는 것은 신비하기 때문이다. 그런 점에서 초기의 그림으로서의 언어는 부정된다. 세계가 어떻게 있느냐가 신비한 것이 아니라 세계가 있다는 것이 신비하기 때문이다. 그러므로 중요한 것은 '어떻게'가 아니라 '그저 있음'이다.

그의 후기 철학은 이런 사유를 동기로 한다. 언어는 이제 '그림'이 아니라 '놀이'가 된다. 이른바 언어 게임 혹은 말놀이 개념이 나타난다. 그가 말하는 언어는 경기 혹은 놀이로 인식된다. 이 세상에는 무수한 놀이가 있고 언어 역시 체스 놀이, 축구 게임, 배구 게임처럼 하나의 게임이다.

그렇다면 게임을 구성하는 것은 무엇인가? 크게 보면 '규칙'과 '사용'이다. 축구 게임은 축구 게임의 규칙이 있고, 축구공의 의미는 외부 현실을 지시하는 게 아니라 선수들이 사용할 때 의미가 있다. 절대적 의미가 있는 게 아니라 '사용'이 의미다. '규칙' 역시 모든 게임에 공통된 규칙은 없다. 그렇다고 규칙이 없는 것은 아니다. 축구, 배구, 농구에 공통된 규칙은 없지만 규칙이 없는 것은 아니다. 이런 게임들의 관계를 '가족유사성'이라고 부른다.

언어도 하나의 게임이다. 그러니까 언어, 축구, 배구, 농구는 가족유사성의 관계에 있다. 모든 게임은 한 가족을 구성하는 식구들처럼 유사하다. 한 가족의 얼굴을 보면 유사한 것처럼 언어, 축구, 배구, 농구 경기는 공통된 특성(규칙)은 없지만 유사하다. 한편 축구 경기의 경우 하나만 있는 게 아니라 여러 유형이 있듯이 언어 경기 역시 무수한 유형이 있고, 모두 삶의 형식이 된다. 쉽게 생각하자. 노동도 삶의 형식이고, 축구도 삶의 형식이고, 사업도 삶의 형식이고, 말하는 것도 삶의 형식이다. 그리고 언어 놀이도 축구가 그렇듯이 명령, 보고, 검증, 창작, 노래, 시 등 여러 유형이 있다. 이 세상엔 무수한 삶의 형식이 있다. 시쓰기도 삶의 형식이고 여행도 삶의 형식이다.

요컨대 언어는 '그림'이 아니라 현실과 무관한 게임이고 놀이다. 초기엔 언어는 '논리적 그림'이고 후기엔 '삶의 형식이고 놀이'다.(좀 더 자세한 것은 이승훈, 「언어란 무엇인가?」, 『영도의 시쓰기』, 푸른사상, 2012 참고 바람)

앞에서도 말했지만 모든 놀이, 경기를 구성하는 것은 '규칙'과 '사용'이고, 축구의 경우 공은 선수가 찰 때 의미가 있고, 언어의 경우도 말을 사용할 때 의미가 있다. 사용하지 않는 기호는 죽은 기호다. '밥'이라는 언어 자체는 아무 의미가 없다. '밥 줘!', '저기 밥이 있네.' '응 지금 밥 먹고 있어' 등 사용할 때 의미가 있다. 그렇지 않은가? '밥'이라는 기호 자체는 사용하지 않을 때 과연 무슨 의미가 있는가?

그런 점에서 비트겐슈타인은 언어 실천을 강조한다. 그리고 언어 실천, 기호 실천은 사유가 없는 행동으로 나타난다. 축구의 경우 선수는 공을 차는 것이지, 공이란 무엇인가? 생각하며 사유하며 공을 차는 것은 아니다. 언어의 경우도 그저 '밥 줘!'라고 말을 하지, '밥이란 무엇인가? 생각하며 사유하며 말하는 것은 아니다.

그러므로 비트겐슈타인은 『철학적 탐구』에서 사물과 언어, 대상과 이름의 관계를 새롭게 성찰하면서 시작된다. 초기의 사유에 의하면 한 낱말의 의미는 그 낱말이 가리키는 대상이다.(언어회화론) '책상'이란 낱말이 의미를 소유하는 것은 이 낱말이 책상이라는 사물을 지시할 때이다. 과연 그런가? 비트겐슈타인은 다음처럼 말한다.

> A는 건축용 석재들을 가지고 하나의 건물을 짓는다. 벽돌들, 기둥들, 석판들, 들보들이 있다. B는 그에게 석재들을 건네주어야 한다. 더구나 A가 그것들을 필요로 하는 순서에 따라서. 그 목적을 위해서 그들은 '벽돌', '기둥', '석판', '들보'라는 낱말들로 이루어지는 어떤 하나의 언어를 사용한다. A가 그 낱말들을 외친다. B는 이렇게 외치면 가져오도록 배운 석재를 가져간다. 이것을 완전히 원초적 언어라고 생각하라.
>
> — 비트겐슈타인, 『철학적 탐구』, 이영철 옮김, 1994, 20쪽

건축가 A와 조수 B의 경우 낱말 '벽돌'은 A가 '벽돌!' 소리치면 B는 그 소리에 따라 '벽돌'을 가져갈 뿐 '벽돌'이라는 낱말의 의미를 생각하는 것은 아니다. A는 목적에 의해 낱말들을 사용하고 B는 그의 말에 따라 사물들을 가져간다. 이렇게 언어를 사용하는 것이 이른바 '원초적 언어'이고, 이런 언어 사용은 어린아이들이 말하는 법을 배울 때 나타난다.

원초적 언어에선 사용이 중요하지 그 의미는 중요한 게 아니다. 건축가와 조수 사이에도 언어 사용이 강조되고 어린아이의 경우에도 언어 사용이 중요하다. 그러나 전자의 경우에는 한 사람이 낱말을 외치고 다른 사람이 그 낱말에 따라 행동하고, 후자의 경우에는 배우는 아이가 낱말을 말한다. 이때 말한다는 것은 사용한다는 것이고, 선생의 말을 따라 말한다는 점에서 사용이고 행동이고 연습이다. 그런 점에서 이렇게 낱말을 사용하는 전체 과정은 언어를 배우는 놀이(경기)들 가운데 하나이고, 비트겐슈타인은 이런 놀이들을 '언어 놀이들'이라고 부른다.(위의 책, 21~22쪽)

4. 파리병에서 나오는 길

언어 놀이 속에서 우리는 직관적으로 규칙을 따르며 언어를 사용할 뿐이다. 그러므로 언어의 의미가 사용에 있다는 것은 의미, 사유, 생각을 벗어나는 행위를 뜻한다. 비트겐슈타인에 의하면 '생각은 기호의 조작'이다. 그는 기호의 조작, 곧 단어라는 기호를 조작하는 단순한 보기에 대해 다음처럼 말한다.

> 나는 누군가에게 '사과 여섯 개'라고 써 있는 종이쪽지를 주면서 "가게에 가서 사과 여섯 개를 사오라"고 명령한다. 그가 이 명령을 수행하는 방식은 다음과 같을 것이다. 그 쪽지가 점원에게 주어지면, 그 점원은 '사과'라는 단어를 각 선반들에 붙어 있는 라벨들과 비교해본다. 그는 라벨들 중 어느 하나에 '사과'라고 적혀 있는 것을 발견하고, 1에서 시작해 쪽지에 적힌 숫자까지 셈하며 그때마다 선반에서 과일을 하나씩 꺼내 봉지에 담는다.
>
> — 비트겐슈타인, 『청갈색책』, 진중권 옮김, 그린비, 2006, 53쪽

이것이 단어가 사용되는 한 가지 보기이다. 그러나 중요한 것은 우리가 언어를 이렇게 복잡하게 사용하지 않는다는 점이다. 물론 이 보기에서 점원은 언어를 사용한다. 그러나 그가 사용하는 방법은 단어가 지시하는 의미를 중심으로 비교, 발견, 셈하기에 의존하고, 비교나 발견이나 셈하기는 모두 기호들을 분류하고 조작하는 것에 지나지 않고, 단어에 대해 사유하는 것을 뜻한다. 그런 점에서 사유는 언어(기호)들의 조작에 지나지 않는다. 요컨대 사유는 지시적 의미를 토대로 낱말들을 조작하는 행위이다. 그러나 언어 놀이는 이렇게 복잡하게 사유하며 언어를 사용하지 않고 그저 사용할 뿐이다.

한편 비트겐슈타인은 이미 『철학적 탐구』에서 이와 비슷한 언어 사용을 보기로 낱말들의 지시적 의미를 비판한 바 있다.

> 나는 누군가에게 '다섯 개의 빨강 사과'라는 기호가 적힌 종이쪽지를 주며 사오라고 말한다. 그는 종이쪽지를 상인에게 가지고 간다. 상인은 '사과'라는 기호가 붙은 궤짝을 연다. 다음 그는 어떤 열람표에서 '빨강'이란 낱말을 찾으며, 그 맞은편에서 색 견본을 발견한다. 이제 그는 '다섯'까지의 수열을 말하며 각각의 숫자마다 그 견본의 색깔을 가진 사과 하나를 궤짝에서 꺼낸다. 낱말들을 가지고 우리는 이렇게, 그리고 비슷하게 작업한다. 그러나 그가 '빨강'이라는 낱말을 어디에서, 그리고 어떻게 참조해야 하는지, 그리고 그가 '다섯'이라는 낱말을 가지고 무엇을 해야 하는지 어떻게 아는가?
>
> — 비트겐슈타인, 『철학적 탐구』,
> 이영철 옮김, 1994, 서광사, 19~20쪽

앞의 보기가 강조한 것은 지시적 의미를 토대로 낱말들을 조작하는 것이 사유라는 점이고, 위의 보기가 강조하는 것은 지시적 의미 자체에 대한 비판이다. 특히 '빨강' 이라는 낱말과 '다섯' 이라는 낱말이 그렇다. 상인은 '빨강' 이라는 낱말을 열람표에서 찾고 그 견본의 색깔을 발견한다. 그러나 문제는 견본에 있는 '빨강' 이 아니라 이 '빨강' 이 무엇을 지시하느냐? 이다. 과연 '빨강' 이라는 낱말이 지시하는 사물은 무엇인가? '사과' 라는 낱말이 사과(사물)를 지시하듯이 '빨강' 이라는 낱말도 그에 해당하는 사물을 지시하는가? 이 낱말은 참조해야 할 사물이 없다. '다섯' 이라는 낱말도 그렇다. 이 낱말이 지시하는 사물은 없다. 이 낱말의 의미는 무엇인가? 물론 '다섯' 이라는 낱말의 정의와 설명은 가능하지만 그런 설명은 한계가 있다. 따라서 중요한 것은 낱말의 의미가 아니라 사용이다.

비트겐슈타인의 후기 사유가 강조하는 것은 결국 언어의 의미는 사용에 있다는 것. '빨강 사과를 가져오라'고 할 때 우리는 '빨강'에 대한 사유, 곧 의미를 생각하고, 다음 '사과'에 대해 사유하고, 다음 '가져오라'에 대해 사유하면서 이 낱말들을 사용하는 게 아니라 관행(practice)으로, 곧 그냥 사용할 뿐이다. 언어를 사용할 때는 사유가 필요 없다. 그냥 하는 것은 일체의 관념, 사유, 조작에서 벗어난 마음으로 움직이는 것이고 이런 행위가 선(禪)과 통한다. 선이 강조하는 것은 분별, 조작, 시비를 떠나는 평상심이고, 이 평상심이 무심이고 무상이고 무념이기 때문이다. 그러므로 언어 놀이는 선의 시각에서 새롭게 해명되고 해명될 필요가 있다.(좀 더 자세한 것은 이승훈, 「사유는 기호의 조작이다」, 『영도의 시쓰기』, 앞의 책, 257~262쪽 참고 바람)

결국 언어는 놀이이고 이런 놀이는 사유를 모른다. '파리가 갇힌 유리병'에서 파리가 나오는 길은 언어 놀이에 있다. 외부와 단절된 기호체계는 '파리가 갇힌 파리병'이고, 언어 놀이, 사유 없는 언어 사용은 이 체계에서 벗어나는 길, 곧 '파리병에서 나오는 길'이다.

비트겐슈타인은 초기 언어 회화론, 명제론의 끝 부분에서 결국 명제(언어)들은 극복의 대상이고 다 올라간 다음 버려야 할 사다리이고, 이 사다리를 던져버릴 때 우리는 세계를 올바로 본다고 말한다. 왜냐하면 '세계가 있는 방식'이 아니라 '세계가 있다는 것'이 신비하기 때문이다. 언어(명제)는 우리가 다 올라간 다음 버려야 할 사다리이고, '파리가 갇힌 파리병'이다. 언어는 우리가 갇힌 감옥이다. 사다리를 버리고 파리병에서 나오는 길이 선이고 해방이다. 언어 놀이는 파리병에서 나오는 출구이고, 그것은 기호의 내적 체계를 부정하고 해체하고 거기서 도주할 때 가능하고, 이런 도주가 선(禪)과 통한다. 다시 말하자. 언어 놀이, 사유 없는 기호 사용이 파리병에서 나오는 길이다.

5. 파격적 현대시

그러므로 이미 파리병에서 나오는 길은 열렸다. 그것은 언어에 대한 사유, 언어에 의한 사유를 버리고, 언어가 사유이고 분별이라는 점에서 언어를 버리고 사유를 버리는 길이다. 나는 앞에서 덕산 스님의 탁발 공안을 중심으로 이 길을 해석하고, 공안과 아방가르드의 회통, 나아가 선과 아방가르드의 회통의 가능성에 대해 살폈다.

그렇다면 이런 회통은 우리 현대시, 특히 전위적이고 실험적인 시들의 경우에도 가능한가? 나는 미발표 논문 「선시의 기법」에서 이른바 격외성 혹은 파격성을 논하면서 김수영의 「등나무」를 모델로 우리 전위시의 선적 감각을 강조한 바 있고, 이런 접근은 그동안 우리 현대시와 선의 관계를 도식적으로 혹은 선시 모방적인 측면에서만 논의해온 시대착오적 경향을 벗어날 수 있는 단서가 된다.

사실 그동안 우리 현대시의 선적 경향이라고 주장된 시들은 선적 사유나 감각은 있지만 현대가 탈락된, 이 시대가 탈락된, 이 시대에 대한 고뇌나 갈등을 동기로 하지 않는, 그런 점에서 아방가르드 정신이 결여된 그야말로 고색이 창연한 고풍스런 선시이고, 서정시가 선의 옷만 걸치고 있는 시들, 혹은 소승적인 어조로 일관된 시들이 대부분이다.

베케트의 희곡, 존 케이지의 전위음악, 백남준의 전위예술, 나아가 뒤샹이나 앤디 워홀의 작업까지 이른바 모더니즘을 파괴하는 아방가르드 예술은 궁극적으로 동양사상, 특히 선불교적 태도를 지향한다. 그런 점에서 아직도 고려나 이조풍의 선시 혹은 선적 시가 판을 친다는 것은 우리 현대선시의 낙후성과 통한다. 김수영의 시를 다시 읽은 것은 이런 낙후성을 극복하기 위한 노력이고, 현대와 결합되면서 동시에 현대를 부정하고 해체하는 그런 선적 감각을 공부하기 위해서이다. 나는 김수영의 「등나

무」를 분석하면서 다음처럼 말한 바 있다.(이승훈, 「선과 모더니즘」, 앞의 책, 211쪽)

우리 현대시는 말할 것도 없고 많은 선시들, 특히 이 시대에 발표되는 선시들 역시 너무 격식을 따르고 전통을 따른다. 그런 점에서 현대선시의 새로운 출구는 선이 보여주는 파격성의 수용에 있고, 이때 선과 아방가르드의 회통이 가능하다는 게 나의 입장이다. 선시는 아니지만 김수영의 일부 시에는 이런 격외성, 파격성이 드러나고, 이런 파격성이 선과 통한다. 그러니까 고리타분한 선시보다 이런 시가 선에 가깝고, 일체의 시적 규칙이나 표현 방법을 부정하는 그의 시가 보여주는 것은 그야말로 무위진인의 세계다. 김수영의 「등나무」는 긴 시이다. 이 시는

두 줄기로 뻗어 올라가던 놈이
한 줄기가 더 생긴 것이 며칠 전이었나
등나무

— 김수영, 「등나무」 부분

로 시작된다. 등나무에 줄기가 더 생겼다는 이야기다. 그리고 '밤사이에 이슬을 마신 놈이 지금 나의 혼을 마신다.'는 이야기와 '그것이 이슬을 마셨다고 어찌 신용하랴.'는 말이 이어지면서 등나무에 대한 회의가 나오고 다음과 같은 시행들이 계속된다.

그의 주위를 몇 번이고 돌고 돌고 돌고
또 도는 조름같은 날개와 날것들과
갑충과 쉬파리떼
그리고 진드기

"엄마 안 가? 엄마 안 가?"

"안 가 엄마! 안 가 엄마! 엄마가 어디를 가니?"
"안 가유?"
"안 가유! 하—"
"으흐흐—"

— 김수영, 「등나무」 부분

이상은 엄마와 아이의 대화지만 시에는 엄마와 아이가 대화를 나누는 상황이 제시되지 않고, 한 줄기가 더 생긴 등나무에 대한 말만 나온다. 그렇다면 등나무 줄기들의 대화인가? 아니면 등나무 주위를 도는 날개, 날것들, 갑충, 쉬파리떼, 진드기의 대화인가? 도대체 이런 말을 하는 주인공들은 누구인가? 갑충, 쉬파리떼, 진드기가 대화를 나누는 것도 아니고, 등나무 아래 엄마와 아이가 나오는 것도 아니다.

그렇다면 등나무 줄기인가? 두 줄기 외에 새로 생긴 한 줄기가 아이인가? 그럴 수도 있고 그렇지 않을 수도 있다. 그럴 수 있는 것은 시인이 등나무 줄기, 그것도 한 줄기 더 생긴 것을 보면서 엄마와 아이의 대화를 연상하기 때문이고, 그렇지 않을 수도 있는 것은 그가 등나무를 볼 때 우연히 엄마와 아이가 말을 나누며 지나간다고 읽을 수 있기 때문이다.

6. 우물이 말을 한다

과연 어떻게 읽는 것이 옳은가? 김수영 시인은 돌아가셨기 때문에 물어볼 수도 없고, 혹시 물어본다고 해도 '나도 몰라!' 하실지 모른다. 그러니까 이 시행은 알기 위해 있는 것이 아니라 모르기 위해 있다. 시의 끝 부분에는 이런 말들이 나온다.

우물이 말을 한다
어제의 말을 한다
"똥, 땡, 똥, 땡, 찡, 찡, 찡—"
"엄마 안 가?"
"엄마 안 가?"
"엄마 가?"
"엄마 가?"

등나무 등나무 등나무 등나무
"야, 영희야, 메리의 밥을 아무거나 주지 마라,
밥통을 좀 부셔주지?!"
등나무? 등나무? 등나무? 등나무?
"아이스 캔디! 아이스 캔디!"
"꼬오, 꼬, 꼬, 꼬, 꼬오, 꼬, 꼬, 꼬, 꼬"
두 줄기로 뻗어 올라가던 놈이
한 줄기가 더 생긴 것이 며칠 전이었나

— 김수영, 「등나무」 부분

도대체 무슨 소리인가? 나는 다른 글에서 이 시를 선과 관련시켜 해석한 바 있고, 그때 강조한 것은 이 시의 난해성이 선적 감각과 통한다는 것. 이 시를 논하면서 선에 대해 말한 평론가나 이론가는 거의 없다. 문제는 해석이다.

한마디로 이 시에서 김수영은 완전한 자아망각에 있고, 이런 망각이 어디에도 기댈 데가 없는 참사람의 자유와 통한다. 이 시에는 등나무와 엄마와 아이가 나오지만 경계가 모호하고, 우물이 어제의 말을 한다. 요컨대 공간적 시간적 경계가 해체된다. 우물이 하는 말은 어제의 말이다. 어제의 말은 무엇인가? 어제의 말은 다음과 같다.

'엄마 안 가?' '안 가 엄마!' '안 가유?' '안 가유! 하—' '으흐흐—' 엄마와 아이의 대화다. 엄마는 안 간다고 대답한다. 문제는 '안 가유?'라는 아이의 물음에 대한 '안 가유! 하-'라는 엄마의 대답이고, 이 대답에 대한 '으흐흐-'라는 아이의 반응이다. 물론 '안 가유! 하-'는 탄식이거나 환의를 암시하고 '으흐흐-'는 흐느낌을 암시한다. 그렇다면 이런 느낌들은 무엇을 표상하는가? 중요한 것은 이런 표현들이 긍정/부정, 환희/탄식의 경계를 해체한다는 점이다.

오늘 우물이 하는 말은 어제의 말이고, 어제의 말의 반복이다. 그러나 '엄마 안 가?' '엄마 가?'라는 아이의 물음만 있고 엄마의 대답은 없고, '똥, 땡, 찡, 찡' 같은 이상한 소리가 개입된다. 우물이 하는 말은 어제 엄마와 아이가 하던 말이고, 어제의 말의 반영이다. 그렇다면 우물과 등나무의 관계가 문제다. 이 시행에 앞서 등나무 위치가 노래된다. '우물 옆의 등나무'가 그렇다. 등나무는 우물 옆에 있다. 따라서 등나무와 관련되는, 혹은 등나무 아래 있던 엄마와 아이의 대화는 우물에 반영되고, 아니 우물이 그 대화를 듣고, 오늘 그 말을 반복한다.

이 시에는 시간도 해체되고, 공간도 해체된다. 오늘의 말이 어제의 말이고, 등나무와 엄마와 아이의 경계가 모호하다. '야 영희야 메리의 밥을 아무거나 주지 마라, 밥통을 부셔주지?!' 하는 말도 누가 하는지 모르겠고, 아이스캔디 파는 사람이 나오고, 닭 우는 소리도 나온다. 엄마의 말과 아이의 말, 영희 엄마의 말, 아이스캔디 소리, 닭 우는 소리, 화자의 말이 범벅이 되고, 등나무는 등나무가 아니고, 아닌 것도 아니다. 두 줄기로 뻗어 올라가던 등나무가 엄마와 아이인지 모르고, 아무튼 한 줄기가 더 생겼지만 며칠 전에 생겼는지 모른다.(좀 더 자세한 것은 이승훈, 「선과 모더니즘」, 『현대시의 종말과 미학』, 집문당, 2007 참고 바람)

그런 점에서 김수영이 노래하는 등나무는 조주의 '뜰 앞의 잣나무'이고, 무심의 순간이다. 등나무는 아무 의미가 없지만 너무 많은 의미가 있고, 너무 많은 의미가 있기 때문에 아무 의미도 없다. 등나무는 어디 있는가? 시의 중간에는 이런 시행들이 나온다.

> 난간 아래 등나무
> 넝쿨장미 위의 등나무
> 등꽃 위의 등나무
> 우물 옆의 등나무
> 우물 옆의 등꽃과 활련
> 그리고 철자법이 틀린 시
> 철자법이 틀린 인생
> 이슬, 이슬의 합창이다
>
> — 김수영, 「등나무」 부분

등나무는 난간 아래 있고, 넝쿨장미 위에 있고, 등꽃 위에 있고, 우물 옆에 있다. 어디나 등나무가 있는 건 아니지만 어디나 등나무가 있고, 이런 표현은 최소한 김수영이 머무는 바 없이 마음을 내는 법을 깨달았기 때문에 가능한 게 아닐까? 화엄사상에 의하면 이런 표현은 상입상즉 사사무애의 경지다.

그러므로 등나무가 있는 게 아니라 김수영의 마음이 있고, 이 마음은 구속을 모르는 마음이다. 이런 마음이 철자법이 틀린 시를 쓰지만, 철자법이 틀린 시는 일체의 격식, 형식, 법칙을 벗어나는 시이고 인생이다. 그러나 이런 인생도 결국은 꿈과 같고 환영과 같고 이슬과 같다. 따라서 철자법이 틀린 인생은 이슬, 이슬의 합창이다. 공이 색이고 색이 공이다.

중요한 것은 김수영의 파격시가 단순한 시적 인습과 형식의 파격이 아니라 이 파격이 선과 통한다는 점이다. 그는 산문 「와선(臥禪)」에서 누워서 참선하는 와선은 가장 태만한, 버르장머리 없는 선의 태도라고 하면서, 이런 무례한 선의 태도를 소녀 취향의 릴케가 아니라 깡패적인 릴케, 헨델의 음악에서 읽는다. 헨델의 완벽한 망각. 그는 자기의 작품도 망각하고, 독자도 망각하고, 그가 듣는 건 이 망각의 소리다. 바깥에서 들리던 소리가 안 들리는 것도 경지이지만, 이 소리가 다시 들릴 때 부처가 나타난다. 소리가 안 들리는 경지가 소승의 경지라면 안 들리던 소리를 다시 듣는 경지는 대승의 경지다. 이런 경지에선 자기 작품도 망각한다. 김수영이 강조하는 것은 이런 경지다.

임제의 할(喝)이 강조하는 것도 완전무결한 자기 망각이고, 남전의 암자를 찾아와 그가 없는 사이 밥을 해 먹고 집안 살림을 모두 부수고, 남전이 오자 평상에서 벌떡 일어나 떠난 도인의 행위도 그렇다.

물론 선도 죽이고 선시도 죽여야 한다. 선도 이름이고, 선시도 이름이기 때문이다. 이름도 없고 언어도 없고 형상도 없는 무명(無名) 무상(無相)이 중요하고 무명무상이 절일체(絕一切)다.

나는 지금 무슨 소리를 하는지 모르겠다. 김창완은 산울림 20주년 기념으로 만든 노래 〈기타로 오토바이를 타자〉에서 '기타로 오토바이를 타고, 송충이로 장롱을 안고, 김치로 옷을 지어 입어보자.'고 말한다. 김치로 옷을 지어 입어보자! 이런 가사에서 내가 읽는 것 역시 무념, 무아, 무심, 자유자재, 사사무애다. 팝 아티스트 앤디 워홀은 집에 다섯 마리 고양이를 키우며 고양이들을 모두 똑같이 샘이라고 불렀다.

제11장

선이냐 아방가르드냐

1. 모더니즘과 아방가르드

『시와 세계』는 「한국 모더니즘 대표시 33」(『시와 세계』, 2004년 봄)에 이어 이번 호에서는 「한국 아방가르드 대표시 33」을 특집으로 다룬다. 몇 편의 시가 모더니즘에도 속하고 아방가르드에도 속하는 것은 모더니즘을 온건한 모더니즘(이미지즘 계열)과 과격한 모더니즘(다다이즘 초현실주의 계열)으로 나눌 때 이 작품들이 과격한 모더니즘에 속하고, 아방가르드는 이들을 포함하기 때문이다. 문제는 모더니즘과 아방가르드의 차이다.

아방가르드(avant-garde)는 원래 군대 용어로 최전방에서 싸우는, 혹은 미지의 지역으로 진격하는 소수의 전위 부대를 뜻한다. 아방가르드를 흔히 전위라고 번역하는 이유이다. 그러나 이 용어는 레닌이 당 전위, 곧 당이 전위가 되어 사회를 개혁해야 한다는 정치적 의미로 사용되고, 현대예술의 경우엔 인습적 사고와 전통적 표현 형식을 부정하고 새로움을 추구하는 실험적인 예술을 뜻한다. 따라서 20세기 모더니즘 예술은 크게 보면 모두 새로움을 추구한다는 점에서 아방가르드에 속하지만 뷔르거는 모더니즘과 아방가르드의 차이를 강조한다.(자세한 것은 이승훈, 『한국모

더니즘시사』, 문예출판사, 2000 참고 바람)

모더니즘과 아방가르드는 다 같이 예술의 전통과 인습을 부정하고 새로움을 추구한다. 그러나 모더니즘이 제도 속에서 전통적 형식을 공격한다면 아방가르드는 제도 자체를 부정한다는 점에서 더욱 과격하다. 사실 우리가 믿고 있는 근대예술은 절대적인 게 아니라 근대 부르주아 사회가 보여주는 여러 제도, 곧 학교, 군대, 병원 같은 근대제도들 가운데 하나이다. 학교라는 제도가 있기 때문에 학생이라는 이상한 인간들이 존재한다. 이상하다는 것은 학생들은 노동자도 아니고 집에서 노는 애들도 아니기 때문이다. 최근에는 그렇지 않지만 학생들이 교복을 입던 것도 이런 이상한 인간들이 사회적 제도의 산물이라는 것을 암시한다.

군인이나 환자 역시 비슷하다. 군대라는 근대제도가 있기 때문에 군복을 입은 이상한 인간들이 있고, 병원이라는 근대제도가 있기 때문에 환자복 입은 이상한 인간들이 존재한다. 예컨대 정신과가 없을 때는 치매 환자가 아니라 그저 노망이 든 인간들이었다. 그러니까 환자가 병원을 만드는 게 아니라 병원이라는 근대제도가 환자를 생산한다. 지금 이 글을 읽고 있는 시인들도, 모두 그런 건 아니겠지만, 자신이 쓴 시를 들고 정신과를 찾아가 보시오. 아마 시를 본 의사는 정신과 치료를 받아야 한다고 말할 것이다. 그렇지 않은가? 나무를 서 있는 강물이라고 쓰지 않나? 애인을 태양이라고 하지 않나? 시라는 게 모두 이상한 소리들이 아닌가? 그러나 사회가 봐주는 것은 근대문학도 하나의 제도이고, 이 문학이라는 제도를 국가가 인정하기 때문이다.

쉽게 말하면 이런 이상한 글을 쓰는 인간들은 신춘문예나 잡지 같은 근대 제도를 통해 시인이 되고, 이런 인간들이 모여 문단 혹은 시단을 형성하면서 문단이라는 이상한 제도를 만들고, 국가가 이 제도를 인정한다. 시인 역시 사회적으로 이상한 인간들이다. 노동자도 아니고 한량들도 아니고, 이들이 쓰는 시는 조금 미친 것 같고, 그러나 시인들은 무슨 진리를 찾는다고 주장한다. 그럼 철학자인가? 그것도 아니다.

개인적인 말을 해서 미안하지만 나는 3년 전 여름 백담사에서 무산(霧山) 오현 큰스님에게서 전당게를 받고 재가 불자가 되었다. 그때 당호가 방장(方丈)이고, 이건 시방세계에 큰 나무가 되라는 스님의 뜻이 담겨 있는 이름이다. 전당게를 받고 버스를 타고 힘들게 집으로 돌아온 저녁 아내가 묻는다. '당호가 뭐야요?' '응. 방장이야. 시방세계에 큰 나무가 되래.' '아유 당호가 너무 커요. 그러나 잘 됐어요. 난 당신이 죽을 때 정신병원 침대에 누워 죽을 줄 알았는데 불자가 돼서 다행이야요.' 아내는 보살이다. 나는 이 이야기를 「나는 무엇을 아는가?」라는 제목의 시로 발표하고 시집 『화두』에 실었다. 최 보살은 그동안 시를 쓰며 살아온 나를 정신병 환자로 생각한 모양이다. 그렇게 생각할 수도 있다. 내가 생각해도 시는 이상한 글쓰기이고, 정상이 아닌 비정상적인 글쓰기이다. 그러나 이런 이상한 글을 쓰는 남편을 데리고 산 것은 그래도 내가 대학 교수 하면서 식구들을 굶기지 않았기 때문이라고 생각한다.

아내까지 이런 생각을 하는 터에 정상적인(?) 인간들이 보면 뭐라고 하겠는가? 그래도 이런 인간들이 정신병원 안 가고 살 수 있는 것은 국가가 봐주기 때문이다. 플라톤은 그가 이상적으로 생각하는 공화국에서 시인들을 추방시켜야 한다고 주장했다. 백 번 옳은 소리이다. 중세만 해도 시인, 점쟁이, 예언가, 광인 등은 모두 한통속으로 간주되었다. 그렇던 것이 낭만주의 시대가 되면서 시인의 상상력이 새롭게 평가되면서 사회적으로 인정받고, 근대가 되면서 하나의 제도로 수용된다. 그러니까 우리가 이렇게 시인 행세하며 사는 건 국가가 시를 하나의 제도로 인정하기 때문이다. 황진이는 신춘문예에 당선되거나 문예지에 당선된 적이 없다. 이조 시대엔 이런 등단 제도가 없었기 때문이다.

요컨대 우리가 하고 있는 문학, 시쓰기는 모두 근대제도의 산물이고, 이 시대 시인들도 근대제도의 산물이고, 한마디로 우리가 말하는 문학은 근대 제도 가운데 하나이다. 그렇기 때문에 이런 시인들은 문학이라는 제도를 지키고, 제도를 지키기 위해 예컨대 무슨 단체도 만들고 잡지도 내면서 끼리끼리 해먹는 게 아닌가? 심지어 무슨 단체에선 회원증, 일종의 자격증까지 줄 정도이다. 시만 쓰면 되지 시인이라는 이름이 왜 필요한가? 돈이 생기는가? 밥을 먹여주는가?

그러므로 이 시대 시인들이 시의 본질이니 시의 진정한 가치니 하며 소란을 피우는 것 역시 문학이라는 근대제도 속에서 이 제도를 지키기 위한 수작들에 지나지 않는다. 최근에는 심지어 생태 보존 운운이다. 물론 생태가 파괴되는 것은 아픈 일이다. 그러나 우리가 생태 보존하려고 시를 썼는가? 이런 소리라도 해야 시인들이 사회에서 소외되지 않고 체면도 서기 때문이 아닌가? 아직도 시의 진정한 가치, 본질은 인간의 영혼을 노래하는 데 있다는 늙은 본질주의자들, 영혼주의자들도 많다.

원래 시의 절대적 가치나 본질은 없고 모든 가치나 사상은 시대의 산물이다. 그러므로 시적 진리, 시의 진정한 가치를 주장하는 것은 국가가 인정하는 문단 혹은 시단이라는 자율적 영역을 고수하기 위한 수작들에 지나지 않는다. 도대체 이렇게 영혼만 찾고 본질만 찾는 순수 서정파들은 화장실도 안 가고 밥도 안 먹고 병에도 걸리지 않는가? 그들은 영혼만 먹고 사는가? 나는 육체와 분리된 이런 영혼이 무슨 소린지 모르겠고, 육체와 분리된 정신이 무슨 소린지 모르겠다. 영혼이란 말은 인간이 죽은 다음 하늘을 떠돈다는 혼에 대한 교감이 아닌가? 혼백이라는 말이 있다. 혼은 하늘을 떠돌고 백은 하얀 옷을 입고 나타나는 귀신이다.

이야기가 다소 빗나간 건 내가 원래 좀 이렇기 때문이다. 요컨대 이런 시인들은 이 시대에 우리가 쓰고 발표하는 시가, 그리고 시인이라는 이름이 근대 제도의 산물이고 동시에 제도라는 걸 모른다. 그러니까 문학의 역사를 모른다. 그렇기 때문에 시의 절대적 가치, 본질, 순수한 영혼 같은 시대 착오적인 발언들이 나온다. 아방가르드는 최소한 이런 소리는 안 하고, 근대문학이 근대제도의 산물이라는 걸 알고, 이 제도와 싸운다. 그런 점에서 아방가르드는 제도 속에 안주하며, 근대문학이라는 제도, 법을 지키며 낡은 소리나 하고 낡은 시나 쓰는 이런 시인들을 비판하기 위해 필요하다.

2. 문학이라는 이름의 제도

나는 옛날에 다른 글에서 근대문학의 제도성에 대해 말한 바 있기 때문에 이 글에서는 그때 한 말을 조금 손질하면서 다시 반복한다. 그렇다면 근대문학이라는 제도의 특성은 과연 무엇인가? 데리다는 '문학이라는 이름의 이상한 제도'라는 말을 한 바 있다. 이상하다는 것은 문학 역시 학교 같은 근대적 제도에 속하지만 학교와는 다른 속성을 띠기 때문이다. 그러나 제도는 제도다. 그에 의하면 문학은 모든 것을 모든 방법으로 말할 수 있는 제도이다.

말하자면 문학은 근대에 오면서 이런 권리가 주어진 하나의 제도이다. 이런 권리는 문학 속에서만 허용되고 문학 속에서만 가능하다. 그러나 이런 자유는 근대 자유주의 국가를 전제로 하지, 전근대적 독재 국가나 사회주의 국가에는 해당되지 않는다. 이런 국가에선 시인들이 하는 이상한 소리는 금지되고, 혹은 이데올로기적 기능만 강요한다. 그러나 대부분의 근대국가는 시인들의 이상한 소리를 제도적으로 허용한다. 만일 제도적으로 허용되지 않는다면 시인들이 하는 소리는 법에 저촉되고 일상어법을 파괴한다는 점에서 재판에 회부되어야 할 것이다. 그러나 최근에는 우리나라만 해도 많은 대학들이 문예창작과를 개설할 정도로 제도적으로 이런 이상한 글쓰기를 권장하고 생산하고 있다.

문제는 제도가 생산하는 문학이고 이런 문학이 또한 제도라는 점이지만 데리다가 강조하는 것은 문학은 제도화된 허구이며 허구적 제도가 된다는 것. 무슨 말인가? 쉽게 생각하자. 근대문학은 우리가 배운 문학의 법, 제도를 지키지만 동시에 이런 법, 제도를 위반한다는 것. 헌법을 위반하면 죄가 되지만 문학이라는 법은 위반해도 죄가 되지 않고, 오히려 문학의 법을 위반할 때 새로운 작품이 나오고, 이런 새로움이 문학의 역사를 바꾼다. 아방가르드가 지향하는 것이 그렇다. 그런 점에서 문학이라는 제도는 사회 제도를 초극하는, 그런 제도를 뛰어넘는 이상한 제도이다. 요컨대 문학, 허구, 이상한 말하기는 사회적으로 제도화되었지만 동시에 이 제도는 하나의 허구가 된다.

그렇기 때문에 문학이나 문학의 본질이 있는 게 아니라 역사적 제도로서 문학이 있다. 이 말은 문학이 시대에 따르는 문학적 인습, 문학적 규칙을 동반한다는 의미이고, 이런 인습과 규칙은 절대적인 게 아니라는 의미이다. 문학이 일련의 법칙이나 인습으로 고착된 것은 근대의 일이다. 근대 이전에는 저자라는 개념, 저자의 서명 같은 인습은 존재하지 않았다. 그러므로 문학의 근대성, 근대문학의 개념은 일련의 문학적 법칙 혹은 인습들과 관련된다. 따라서 근대문학이 강조하는 문학적 인습이나 법칙은 보편성이 없고, 절대적인 게 아니고, 문학의 본질이 아니다.

요컨대 문학의 본질은 없고 문학의 본질은 비본질이다. 내가 데리다가 말하는 문학이라는 이름의 이상한 제도에 대해 길게 늘어놓는 것은 이런 주장 속에서 이른바 근대문학의 정체성, 문학의 근대성이 드러난다고 생각하기 때문이다. 근대문학은 결국 서구의 근대문학이다. 그리고 이런 문학은 제도화된 허구이며 허구적 제도이고, 문학적 인습, 법칙들을 강조하고 동시에 위반한다.(이상 이승훈, 「근대성 제도성 내면성」, 『한국현대시의 이해』, 집문당, 1999, 16~18쪽 참고)

3. 우리 시와 아방가르드

아방가르드가 노리는 것은 근대문학이 보여주는 이런 허구적 제도성을 비판하고 새로운 문학의 역사를 창조하는 데 있다. 문제는 다시 모더니즘과 아방가르드의 차이이다. 이제까지 뷔르거와 데리다의 이론을 중심으로 말했지만 그들의 이론이 절대적인 건 아니고, 나는 이런 제도 문제를 좀 더 확장해서 문학과 일상, 시와 일상의 관계를 중심으로 모더니즘과 아방가르드의 차이를 말하자는 입장이다. 결론부터 말하면 모더니즘이 일상과 단절된 미적 자율성을 강조하고, 그런 점에서 문학의 근대성 혹은 현대미학을 강조한다면, 아방가르드는 일상과 시의 경계를 해체하고, 그런 점에서 반미학을 강조한다는 입장이다.

우리 시의 경우 이런 반미학은 이른바 해체라는 용어로 1980년대부터 유행한다. 반미학은 자율성 미학, 그러니까 일상과 담을 쌓고 고고한 정신의 성에 안주하는 부르주아적 미학을 비판한다. 말하자면 시 따로 놀고 인생 따로 노는 위선을 비판하고, 시든 인생이든 좀 더 솔직해야 한다는 주장이다. 시의 경우 자율성 미학 비판은 시의 문법 해체로 나가고, 그것은 시와 일상의 경계 해체를 근거로 한다. 나는 해체시라는 용어를 쓰면서 해체를 크게 내적 해체와 외적 해체로 나눈 바 있다. 내적 해체는 시의 문법 해체를, 외적 해체는 시와 일상의 경계 해체를 노린다.(이승훈, 「한국현대시와 포스트모더니즘」, 『모더니즘시론』, 문예출판사, 1995)

최근에 젊은 평론가 오연경은 우리 시의 해체적 특성을 크게 세 가지 유형으로 분류한 바 있다. 첫째는 시의 전통을 부정하고 새로운 형식을 창출하는 넓은 의미의 해체시, 둘째는 80년대 특정한 시운동으로 시도되었던 역사적 해체시, 셋째는 김춘수로부터 시작되어 이승훈, 오규원으로 이어진 해체적 경향이다. 그는 첫째 유형을 해체시, 둘째 유형은 따옴표를 한 '해체시', 셋째 유형은 해체주의로 부른다. 이 글은 그동안 풍문으로만 끝나기 일쑤였던 우리 시의 해체적 특성을 꼼꼼히 분석하고 정성을 다해 쓴 근래에 보기 드문 평론이다.(오연경, 「해체의 충동과 발견의 시학」, 『시와 반시』, 2010년 여름)

그러나 그냥 해체시와 따옴표가 있는 '해체시'가 그렇게 의도한 만큼 분명한 개념의 차이를 드러내지 않고, 해체주의와 해체시의 관계 역시 다소 모호한 느낌이다. 오랜만에 젊은 평론가의 글을 좋게 읽고 이런 말을 하는 건 나이 든 시인의 노파심일 수도 있고, 내가 늙은 할머니가 되어 남의 일에 쓸데없이 걱정하는 것일 수도 있고, 여름 내내 병원을 들락거리다 너무 지친 탓일 수도 있다. 그러나 나는 우리 해체시를 전통미학을 부정하고 새로운 형식을 창출하는 광의의 해체시와 80년대의 역사적 해체시로 나누고, 해체시의 이념으로 해체주의라는 용어를 쓰는 것이 좋겠다는 입장이다. 그러니까 내용이 아니라 용어가 문제다. 이 점에 오해가 없기를 바란다.

이런 문제를 전제로 다시 모더니즘과 아방가르드의 차이가 문제다. 나는 모더니즘이 전통을 부정하고 새로운 형식을 추구한다면 아방가르드는 이런 형식도 부정한다는 입장이다. 왜냐하면 모더니즘이 근대문학이라는 제도 속에서 새로운 형식을 추구한다면 아방가르드는 이런 제도 자체를 부정하기 때문이다. 그리고 우리 시의 경우 아방가르드를 해체와 관련시키면서 해체는 다시 내적 해체와 외적 해체로 나누자는 입장이다.

물론 해체는 파괴가 아니다. 시계를 해체하는 것과 파괴하는 것은 다르다. 데리다는 텍스트 읽기의 방법으로 해체를 주장했고, 하이데거는 존재자의 근거(?)로서의 존재 읽기로 해체 혹은 금 긋기, 삭제를 주장했고, 데리다는 하이데거의 사유를 빌린다. 그러므로 데리다적 해체가 있고 하이데거적 해체가 있지만 두 해체의 경계를 다시 해체하면 해체는 방법이고 동시에 이념이 된다. 종이에 글씨를 쓰고 연필로 빗금을 그으면 그 글씨는 있는 것도 아니고 없는 것도 아니다. 이런 해체가 강조하는 것은 존재/부재, 중심/주변 같은 이항 대립, 선종 6조 혜능 선사의 어법으로는 양변에 해당하고, 이항 대립체계에선 언제나 한 항목을 우위에 둔다. 예컨대 존재가 부재보다 우위에 있고 중심이 주변보다 우위에 있다. 시의 경우 시/일상의 대립에서 시가 일상보다 우위에 있다. 그래서 많은 사람들이 시인을 꿈꾸고 명함도 박고 폼을 잡는 게 아니겠는가? 이유는 무엇인가? 왜 시는 고상하고 일상은 하찮은 것인가? 이런 사유는 평등을 모르고 부처님이 말씀하신 아뇩다라삼먁삼보리를 모른다.

그러므로 아방가르드가 강조하는 시와 일상의 경계 해체는 일상보다 시를 우위에 두는 이런 태도를 비판하고, 이런 비판이 이른바 자율성 미학, 곧 시의 유기적 형식, 구조, 미적 완벽성, 창조성에 대한 비판과 통한다. 말하자면 외적 해체(시와 일상의 해체)가 내적 해체(시, 자율성 미학의 해체)를 포함한다. 그러니까 아방가르드 시는 시이며 동시에 일상이고 일상이며 동시에 시이다. 따라서 아방가르드가 강조하는 시와 일상의 경계 해체가 중요하고, 이런 사유를 전제로 우리 시의 해체적 양상, 곧 우리 시의 아방가르드적 양상을 살필 필요가 있다. 거칠게 요약하면 그것은 시의 자율성 해체, 시와 일상의 경계 해체, 일상 옮기기로 나타나고, 마침내 시는 시에 대한 사유가 되고 철학이 된다.

이번에 수록된 시들을 모델로 살펴보면 다음과 같다. 정지용, 이상, 김기림, 김춘수 등은 미적 자율성, 그러니까 근대시의 문법을 해체하고, 김수영, 신동문, 전영경 등은 일상을 그대로 보여주고, 나는 시와 일상의 경계를 해체하고, 오규원은 시와 광고의 경계를 해체한다. 황지우, 박남철의 해체도 대단하다. 다른 시인들 역시 크게 보면 시적 문법 해체, 곧 내적 해체 아니면 시와 일상의 경계 해체, 곧 외적 해체 아니면 일상을 그대로 옮긴다. 그러니까 우리 아방가르드 시는 시의 문법 해체, 시와 일상의 경계 해체, 일상 드러내기로 요약된다.

물론 이번 특집은 20세기 우리 아방가르드 시의 모습이고, 21세기, 말하자면 2000년대 아방가르드 시인들은 제외했다. 그건 이들이 21세기에 등단했고 좀 더 세월이 지나야 역사적 평가를 제대로 받을 수 있다는 판단 때문이다. 그러나 최근에 나는 이 시대 우리 시의 문제아들인 조연호, 김경주, 김미정 등의 시를 찬찬히 분석한 이수명의 글을 읽고 배운 바가 많다.(이수명, 「비로소 모든 뚜껑을 열고」, 『문학-선』, 2010년 여름) 이 글은 21세기 우리 시의 전위들에 대한 정밀한 분석과 냉정한 해석이 돋보이는, 나로서는 오랜만에 좋게 읽은 평론이고, 이런 글들에 의해 황병승, 김이듬 기타 문제 시인들을 대상으로 하는 새로운 전위미학이 가능하다는 생각이다. 한담이나 잡담 아니면 감상문 수준인 우리 평론도 이런 글들에 의해 극복되어야 할 것이다.

4. 선이냐 아방가르드냐

나는 사는 건 폐쇄적이고 거의 자폐증 수준이지만 시에 대해서는 개방적이고 따라서 촌스런 서정시나 쓰는 시인들보다 이런 시인들, 한마디로 개판을 치는 시인들을 옹호하는 입장이다. 사실 우리 시는 너무 점잖다. 현대시는 점잖은 예의규범의 세계가 아니고, 정신적 귀족들의 한가한 놀이도 아니고, 자연 찬미도 아니고, 신세타령도 아니다. 한마디로 현대시는 소음에 지나지 않는다. 그렇지 않은가? 모두 쓸데없는 소리고, 일상어법을 무시하는, 그런 점에서 무슨 소린지 모르는 잡음이고 언어 낭비에 지나지 않는다. 그러나 소음이 없는 세상은 죽은 세상이다. 모든 차들이 소음 하나 없이 고요하게 거리를 달린다면 이런 거리는 얼마나 끔찍한가? 이렇게 조용하고 적막한 세상은 세상이 아니다. 그러므로 이 세상에는 소음이 필요하고 시가 필요하다. 소음의 역설이 시의 역설이다. 현대시는 건강한 사회가 병든 사회라는 것을, 소음이 없는 이성적 사회가 죽은 사회라는 것을 상대적으로 알려주고 미적으로 비판한다.

아방가르드 시인들, 전위파들의 소음이 더 위대한 것은 이들은 이런 소음의 단계를 넘어, 아니 이런 단계를 극단까지 밀고 나가면서, 그러니까 외적으로는 사회적 억압과 싸우면서 동시에 내적으로는 인습적인 시들, 상투적인 시들과 싸우기 때문이다. 전위들의 싸움은 두 방향에서 동시에 진행된다. 외부의 적은 사회적 억압이고, 내부의 적은 시 자체, 그것도 일상과 단절된 고고한 자율성을 고집하는 현대시이고, 전통 서정시야 두말할 필요가 없고, 시에 대한 자의식도 없이 인습으로 쓰는 시도 그렇다. 물론 이런 시를 생산하고 옹호하는 건 사회제도, 곧 문예지, 시지, 신문 문화면, 출판사, 문과대학 교수, 평론가로 구성된 이른바 문단이고 시단이다. 도대체 문단이나 시단이 있다는 게 우습고, 시인들이 이익 집단도 아니고 정치 집단도 아닌데 시인단체들까지 있다는 건 더 우습지만 이런 제도, 곧 자율적 문화 영역을 확보하면서 근대문학이 출발했고 이런 근대문학의 제도성은 지금도 계속된다. 요컨대 근대문학은 근대제도에 지나지 않고 근대는 영원한 게 아니다.

그런 점에서 문학이 있는 게 아니라 역사가 있고, 우리 근대시는 우리 근대의 산물에 지나지 않는다. 한국이 있는 게 아니라 한국의 역사가 있는 것처럼 우리 근대시가 있는 게 아니라 우리 시의 역사가 있다. 그건 아버지가 있어서 내가 있는 것과 같다. 내가 우리 시의 역사, 계보를 강조하는 것은 이런 사정 때문이다. 그러나 우리 시단엔 역사와 계보를 모르는 시인들이 너무 많다. 우리 시의 역사에 대한 부정도 우리 시의 역사를 알아야 하고, 무엇보다 시에 대한 철학이 있어야 한다. 독창적인 내 시가 어디 있는가? 내가 쓰는 시는 관계일 뿐이다. 말하자면 같은 시대를 사는 시인들과 맺는 관계이고, 역사적으로는 앞 시대 시인들과 맺는 관계이다. 병든 아버지도 아버지는 아버지다. 아무리 하찮은 우리 시의 역사도 역사는 역사다.

아방가르드 시는 이렇게 역사도 모르고 변화도 모르고 인습과 제도로 굳어진 시들, 일상과 단절된 시들과 싸우고 동시에 사회적 억압과 싸운다. 그러나 전위시는 전위라는 말이 암시하듯이 이런 전쟁터의 최전방에서 적들의 총알받이가 되는 시이다. 그러니까 전위들은 근대미학을 고집하는 시인들의 총알받이가 되고, 사회적 스캔들이 되면서 고사한다. 그러나 이렇게 죽을 때 시의 역사는 발전한다. 그러므로 전위들의 소음은 죽음의 소음이고, 한 시대의 전위가 죽으면 새 시대의 전위가 나와 다시 총알받이가 되고, 시의 역사는 이렇게 죽을 각오가 되어 있는 외로운 소수의 전위들에 의해 발전한다. 외부의 적은 사회적 억압이고, 내부의 적은 미적 보수파들이다. 아방가르드 시인들은 이런 적들과 최전방에서 싸우고 싸우다 죽는다. 죽음이 있어야 역사가 발전한다.

우리 시는 이런 의미로서의 죽음을 모른다. 요컨대 아방가르드는 죽음을 먹고 산다. 시여 침을 뱉어라! 이건 옛날에 김수영의 말이고, 좀 더 죽어라! 이건 지금 내가 하는 말이다. 우리 시는 죽음을 모른다. 아방가르드 시는 죽을 팔자이고 인습적인 시들은 죽어야 할 팔자이다. 이 시대의 시들은 같은 내용, 같은 형식, 같은 시론, 같은 사유가 끊임없이 재생산될 뿐이다. 모든 시들이 같다는 것은 시가 없다는 말과 같다. 왜냐하면 동일성은 차이를 모르고 차이가 긴장을 낳고 긴장이 역동성을 낳고 역동성이 존재, 생명, 있음의 기호이기 때문이다. 동일성은 변화를 모르고 차이를 모르고 차이를 인정하지 않는다는 점에서 폭력이다.

세상에 변하지 않는 건 없다. 꽃도 피면 시들고 인간도 태어나서 살다가 늙어 죽는다. 그리고 이런 게 자연이다. 이런 자연을 수용하고 발전시킬 때 상식적인 가치 판단, 곧 상대적 인식을 초월하고 자연의 변화와 완전히 하나가 되는 물아일치의 삶, 장자가 말하는 무위의 삶이 드러난다. 그가 말하는 무위는 차이를 초월하는 삶이지만 나는 지금 이런 말을 하려는 게 아니고, 어쩌다 이렇게 되었다. 나는 지금 아방가르드의 적들이 보여주는 동일성, 곧 차이와 변화를 모르는 태도를 비판하고 이런 비판이 아방가르드의 목표라는 걸 말하는 중이다. 그러니까 아방가르드의 싸움은 동일성과의 싸움이다.

장자는 싸우지 않고 선(禪)도 싸우지 않는다. 싸움은 나와 적, 나와 너를 대립적으로 보는 상대적 인식이고 불교식으로 말하면 분별이고 망상이다. 장자의 무위는 싸움을 모르고 부처님의 공(空)도 싸움을 모른다. 그러나 아방가르드는 싸우고 싸우다 죽는다. 그러니까 아방가르드는 아직 장자를 모르고 선을 모르고 이게 아방가르드의 한계이고, 이런 글을 쓰는 나의 한계이다. 아직도 내가 청정심을 모르고 청정행을 모르는구나. 아무것도 얻을 게 없으므로 다툼도 없이 청정해야 하지만 내가 근기가 둔해서 이런 글을 쓰고 있다. 무산 오현 스님이 아시면 한심하다고 하시리라.

그러나 아방가르드가 강조하는 시와 일상의 경계 해체는 시와 일상이 회통한다는 점에서 시와 일상의 중도를 암시하고, 창조, 제작, 본질, 의미를 강조하는 근대미학을 비판하고 부정한다는 점에서 노장사상과 선사상에 접근한다. 내가 굳이 노장까지 끌고 들어가는 것은 앞에서 잠시 장자에 대해 언급했기 때문이고, 선종은 인도 불교가 중국에 수입되어 노장사상을 흡수하면서 성립된다. 그런 점에서 선종 속에 노장이 있고 노장 속에 선종이 있다. 그러므로 내가 노장과 선종을 들먹이는 건 크게 잘못 된 게 아니고, 이것도 방편이라면 방편이다.

그러므로 문제는 아방가르드의 근대미학 비판과 선(禪)의 관계. 근대미학은 미적 자율성, 창조성, 제작성, 본질 찾기, 의미 찾기를 강조한다. 그러나 아방가르드는 이런 미적 자율성을 비판하고, 예술가가 주체가 되어 작품을 창조한다는 창조 개념을 비판하고, 작품을 만든다는 제작성을 비판하고, 삶과 세계의 본질 찾기, 의미 찾기를 비판한다. 이런 비판은 모든 사물이 관계, 곧 연기의 세계이고 자성이 없는 공(空)이라는 선사상과 통한다. 말하자면 선불교가 강조하는 것은 자율성 같은 건 없고, 인간은 주체가 아니고, 만드는 건 조작이고, 이 세상엔 본질, 실체, 자성이 없고, 언어와 의미는 허망하다는 것. 그런 점에서 서양 아방가르드 미학(?)은 선사상을 토대로 새롭게 발전시킬 필요가 있다.

선이냐 아방가르드냐? 나는 이런 문제를 『아방가르드는 없다』(태학사, 2009)에서 회화를 중심으로 살핀 바 있고, 최근엔 건강이 허락되는 대로 틈틈이 아방가르드 이후 우리 시의 방향을 선시와 관련해서 사유하고 이론도 구성하고 있지만 과연 제대로 될지 모르겠다. 왜냐하면 선은 수행이고 깨달음이고 불립문자 이심전심의 세계이지 나처럼 무슨 사유, 논리, 이론을 추구하는 건 아니기 때문이다. 따라서 이런 글을 쓰는 것보다 거리에 엎드려 구걸하는 이들에게 돈 몇 푼이라도 보시하는 게 더 낫다. 그러니까 나는 허무주의자, 떠돌이 시인, 3류 선객, 나그네에 지나지 않는다. 물론 이런 마음도 버려야 하리라.

문제는 다시 아방가르드의 죽음이다. 전위는 어느 시대나 시적 인습과 싸우며 최전방에서 총알을 맞고 죽는 게 운명이고 팔자다. 그러므로 전위는 언제나 당대의 전위이고, 한 시대의 임무, 문학사적 임무가 끝나면, 그러니까 총알을 맞고 죽으면 새 시대의 전위들이 나타나고, 이들이 또 시의 역사라는 전쟁터에서 총알받이가 되면 다시 새로운 전위가 나오고 전위의 전위의 전위는 계속된다. 이런 전위들이 없다면 우리 시는 얼마나 싱겁고 재미없고 답답하겠는가? 이렇게 죽을 줄 아는 전위는 언제나 소수이고 이 소수가 시의 역사를 바꾼다.

이 소수들이 머리 깎고 스님이 되어 수행을 하면 더 좋고 거사가 되어도 좋고 최소한 상(相)만 없으면 된다. 상을 버려라! 선시 쓴다는 시인들도 가짜가 많고, 나도 가짜지만 나는 최소한 내가 가짜라는 건 안다. 무엇보다 아상(我相)을 버려야 하리라. 나에게 집착함으로(아상) 내가 너보다 낫고(인상), 너보다 낫기 때문에 물질적으로 잘 살아야 하고(중생상), 잘살아야 하기 때문에 오래 살아야 한다(수자상). 도대체 나는 누구이며 어디 있는가? 아상을 버릴 때 사상(四相)을 버리는 반야의 실천이 가능하고, 반야의 시쓰기가 가능하다. 요컨대 선시 쓴다는 생각도 버리고, 시 쓴다는 생각도 버려야 한다. 모두 상이기 때문이다. 이게 우리 시가 사기 치지 않고 제대로 나갈 방향이고, 아방가르드의 새로운 방향이다.

내가 이번 호 특집에 실린 시들을 찬찬히 분석하고 해석하고 평가하지 않은 것은 실력이 없어서가 아니라 이젠, 그러니까 이 나이엔, 더욱 병든 몸으론 이런 작업이 귀찮고 우습기 때문이다. 오늘은 가을비가 추적추적 내리는 게 아니라 천둥 번개가 치며 여름비처럼 내린다. 이놈의 날씨가 미쳤나? 오후 네 시 반이지만 창밖이 점점 어두워 온다.

찾아보기

ㄱ

「가는 길」 · 193
각운 · 47
간심(看心) · 144
간심간정(看心看淨) · 144, 175
간정(看淨) · 145
『간화결의론』 · 125
간화선 · 184
「거울」 · 28
거정(去情) · 107
게송류 · 65
격외선(格外禪) · 256
견성성불 · 251
경한(景閑) · 281
경허 · 310
고암 · 305
「고요」 · 203
고은 · 206
고전적 예술 · 20
고전주의 · 44
고형곤 · 194
공(空) · 15, 32
곽희 · 36
관심(觀心) · 110, 144, 177
『관심론(觀心論)』 · 106, 119
관심증심(觀心證心) · 148
관찰의선(觀察義禪) · 72
관행(practice) · 328
구공(俱空) · 34
구지 · 127
규봉 · 127
「그냥」 · 179
근대 낭만주의 미학 · 30
근원인상(Uremfindung) · 84
『금강경』 · 34, 42, 48, 112, 135, 136, 143, 147, 175, 259, 282

〈기타로 오토바이를 타자〉 · 335
기호 실천 · 324
김기림 · 27
김상용 · 224, 226, 229
김소월 · 27, 193
김수영 · 262, 264, 269, 283, 329, 330, 332, 334
김종삼 · 294
김창완 · 335
김춘수 · 28, 156
「깜냥」 · 156

ㄴ

나가라주나(용수) · 201
『나는 사랑한다』 · 28
나옹 · 199, 216
나하(柰河) · 134
나한 · 142
남악계 · 247
「남으로 창을 내겠소」 · 224
남종 · 106, 108, 245
남종 선언 · 189
낭만적 예술 · 21
낭만주의 · 44
「낮잠」 · 230
념념상속(念念相續) · 193, 194
노자 · 221
노장사상 · 182, 226
『논리-철학 논고』 · 323
「누가 코끼리를 보았는가」 · 33
「늙은 말」 · 238
『능가경』 · 52, 70, 75, 122
능가선 · 75, 189
『능엄경』 · 240

ㄷ

다국적 자본주의 · 26
다다이즘 · 339
「다람쥐」 · 147
『단경』 · 121
단토 · 22
달리 · 297
달마 · 52, 113, 117, 138, 148, 160, 169
대상 · 33, 34, 43, 66
『대승무생방편문』 · 120
대승선(大乘禪) · 73
대어(代語) · 47
대정 · 229
덕산 · 317, 319, 329
데리다 · 298, 343, 345, 346
도불가설(道不可說) · 251
도신 · 110, 113, 117, 138
도인 · 282
독점자본주의 · 26
돈오 · 118
돈오견성 · 211
돈오돈수 · 125, 127, 133

돈오보임 · 125, 129
돈오성불 · 251
돈오(頓悟)시학 · 58, 137
돈오점수 · 125, 128, 240
돈오후수 · 283
동군 · 252
동산법문 · 101, 189
「동천(冬天)」 · 152
두타행 · 70
뒤샹 · 295, 329
득의즉상망(得意則象忘) · 111
들뢰즈 · 318, 322
『들림, 도스토예프스키』 · 28
「등나무」 · 330, 331, 332, 334
「또 12송을 지어 지공 스님께 올림」 · 281

ㄹ

리얼리즘 · 26

ㅁ

마조(馬祖) · 32, 188, 190, 212
『마조록』 · 213, 248
마조선 · 235
마조선 시학 · 224
「만월(滿月)」 · 139
만해 · 186, 188
〈머리를 위한 선(禪)〉 · 285, 311
명법 · 19
모더니즘 · 26, 41, 339, 340, 345, 346
『모더니즘 시론』 · 37
모던(modern) · 26
「모두 죽여라」 · 261
무념(無念) · 34
무념무작(無念無作) · 181
무념식정(無念息情) · 107, 175, 177, 191
「무득무설분」 · 48
무립진인(無位眞人) · 246
무명무상절일체(無名無相絕一切) · 45
무박(無縛) · 193
무범무성(無凡無聖) · 229
무산(霧山) · 293, 341
무상(無相) · 34
무소구(無所求) · 144
무수(無修) · 133
무수무증(無修無證) · 177
무심 · 172
무아사상 · 81
무원(無願) · 34
무위진인(無位眞人) · 249, 282
무정무성(無情無性) · 249
무정유성(無情有性) · 249
무주(無住) · 34, 192, 196
무주시학 · 216
무증무수(無證無修) · 126
문도론(文道論) · 19

문삼석 • 146, 179
문수 • 134
『문심조룡(文心雕龍)』 • 45
문익 • 254
문자선(文字禪) • 47
물경(物境) • 46
밀의전수(密意傳授) • 76

ㅂ

박두순 • 147
반기호성 • 322
반모더니즘 • 322
반미학 • 345
반상합도(反常合道) • 198
반야 • 66
반야 공 • 160, 172
반야 공사상 • 81
반야사상 • 158, 172, 189
『반야심경』 • 217
반연여선(攀緣如禪) • 72
『밝은 방』 • 28
방온(龐蘊) • 238
방하착 • 279
백남준 • 285, 311, 316, 329
백운(白雲) • 281
「백장과 들오리」 • 302
범부선(凡夫禪) • 73
범어(Dhyana) • 16
법공(法空) • 34
법상(法常) • 214
「법성게」 • 164, 204, 229, 259
법안 • 254
법열(法悅) • 253
법융 • 90
『법화경』 • 118, 231
베케트 • 317, 322, 329
별어(別語) • 47
『보리달마남종정시비론』 • 101
보림 • 140
『보림전』 • 48
보시 • 66
보우(普愚) • 255
보임(保任) • 124, 134
보조 • 125, 235, 240
「봄과 밤」 • 158
북종 • 106, 108, 245
북종선 • 189
분등선 • 247, 250
『분등선』 • 70
「불국사가 나를 따라와서」 • 309
불리문자(不離文字) • 15, 43, 251
불립문자(不立文字) • 15, 43, 143, 251
불설일자(不說一字) • 52
불이(不二) • 15
불조사선 • 138
뷔르거 • 315, 339, 345
「비대상」 • 33
비대상시론 • 41

「비대상에서 선까지」 · 33
「비빔밥 시론」 · 33
비심비불(非心非佛) · 247, 264
「비 오는 날」 · 181
비트겐슈타인 · 322, 324, 326, 328

ㅅ

사교입선(捨教入禪) · 49
사무사(思無邪) · 45
사무애(事無碍) · 136
사사무애 · 137
「산골물」 · 146
「산에 살며-山居」 · 216
「산중문답」 · 225
살불살조(殺佛殺祖) · 257, 264
상(相) · 353
상징적 예술 · 20
서복관(徐復觀) · 36
서산대사 · 49
서수(西水) · 134
서정주 · 151, 153, 203, 230
석두 · 254
석우 · 127, 128
선(禪) · 32, 351
『선가귀감』 · 49
선나(禪那) · 16
『선문염송』 · 47
선수후오(先修後悟) · 128, 140
선시 · 41, 65
선열(禪悅) · 253
선오후수(先悟後修) · 125, 128, 140
선외선(禪外禪) · 188
『선원제전집도서(禪源諸詮集都序)』 · 73
선정 · 66
선종 · 226
선종사상 · 13
선학 · 13
「설법」 · 305
설봉 · 300
성문 · 171
성철 · 125, 127, 128, 317
세계상(像) · 31
소승선(小乘禪) · 73
「속초에서」 · 236
송고(頌古) · 47
쇼펜하우어 · 31
『수심결』 · 125
수오일시(修悟一時) · 128, 140
수행적 선시 · 65
승찬 · 164
『시론』 · 37
시선일치론 · 20
시장자본주의 · 26
「시적인 것은 없고 시도 없다」 · 33
시학 · 13
식정(息情) · 107

신수 • 101, 103, 105, 117, 120, 177, 189
「신심명(信心銘)」 • 164
신증(身證) • 102
신회 • 120, 121, 189
심주일경(心注一境) • 78

ㅇ

아견(我見) • 88
아공(我空) • 34
『아득한 성자』 • 141
아만(我慢) • 88
아방가르드(avant-garde) • 315, 339, 340, 343, 345, 346, 351
「아방가르드냐 선이냐」 • 285
아방가르드 시 • 350
아방가르드 시학 • 322
아방가르드 예술 • 27, 284, 316
아애(我愛) • 88
아치(我癡) • 88
아탐(我貪) • 88
안거(安居) • 184
안근(眼根) • 83
알튀세르 • 35
야부 • 282
언어 • 33, 34, 43, 66
언어 놀이 • 326, 328
언어 실천 • 324
언지(言志) • 46
언표 내적 행위(illocutionary act) • 60
여래선(如來禪) • 70, 73, 95, 108, 117, 122, 133, 172, 176, 183, 245
여래선 시학 • 158, 162, 166, 172
여래장사상 • 79, 83, 155, 158, 189
여래청정심 • 227
연각 • 171
연수 • 254
염고(拈古) • 47
염송(拈頌) • 47
『염송설화』 • 47
「영도의 시쓰기」 • 33, 35
영명 • 254
예지(Protention) • 84
5가 • 245
오가분등(五家分燈) • 245
「오감도」 • 28
오규원 • 157
오매일여 • 128
「오성론(悟性論)」 • 160
오연경 • 345
오종(悟宗) • 75
오현 • 141, 233, 293, 305, 309, 341
오후수행(悟後修行) • 202
「와선(臥禪)」 • 262, 334
왕지약(王志躍) • 70, 266
왕필 • 111

외도선(外道禪) · 73
우두선 · 88
우두종 · 69
우부소행선(愚夫所行禪) · 72
워홀 · 329, 335
『원돈성불론』 · 125
원-인상(urimpression) · 84, 195
원호문(元好問) · 307
원효 · 141
월인천강(月印千江) · 154
월조(越祖)조사선 · 67, 138, 245
유마힐 · 186
유식사상 · 83
유신(惟信) · 182
유정유성(有情有性) · 249
유협 · 45
6경(境) · 303
6바라밀 · 66
『육조단경』 · 101, 135, 136, 191, 211
의경(意境) · 46
의근(意根) · 83
의리선(義理禪) · 256
의상 · 141, 164, 204, 229
이념(離念) · 103, 106
이념거정 · 107, 147, 175, 177
이무애(理無碍) · 136
이미지즘 · 339
이백 · 225
이사무애 · 136
이수명 · 348
「이입사행론(理入四行論)」 · 76, 167
이진숙 · 286
이창건 · 179
「이팝나무 꽃」 · 179
인순 · 69
인욕 · 66
「일몰」 · 206
일미선(一味禪) · 96
일자불설(一字不說) · 111
일행삼매 · 226
임목산수(林木山水) · 36
임석재 · 181
임운자연 · 226, 227
임운자재(任運自在) · 218
임제 · 142, 246, 249
『임제록』 · 274
임제종 시학 · 255
입처개진 · 282

ㅈ

「자갈치 아즈매와 갈매기」 · 300
자교오종(藉教悟宗) · 52, 70, 113
자동기술법 · 194
자성청정심 · 105, 116
자심(自心) · 109, 146
자아 · 33, 34, 43, 66
자유지성(自由之性) · 249

장자 · 182, 249, 351
전념(前念) · 84
전위시 · 350
전위예술 · 284, 316
전위적 선시 · 65
「절간 청개구리」 · 306
『절요(節要)』 · 125
점수 · 118
점수돈오 · 128, 133, 137
점수성불 · 133
점수(漸修)시학 · 58
정려(靜慮) · 16
정성본 · 190
정수진 · 285
정의(情意) · 46
정전백수자(庭前柏樹子) · 267
정지용 · 27
정진 · 66
「정혜결사문」 · 125
정혜쌍수 · 235, 240
조사선 · 95, 108, 117, 122, 133, 176, 183, 245, 247
조사선 시학 · 136, 175, 183, 191, 203
조주(趙州) · 123, 129, 133, 166, 188, 200, 207, 282, 296, 299
『조주록』 · 215
〈존 케이지에 대한 경의〉 · 285
『종경록』 · 254
종밀 · 73, 127
중기 자본주의 · 26
중도(中道) · 15
중도사상 · 13
중도시학(中道詩學) · 35, 42
중생 제도 · 143
즉리양변(卽離兩邊) · 17, 197, 300
즉심즉불(卽心卽佛) · 53, 176, 247
즉인즉불(卽人卽佛) · 247
증심(證心) · 110, 144, 175
증오(證悟) · 125, 128
지계 · 66
지눌 · 240
지사이문(指事以問) · 54
지원 · 139
직지인심(直指人心) · 43, 53
진각국사 · 47, 49
진공묘유 · 270
진심(眞心) · 109, 146
『진심직설』 · 240
진아(眞我) · 109
징관 · 118, 127, 140

ㅊ

착어(着語) · 47
「찬기파랑가(讚耆婆郎歌)」 · 148, 153, 156
『처용단장』 · 28
천연 · 142

『철학적 탐구』 · 322, 327
『청갈색책』 · 326
청량 · 118, 127, 140
청원(青原) · 182
청원계 · 247
청정본각지성(淸靜本覺之性) · 248
청허 · 49
체오심증(體悟心證) · 76
체용일여(體用一如) · 49
초기 상징주의 · 44
초기 자본주의 · 26
초불(超佛)사상 · 117
초불월조(超佛越祖) · 135, 142, 251, 257
초불(超佛)조사선 · 67, 176, 245
『최상승론』 · 162
최상승선(最上乘禪) · 73
최승호 · 238
축도생(竺道生) · 110, 113
충담(忠談) · 148, 149, 153, 156

ㅋ

케이지 · 329
콩트시(掌篇詩) · 296

ㅍ

파지(Retention) · 84
평상무사 · 283
평상심 · 213, 239, 250
평상심 시학 · 222
평창(評唱) · 47
포스트모더니즘 · 41
포스트모더니즘 미학 · 30
『포스트모더니즘 시론』 · 38
「풀」 · 272, 283
프로이트 · 36
플라톤 · 45, 341

ㅎ

하이데거 · 22, 346
하택 · 189
하택신회 · 119
한용운 · 27
해오(解悟) · 125
해체사상 · 298
해체시 · 345
행위 · 43
행주좌와 · 275
「허수아비」 · 233
헤겔 · 21
현대 모더니즘 미학 · 30
현대선시 · 41, 66
형호 · 36
혜가 · 117, 138, 169
혜근 · 216
혜능 · 101, 103, 117, 121, 135, 177, 189, 211, 300, 321, 347

혜심 · 47
홍수평 · 106, 108
홍인 · 103, 104, 115, 117, 138, 189
『화엄경』 · 118, 140, 154
화엄사상 · 136
화엄 삼매 · 308, 310
화엄종 · 140
화행론(speech act) · 60
황벽 · 246
후기 모더니즘 · 26
후기 모더니즘 미학 · 30
후기 자본주의 · 26
후념(後念) · 84
후설 · 84, 194
희천 · 254

이승훈

법호 방장(方丈). 춘천에서 태어나 한양대 국문과 및 연세대 대학원에서 문학박사 학위를 받았다. 1963년 『현대문학』으로 등단하였으며 현대문학상, 한국시협상, 시와시학상, 이상시문학상, 백남학술상, 김준오시학상, 불교문예상 등을 수상하였다. 연세대, 이대, 동국대에서 강사를 역임하였으며 현재 한양대 명예교수로 있다. 시집 『사물A』 『당신의 방』 『너라는 환상』 『비누』 『이것은 시가 아니다』 『화두』 『이승훈시전집』 등과 시론집 『시론』 『모더니즘시론』 『포스트모더니즘시론』 『한국모더니즘시사』 『한국현대시론사』 『정신분석시론』 『선과 기호학』 『선과 하이데거』 『영도의 시쓰기』 등 72권의 저서가 있다.

선과 아방가르드

1판 1쇄 발행 · 2014년 8월 11일
1판 2쇄 발행 · 2015년 9월 7일

지은이 · 이승훈
펴낸이 · 한봉숙
펴낸곳 · 푸른사상

주간 · 맹문재 | 편집, 교정 · 김선도, 김소영
등록 · 1999년 7월 8일 제2-2876호
주소 · 서울시 중구 충무로 29(초동) 아시아미디어타워 502호
대표전화 · 02) 2268-8706(7) | 팩시밀리 · 02) 2268-8708
이메일 · prun21c@hanmail.net / prunsasang@naver.com
홈페이지 · http://www.prun21c.com

ⓒ 이승훈, 2014
ISBN 979-11-308-0250-3 93810

값 26,000원

☞ 저자와의 합의에 의해 인지는 생략합니다.
이 도서의 전부 또는 일부 내용을 재사용하려면 사전에 저작권자와 푸른사상사의 서면에 의한 동의를 받아야 합니다.
이 도서의 국립중앙도서관 출판시도서목록(CIP)은 서지정보유통지원시스템 홈페이지(http://seoji.nl.go.kr)와 국가자료공동목록시스템(http://www.nl.go.kr/kolisnet)에서 이용하실 수 있습니다. (CIP제어번호 : CIP2014022217)

선과 아방가르드

이승훈